OEUVRES
DE
Mr. DE VOLTAIRE
NOUVELLE EDITION

REVUE, CORRIGÉE
ET CONSIDERABLEMENT AUGMENTÉE

PAR L'AUTEUR

ENRICHIE DE FIGURES EN TAILLE-DOUCE.

TOME SECOND.

A DRESDE 1748.

'CHEZ GEORGE CONRAD WALTHER

LIBRAIRE DU ROI.

AVEC PRIVILEGE.

TABLE

DES PIECES

contenues dans le Tome II.

MELANGES DE LITTERATURE ET DE PHILOSOPHIE.

CHAP.

MELAN-

MELANGES

DE

LITTERATURE

ET DE

PHILOSOPHIE.

A

MELANGES
DE
LITTERATURE
ET DE
PHILOSOPHIE.

CHAPITRE PREMIER.

De la Gloire, ou Entretien avec un Chinois.

EN 1723 il y avoit en Hollande un Chinois: ce Chinois étoit Lettré & Négociant: deux chofes qui ne devroient point du tout être incompatibles, & qui le font devenues chez nous, graces au refpect extrême, qu'on a pour l'argent, & au peu de confidération que l'efpece humaine a montré, & montrera toûjours pour le mérite.

Ce Chinois, qui parloit un peu Hollandais fe trouva dans une Boutique de Libraire avec quelques Sçavans: il demanda un Livre; on lui propofa l'Hiftoire Univerfelle de Boffuet, mal traduite. A ce beau mot d'Hiftoire Univerfelle, je fuis, dit-il, trop heureux; je vais voir ce que l'on dit de notre grand Empire, de notre Nation qui fubfifte en Corps de Peuple depuis plus de 50 mille ans, de cette fuite d'Empereurs, qui nous ont gouvernez tant

de

de Siécles; je vais voir ce qu'on pense de la Religion des Lettrez, de ce Culte simple que nous rendons à l'Etre Suprême. Quel plaisir de voir, comme on parle en Europe de nos Arts, dont plusieurs sont plus anciens chez nous que tous les Royaumes Européans! je croi que l'Auteur se sera bien mépris dans l'Histoire de la guerre que nous eûmes il y a vingt-deux mille cinq cens cinquante-deux ans, contre les Peuples belliqueux du Tunquin & du Japon, & sur cette Ambassade solemnelle, par laquelle le puissant Empereur du Mogol nous envoya demander des Loix, l'An du monde 500000000000079123450000. Hélas! lui dit un des Sçavans, on ne parle pas seulement de vous dans ce Livre: vous êtes trop peu de chose; presque tout roule sur la première Nation du monde, l'unique Nation, le grand Peuple Juif.

Juif? dit le Chinois, ces Peuples-là sont donc les Maîtres des trois quarts de la Terre, aumoins? Ils se flattent bien qu'ils le seront un jour, lui répondit-on; mais en attendant ce sont eux qui ont l'honneur d'être ici Marchands Fripiers, & de rogner quelquefois les Especes. Vous vous moquez, dit le Chinois, ces gens-là ont-ils jamais eu un vaste Empire? Ils ont possedé, lui dis-je, en propre, pendant quelques années, un petit pays; mais ce n'est point par l'étenduë des Etats qu'il faut juger d'un Peuple, de même que ce n'est point par les richesses qu'il faut juger d'un homme. Mais ne parle-t'on pas de quelque autre Peuple dans ce Livre, demanda le Lettré? Sans doute, dit le Sçavant qui étoit auprès de moi, & qui prenoit toujours la parole: on y parle beaucoup d'un petit pays de soixante lieuës de large, nommé l'Egypte, où l'on prétend qu'il y avoit un Lac de 150 lieuës de tour.

fait de main d'homme. Tu Dieu! dit le Chinois, un Lac de 150 lieuës dans un terrain qui en avoit soixante de large; cela est bien beau! Tout le monde étoit sage dans ce pays-là, ajoûta le Docteur. Oh! le bon tems que c'étoit, dit le Chinois. Mais est-ce là tout? Non, repliqua l'Européan, il est

tant

tant de queftions encore de ces célébres Grecs. Qui font ces Grecs, dit le Lettré? Ah! continua l'autre, il s'agit de cette Province, à-peuprès grande comme la deuxcentiéme partie de la Chine; mais qui a fait tant de bruit dans tout l'Univers. Jamais je n'ai oüi parler de ces gens-là, ni au Mogol, ni au Japon, ni dans la Grande Tartarie, dit le Chinois d'un air ingénu.

Ah ignorant! ah barbare, s'écria poliment notre Sçavant; vous ne connaiffez donc point Epaminondas le Thébain, ni le Port de Pirée, ni le nom des deux Chevaux d'Achille, ni comment fe nommoit l'Ane de Silène? Vous n'avez entendu parler ni de Jupiter, ni de Diogene, ni de Laïs, ni de Cibéle, ni de....

J'ai bien peur, repliqua le Lettré, que vous ne fçachiez rien de l'avanture, éternellement mémorable, du célébre Xixofou Concochigramki, ni des Myfteres du Grand Fi pfi hi hi. Mais de grace, quelles font encore les chofes inconnuës dont traite cette Hiftoire Univerfelle? Alors le Sçavant parla un quart-d'heure de fuite de la République Romaine, & quand il vint à Jules-Cefar, le Chinois l'interrompit, & lui dit: Pour celui-là, je croi le connoître; n'étoit-il pas Turc *) ?

Comment, dit le Sçavant échauffé, eft-ce que vous ne fçavez pas aumoins la différence qui eft entre les Payens, les Chretiens, & les Mufulmans? Eft-ce que vous ne connaiffez point Conftantin, & l'Hiftoire des Papes? Nous avons entendu parler confufément, répondit l'Afiatique, d'un certain Mahomet.

Il n'eft pas poffible, repliqua l'autre, que vous ne connaiffiez aumoins Luther, Zuingle, Bellarmin, Ecolampade. Je ne retiendrai jamais ces noms-là, dit le Chinois; il fortit alors, & alla vendre une partie confidérable de Thé Peco et de fin Grogram, dont il acheta deux belles filles & un Mouffe, qu'il ramena dans fa Patrie

A 3 en

---

*) Il n'y a pas long-tems que les Chinois prenoient tous les Européans pour des Mahometans.

en adorant le Tien, & en fe recommandant à Confucius.

Pour moi, témoin de cette converfation, je vis clairement ce que c'eft que la Gloire, & je dis : Puifque Cefar & Jupiter font inconnus dans le Royaume le plus beau, le plus ancien, le plus vafte, le plus peuplé, le mieux policé de l'Univers; il vous fied bien, Gouverneurs de quelques petits Pays, ô Prédicateurs d'une petite Paroiffe, dans une petite Ville, ô Docteurs de Salamanque, ou de Bourges, ô petits Auteurs, ô pefans Commentateurs; il vous fied bien de prétendre à la réputation !

* *

DU SUICIDE,

OU

DE L'HOMICIDE

DE SOI-MÊME.

CHAPITRE II.

Ecrit en 1729.

PHILIPPE Mordant, cousin germain de ce fameux Comte de Peterboroug, si connu dans toutes les Cours de l'Europe, & qui se vante d'être l'homme de l'Univers, qui a vû le plus de Postillons & le plus de Rois ; Philippe Mordant, dis-je, étoit un jeune-homme de vingt-sept ans, beau, bien fait, riche, né d'un sang illustre, pouvant prétendre à tout, & ce qui vaut encore mieux, passionnément aimé de sa Maîtresse. Il prit à ce Mordant un dégoût de la vie : il paya ses dettes, écrivit à ses amis pour leur dire adieu, & même fit des Vers dont voici les derniers traits en François :

> L'Opium peut aider le Sage ;
>
> Mais, selon mon opinion,
>
> Il lui faut au-lieu d'Opium
>
> Un pistolet & du courage.

Il se conduisit selon ses principes, & se dépêcha d'un coup de pistolet, sans en avoir donné d'autre raison, sinon que son ame étoit lasse de son corps, & que quand on est mécontent de sa maison, il faut en sortir. Il sembloit, qu'il eût voulu mourir, parcequ'il étoit dégoûté de son bonheur. Richard Smith vient de donner un étrange spe-

A 4

ctacle

étacle au monde pour une cause fort différente. Richard
Smith étoit dégoûté d'être réellement malheureux: il avoit
été riche & il étoit pauvre, il avoit eu de la santé & il
étoit infirme.　Il avoit une femme à laquelle il ne pouvoit faire partager que sa misere; un enfant au berceau
étoit le seul bien qui lui restât.　Richard Smith & Brid-
ger Smith, d'un commun consentement, après s'être tendrement embrassez, & avoir donné le dernier baiser à leur
enfant, ont commencé par tuer cette pauvre créature, &
ensuite se sont pendus aux colomnes de leur lit.　Je ne
connais nulle part aucune horreur de sang froid qui soit
de cette force; mais la Lettre que ces infortunez ont écrite à Mr. Brindlay, leur cousin, avant leur mort, est aussi
singuliere que leur mort même.

"Nous croyons, disent-ils, que Dieu nous pardonnera,
"&c.　Nous avons quitté la vie, parceque nous étions mal-
"heureux sans ressource, & nous avons rendu à notre fils
"unique le service de le tuer, de peur qu'il ne devînt aussi
"malheureux que nous, &c.

Il est à remarquer, que ces gens, après avoir tué leur
fils par tendresse paternelle, ont écrit à un ami pour leur
recommander leur chat & leur chien.　Ils ont crû, apparemment, qu'il étoit plus aisé de faire le bonheur d'un
chat & d'un chien dans le monde, que celui d'un enfant,
& ils ne vouloient pas être à charge à leur ami.✝

Toutes ces Histoires Tragiques, dont les Gazettes Anglaises fourmillent, ont fait penser à l'Europe qu'on se tue
plus volontiers en Angleterre qu'ailleurs.　Je ne sçai
pourtant, si à Paris il n'y a pas autant de fous qu'à Londres; peut-être que si nos Gazettes tenoient un Registre
exact de ceux qui ont eu la démence de vouloir se tuer
& le triste courage de le faire, nous pourrions sur ce point
avoir le malheur de tenir tête aux Anglais.　Mais nos
Gazettes sont plus discretes: les avantures des particuliers
ne sont jamais exposées à la médisance publique dans ces
Journaux avoüez par le Gouvernement.　Tout ce que
　　　　　　　　　　　　　　　　　　　　j'ose

✝ Milord Scarborou a quitté la vie depuis peu
avec le même sang froid qu'il avoit quitté sa
place de grand écuyer. on lui reprochoit dans la
chambre des Pairs qu'il prenoit le parti du Roi,
parcequ'il avoit une belle charge à la cour. Messieurs,
dit-il, pour vous prouver que mon opinion ne
dépend pas de ma place, je m'en demets dans
l'instant. il se trouva depuis embarrassé entre
une maîtresse qu'il aimoit, mais à qui il n'avoit
rien promis, et une femme qu'il estimoit, mais
à qui il avoit fait une promesse de mariage. il
se tua pour se tirer d'embarras.

J'ose dire avec assurance, c'est qu'il ne sera jamais à craindre, que cette folie de se tuer devienne une maladie épidémique : la Nature y a trop bien pourvu ; l'espérance, la crainte, sont les ressorts puissans dont elle se sert pour arrêter presque toujours la main du malheureux prêt à se fraper.

On a beau nous dire qu'il y a eu des pays où un Conseil étoit établi pour permettre aux Citoyens de se tuer, quand ils en avoient des raisons valables. Je réponds, ou que cela n'est pas, ou que ces Magistrats avoient très-peu d'occupation. †

Voici seulement ce qui pourroit nous étonner, & ce qui mérite, je crois, un sérieux examen. Les Anciens Héros Romains se tuoient presque tous, quand ils avoient perdu une bataille dans les Guerres Civiles, & je ne vois point que ni du tems de la Ligue, ni de celui de la Fronde, ni dans les Troubles d'Italie, ni dans ceux d'Angleterre, aucun Chef ait pris le parti de mourir de sa propre main. Il est vrai, que ces Chefs étoient Chrétiens, & qu'il y a bien de la différence entre les principes d'un Guerrier Chrétien, & ceux d'un Héros Payen ; cependant pourquoi ces hommes, que le Christianisme retenoit, quand ils vouloient se procurer la mort, n'ont-ils été retenus par rien, quand ils ont voulu empoisonner, assassiner, ou faire mourir leurs ennemis vaincus sur des échaffauds, &c ? La Religion Chrétienne ne défend-elle pas ces homicides-là, encore plus que l'homicide de soi-même ?

Pourquoi donc, Caton, Brutus, Cassius, Antoine, Othon & tant d'autres, se sont-ils tuez si résolument, & que nos Chefs de Parti se sont laissez pendre, ou bien ont laissé languir leur misérable vieillesse dans une prison ? Quelques Beaux-Esprits disent, que ces Anciens n'avoient pas le véritable courage ; que Caton fit une action de poltron en se tuant, & qu'il y auroit eu bien plus de grandeur d'ame à ramper sous César. Cela est bon dans une

A 5   Ode.

† Les Apôtres du suicide nous disent qu'il est très permis de quitter sa maison, quand on en est las : d'accord. mais la pluspart des hommes aiment mieux coucher dans une vilaine maison que de coucher à la belle étoile.

J'ai vu d'un Anglais une lettre circulaire par laquelle il proposoit un prix à celui qui prouveroit le mieux qu'il faut se tuer dans l'occasion. je l'envoyai promener avec son prix il n'avoit qu'à bien examiner s'il aimoit mieux la mort que la vie.

Ode, ou dans une Figure de Rhétorique. Il eft très-fûr, que ce n'eft pas être fans courage, que de fe procurer tranquilement une mort fanglante ; qu'il faut quelque force pour furmonter ainfi l'inftinct le plus puiffant de la Nature, & qu'enfin une telle action prouve plustôt de la ferocité que de la faibleffe. Quand un malade eft en fré-néfie, il ne faut pas dire, qu'il n'a point de force; il faut dire, que fa force eft celle d'un frénétique.

La Religion Payenne défendoit *l'homicide de foi-même,* ainfi que la Chrétienne: il y avoit même des places dans les Enfers pour ceux, qui s'étoient tuez.

> *Proxima deinde tenent mœfti loca, qui fibi lethum,*
> *Infontes peperere manu, lucemque perofi*
> *Projecere animas; quam vellent æthere in alto,*
> *Nunc & pauperiem & duros perferre labores!*
> *Fata obftant, triftique Palus innabilis unda*
> *Alligat, & novies Styx interfufa coërcet.*
> Virg. Æneïd. Lib. VI v. 434 & feqq.

> Là font ces Infenfez, qui d'un bras téméraire
> Ont cherché dans la mort un fecours volontaire,
> Qui n'ont pû fupporter, faibles & malheureux,
> Le fardeau de la vie impofé par les Dieux.
> Hélas! ils voudroient tous fe rendre à la lumiere,
> Recommencer cent fois leur pénible carriere :
> Ils regrettent la vie, ils pleurent, & le fort,
> Le fort, pour les punir, les retient dans la mort;
> L'abîme du Cocyte & l'Acheron terrible,
> Met entr'eux et la vie un obftacle invincible.

Telle étoit la Religion des Payens, & malgré les pei-nes qu'on alloit chercher dans l'autre monde, c'étoit un honneur de quitter celui-ci & de fe tuer; tant les mœurs des hommes font contradictoires. Parmi nous le duël n'eftn'eft-il pas encore malheureufement honorable, quoique défendu par la Raifon, par la Religion & par toutes les Loix? Si Caton & Céfar, Antoine & Augufte, ne fe font pas battus en duël, ce n'eft pas qu'ils ne fuffent auffi braves que nos Français. Si le Duc de Montmorency, le Maréchal de Marillac, de Thou, S. Mars, & tant d'autres, ont mieux aimé être traînez au dernier fupplice dans une charette, comme des Voleurs de grand chemin, que de fe tuer comme Caton & Brutus; ce n'eft pas, qu'ils n'euffent autant de courage que ces Romains, & qu'ils n'euffent autant de ce qu'on appelle honneur; la véritable raifon c'eft, que la mode n'étoit pas alors à Paris de fe tuer en pareil cas, & cette mode étoit établie à Rome.

Les femmes de la côte de Malabar fe jettent toutes vives fur le bucher de leurs maris: ont-elles plus de courage que Cornélie? Non; mais la coûtume eft dans ce Pays-là, que les femmes fe brûlent.

> Coûtume, opinion, Reines de notre fort,
> Vous réglez des Mortels & la vie & la mort.

* *

DE LA RELIGION
DES
QUAKERS.

CHAPITRE III.

J'Ai cru, que la Doctrine & l'Histoire d'un Peuple aussi extraordinaire que les Quakers, méritoient la curiosité d'un homme raisonnable. Pour m'en instruire, j'allai trouver un des plus célébres Quakers d'Angleterre, qui après avoir été trente ans dans le Commerce, avoit sçu mettre des bornes à sa fortune & à ses desirs, & s'étoit retiré dans une campagne auprès de Londres. J'allai le chercher dans sa retraite; c'étoit une maison petite; mais bien bâtie, & ornée de sa seule propreté. Le Quaker * étoit un vieillard frais, qui n'avoit jamais eu de maladie, parcequ'il n'avoit jamais connu les passions, ni l'intempérance. Je n'ai point vû en ma vie d'air plus noble, ni plus engageant que le sien. Il étoit vêtu, comme tous ceux de sa Religion, d'un habit sans plis dans les côtez, & sans boutons sur les poches ni sur les manches, & portoit un grand chapeau à bords rabattus comme nos Ecclésiastiques. Il me reçut avec son chapeau sur la tête, & s'avança vers moi sans faire la moindre inclination de corps; mais il y avoit plus de politesse dans l'air ouvert & humain de son visage, qu'il n'y en a dans l'usage de tirer une jambe derriere l'autre, & de porter à la main ce qui est fait pour couvrir la tête. Ami, me dit-il, je vois, que tu es Etranger, si je puis t'être de quelque utilité, tu n'as qu'à parler. Monsieur, lui dis-je en me

cour-

---

*) Il s'appelloit André Pit, & quelques circonstances près. André tout cela est exactement vrai à dré Pit écrivit depuis à l'Auteur

pour

courbant le corps, & en glissant un pied vers lui selon notre coûtume, je me flatte, que ma juste curiosité ne vous déplaira pas, & que vous voudrez bien me faire l'honneur de m'instruire de votre Religion. Les gens de ton Pays, me répondit-il, font trop de compliment & de révérences; mais je n'en ai encore vû aucun qui ait eu la même curiosité que toi. Entre, & dînons d'abord ensemble. Je fis encore quelques mauvais complimens, parcequ'on ne se défait pas de ses habitudes tout d'un coup, & après un repas sain & frugal, qui commença & qui finit par une priere à Dieu je me mis à interroger mon homme.

Je débutai par la question que de bons Catholiques ont fait plus d'une fois aux Huguenots. Mon cher Monsieur, dis-je, êtes-vous baptisé? Non, me répondit le Quaker, & mes Confréres ne le font point. Comment morbleu, repris-je, vous n'êtes donc pas Chrétiens? Mon ami, repartit-il d'un ton doux, ne jure point: nous sommes Chrétiens; mais nous ne pensons pas, que le Christianisme consiste à jetter de l'eau sur la tête d'un enfant avec un peu de sel. Eh bon Dieu! repris-je, outré de cette impieté, vous avez donc oublié, que Jesus-Christ fut baptisé par Jean? Ami, point de juremens, encore un coup, dit le benin Quaker. Le Christ reçut le Baptême de Jean; mais il ne baptisa jamais personne; nous ne sommes pas les Disciples de Jean, mais du Christ. Ah! comme vous feriez brûlez par la sainte Inquisition, m'écriai-je! Au nom de Dieu, cher homme, que je vous baptise! S'il ne falloit que cela pour condescendre à ta faiblesse, nous le ferions volontiers, repartit-il gravement, nous ne condamnons personne pour user de la cérémonie du Baptême; mais nous croyons, que ceux qui professent une Religion toute sainte & toute spirituelle, doivent s'abstenir, autant qu'ils le peuvent, des Cérémonies Judaïques.

pour se plaindre de ce qu'on avoit ajoûté un peu à la vérité, & l'assura, que Dieu étoit offensé de ce qu'on avoit plaisanté les Quakers.

ques. En voici bien d'un autre, m'écriai-je; des cérémonies Judaïques! Oüi, mon ami, continua-t-il, & fi
Judaïques, que plufieurs Juifs encore aujourd'hui ufent
quelquefois du Baptême de Jean. Confulte l'Antiquité,
elle t'aprendra, que Jean ne fit que renouveller cette pratique, laquelle étoit en ufage long-tems avant lui parmi
les Hébreux, comme le Pélerinage de la Mecque l'étoit
parmi les Ifmaëlites. Jefus voulut bien recevoir le Baptême de Jean, de même qu'il s'étoit foumis à la Circoncifion; mais, & la Circoncifion & le lavement d'eau doivent être tous deux abolis par le Baptême du Chrift, ce
baptême de l'efprit, cette ablution de l'ame qui fauve les
hommes. Auffi le Précurfeur Jean difoit: *Je vous ba-
ptife à la vérité avec de l'eau; mais un autre viendra après
moi plus puiffant que moi, & dont je ne fuis pas digne
de porter les fandales; celui-là vous baptifera avec le feu &
le Saint Efprit.* Auffi le grand Apôtre des Gentils, Paul,
écrit aux Corinthiens, *le Chrift ne m'a pas envoyé pour
baptifer, mais pour prêcher l'Evangile.* Auffi ce même Paul
ne baptifa jamais avec de l'eau que deux perfonnes, encore
fût-ce malgré lui. Il circoncit fon Difciple Timothée:
les autres Apôtres circoncifoient auffi tous ceux qui vouloient l'être. Es-tu circoncis, ajouta-t-il? Je lui répondis,
que je n'avois pas cet honneur. Eh bien, dit-il, ami, tu es
Chrétien fans être circoncis, & moi, fans être baptifé. Voilà
comme mon faint homme abufoit affez fpécieufement de
trois ou quatre Paffages de la Sainte Ecriture, qui fembloient
favorifer fa Secte; mais il oublioit de la meilleure foi du
monde une centaine de Paffages, qui l'écrafoient. Je me gar-
dai bien de lui rien contefter, il n'y a rien à gagner avec un
Enthoufiafte. Il ne faut pas s'avifer de dire à un homme les défauts de fa maîtreffe, ni à un Plaideur le faible
de fa caufe, ni des raifons à un illuminé. Ainfi je paffai
à d'autres queftions.

A l'egard de la Communion, lui dis-je, comment
en ufez-vous? Nous n'en ufons point, dit-il. Quoi!

point

point de Communion? Non, point d'autre que celle des cœurs. Alors il me cita encore les Ecritures; il me fit un fort beau Sermon contre la Communion, & me parla d'un ton d'Infpiré, pour me prouver, que les Sacremens étoient tous d'invention humaine, & que le mot de Sacrement ne fe trouvoit pas une feule fois dans l'Evangile. Pardonne, dit-il, à mon ignorance, je ne t'ai pas aporté la centiéme partie des preuves de ma Religion; mais tu peux les voir dans l'expofition de notre Foi par Robert Barclay. C'eft un des meilleurs Livres, qui foit jamais forti de la main des hommes; nos ennemis conviennent, qu'il eft très-dangereux, cela prouve, combien il eft raifonnable. Je lui promis de lire ce Livre, & mon Quaker me crut déja converti. Enfuite il me rendit raifon, en peu de mots, de quelques fingularitez, qui expofent cette Secte au mépris des autres. Avouë, dit-il, que tu as bien eu de la peine à t'empêcher de rire, quand j'ai répondu à toutes tes civilitez avec mon chapeau fur la tête, & en te tutoyant. Cependant tu me parois trop inftruit, pour ignorer que du tems du Chrift aucune nation ne tomboit dans le ridicule de fubftituer le plurier au fingulier: on difoit à Cefar Augufte, *Je t'aime, je te prie, je te remercie;* il ne fouffroit pas même, qu'on l'appelât Monfieur, *Dominus.* Ce ne fût que long-tems après lui, que les hommes s'aviferent de fe faire appeler *vous* au-lieu de *tu,* comme s'ils étoient doubles, & d'ufurper les titres impertinens de Grandeur, d'Eminence, de Sainteté, de Divinité même, que des vers de terre donnent à d'autres vers de terre, en les affurant, qu'ils font avec un profond refpect, & avec une fauffeté infâme, leurs très-humbles & très-obéïffans ferviteurs. C'eft pour être plus fur nos gardes contre cet indigne commerce de menfonges & de flateries, que nous tutoyons également les Rois & les Charbonniers, que nous ne faluons perfonne, n'ayans pour les hommes que de la charité, & du refpect que pour les Loix.

Nous

Nous portons auſſi un habit un peu différent des autres hommes, afin que ce ſoit pour nous un avertiſſement continuel de ne leur pas reſſembler. Les autres portent les marques de leurs dignitez, & nous celle de l'humilité Chrétienne. Nous fuyons les aſſemblées de plaiſir, les ſpectacles, le jeu; car nous ſerions bien à plaindre de remplir de ces bagatelles des cœurs en qui Dieu doit habiter. Nous ne faiſons jamais de ſermens, pas même en Juſtice; nous penſons, que le nom du Très-Haut ne doit pas être proſtitué dans les débats miſérables des hommes. Lorſqu'il faut que nous comparaiſſions devant les Magiſtrats pour les affaires des autres (car nous n'avons jamais de Procès,) nous affirmons la vérité par un *oüi* ou par un *non*, & les Juges nous en croyent ſur notre ſimple parole, tandis que tant d'autres Chrétiens ſe parjurent ſur l'Evangile. Nous n'allons jamais à la guerre: ce n'eſt pas que nous craignions la mort, au-contraire nous béniſſons le moment qui nous unit à l'Etre des Etres; mais c'eſt que nous ne ſommes ni loups, ni tigres, ni dogues; mais hommes, mais Chrétiens. Notre Dieu, qui nous a ordonné d'aimer nos ennemis, & de ſouffrir ſans murmure, ne veut pas, ſans doute, que nous paſſions la mer pour aller égorger nos freres, parceque des meurtriers vêtus de rouge, coeffez d'un bonnet haut de deux pieds, enrôlent des citoyens en faiſant du bruit avec deux petits bâtons ſur une peau d'âne bien tenduë. Et lorſqu'après des batailles gagnées, tout Londres brille d'illuminations, que le Ciel eſt enflâmé de fuſées, que l'air retentit du bruit des actions de graces, des Cloches, des Orgues, des canons, nous gémiſſons en ſilence ſur ces meurtres, qui cauſent la publique allégreſſe.

DE

* *

DE LA RELIGION
DES
QUAKERS.

CHAPITRE IV.

Telle fut à-peu-près la conversation que j'eus avec cet homme singulier. Mais je fus bien surpris, quand le Dimanche suivant il me mena à l'Eglise des Quakers. Ils ont plusieurs Chapelles à Londres ; celle où j'allai est près de ce fameux Pilier que l'on appelle le Monument. On étoit déja assemblé, lorsque j'entrai avec mon Conducteur. Il y avoit environ quatre cens hommes dans l'Eglise, & trois cens femmes. Les femmes se cachoient le visage, les hommes étoient couverts de leurs larges chapeaux: tous étoient assis, tous dans un profond silence. Je passai au milieu d'eux sans qu'un seul levât les yeux sur moi. Ce silence dura un quart-d'heure: enfin un d'eux se leva, ôta son chapeau, & après quelques soupirs, debita moitié avec la bouche, moitié avec le nez, un galimatias tiré, à ce qu'il croyoit, de l'Evangile, où ni lui ni personne n'entendoit rien. Quand ce faiseur de contorsions eût fini son beau monologue, & que l'Assemblée se fût séparée toute édifiée & toute stupide, je demandai à mon homme, pourquoi les plus sages d'entr'eux souffroient de pareilles sottises ? Nous sommes obligez de les tolérer, me dit-il, parceque nous ne pouvons pas sçavoir, si un homme qui se leve pour parler sera inspiré par l'Esprit ou par la folie. Dans le doute nous écoutons tout patiemment, nous permettons même aux femmes de parler; deux ou trois de nos Dévotes se trouvent souvent inspirées à la fois, & c'est alors qu'il se fait un beau bruit dans la maison du Seigneur. Vous n'avez donc point de Prêtres, lui dis-je. Non, mon ami, dit le Quaker, & nous nous en trouvons bien. Alors ouvrant un Livre de sa Secte, il lut avec emphâse ces paroles : A Dieu ne plaise que nous osions ordonner à quelqu'un de recevoir le Saint Esprit le Dimanche, à l'exclusion de tous les autres Fidéles. Grace au Ciel, nous sommes les seuls sur la Terre qui n'ayions point de Prêtres. Voudrois-tu nous ôter une distinction si heureuse? Pourquoi abandonnerons-nous notre enfant à des nourrices mercenaires, quand nous avons du lait à lui donner? Ces Mercenaires domineroient bien-tôt dans la maison, & opprimeroient la mere & l'enfant. Dieu a dit, vous avez reçu gratis, donnez gratis. Irons-nous après cette parole marchander l'Evangile, vendre l'Esprit Saint, & faire d'une Assemblée de Chrétiens une Boutique de Marchands? Nous ne donnons point d'argent à des hommes vêtus de noir pour assister nos pauvres, pour enterrer nos morts, pour prêcher les Fidéles; ces saints emplois nous sont trop chers pour nous en décharger sur d'autres. Mais comment pouvez-vous discerner, insistai-je, si c'est l'Esprit de Dieu qui vous anime dans vos discours? Quiconque, dit-il, priera Dieu de l'éclairer, & qui annoncera des véritez Evangéliques qu'il sentira, que celui-là soit sûr que Dieu l'inspire. Alors il m'accabla de Citations de l'Ecriture, qui démontroient, selon lui, qu'il n'y a point de Christianisme sans une révélation immédiate, & il ajoûta ces paroles remarquables : Quand tu fais mouvoir un de tes membres, est-ce ta propre force, qui le remuë? Non, sans doute; car ce membre a souvent des mouvemens involontaires; c'est donc celui qui a créé ton corps qui meut ce corps de terre. Et les idées que reçoit ton ame, est-ce toi qui les formes? Encore moins; car elles viennent malgré toi; c'est donc le

Créa-

Créateur de ton ame, qui te donne tes idées; mais comme il a laiffé à ton cœur la liberté, il donne à ton efprit les idées, que ton cœur mérite; tu vis dans Dieu, tu agis, tu penfes dans Dieu. Tu n'as donc qu'à ouvrir les yeux à cette lumiére, qui éclaire tous les hommes, alors tu verras la vérité, & la feras voir. Eh! voilà le Pere Malebranche, tout pur, m'écriai-je. Je connois ton Malebranche, dit-il; il étoit un peu Quaker; mais il ne l'étoit pas affez. Ce font-là les chofes les plus importantes, que j'ai apprifes touchant la Doctrine des Quakers. Dans la premiére Lettre vous aurez leur Hiftoire, que vous trouverez encore plus finguliere que leur Doctrine.

HI.

* * * * * * * * * * * * * * * * * *

HISTOIRE
DES
QUAKERS.

CHAPITRE V.

Vous avez déja vû, que les Quakers dattent depuis Jésus-Chrift, qui felon eux eft le premier Quaker. La Religion, difent-ils, fut corrompuë prefque après fa mort, & refta dans cette corruption environ 1600 années. Mais il y avoit toujours quelques Quakers cachez dans le monde, qui prenoient foin de conferver le feu facré, éteint partout ailleurs, jufqu'à ce qu'enfin cette lumiére s'étendit en Angleterre en l'an 1642.

Ce fut dans le tems que trois ou quatre Sectes déchiroient la Grande-Bretagne par des Guerres Civiles entreprifes au nom de Dieu, qu'un nommé George Fox, du Comté de Leicefter, fils d'un Ouvrier en foye, s'avifa de prêcher en vrai Apôtre, à ce qu'il prétendoit; c'eft-à-dire fans fçavoir ni lire ni écrire. C'étoit un jeune-homme de vingt-cinq ans, de mœurs irréprochables, & faintement fou. Il étoit vêtu de cuir depuis les pieds jufqu'à la tête, il alloit de Village en Village, criant contre la Guerre & contre le Clergé. S'il n'avoit prêché que contre les Gens de guerre, il n'avoit rien à craindre; mais il attaquoit les Gens d'Eglife. Il fut bien-tôt mis en prifon; on le mena à Darby devant le Juge de Paix. Fox fe préfenta au Juge avec fon bonnet de cuir fur la tête. Un Sergent lui donna un grand foufflet, en lui difant: Gueux, ne fçais-tu pas, qu'il faut paroître tête nuë

devant

devant Mr. le Juge? Fox tendit l'autre joüe, & pria le
Sergent de vouloir bien lui donner un autre soufflet pour
l'amour de Dieu. Le Juge de Darby voulut lui faire
prêter serment avant de l'interroger. Mon ami, sçache,
dit-il au Juge, que je ne prends jamais le Nom de Dieu
en vain. Le Juge voyant, que cet homme le tutoyoit,
l'envoya aux Petites-Maisons de Darby pour y être foüetté.
George Fox alla en loüant Dieu à l'Hôpital des fous, où
l'on ne manqua pas d'executer à la rigueur la Sentence
du Juge. Ceux, qui lui infligerent la pénitence du foüet,
furent bien surpris, quand il les pria de lui appliquer encore quelques coups de verges pour le bien de son ame.
Ces Messieurs ne se firent pas prier: Fox eut sa double
dose, dont il les remercia très-cordialement; puis il se
mit à les prêcher. D'abord on rit, ensuite on l'écouta,
& comme l'enthousiasme est une maladie, qui se gagne,
plusieurs furent persuadez, & ceux, qui l'avoient foüetté,
devinrent ses premiers Disciples. Délivré de sa prison,
il courut les champs avec une douzaine de Prosélytes, prêchant toujours contre le Clergé, & foüetté de tems en
tems. Un jour étant mis au Pilori, il harangua tout le
Peuple avec tant de force, qu'il convertit une cinquan-
taine d'Auditeurs, & mit le reste tellement dans ses intérêts, qu'on le tira en tumulte du trou où il étoit, on alla
chercher le Curé Anglican dont le crédit avoit fait condamner Fox à ce supplice, & on le pilioria à sa place.

Il osa bien convertir quelques soldats de Cromwel, qui
quitterent le métier des armes, & refuserent de prêter le
serment. Cromwel ne vouloit pas d'une Secte, où l'on
ne se battoit point, de même que Sixte-Quint auguroit
mal d'une Secte, *dove non si chiavava:* il se servit de son
pouvoir pour persécuter ces nouveaux venus. On en
remplissoit les prisons; mais les persécutions ne servent
presque jamais qu'à faire des Prosélytes. Ils sortoient de
leurs prisons affermis dans leur créance, & suivis de leurs
Geoliers qu'ils avoient convertis. Mais voici ce qui con-

tribua

tribua le plus à étendre la Secte. Fox se croyoit inspiré, il crut par conséquent devoir parler d'une maniere différente des autres hommes. Il se mit à trembler, à faire des contorsions & des grimaces, à retenir son haleine, à la pousser avec violence; la Prêtresse de Delphes n'eût pas mieux fait. En peu de tems il acquit une grande habitude d'inspiration, & bien-tôt après il ne fut plus guéres en son pouvoir de parler autrement. Ce fut le premier don qu'il communiqua à ses Disciples. Ils firent de bonne foi toutes les grimaces de leur Maître, ils trembloient de toutes leurs forces au moment de l'inspiration. De-là ils en eurent le nom de Quakers, qui signifie Trembleurs. Le petit Peuple s'amusoit à les contrefaire, on trembloit, on parloit du nez, on avoit des convulsions, & on croyoit avoir le S. Esprit. Il leur falloit quelques miracles, ils en firent.

Le Patriarche Fox dit publiquement à un Juge de Paix, en présence d'une grande Assemblée: Ami, prends garde à toi, Dieu te punira bien-tôt de persécuter les Saints. Ce Juge étoit un yvrogne, qui s'enyvroit tous les jours de mauvaise biére & d'eau-de-vie; il mourut d'apopléxie deux jours après, précisément comme il venoit de signer un ordre pour envoyer quelques Quakers en prison. Cette mort soudaine ne fut point attribuée à l'intempérance du Juge: tout le monde la regarda comme un effet des prédictions du saint homme; cette mort fit plus de Quakers, que mille Sermons & autant de convulsions n'en auroient pu faire. Cromwel voyant, que leur nombre augmentoit tous les jours, voulut les attirer à son parti, il leur fit offrir de l'argent; mais ils furent incorruptibles, & il dit un jour, que cette Religion étoit la seule contre laquelle il n'avoit pû prévaloir avec des guinées.

Ils furent quelquefois persécutez sous Charles II, non pour leur Religion; mais pour ne vouloir pas payer les Dixmes au Clergé, pour tutoyer les Magistrats, & réfuser de prêter les sermens prescrits par la Loi.

Enfin

Enfin Robert Barclay, Ecoſſois, préſenta au Roi en 675 ſon Apologie des Quakers, Ouvrage auſſi bon qu'il pouvoit l'être. L'Epître Dédicatoire à Charles II contient non des baſſes flateries; mais des véritez hardies, & des conſeils juſtes. ”Tu as goûté, dit-il à Charles, à la ”fin de cette Epître, de la douceur & de l'amertume, de ”la proſpérité & des plus grands malheurs: tu as été chaſſé ”des pays où tu regnes, tu as ſenti le poids de l'oppreſſion; ”& tu dois ſçavoir combien l'oppreſſeur eſt déteſtable de- ”vant Dieu & devant les hommes: Que ſi après tant d'é- ”preuves & de bénédictions ton cœur s'endurciſſoit, & ”oublioit le Dieu, qui s'eſt ſouvenu de toi dans tes diſgra- ”ces, ton crime en ſeroit plus grand, & ta condamnation ”plus terrible; au-lieu donc d'écouter les flateurs de ta ”Cour, écoute la voix de ta conſcience, qui ne te flatera ja- ”mais. Je ſuis ton fidéle ami & ſujet, BARCLAY.

Ce qui eſt plus étonnant, c'eſt que cette Lettre écrite à un Roi, par un particulier obſcur, eut ſon effet, & que la perſécution ceſſa.

* *

HISTOIRE
DES
QUAKERS.

CHAPITRE VI.

Environ ce tems parut l'illuftre Guillaume Pen, qui établit la puiffance des Quakers en Amérique, & qui les auroit rendus refpectables en Europe, fi les hommes pouvoient refpecter la Vertu fous des apparences ridicules. Il étoit fils unique du Chevalier Pen, Vice-Amiral d'Angleterre, & favori du Duc d'Yorck, depuis Jacques II.

Guillaume Pen, à l'âge de quinze ans, rencontra un Quaker à Oxfort, où il faifoit fes Etudes: ce Quaker le perfuada, & le jeune-homme, qui étoit vif, naturellement éloquent, & qui avoit de l'afcendant dans fa Phyfionomie & dans fes manieres, gagna bien-tôt quelques-uns de fes camarades: il établit infenfiblement une Société de jeunes Quakers, qui s'affembloient chez lui; de-forte qu'il fe trouva Chef de la Secte à l'âge de feize ans.

De retour chez le Vice-Amiral fon pere, au fortir du Collége, au-lieu de fe mettre à genoux devant lui, & de lui demander fa bénédiction, felon l'ufage des Anglais, il l'aborda le chapeau fur la tête, & lui dit: Je fuis fort aife, l'ami, de te voir en bonne fanté. Le Vice-Amiral crut, que fon fils étoit devenu fou; il apperçut bien-tôt qu'il étoit Quaker. Il mit en ufage tous les moyens que la prudence humaine peut employer pour l'engager à vivre comme un autre; le jeune-homme ne répondit à fon pere, qu'en l'exhortant à fe faire Quaker lui-même.

Enfin

Enfin le pere se relâcha à ne lui demander autre chose, sinon qu'il allât voir le Roi & le Duc d'Yorck le chapeau sous le bras, & qu'il ne les tutoyât point. Guillaume répondit, que sa conscience ne le lui permettoit pas, & qu'il valloit mieux obéir à Dieu qu'aux hommes. Le pere indigné & au désespoir, le chassa de sa maison. Le jeune Pen remercia Dieu de ce qu'il souffroit déja pour sa cause; il alla prêcher dans la Cité, il y fit beaucoup de Prosélytes.

Les Prêches des Ministres éclaircissoient tous les jours, & comme il étoit jeune, beau & bien fait, les femmes de la Cour & de la Ville accouroient dévotement pour l'entendre. Le Patriarche George Fox vint du fond de l'Angleterre le voir à Londres, sur sa réputation; tous deux résolurent de faire des Missions dans les Pays Etrangers; ils s'embarquerent pour la Hollande, après avoir laissé des Ouvriers en assez bon nombre pour avoir soin de la vigne de Londres.

Leurs travaux eurent un heureux succès à Amsterdam. Mais ce qui leur fit plus d'honneur, & ce qui mit le plus leur humilité en danger, fut la réception que leur fit la Princesse Palatine Elizabeth, tante de George I, Roi d'Angleterre, femme illustre par son esprit & par son sçavoir, & à qui Descartes avoit dédié son Roman de Philosophie.

Elle étoit alors retirée à la Haye, où elle vit *les Amis ;* car c'est ainsi qu'on appelloit alors les Quakers en Hollande. Elle eut plusieurs conférences avec eux; ils prêcherent souvent chez elle, & s'ils ne firent pas d'elle une parfaite Quakeresse, ils avoüerent aumoins, qu'elle n'étoit pas loin du Royaume des Cieux. Les Amis semerent aussi en Allemagne; mais il y recueillirent peu; on ne goûta pas la mode de tutoyer dans un Pays, où il faut prononcer toujours les termes d'Altesse & d'Excellence. Pen repassa bien-tôt en Angleterre sur la nouvelle de la maladie de son pere, il vint recueillir ses derniers soupirs.

B 5   Le

Le Vice-Amiral se réconcilia avec lui, & l'embrassa avec tendresse, quoiqu'il fût d'une différente Religion. Mais Guillaume l'exhorta en vain à ne point recevoir le Sacrement & à mourir Quaker; & le vieux bon-homme recommanda inutilement à Guillaume d'avoir des boutons sur ses manches & des ganses à son chapeau.

Guillaume hérita de grands biens, parmi lesquels il se trouvoit des dettes de la Couronne pour des avances faites par le Vice-Amiral dans des Expéditions maritimes. Rien n'étoit moins assuré alors que l'argent dû par le Roi. Pen fut obligé d'aller tutoyer Charles II & ses Ministres, plus d'une fois, pour son payement. Le Gouvernement lui donna en 1680 au-lieu d'argent, la propriété & la Souveraineté d'une Province d'Amérique, au Sud de Maryland. Voilà un Quaker devenu Souverain. Il partit pour ses nouveaux Etats avec deux Vaisseaux chargez de Quakers, qui le suivirent. On appella dès-lors le Païs *Pensilvania*, du nom de Pen; il y fonda la ville de Philadelphie, qui est aujord'hui très-florissante. Il commença par faire une Ligue avec les Amériquains ses voisins. C'est le seul Traité entre ces Peuples & les Chrétiens, qui n'ait point été juré, & qui n'ait point été rompu. Le nouveau Souverain fut aussi le Législateur de la Pensilvanie; il donna des Loix très-sages, dont aucune n'a été changée depuis lui. La première est de ne maltraiter personne au sujet de la Religion, & de regarder comme freres tous ceux, qui croyent un Dieu.

A peine eût-il établi son Gouvernement, que plusieurs Marchands de l'Amérique vinrent peupler cette Colonie. Les Naturels du païs, au lieu de fuir dans les forêts, s'accoûtumerent insensiblement avec les pacifiques Quakers. Autant ils détestoient les autres Chrétiens conquérans & destructeurs de l'Amérique, autant ils aimoient ces nouveaux venus. En peu de tems ces prétendus Sauvages, charmez de leurs nouveaux voisins, vinrent en foule demander à Guillaume Pen de les recevoir au nombre de ses vassaux.

vaſſaux. C'étoit un ſpectacle bien nouveau, qu'un Souverain que tout le monde tutoyoit & à qui on parloit le chapeau ſur la tête; un Gouvernement ſans Prêtres, un Peuple ſans armes, des Citoyens tous égaux, à la Magiſtrature près, & des Voiſins ſans jalouſie. Guillaume Pen pouvoit ſe vanter d'avoir apporté ſur la terre l'Age d'Or, dont on parle tant, & qui n'a vraiſemblablement exiſté qu'en Penſilvanie.

Il revint en Angleterre pour les affaires de ſon nouveau Païs, après la mort de Charles Second. Le Roi Jacques, qui avoit aimé ſon pere, eut la même affection pour le fils, & ne le conſidera plus comme un Sectaire obſcur, mais comme un très-grand homme. La politique du Roi s'accordoit en cela avec ſon goût. Il avoit envie de flatter les Quakers en aboliſſant les Loix contre les Non-conformiſtes, afin de pouvoir introduire la Religion Catholique à la faveur de cette liberté. Toutes les Sectes d'Angleterre virent le piége, & ne s'y laiſſerent pas prendre; elles ſont toûjours réünis contre le Catholiciſme, leur ennemi commun. Mais Pen ne crut pas devoir renoncer à ſes principes pour favoriſer des Proteſtans qui le haïſſoient, contre un Roi qui l'aimoit. Il avoit établi la liberté de conſcience en Amérique, il n'avoit pas envie de vouloir paroître la détruire en Europe; il demeura donc fidéle à Jacques Second, au point qu'il fut généralement accuſé d'être Jeſuite. Cette calomnie l'affligea ſenſiblement, il fut obligé de s'en juſtifier par des Ecrits publics. Cependant le malheureux Jacques Second, qui, comme preſque tous les Stuards, étoit un compoſé de grandeur & de faibleſſe, & qui, comme eux, en fit trop & trop peu, perdit ſon Royaume ſans qu'il y eût une épée de tirée, & ſans qu'on pût dire comment la choſe arriva.

Toutes les Sectes Anglaiſes reçurent de Guillaume Troiſiéme & de ſon Parlement, cette même liberté qu'elles n'avoient pas voulu tenir des mains de Jacques. Ce fut

fut alors que les Quakers commencèrent à joüir par la force des Loix de tous les Priviléges dont ils sont en possession aujourd'hui.   Pen, après avoir vû enfin sa Secte établie sans contradiction dans le Païs de sa naissance, retourna en Pensilvanie.   Les siens & les Amériquains le reçurent avec des larmes de joye, comme un pere qui revenoit voir ses enfans.   Toutes ses Loix avoient été religieusement observées pendant son absence; ce qui n'étoit arrivé à aucun Legislateur avant lui.   Il resta quelques années à Philadelphie: il en partit enfin malgré lui pour aller solliciter à Londres des avantages nouveaux en faveur du Commerce des Pensilvains; il ne les revit plus, il mourut à Londres en 1718.

Je ne puis deviner, quel sera le sort de la Religion des Quakers en Amérique; mais je vois, qu'elle dépérit tous les jours à Londres.   Par tout païs la Religion dominante, quand elle ne persécute point, engloutit à la longue toutes les autres.   Les Quakers ne peuvent pas être Membres du Parlement, ni posseder aucun Office; parcequ'il faudroit prêter serment, & qu'ils ne veulent point jurer; ils sont réduits à la nécessité de gagner de l'argent par le Commerce.   Leurs enfans, enrichis par l'industrie de leurs peres, veulent joüir, avoir des honneurs, des boutons & des manchettes; ils sont honteux d'être appellez Quakers, & se font Protestans pour être à la mode.

❋❋❋❋❋❋❋❋❋❋❋❋❋❋❋❋❋❋❋❋

DE LA RELIGION
ANGLICANE.

CHAPITRE VII.

C'eſt ici le Païs des Sectes : *multæ ſunt manſiones in do-mo Patris mei ;* un Anglais, comme un homme libre, va au Ciel par le chemin qu'il lui plaît.

Cependant, quoique chacun puiſſe ici ſervir Dieu à ſa mode, leur véritable Religion, celle où l'on fait fortune eſt la Secte des Epiſcopaux, appellée l'Egliſe Anglicane, ou l'Egliſe par excellence. On ne peut avoir d'emploi ni en Angleterre, ni en Irlande, ſans être du nombre des fidéles Anglicans. Cette raiſon, qui eſt une excellente preuve, a converti tant de Non-conformiſtes, qu'aujour-d'hui il n'y a pas la vingtiéme partie de la Nation qui ſoit hors du giron de l'Egliſe dominante.

Le Clergé Anglican a retenu beaucoup des Cérémonies Catholiques, & ſurtout celle de recevoir les Dîmes, avec une attention très-ſcrupuleuſe. Ils ont auſſi la pieuſe am-bition d'être les maîtres, car quel Vicaire de village ne voudroit pas être Pape ?

De-plus, ils fomentent, autant qu'ils peuvent, dans leurs Oüailles un ſaint zèle contre les Non-conformiſtes. Ce zèle étoit aſſez vif ſous le Gouvernement des Toris, dans les dernieres années de la Reine Anne : mais il ne s'é-tendoit pas plus loin qu'à caſſer quelquefois les vîtres des Chapelles hérétiques, car la rage des Sectes a fini en An-gleterre avec les Guerres civiles, & ce n'étoit plus ſous la Reine Anne, que les bruits ſourds d'une mer encore agi-tée long-tems après la tempête. Quand les Whigs & les

Toris

Toris déchirerent leur païs, comme autrefois les Guelphes & les Gibelins; il fallut bien, que la Religion entrât dans les partis; les Toris étoient pour l'Episcopat, les Whigs le vouloient abolir; mais ils se sont contentez de l'abaisser, quand ils ont été les maîtres.

Du tems que le Comte Harley d'Oxford & Mylord Bolingbroke faisoient boire la santé des Toris, l'Eglise Anglicane les regardoit comme les défenseurs de ses saints Priviléges. L'Assemblée du bas Clergé, qui est une espece de Chambre des Communes, composée d'Ecclésiastiques, avoit alors quelque crédit; elle jouissoit au moins de la liberté de s'assembler, de raisonner de controverse, & de faire brûler de tems en tems quelques Livres impies; c'est-à-dire, écrits contr'elle. Le Ministre, qui est Whig aujourd'hui, ne permet pas seulement à ces Messieurs de tenir leur Assemblée; ils sont réduits dans l'obscurité de leur Paroisse au triste emploi de prier Dieu pour le Gouvernement, qu'ils ne seroient pas fâchez de troubler.

Quant aux Evêques, qui sont vingt-six en tout, ils ont séance dans la Chambre Haute en dépit des Whigs, parceque la coutume ou l'abus de les regarder comme Barons subsiste encore. Il y a une clause dans le Serment que l'on prête à l'Etat, laquelle exerce bien la patience Chrétienne de ces Messieurs; on y promet d'être de l'Eglise, comme elle est établie par la Loi. Il n'y a guéres d'Evêques, de Doyens, d'Archiprêtres, qui ne pensent l'être de Droit Divin; c'est donc un grand sujet de mortification pour eux d'être obligez d'avoüer, qu'ils tiennent tout d'une misérable Loi faite par des profanes Laïques. Un sçavant Religieux (le Pere Courayer) a écrit depuis peu un Livre pour prouver la validité & la succession des Ordinations Anglicanes. Cet Ouvrage a été proscrit en France; mais croyez-vous, qu'il ait plû au Ministére d'Angleterre? Point du tout; les maudits Whigs se soucient très-peu que la succession Episcopale ait été interrompuë chez eux ou non, & que l'Evêque Parker ait été consacré

facré dans un Cabaret (comme on le veut), où dans une Eglife:
ils aiment mieux même que les Evêques tirent leur autorité
du Parlement que des Apôtres. Le Lord B.... dit, que cette
idée de Droit Divin, ne ferviroit qu'à faire des tyrans en ca-
mail & en rochet; mais que la Loi fait des Citoyens.

À l'égard des mœurs, le Clergé Anglican eft plus
réglé que celui de France & en voici la caufe. Tous les
Eccléfiaftiques font élevez dans l'Univerfité d'Oxford, ou
dans celle de Cambridge, loin de la corruption de la Capitale. Ils ne font appellez aux Dignitez de l'Eglife que
très-tard, & dans un âge, où les hommes n'ont d'autres
paffions que l'avarice, lorfque leur ambition manque d'a-
limens. Les emplois font ici la récompenfe des longs
fervices dans l'Eglife, auffi-bien que dans l'Armée: on
n'y voit pas des jeunes gens Evêques ou Colonels au fortir du Collége; de-plus, les Prêtres font prefque tous ma-
riez. La mauvaife grace contractée dans l'Univerfité, &
le peu de commerce qu'on a ici avec les femmes, font
que d'ordinaire un Evêque eft forcé de fe contenter de la
fienne. Les Prêtres vont quelquefois au Cabaret, parceque l'ufage le leur permet; & s'ils s'enyvrent, c'eft férieufement & fans fcandale.

Cet Etre indéfiniffable, qui n'eft ni Ecclefiaftique ni
Séculier: en un mot, ce que l'on appelle un Abbé, eft une
efpèce inconnuë en Angleterre; les Ecclefiaftiques font
tous ici réfervez & prefque tous pédans. Quand ils aprennent, qu'en France des jeunes-gens connus par leurs débauches, & élevez à la Prélature par des intrigues de femmes, font publiquement l'amour, s'égayent à compofer
des Chanfons tendres, donnent tous les jours des foupers
délicats & longs, & de-là vont implorer les lumiéres du
Saint Efprit, & fe nomment hardiment les Succeffeurs
des Apôtres, ils remercient Dieu d'être Proteftans: mais
ce font des vilains Hérétiques à bruler à tous les diables,
comme dit Maître François Rablais. C'eft pourquoi
je ne me mêle point de leurs affaires.

DES

****

DES
PRESBYTERIENS.

CHAPITRE VIII.

La Religion Anglicane ne s'étend qu'en Angleterre & en Irlande ; le Presbytéranisme est la Religion dominante en Ecosse. Ce Presbytéranisme n'est autre chose, que le Calvinisme pur, tel qu'il avoit été établi en France, & qu'il subsiste à Genêve. Comme les Prêtres de cette Secte ne reçoivent les Eglises que des gages très-médiocres, & que par conséquent ils ne peuvent vivre dans le même luxe que les Evêques, ils ont pris le parti naturel de crier contre les honneurs, où ils ne peuvent atteindre. Figurez-vous l'orgueilleux Diogêne, qui fouloit aux pieds l'orgueil de Platon, les Presbyteriens d'Ecosse ne ressemblent pas mal à ce fier & gueux raisonneur ; ils traiterent Charles II avec bien moins d'égard que Diogêne n'avoit traité Alexandre. Car, lorsqu'ils prirent les armes pour lui contre Cromwel, qui les avoit trompez, ils firent essuyer à ce pauvre Roi quatre Sermons par jour : ils lui défendoient de joüer, ils le mettoient en pénitence ; si-bien que Charles se lassa bientôt d'être Roi de ces Pédans, & s'échapa de leurs mains comme un Ecolier se sauve du Collége.

Devant un jeune & vif Bachelier Français, criaillant le matin dans les Ecoles de Théologie, le soir chantant avec les Dames, un Théologien Anglican est un Caton ; mais ce Caton paroît un Galant devant un Presbytérien d'Ecosse. Ce dernier affecte une démarche grave, un air fâché, un vaste chapeau, un long manteau par-dessus, un habit court, prêche du nez, & donne le nom de Prostituée de Babylone à toutes les Eglises, où quelques Ecclésiastiques sont assez heureux pour avoir cinquante mille

livres

livres de rente, & où le Peuple eſt aſſez bon pour le ſouffrir, et pour les appeller Monſeigneur, Votre Grandeur,
& Votre Eminence. Ces Meſſieurs, qui ont auſſi quelques
Egliſes en Angleterre, ont mis les airs graves & ſéveres à la
mode en ce Païs. C'eſt à eux, qu'on doit la ſanctification
du Dimanche dans les trois Royaumes. Il eſt défendu ce
jour-là de travailler & de ſe divertir; ce qui eſt le double de
la ſévérité des Egliſes Catholiques. Point d'Opéra, point
de Comédie, point de Concerts à Londres le Dimanche;
les Cartes même y ſont ſi expreſſément défendües, qu'il n'y
a que les perſonnes de qualité, & ce qu'on appelle les honnêtes-gens, qui joüent ce jour-là; le reſte de la Nation va
au Sermon, au Cabaret & chez des Filles de joye.

Quoique la Secte Epiſcopale & la Presbytérienne ſoient les
deux dominantes dans la Grande-Bretagne, toutes les autres y
ſont bien venües et vivent aſſez bien enſemble, pendant que la
plûpart de leurs Prédicans ſe déteſtent réciproquement avec
preſqu'autant de cordialité qu'un Janſeniſte damne un Jeſuite.

Entrez dans la Bourſe de Londres, cette Place plus re-
ſpectable que bien des Cours, dans laquelle s'aſſemblent
les Députez de toutes les Nations pour l'utilité des hommes:
Là le Juif, le Mahometan & le Chrétien, traitent l'un avec
l'autre comme s'ils étoient de la même Religion, & ne donnent le nom d'Infidéles qu'à ceux, qui font banqueroute. Là
le Presbytérien ſe fie à l'Anabaptiſte, & l'Anglican reçoit la
promeſſe du Quaker. Au ſortir de ces pacifiques & libres Aſſemblées, les uns vont à la Synagogue, les autres
vont boire: celui-ci va ſe faire baptiſer dans une grande
Cuve au nom du Pere, par le Fils, au S. Eſprit: celui-
là fait couper le prépuce de ſon fils, & fait marmotter
ſur l'enfant des paroles Hébraïques, qu'il n'entend point;
les autres vont dans leur Egliſe attendre l'inſpiration de
Dieu, leur chapeau ſur la tête, & tous ſont contens.

S'ils n'y avoit en Angleterre qu'une Religion, le Deſpo-
tiſme ſeroit à craindre. S'il n'y en avoit que deux, elles
ſe couperoient la gorge; mais il y en a trente, & elles vivent en paix & heureuſes.

DES SOCINIENS,

OU

ARIENS,

OU

TITRINITAIRES.

CHAPITRE IX.

Il y a ici une petite Secte compoſée d'Eccléſiaſtiques &
de quelques Séculiers très-ſçavans, qui ne prennent ni
le nom d'Ariens, ni celui de Sociniens; mais qui ne ſont
point du tout de l'avis de St. Athanaſe ſur le Chapitre de
la Trinité, & qui vous diſent nettement, que le Pere eſt
plus grand que le Fils.

Vous ſouvenez-vous d'un certain Evêque Orthodoxe,
qui, pour convaincre un Empereur de la Conſubſtantia-
tion, s'aviſa de prendre le fils de l'Empereur ſous le men-
ton, & de lui tirer le nez en préſence de Sa Sacrée Majeſté? L'Empereur alloit faire jetter l'Evêque par ſes fenê-
tres, quand le bon-homme lui dit ces belles & convain-
cantes paroles: Seigneur, ſi Votre Majeſté eſt ſi fâchée
que l'on manque de reſpect à ſon fils, comment penſez-
vous que Dieu le Pere traitera ceux, qui refuſent à Ieſus-
Chriſt les titres qui lui ſont dûs? Les gens dont je vous
parle diſent, que le S. Evêque étoit fort mal-aviſé, que ſon
argument n'étoit rien moins que concluant, & que l'Empereur devoit lui répondre: Apprenez, qu'il y a deux façons de me manquer de reſpect; la premiére, de ne rendre pas aſſez d'honneur à mon fils; & la ſeconde, de
lui en rendre autant qu'à moi.

Quoi-

· Quoiqu'il en foit, le parti d'Arius commence à revivre en Angleterre auffi-bien qu'en Hollande & en Pologne. Le grand Mr. Newton faifoit à cette opinion l'honneur de la favorifer. Ce Philofophe penfoit, que les Unitaires raifonnoient plus géométriquement que nous. Mais le plus ferme Patron de la Doctrine Arienne, eft l'illuftre Docteur Clarke. Cet homme eft d'une vertu rigide, & d'un caractére doux, plus amateur de fes opinions que paffionné pour faire des Profélytes, uniquement occupé de calculs & de démonftrations, aveugle & fourd pour tout le refte, une vraye machine à raifonnemens.

_ C'eft lui qui eft l'Auteur d'un Livre affez peu entendu, & eftimé, fur l'exiftence de Dieu; & d'un autre plus intelligible, mais affez méprifé, fur la vérité de la Religion Chrétienne.

Il ne s'eft point engagé dans des belles difputes Scholaftiques, que notre ami appelle de vénérables billevefées, il s'eft contenté de faire imprimer un Livre, qui contient tous les témoignages des premiers fiécles pour & contre les Unitaires, & a laiffé au Lecteur le foin de compter les voix & de juger. Ce Livre du Docteur lui a attiré beaucoup de Partifans; mais l'a empêché d'être Archevêque de Cantorbéry: Car lorfque la Reine Anne voulut lui donner ce Pofte, un Docteur nommé Gibfon, qui avoit fans doute fes raifons, dit à la Reine: MADAME, Mr. Clarke eft le plus fçavant & le plus honnête-homme du Royaume, il ne lui manque qu'une chofe. Et quoi, dit la Reine? C'eft d'être Chrétien, dit le Docteur bénévole. Je croi, que Clarke s'eft trompé dans fon calcul, & qu'il valoit mieux être Primat Orthodoxe d'Angleterre, que Curé Arien.

Vous voyez, quelles révolutions arrivent dans les opinions comme dans les Empires. Le parti d'Arius après trois cens ans de triomphe, & douze fiécles d'oubli, renaît enfin de fa cendre; mais il prend très-mal fon tems de reparaître dans un âge, où tout le monde eft raffafié de

difpu-

difputes & de Sectes. Celle-ci eft encore trop petite pour obtenir la liberté des Affemblées publiques; elle l'obtiendra fans doute, fi elle devient plus nombreufe: mais on eft fi tiéde à préfent furtout cela, qu'il n'y a plus guéres de fortune à faire pour une Religion nouvelle ou renouvellée. N'eft-ce pas une chofe plaifante, que Luther, Calvin, Zuingle, tous Ecrivains qu'on ne peut lire, ayent fondé des Sectes qui partagent l'Europe; que l'ignorant Mahomet ait donné une Religion à l'Afie & à l'Afrique; & que Meffieurs Newton, Clarke, Lock, le Clerc, &c. les plus grands Philofophes & les meilleures Plumes de leur tems, ayent pû à peine venir à bout d'établir un petit Troupeau, qui même diminuë tous les jours.

Voilà ce que c'eft que de venir au monde à propos. Si le Cradinal de Retz reparaiffoit aujourd'hui, il n'ameuteroit pas dix femmes dans Paris.

Si Cromwel renaiffoit, lui qui a fait couper la tête à fon Roi, & s'eft fait Souverain, il feroit un fimple Marchand de Londres.

DU

* *

DU
PARLEMENT.

CHAPITRE X.

Les Membres du Parlement d'Angleterre aiment à se comparer aux anciens Romains autant qu'ils le peuvent. Il n'y a pas long-tems que Mr. Schipping dans la Chambre des Communes, commença son Discours par ces mots: *La Majesté du Peuple Anglais seroit blessée.* La singularité de l'expression causa un grand éclat de rire ; mais sans se déconcerter, il répéta les mêmes paroles d'un air ferme, & on ne rit plus. J'avouë, que je ne vois rien de commun entre la Majesté du Peuple Anglais & celle du Peuple Romain, encore moins entre leurs Gouvernemens. Il y a un Sénat à Londres dont quelques Membres sont soupçonnez, quoiqu'à tort sans doute, de vendre leurs voix dans l'occasion, comme on faisoit à Rome: voilà toute la ressemblance. D'ailleurs, les deux Nations me paraissent entierement différentes, soit en bien, soit en mal. On n'a jamais connu chez les Romains la folie horrible des guerres de Religion ; cette abomination étoit réservée à des Dévots, Prêcheurs d'humilité & de patience. Marius & Sylla, Pompée & César, Antoine & Auguste, ne se battoient point pour décider, si le Flamen devoit porter sa chemise par-dessus sa robbe, ou sa robbe par-dessus sa chemise ; & si les Poulets Sacrez devoient manger & boire, ou bien manger seulement, pour qu'on prît les Augures. Les Anglais se sont fait pendre autrefois réciproquement à leurs Assises, & se sont détruits en bataille rangée pour des querelles de pareille espece. La Secte des Episcopaux & le Presbytérianisme ont tourné, pour un tems, ces têtes mélancoliques. Je m'ima-

C 3   gine

gine que pareille fottife ne leur arrivera plus; ils me
paraiffent devenir fages à leurs dépens, & je ne leur voi
nulle envie de s'égorger dorénavant pour des fyllogifmes.
Toutefois qui peut répondre des hommes?

Voici une différence plus effentielle entre Rome &
l'Angleterre, qui met tout l'avantage du côté de la derniere; c'eft que le fruit des Guerres Civiles à Rome a
été l'efclavage, & celui des troubles d'Angleterre, la
liberté. La Nation Anglaife eft la feule de la Terre,
qui foit parvenuë à régler le pouvoir des Rois en
leur réfiftant, & qui d'efforts en efforts ait enfin établi
ce Gouvernement fage, où le Prince Tout-puiffant pour
faire du bien, a les mains liées pour faire le mal, où les
Seigneurs font grands fans infolence & fans Vaffaux, &
où le Peuple partage le Gouvernement fans confufion *.

La Chambre des Pairs & celle des Communes font les
Arbitres de la Nation, le Roi eft le Surarbitre. Cette
balance manquoit aux Romains; les Grands & le Peuple étoient toujours en divifion à Rome, fans qu'il y eût
un pouvoir mitoyen qui pût les accorder. Le Sénat de Rome, qui avoit l'injufte & puniffable orgueil de ne vouloir
rien partager avec les Plébéiens, ne connoiffoit d'autre
fecret pour les éloigner du Gouvernement, que de les
occuper toujours dans les Guerres Etrangeres; ils regardoient le Peuple comme une Bête féroce, qu'il falloit lâ-
cher fur leurs voifins, de-peur qu'elle ne devorât fes Maîtres. Ainfi le plus grand défaut du Gouvernement des
Romains en fit des Conquérans; c'eft parcequ'ils étoient
malheureux chez eux, qu'ils devinrent les Maîtres du monde, jufqu'à ce qu'enfin leurs divifions les rendirent efclaves.

Le Gouvernement d'Angleterre n'eft point fait pour
un fi grand éclat, ni pour une fin fi funefte; fon but
n'eft point la brillante folie de faire des conquêtes; mais
d'em-

---

* Il faut ici bien foigneufement ſignifie point partout la même chofe.
pefer les termes. Le mot de Roi ne En France, en Efpagne, il ſignifie
　　　　　　　　　　　　　　　　　　　　　　　　un

d'empêcher que ſes voiſins n'en faſſent.   Ce Peuple n'eſt pas ſeulement jaloux de ſa liberté ; il l'eſt encore de celle des autres.   Les Anglais étoient acharnez contre Loüis XIV uniquement parcequ'ils lui croyoient de l'ambition. Il en a coûté ſans doute pour établir la liberté en Angleterre : c'eſt dans des mers de ſang qu'on a noyé l'Idole du Pouvoir deſpotique ;   mais les Anglais ne croyent point avoir acheté trop cher leurs Loix.   Les autres Nations n'ont pas verſé moins de ſang qu'eux ; mais ce ſang qu'elles ont répandu pour la cauſe de leur liberté, n'a fait que cimenter leur ſervitude.

Ce qui devient une révolution en Angleterre, n'eſt qu'une ſédition dans les autres païs.   Une Ville prend les armes pour défendre ſes Priviléges, ſoit en Barbarie, ſoit en Turquie ; auſſi-tôt des ſoldats mercenaires la ſubjuguent, des Bourreaux la puniſſent, & le reſte de la Nation baiſe ſes chaînes.   Les Français penſent, que le Gouvernement de cette Isle eſt plus orageux, que la mer, qui l'environne, & cela eſt vrai ;   mais c'eſt, quand le Roi commence la tempête, c'eſt quand il veut ſe rendre le Maître du Vaiſſeau, dont il n'eſt que le premier Pilote. Les Guerres Civiles de France ont été plus longues, plus cruelles, plus fécondes en crimes que celles d'Angleterre ; mais de toutes ces Guerres Civiles aucune n'a eu une liberté ſage pour objet.

Dans le tems déteſtable de Charles IX & de Henri III, il s'agiſſoit ſeulement de ſçavoir, ſi on ſeroit l'eſclave des Guiſes ;   pour la derniere guerre de Paris elle ne mérite que des ſiflets.   Il me ſemble que je voi des Ecoliers qui ſe mutinent contre le Préfet d'un Collége, & qui finiſſent par être fouettez.   Le Cardinal de Retz avec beaucoup d'eſprit & de courage mal employez, rebelle ſans aucun ſujet, factieux ſans deſſein, Chef de parti ſans Armée,

C 4

un homme, qui par les droits du ſang eſt le Juge Souverain & ſans appel de toute la Nation. En Angleterre, en Suede, en Pologne, il ſignifie le Premier Magiſtrat.

mée, cabaloit pour cabaler, & sembloit faire la Guerre
Civile pour son plaisir. Le Parlement de Paris ne sça-
voit ce qu'il vouloit, ni ce qu'il ne vouloit pas. Il levoit
des troupes par Arrêt, il les cassoit; il menaçoit, demandoit pardon; il mettoit à prix la tête du Cardinal Mazarin, & ensuite venoit le complimenter en cérémonie. Nos
Guerres Civiles sous Charles VI avoient été cruelles, celles
de la Ligue furent abominables, celle de la Fronde fut ridicule.

Ce qu'on reproche le plus en France aux Anglais, &
avec raison c'est le supplice de Charles I, Monarque digne
d'un meilleur sort, qui fut traité par ses vainqueurs,
comme il les eût traité, s'il eût été heureux. Après tout,
regardez d'un côté Charles I vaincu en bataille rangée,
prisonnier, jugé, condamné dans Westminster, & déca-
pité; & de l'autre, l'Empereur Henri VII empoisonné
par son Chapelain en communiant, Henri III assassiné
par un Moine, trente assassinats médites contre Henri
IV, plusieurs executez, & le dernier privant enfin
la France de ce grand Roi: pesez ces at-
tentats, & jugez.

* *

SUR LE

GOUVERNEMENT.

CHAPITRE XI.

Ce mélange dans le Gouvernement d'Angleterre, ce Concert entre les Communes, les Lords & le Roi, n'a pas toujours subsisté. L'Angleterre a été long-tems esclave, elle l'a été des Romains, des Saxons, des Danois, des Français. Guillaume le Conquérant la gouverna sur-tout avec un Sceptre de fer. Il disposoit des biens, de la vie de ses nouveaux Sujets, comme un Monarque de l'O-rient; il défendit, sous peine de mort, qu'aucun Anglais osât avoir du feu & de la lumiére chez lui passé huit heu-res du soir; soit qu'il prétendît par-là prévenir leurs as-semblées nocturnes, soit qu'il voulût essayer par une dé-fense si bizarre jusqu'où peut aller le pouvoir des hommes sur d'autres hommes. Il est vrai, qu'avant & après Guil-laume le Conquérant les Anglais ont eu des Parlemens; ils s'en vantent, comme si ces Assemblées, appellées alors Parlemens, composées de Tyrans Ecclésiastiques & de pil-lars, nommez Barons, avoient été les gardiens de la Li-berté & de la Félicité publique.

Les Barbares, qui des bords de la mer Baltique fondi-rent dans le reste de l'Europe, apporterent avec eux l'u-sage de ses Etats ou Parlemens, dont on fait tant de bruit, & qu'on connaît si peu; les Rois alors n'étoient point despotiques, cela est vrai, & c'est précisément par cette raison, que les Peuples gémissoient dans une servitude mi-serable; les Chefs de ces Sauvages, qui avoient ravagé la France, l'Italie, l'Espagne & l'Angleterre, se firent Mo-

C 5   narques.

narques. Leurs Capitaines partagerent entr'eux les Terres des vaincus: de-là ces Margraves, ces Lords, ces Barons, ces Sous-Tyrans, qui diſputoient ſouvent avec des Rois mal affermis les dépoüilles des Peuples. C'étoient des Oiſeaux de proye combattans contre un Aigle pour ſuccer le ſang des Colombes: chaque Peuple avoit cent Tyrans au-lieu d'un bon Maître. Des Prêtres ſe mirent bien-tôt de la partie; de tout tems le ſort des Gaulois, des Germains, des Inſulaires d'Angleterre, avoit été d'être gouvernez par leurs Druïdes, & par les Chefs de leurs Villages, ancienne eſpece de Barons; mais moins Tyrans que leurs ſucceſſeurs. Ces Druïdes ſe diſoient médiateurs entre la Divinité & les hommes; ils faiſoient des Loix, ils excommunioient, ils condamnoient à la mort. Les Evêques ſuccederent peu-à-peu à leur autorité temporelle dans le Gouvernement Goth & Vandale. Les Papes ſe mirent à leur tête, & avec des Brefs, des Bulles & des Moînes, ils firent trembler les Rois, les dépoſerent, les firent aſſaſſiner, & tirerent à eux tout l'argent qu'ils purent de l'Europe. L'imbécile Inas, l'un des Tyrans de l'Heptarchie d'Angleterre, fut le premier, qui dans un Pélérinage à Rome ſe ſoumit à payer le denier de St. Pierre (ce qui étoit environ un écu de notre monnoye) pour chaque maiſon de ſon Territoire. Toute l'Iſle ſuivit bien-tôt cet exemple, l'Angleterre devint petit-à-petit une Province du Pape; le St. Pere y envoyoit de tems en tems ſes Légats pour y lever des impôts exorbitans. Jean-ſans-terre fit enfin une ceſſion en bonne forme de ſon Royaume à Sa Sainteté, qui l'avoit excommunié; les Barons qui n'y trouverent pas leur compte chaſſerent ce miſerable Roi, & mirent à ſa place Loüis VIII, pere de St. Loüis Roi de France. Mais ils ſe dégoûterent bien-tôt de ce nouveau venu, & lui firent repaſſer la mer.

Tandis que les Barons, les Evêques, les Papes déchiroient tous ainſi l'Angleterre, où tous vouloient commander; le Peuple, la plus nombreuſe, la plus utile, &

même

même la plus vertueuse partie des hommes, composée de ceux, qui étudient les Loix & les Sciences, des Négocians, des Artifans, des laboureurs enfin qui exercent la plus noble & la plus méprifée des professions; le peuple, dis-je, étoit regardé par eux comme des Animaux audessous de l'homme. Il s'en falloit bien, que les Communes euffent alors part au Gouvernement; c'étoient des Vilains, leur travail, leur fang appartenoient à leurs Maîtres, qui s'appelloient Nobles. Le plus grand nombre des hommes étoit en Europe, ce qu'ils font encore en plufieurs endroits du monde, ferfs d'un Seigneur, efpece de bétail qu'on vend & qu'on achete avec la Terre. Il a fallu des fiécles, pour rendre juftice à l'humanité, pour fentir, qu'il étoit horrible, que le grand nombre femât & que le petit recueillît; & n'eft-ce pas un bonheur pour les Français, que l'autorité de ces petits Brigands ait été éteinte en France par la Puiffance légitime des Rois, en Angleterre par celle du Roi & de la Nation?

Heureufement dans les fecouffes, que les querelles des Rois & des Grands donnoient aux Empires, les fers des Nations fe font plus ou moins relâchez, la Liberté eft née en Angleterre des querelles des Tyrans. Les Barons forcèrent Jean-fans-terre & Henri III, à accorder cette fameufe Charte, dont le principal but étoit à la vérité de mettre les Rois dans la dépendance des Lords; mais dans laquelle le refte de la Nation fut un peu favorifé; afin que dans l'occafion elle fe rangeât du parti de fes prétendus Protecteurs. Cette grande Charte, qui eft regardée comme l'origine facrée des Libertez Anglaifes, fait bien voir elle-même, combien peu la Liberté étoit connuë; le titre feul prouve, que le Roi fe croyoit abfolu de droit, & que les Barons & le Clergé même ne le forçoient à fe relâcher de ce droit prétendu, que parcequ'ils étoient les plus forts.

Voici comme commence la grande Charte: "Nous accordons de notre libre volonté les Priviléges fuivans
"aux

'aux Archevêques, Evêques, Abbez, Prieurs & Barons de notre Royaume, &c.

Dans les Articles de cette Charte, il n'est pas dit un mot de la Chambre des Communes ; preuve qu'elle n'existoit pas encore, ou qu'elle existoit sans pouvoir. On y spécifie les hommes libres d'Angleterre, triste démonstration qu'il y en avoit, qui ne l'étoient pas ; on voit par l'Article XXXII, que les hommes prétendus libres devoient le service à leur Seigneur. Une telle Liberté tenoit encore beaucoup de l'esclavage.

Par l'Article XXI le Roi ordonne, que ses Officiers ne pourront dorénavant prendre de force les chevaux & les charettes des hommes libres qu'en payant. Ce Réglement parut au Peuple une vraye Liberté, parcequ'il ôtoit une plus grande Tyrannie. Henri VII, Usurpateur heureux & grand Politique, qui faisoit semblant d'aimer les Barons, mais qui les haïssoit & les craignoit, s'avisa de procurer l'aliénation de leurs Terres. Par-là les Vilains, qui dans la suite acquirent du bien par leurs travaux, achetèrent les Châteaux des illustres Pairs, qui s'étoient ruinez par leurs folies: peu-à-peu toutes les Terres changerent des Maîtres.

La Chambre des Communes devint de jour en jour plus puissante. Les familles des anciens Pairs s'éteignirent avec le tems ; & comme il n'y a proprement que les Pairs, qui soient Nobles en Angleterre, dans la rigueur de la Loi, il n'y auroit plus du tout de Noblesse en ce Païs-là, si les Rois n'avoient pas créé de nouveaux Barons de tems en tems, & conservé le Corps des Pairs, qu'ils avoient tant craint autrefois, pour l'opposer à celui des Communes devenu trop redoutable.

Tous ces nouveaux Pairs, qui composent la Chambre Haute, reçoivent du Roi leur titre & rien de plus, puisqu'aucun d'eux n'a la Terre dont il porte le nom. L'un est Duc de Dorset, & n'a pas un pouce de terre en Dorsetshire ; l'autre est Comte d'un Village, qui sçait à peine,

où ce

où ce Village eſt ſitué. Ils ont du pouvoir dans le Parlement, non ailleurs.

Vous n'entendez point ici parler de haute, moyenne & baſſe Juſtice, ni du droit de chaſſer ſur les Terres d'un Citoyen, lequel n'a pas la liberté de tirer un coup de fuſil ſur ſon propre champ.

Un homme, parcequ'il eſt Noble ou Prêtre, n'eſt point ici exempt de payer certaines taxes; tous les impôts font réglez par la Chambre des Communes, qui n'étant que la ſeconde par ſon rang, eſt la premiére par ſon crédit.

Les Seigneurs & les Evêques peuvent bien rejetter le Bill des Communes, lorſqu'il s'agit de lever de l'argent; mais il ne leur eſt pas permis d'y rien changer, il faut ou qu'ils le reçoivent, ou qu'ils le rejettent ſans reſtriction. Quand le Bill eſt confirmé par les Lords & approuvé par le Roi, alors tout le monde paye, chacun donne, non ſelon ſa qualité (ce qui feroit abſurde) mais ſelon ſon revenu. Il n'y a point de taille, ni de capitation arbitraire; mais une taxe réelle ſur les Terres, elles ont été évaluées toutes ſous le fameux Roi Guillaume III.

La taxe ſubſiſte toûjours la même, quoique les revenus des Terres ayent augmenté; ainſi perſonne n'eſt foulé & perſonne ne ſe plaint; le Payſan n'a point les pieds meurtris par des ſabots, il mange du pain blanc, il eſt bien vêtu, il ne craint point d'augmenter le nombre de ſes Beſtiaux, ni de couvrir ſon toît de tuiles, de-peur que l'on ne hauſſe ſes impôts l'année d'après. Il y a ici beaucoup de Payſans, qui ont environ cinq ou ſix cens livres Sterling de revenu, & qui ne dédaignent pas de continuer à cultiver la terre, qui les a enrichis, & dans laquelle ils vivent libres.

SUR

* *

SUR LE
COMMERCE.

CHAPITRE XII.

Le Commerce, qui a enrichi les Citoyens en Angleterre, a contribué à les rendre libres, & cette liberté a étendu le Commerce à son tour; de-là s'est formé la grandeur de l'Etat. C'est le Commerce qui a établi peu-à-peu les forces navales, par qui les Anglais sont les Maîtres des Mers; ils ont à présent près de deux cens Vaisseaux de guerre. La postérité apprendra peut-être avec surprise, qu'une petite Isle, qui n'a de soi-même qu'un peu de Bled, de Plomb, de l'Etain, de la terre à Foulon, & de la Laine grossiere, est devenue par son Commerce assez puissante pour envoyer en 1723 trois Flottes à la fois en trois extrémitez du Monde: l'une devant Gibraltar, conquise & conservée par ses armes: l'autre à Portobello, pour ôter au Roi d'Espagne la joüissance des trésors des Indes; & la troisiéme dans la Mer Baltique, pour empêcher les Puissances du Nord de se battre.

Quand Loüis XIV faisoit trembler l'Italie, & que ses Armées, déja maîtresses de la Savoye & du Piémont, étoient prêtes de prendre Turin, il fallut que le Prince Eugene marchât du fond de l'Allemagne au secours du Duc de Savoye. Il n'avoit point d'argent, sans quoi on ne prend ni ne défend les Villes; il eut recours à des Marchands Anglais. En une demie-heure de tems on lui prêta cinq Millions; avec cela il délivra Turin, battit les Français, & écrivit à ceux, qui avoient prêté cette somme ce petit billet: "Messieurs, j'ai reçu votre argent, & je
"me

» me flatte de l'avoir bien employé à votre fatisfaction. »
Tout cela donne un jufte orgueil à un Marchand Anglais,
& fçait, qu'il ofe fe comparer, non fans quelque raifon, à
un Citoyen Romain. Auffi le cadet d'un Pair du Royaume
ne dédaigne point le négoce. Mylord Townshend, Miniftre d'Etat, a un frere, qui fe contente d'être Marchand dans la
Cité. Dans le tems que Mylord Oxford gouvernoit l'Angleterre, fon cadet étoit Facteur à Alep, d'où il ne voulut pas
revenir, & où il eft mort. Cette coutume, qui pourtant
commence trop à fe paffer, parait monftrueufe à des Allemands entêtez de leurs quartiers: ils ne fçauroient concevoir, que le fils d'un Pair d'Angleterre ne foit qu'un
riche & puiffant Bourgeois, au-lieu qu'en Allemagne tout
eft Prince. On a vû jufqu'à trente Alteffes du même nom,
n'ayans pour tout bien que des Armoiries & de l'orgueil.

En France eft Marquis qui veut, & quiconque arrive à
Paris du fond d'une Province avec de l'argent à dépenfer,
& un nom en *ac* ou en *ille*, peut dire *un homme comme
moi! un homme de ma qualité!* & méprifer fouveraine-
ment un Négociant; le Négociant entend lui-même parler fi fouvent avec dédain de fa Profeffion, qu'il eft affez
fot pour en rougir. Je ne fçai pourtant lequel eft le plus
utile à un Etat, ou un Seigneur bien poudré, qui fçait
précifément, à quelle heure le Roi fe leve, à quelle heure
il fe couche, & qui fe donne des airs de grandeur en
joüant le rôle d'efclave dans l'Antichambre d'un Miniftre; ou un Négociant qui enrichit fon païs, donne de
fon cabinet des ordres à Suratte & au Caire, & con-
tribuë au bonheur du monde.

SUR.

****

SUR
L'INSERTION
DE LA
PETITE VÉROLE.

CHAPITRE XIII.

On dit doucement dans l'Europe Chrétienne, que les Anglais font des fous & des enragez : des fous, parce qu'ils donnent la petite Vérole à leurs enfans pour les empêcher de l'avoir ; des enragez, parcequ'ils communiquent de gayeté de coeur à ces enfans une maladie certaine & affreufe dans la vuë de prévenir un mal incertain. Les Anglais de leur côté difent, que les autres Européans font des lâches & des dénaturez ; ils font lâches, en ce qu'ils craignent de faire un peu de mal à leurs enfans, dénaturez, en ce qu'ils les expofent à mourir un jour de la petite Vérole. Pour juger laquelle des deux Nations a raifon, voici l'hiftoire de cette fameufe Infertion, dont on parle en France avec tant d'effroi.

Les femmes de Circaffie font, de tems immémorial, dans l'ufage de donner la petite Vérole à leurs enfans, même à l'âge de fix mois, en leur faifant une incifion au bras, & en infèrant dan scette incifion une puftule, qu'elles ont foigneufement enlevée du corps d'un autre enfant. Cette puftule fait dans le bras, où elle eft infinuée, l'effet du levain dans un morceau de pâte ; elle y fermente, & répand dans la maffe du fang les qualitez dont elle eft empreinte. Les boutons de l'enfant, à qui l'on a donné cette petite Vérole artificielle, fervent à porter la même ma-

maladie à d'autres. C'est une circulation presque continuelle en Circaffie, & quand malheureusement il n'y a
point de petite Vérole dans le païs, on est auffi embarrassé
qu'on l'est ailleurs dans une mauvaise année.

Ce qui a introduit en Circaffie cette coutume, qui parait fi étrange à d'autres Peuples, est pourtant une cause
commune à tous les Peuples de la Terre; c'est la tendresse maternelle & l'intérêt.

Les Circaffiens font pauvres, & leurs filles font belles;
auffi ce font elles, dont ils font le plus de trafic. Ils four-
niffent de Beautez les Harems du Grand-Seigneur, le So-
phi de Perse, & ceux, qui font affez riches pour acheter
& pour entretenir cette marchandise précieuse. Ils éle-
vent ces filles en tout bien & en tout honneur à careffer
les hommes, à former des danfes pleines de lafciveté &
de moleffe, à rallumer par tous les artifices les plus vo-
luptueux le goût des Maîtres dédaigneux à qui elles font
deftinées. Ces pauvres créatures répetent tous les jours
leur leçon avec leur mere, comme nos petites filles répé-
tent leur Catechifme, fans y rien comprendre.

Or il arrivoit fouvent, qu'un pere & une mere, après
avoir ~~pris~~ des peines pour donner une bonne éducation à leurs enfans, fe voyoient tout-d'un-coup fruftrez
de leur efpérance. La petite Vérole fe mettoit dans la famille, une fille en mouroit, une autre perdoit un oeil,
une troifiéme relevoit avec un gros nez, & les pauvres
gens étoient ruïnez fans reffource. Souvent même quand
la petite Vérole devenoit épidémique, le Commerce étoit
interrompu pour plufieurs années; ce qui caufoit une no-
table diminution dans les Serails de Perse & de Turquie.

Une Nation commerçante est toûjours fort allerte fur
fes intérêts, & ne néglige rien des connoiffances, qui peuvent être utiles à fon Négoce. Les Circaffiens s'apperçu-
rent, que fur mille perfonnes il s'en trouvoit à peine une
feule qui fût attaquée deux fois d'une petite Vérole bien
complette; qu'à la vérité on effuye quelquefois trois ou

quatre petites Véroles légéres, mais jamais deux qui foient décidées & dangereufes; qu'en un mot, jamais on n'a véritablement cette maladie deux fois en fa vie. Ils remarquerent encore, que quand les petites Véroles font très-bénignes, & que leur irruption ne trouve à percer qu'une peau délicate & fine, elles ne laiffent aucune impreffion fur le vifage. De ces obfervations naturelles ils conclurent, que fi un enfant de fix mois, ou d'un an, avoit une petite Vérole bénigne, il n'en mourroit pas; il n'en feroit pas marqué, & feroit quitte de cette maladie pour le refte de fes jours.

Il reftoit donc pour conferver la vie & la beauté de leurs enfans, de leur donner la petite Vérole de bonne heure; c'eft ce que l'on fit en inférant dans le corps d'un enfant un bouton que l'on prit de la petite Vérole la plus complette, & en même tems la plus favorable qu'on pût trouver.

L'expérience ne pouvoit pas manquer de réuffir. Les Turcs, qui font gens fenfez, adopterent bien-tôt après cette coûtume, & aujourd'hui il n'y a point de Bacha dans Conftantinople, qui ne donne la petite Vérole à fon fils & à fa fille en les faifant févrer.

Il y a quelques gens qui prétendent, que les Circaffiens prirent autrefois cette coûtume des Arabes; mais nous laiffons ce point d'hiftoire à éclaircir par quelque fçavant Benédictin, qui ne manquera pas de compofer là-deffus plufieurs Volumes *in-folio* avec les preuves. Tout ce que j'ai à dire fur cette matiere, c'eft que dans le commencement du Régne de George I, Madame de Wortley Montaigu, une des femmes d'Angleterre qui a le plus d'efprit, & le plus de force dans l'efprit, étant avec fon mari en Ambaffade à Conftantinople, s'avifa de donner fans fcrupule la petite Vérole à un enfant, dont elle étoit accouchée en ce Païs. Son Chapelain eut beau lui dire, que cette expérience n'étoit point Chrétienne, & ne pouvoit réuffir que chez des Infidéles; le fils de Madame Wortley s'en trouva à merveille: cette Dame de retour à Londres fit

part

part de son expérience à la Princesse de Galles qui est aujourd'hui Reine. Il faut avoüer que, Titres & Couron-
nes à part, cette Princesse est née pour encourager tous
les Arts, & pour faire du bien aux hommes; c'est un
Philosophe aimable sur le Trône: elle n'a jamais perdu
ni une occasion de s'instruire, ni une occasion d'exercer
sa générosité. C'est elle qui ayant entendu dire, qu'une
fille de Milton vivoit encore, & vivoit dans la misere,
lui envoya sur le champ un présent considérable; c'est
elle qui protége le sçavant Pere le Courayer; c'est elle
qui daigna être la Médiatrice entre le Docteur Clarck &
Mr. Leibnitz. Dès qu'elle eût entendu parler de l'Inoculation ou insertion de la petite Vérole, elle en fit faire
l'épreuve sur quatre Criminels condamnez à mort, à qui
elle sauva doublement la vie; car non-seulement elle les
tira de la potence; mais à la faveur de cette petite Vérole
artificielle, elle prévint la naturelle qu'ils auroient probablement euë, & dont ils seroient morts dans un âge
plus avancé.

La Princesse, assurée de l'utilité de cette épreuve, fit
inoculer ses enfans. L'Angleterre suivit son exemple,
& depuis ce tems dix mille enfans de famille, au moins,
doivent ainsi la vie à la Reine & à Madame Wortley
Montaigu; & autant de filles leur doivent leur beauté.

Sur cent personnes dans le monde soixante au moins
ont la petite Vérole; de ces soixante vingt en meurent
dans les années les plus favorables, & vingt en conservent
pour toujours de fâcheux restes. Voilà donc la cinquiéme partie des hommes que cette maladie tuë ou enlaidit
sûrement. De tous ceux, qui sont inoculez en Turquie
ou en Angleterre, aucun ne meurt, s'il n'est infirme &
condainné à mort d'ailleurs. Personne n'est marqué,
aucun n'a la petite Vérole une seconde fois, supposé que
l'inoculation ait été parfaite. Il est donc certain, que si
quelque Ambassadrice Françaife avoit rapporté ce secret de
Constantinople à Paris, elle auroit rendu un service éter-

D 2   nel

nel à la Nation. Le Duc de Villequier, père du Duc d'Aumont d'aujourd'hui, l'homme de France le mieux conftitué & le plus fain, ne feroit pas mort à la fleur de fon âge: le Prince Soubife, qui avoit la fanté la plus brillante, n'auroit pas été emporté à l'âge de vingt-cinq ans: Monfeigneur, grand-pere de Loüis XV, n'auroit pas été enterré dans fa cinquantiéme année. Vingt mille hommes morts à Paris de la petite Vérole en 1723 vivroient encore. Quoi donc! Eft-ce que les Français n'aiment point la vie? Eft-ce que leurs femmes ne fe foucient point de leur beauté? En vérité nous fommes d'étranges gens! Peut-être dans dix ans prendra-t-on cette Méthode Angloi-fe, fi les Curez & les Médecins le permettent; ou bien les Français dans trois mois fe ferviront de l'inoculation par fantaifie, fi les Anglais s'en dégoûtent par incon-ftance.

J'apprends, que depuis cent ans les Chinois font dans cet ufage; c'eft un grand préjugé que l'exemple d'une Nati-on qui paffe pour être la plus fage & la mieux policée de l'Univers. Il eft vrai, que les Chinois s'y prennent d'une façon différente: ils ne font point d'incifion, ils font prendre la petite Vérole par le nez comme du tabac en poudre, cette façon eft plus agréable; mais elle re-vient au même, & fert également à confirmer, que fi on avoit pratiqué l'inoculation en France, on auroit fau-vé la vie à des milliers d'hommes.

SUR

* * * * * * * * * * * * * * * * *

S U R L E
CHANCELIER BACON.

C H A P I T R E XIV.

Il n'y a pas long-tems, que l'on agitoit dans une compagnie célébre cette question usée & frivole: Quel étoit le plus grand homme, qu'il y ait eu sur la terre; si c'étoit César, Alexandre, Tamerlan, Cromwel, &c.

Quelqu'un répondit, que c'étoit sans contredit Isaac Newton. Cet homme avoit raison; car si la vraye Grandeur consiste à avoir reçu du Ciel un puissant génie, & à s'en être servi pour s'éclairer soi-même & les autres, un homme comme Mr. Newton, tel qu'il s'en trouve à peine en dix siécles, est véritablement le grand homme; & ces Politiques & ces Conquérans, dont aucun siécle n'a manqué, ne sont d'ordinaire que d'illustres méchans. C'est à celui qui domine sur les esprits par la force de la vérité, non à ceux, qui font des esclaves par violence, c'est à celui qui connaît l'Univers, non à ceux, qui le défigurent, que nous devons nos respects.

Puis donc que vous exigez, que je vous parle des hommes célébres qu'a porté l'Angleterre, je commencerai par les Bacons, les Lockes & les Newtons, &c. Les Généraux & les Ministres viendront à leur tour.

Il faut commencer par le fameux Baron de Vérulam, connu en Europe sous le nom de BACON, qui étoit fils d'un Garde des Sceaux, & fut long-tems Chancelier sous le Roi Jacques I. Cependant au milieu des intrigues de la Cour & des occupations de sa Charge, qui demandoient un homme tout entier, il trouva le tems d'être grand

Phi-

Philofophe, bon Hiftorien, Ecrivain élégant; & ce qui eft encore plus étonnant, c'eft qu'il vivoit dans un fiécle, où l'on ne connaiſſoit guére l'Art de bien écrire, encore moins la bonne Philoſophie. Il a été, comme c'eft l'uſage parmi les hommes, plus eftimé après ſa mort que de ſon vivant. Ses ennemis étoient à la Cour de Londres, ſes admirateurs étoient les Etrangers.

Lorſque le Marquis d'Effiat amena en Angleterre la Princeſſe Marie, fille de Henri le Grand, qui devoit épouſer le Roi Charles, ce Miniftre alla viſiter Bacon, qui lors étant malade au lit le reçut les rideaux fermés. Vous reſſemblez aux Anges, lui dit d'Effiat ; on entend toujours parler d'eux, on les croit bien ſupérieurs aux hommes, & on n'a jamais la conſolation de les voir.

Vous ſçavez, comment Bacon fut accuſé d'un crime, qui n'eft guéres d'un Philoſophe, de s'être laiſſé corrompre par argent. Vous ſçavez, comment il fut condamné par la Chambre des Pairs à une amende d'environ quatre cens mille livres de notre monnoye, à perdre ſa dignité de Chancelier & de Pair. Aujourd'hui les Anglais révérent ſa mémoire, au point qu'à peine avouent-ils, qu'il ait été coupable. Si vous me demandez ce que j'en penſe, je me ſervirai pour vous répondre d'un mot que j'ai oui dire à Mylord Bolingbroke. On parloit en ſa préſence de l'avarice dont le Duc de Marlborough avoit été accuſé, & on en citoit des traits ſur lesquels on appelloit au témoignage de Mylord Bolingbroke, qui ayant été d'un parti contraire, pouvoit peut-être avec bienféance dire ce qui en étoit. C'étoit un ſi grand homme, répondit-il, que j'ai oublié ſes vices.

Je me bornerai donc à vous parler de ce qui a mérité au Chancelier Bacon l'eftime de l'Europe.

Le plus ſingulier & le meilleur de ſes Ouvrages, eft celui qui eft aujourd'hui le moins lû & le plus utile ; je

veux

veux parler de fon *Novum Scientiarum Organum.* C'eft
l'échaffaut avec lequel on a bâti la nouvelle Philofophie,
& quand cet Edifice a été élevé, aumoins en partie, l'é-
chaffaut n'a plus été d'aucun ufage.

Le Chancelier Bacon ne connaiffoit pas encore la Nature; mais il fçavoit & indiquoit tous les chemins qui me-
nent à elle. Il avoit méprifé de bonne heure ce que des
Univerfitez appelloient la Philofophie, & il faifoit tout
ce qui dépendoit de lui, afin que ces Compagnies, in-
ftituées pour la perfection de la raifon humaine, ne con-
tinuaffent pas de la gâter par leurs *quidditez,* leurs horreurs du vuide, leurs formes fubftantielles, & tous ces
mots impertinens, que non feulement l'ignorance rendoit refpectables; mais qu'un mélange ridicule avec la
Religion avoit rendu facrez.

Il eft le Pere de la Philofophie expérimentale. Il eft
bien vrai, qu'avant lui on avoit découvert des fecrets éton-
nans: on avoit inventé la Bouffole, l'Imprimerie, la Gravure des Eftampes, la Peinture à l'huile, les Glaces, l'Art
de rendre en quelque façon la vuë aux Vieillards par les
Lunettes, qu'on appelle Beficles, la Poudre à Canon, &c.
On avoit cherché, trouvé & conquis un nouveau Monde.
Qui ne croiroit, que ces fublimes découvertes euffent été
faites par les plus grands Philofophes, & dans des tems
bien plus éclairez que le nôtre? Point du tout, c'eft dans
le tems de la plus ftupide barbarie que ces grands changemens ont été faits fur la Terre. Le hazard feul a produit
prefque toutes ces inventions, & il y a même bien de l'apparence, que ce qu'on appelle Hazard a eu grande part
dans la découverte de l'Amérique; dumoins a-t-on toujours
cru, que Chriftophe Colomb n'entreprit fon voyage que
fur la foi d'un Capitaine de Vaiffeau, qu'une tempête avoit
jetté jufqu'à la hauteur des Isles Caraïbes. Quoiqu'il en
foit, les hommes fçavoient aller au bout du Monde; ils
fçavoient détruire des Villes avec un tonnerre artificiel,

plus

plus terrible que le tonnerre véritable; mais ils ne connaiſſoient pas la circulation du ſang, la péſanteur de l'air,
les loix du mouvement, la lumiére, le nombre de
nos Planettes, &c. Et un homme qui ſoutenoit une
Theſe ſur les Catégories d'Ariſtote, ſur l'Univerſel *à
parte rei,* ou telle autre ſottiſe, étoit regardé comme un
prodige.

Les inventions les plus étonnantes & les plus utiles ne
ſont pas celles, qui font le plus d'honneur à l'Eſprit humain. C'eſt à un inſtinct méchanique, qui eſt chez la
plûpart des hommes, que nous devons la plûpart des Arts,
& nullement à la ſaine Philoſophie.

La découverte du Feu, l'Art de faire du Pain, de fon-
dre & de préparer les Métaux, de bâtir des Maiſons, l'invention de la Navette, ſont d'une toute autre néceſſité
que l'Imprimerie & la Bouſſolle; cependant ces Arts furent inventez par des hommes encore ſauvages.

Quel prodigieux uſage les Grecs & les Romains ne fi-
rent-ils pas depuis des Méchaniques! Cependant on croyoit
de leur tems, qu'il y avoit des Cieux de Cryſtal, & que
les Etoiles étoient de petites Lampes, qui tomboient quelquefois dans la Mer; & un de leurs plus grands Philoſophes, après bien des recherches, avoit trouvé, que les
Aſtres étoient des cailloux, qui s'étoient détachez de la
Terre.

En un mot, perſonne avant le Chancelier Bacon n'a-
voit connu la Philoſophie expérimentale, & de toutes les
épreuves Phyſiques qu'on a faites depuis lui, il n'y en a
preſque pas une, qui ne ſoit indiquée dans ſon Livre. Il
en avoit fait lui-même pluſieurs. Il fit des eſpeces de
Machines Pneumatiques par leſquelles il devina l'élaſticité
de l'air; il a tourné tout autour de la découverte de ſa pe-
ſanteur. Il y touchoit; cette vérité fut ſaiſie par Torricelli. Peu de tems après, la Phyſique expérimentale
commença tout d'un coup à être cultivée à la fois dans
preſque

presque toutes les parties de l'Europe. C'étoit un trésor caché dont Bacon s'étoit douté, & que tous les Philosophes encouragez par sa promesse s'efforcerent de déterrer.

On voit dans son Livre, en termes exprez, cette Attraction nouvelle dont Mr. Newton passe pour l'in-
venteur.

Il faut chercher, dit Bacon, s'il n'y auroit point une
espece de force Magnetique, qui opére entre la terre &
les choses pesantes, entre la Lune & l'Océan, entre les
Planetes, &c. En un autre endroit il dit: il faut ou que
les corps graves soient poussez vers le centre de la terre,
ou qu'ils en soient mutuellement attirez; & en ce dernier cas, il est évident, que plus les corps en tombant s'approchent de la terre, plus fortement ils s'attireront. Il
faut, poursuit-il, expérimenter, si la même Horloge à
poids ira plus vîte sur le haut d'une montagne, ou au
fond d'une mine. Si la force des poids diminue sur la
montagne & augmente dans la mine, il y a apparence,
que la terre a une vraye attraction.

Ce Précurseur de la Philosophie a été aussi un Ecrivain élegant, un Historien, un bel Esprit.

Ses Essais de Morale sont très-estimez; mais ils sont
faits pour instruire plûtôt que pour plaire, & n'étant ni
la Satire de la Nature Humaine, comme les Maximes
de la Rochefoucault, ni l'Ecole du Scepticisme, comme
Montagne; ils sont moins lûs que ces deux Livres ingénieux.

Sa vie de Henri VII a passé pour un Chef-d'Oeuvre;
mais comment se peut-il faire, que quelques personnes
osent comparer un si petit Ouvrage avec l'Histoire de notre illustre Mr. de Thou?

En parlant de ce fameux Imposteur Perkin, fils d'un
Juif converti, qui prit si hardiment le nom de Richard IV,
Roi d'Angleterre, encouragé par la Duchesse de Bour-
gogne,

D 5

gogne, & qui difputa la Couronne à Henri VII, voici comme le Chancelier Bacon s'exprime : "Environ ce "tems le Roi Henri fut obfedé d'efprits malins par la ma- "gie de la Duchefle de Bourgogne, qui évoqua des En- "fers l'ombre d'Edoüard IV, pour venir tourmenter le "Roi Henri. Quand la Duchefle de Bourgogne eût in- "ftruit Perkin, elle commença à déliberer par quelle ré- "gion du Ciel elle feroit paraître cette Comette, & elle ré- "folut, qu'elle éclateroit d'abord fur l'horifon de l'Irlande.

Il me femble, que notre fage de Thou ne donne guéres dans ce Phœbus, qu'on prenoit autrefois pour du Sublime, mais qu'à préfent on nomme avec raifon Galimatias.

* *

SUR

Mr. L O C K E.

CHAPITRE XV.

Jamais il ne fut peut-être un esprit plus sage, plus méthodique, un Logicien plus exact que Mr. Locke; cependant il n'étoit pas grand Mathématicien.   Il n'avoit
jamais pu se soumettre à la fatigue des calculs, ni à la sé-
cherelle des véritez Mathématiques,   qui ne présentent
d'abord rien de sensible à l'esprit; & personne n'a mieux
éprouvé que lui, qu'on pouvoit avoir l'esprit Géométre,
sans le secours de la Géométrie.   Avant lui de grands
Philosophes avoient décidé positivement ce que c'est que
l'ame de l'homme: mais puisqu'ils n'en sçavoient rien du
tout, il est bien juste, qu'ils ayent tous été d'avis différens.

Dans la Gréce, berceau des Arts & des Erreurs, & où
l'on poussa si loin la grandeur & la sottise de l'Esprit humain, on raisonnoit comme chez nous sur l'Ame.

Le divin Anaxagoras, à qui on dressa un Autel pour
avoir appris aux hommes, que le Soleil étoit plus grand
que le Péloponnese, que la neige étoit noire, & que les
Cieux étoient de pierre, affirma, que l'ame étoit un esprit
aërien, mais cependant immortel.   Diogene, un autre
que celui, qui devint Cynique après avoir été Faux-mon-
noyeur, asuroit, que l'ame étoit une portion de la substance même de Dieu;   & cette idée aumoins étoit brillante. Epicure la composoit de parties comme le corps.

Aristote, qu'on a expliqué de mille façons, parcequ'il
étoit inintelligible, croyoit, si l'on s'en rapporte à quel-
ques-

ques-uns de ſes Diſciples, que l'entendement de tous les hommes étoit une ſeule & même ſubſtance.

Le divin Platon, maître du divin Ariſtote, & le divin Socrate, maître du divin Platon, diſoient l'ame corporelle & éternelle. Le Démon de Socrate lui avoit appris ſans doute ce qui en étoit. Il y a des gens à la vérité, qui prétendent, qu'un homme qui ſe vantoit d'avoir un génie familier, étoit indubitablement un fou, ou un fripon; mais ces gens-là ſont trop difficiles.

Quant à nos Peres de l'Egliſe, pluſieurs dans les premiers ſiécles ont cru l'ame humaine, les Anges & Dieu corporels. Le monde ſe raffine toujours. St. Bernard, ſelon l'aveu du Pere Mabillon, enſeigna à propos de l'ame, qu'après la mort elle ne voyoit pas Dieu dans le Ciel, mais qu'elle converſoit ſeulement avec l'Humanité de Jeſus-Chriſt. On ne le crut pas cette fois ſur ſa parole, l'avanture de la Croiſade avoit un peu décrédité ſes oracles. Mille Scholaſtiques ſont venus enſuite, comme le Docteur irrefragable *, le Docteur ſubtil **, le Docteur Angélique ***, le Docteur Séraphique ****, le Docteur Chérubique, qui tous ont été bien ſûrs de connaître l'ame très-clairement; mais qui n'ont pas laiſſé d'en parler comme s'ils avoient voulu que perſonne n'y entendît rien. Notre Deſcartes, né pour découvrir les erreurs de l'Antiquité, mais pour y ſubſtituer les ſiennes, & entraîné par cet eſprit ſyſtématique, qui aveugle les plus grands hommes, s'imagina avoir démontré, que l'ame étoit la même choſe, que la penſée, comme la matiere, ſelon lui, eſt la même choſe que l'Etendue. Il aſſura bien, que l'on penſe toujours, & que l'ame arrive dans le corps pourvuë de toutes les notions métaphyſiques, connaiſſant Dieu, l'eſpace, l'infini, ayant toutes les idées abſtraites, remplie enfin de belles connaiſſances, qu'elle oublie malheureuſement en ſortant du ventre de la mere.

Le

*) Hales. **) Scot. ***) St. Thomas. ****) St. Bonavanture.

Le Pere MALLEBRANCHE de l'Oratoire, dans ſes illuſions ſublimes, n'admet point les idées innées; mais il ne doutoit pas, que nous ne viſſions tout en Dieu, & que Dieu, pour ainſi dire, ne fût notre Ame.

Tant de Raiſonneurs ayant fait le Roman de l'Ame, un Sage eſt venu, qui en a fait modeſtement l'Hiſtoire. Mr. Locke a dévelopé à l'Homme la Raiſon humaine, comme un excellent Anatomiſte explique les reſſorts du Corps humain; il s'aide partout du flambeau de la Phyſique, il oſe quelquefois parler affirmativement; mais il oſe auſſi douter. Au-lieu de définir tout-d'un-coup ce que nous ne connaiſſons pas, il examine par dégrez ce que nous voulons connaître, il prend un enfant au moment de ſa naiſſance, il ſuit pas-à-pas les progrez de ſon entendement, il voit ce qu'il a de commun avec les bêtes, & ce qu'il a audeſſus d'elles. Il conſulte ſurtout ſon propre témoignage, la conſcience de ſa penſée.

Je laiſſe, dit-il, à diſcuter à ceux, qui en ſçavent plus que moi, ſi notre Ame exiſte avant ou après l'organization de notre corps; mais j'avoue, qu'il m'eſt tombé en partage une de ces Ames groſſieres, qui ne penſent pas toujours, & j'ai même le malheur de ne pas concevoir, qu'il ſoit plus néceſſaire à l'Ame de penſer toujours, qu'au corps d'être toujours en mouvement.

Pour moi je me vante de l'honneur d'être en ce point auſſi ſtupide que Mr. Locke. Perſonne ne me fera jamais croire, que je penſe toujours, & je ne me ſens pas plus diſpoſé, que lui à imaginer, que quelques ſemaines après ma conception j'étois une fort ſçavante Ame, ſçachant alors mille choſes, que j'ai oubliées en naiſſant, & ayant fort inutilement poſſedé dans l'*uterus* des connaiſſances, qui m'ont échappé dès que j'ai pu en avoir beſoin, & que je n'ai jamais bien pu raprendre depuis.

Mr. Locke, après avoir ruïné les idées innées, après avoir bien renoncé à la vanité de croire, qu'on penſe toujours, ayant bien établi, que toutes nos idées nous vien-

nent

nent par les Sens, ayant examiné nos idées simples, celles qui sont composées, ayant suivi l'esprit de l'homme dans toutes ses opérations, ayant fait voir combien les Langues, que les hommes parlent, sont imparfaites, & quel abus nous faisons des termes à tous momens; il vient enfin à considerer l'étendue ou plûtôt le néant des connaissances humaines. C'est dans ce Chapitre qu'il ose avancer modestement ces paroles: "Nous ne serons peut-être jamais capables de connaître, si un Etre purement matériel pense ou non".   Ce discours sage parut à plus d'un Théologien une déclaration scandaleuse, que l'Ame est matérielle & mortelle.   Quelques Anglais dévots à leur maniére sonnerent l'alarme.   Les superstitieux sont dans la Société ce que les poltrons sont dans une Armée, ils ont & donnent des terreurs paniques.   On cria, que Mr. Locke vouloit renverser la Religion; il ne s'agissoit pourtant pas de Religion dans cette affaire: c'étoit une question purement philosophique, très-indépendante de la Foi & de la Révélation.   Il ne falloit qu'examiner sans aigreur s'il y a de la contradiction à dire, la Matiere peut penser, & si Dieu peut communiquer la Pensée à la Matiere.   Mais les Théologiens commencent trop souvent par dire, que Dieu est outragé, quand on n'est pas de leur avis; c'est trop ressembler aux mauvais Poëtes, qui crioient que Despréaux parloit mal du Roi, parcequ'il se moquoit d'eux.   Le Docteur Stillingfleet s'est fait une réputation de Théologien modéré, pour n'avoir pas dit positivement des injures à Mr. Locke.   Il entra en lice contre lui; mais il fut battu, car il raisonnoit en Docteur, & Locke en Philosophe instruit de la force & de la faiblesse de l'Esprit humain, & qui se battoit avec des armes dont il connaissoit la trempe.

Si j'osois parler après Mr. Locke sur un sujet si délicat, je dirois: ~~Les hommes disputent depuis long-tems sur la nature & sur l'immortalité de l'Ame; à l'égard de son immortalité, il est impossible de la démontrer, puisqu'on~~ *voicy comme je m'y prendrais.* ~~dispute~~

CONTINUATION

DU

MÊME SUJET.

CHAPITRE 16.

E fuppofe une douzaine de bons Philofo-
phes dans une Ifle, où ils n'ont jamais vû
que des végétaux. Cette isle, & fur-tout
douze bons Philofophes, font fort diffici-
les à trouver ; mais enfin cette fiction eft permife. Ils
admirent cette vie qui circule dans les fibres des plantes, qui femble fe perdre & enfuite fe renouveller :
& ne fachant pas trop comment les plantes naiffent,
comment elles prennent leur nourriture & leur ac-
croiffement ; ils appellent cela une ame végétative.
Qu'entendez-vous par ame végétative ? leur dit-on ;
c'eft un mot, répondent-ils, qui fert à exprimer le
reffort inconnu par lequel tout cela s'opére. Mais ne
voïez-vous pas, leur dit un Mécanicien, que tout
cela fe fait naturellement par des poids, des leviers,
des roues, des poulies ? Non, diront nos Philofophes.

E   Il y

NB. Les chapitres Suivants jusqu'ua la page 88. Sont nou-
vaux on les a inferez dans quelques exemplaires de
cette edition.

Il y a dans cette végétation autre chofe que des mouvemens ordinaires; il y a un pouvoir fecret qu'ont
toutes les plantes d'attirer à elles, ce fuc qui les nourrit; & ce pouvoir, qui n'eft explicable par aucune
mécanique, eft un don que Dieu a fait à la matiére,
& dont ni vous ni moi ne comprenons la nature.

Aïant ainfi bien difputé, nos raifonneurs découvrent enfin des animaux. Oh, oh, difent-ils, après
un long examen, voilà des êtres organifez comme
nous! Ils ont inconteftablement de la mémoire, &
fouvent plus que nous. Ils ont nos paffions; ils ont
de la connoiffance; ils font entendre tous leurs befoins; ils perpétuent comme nous leur efpéce.

Nos Philofophes difféquent quelques-uns de ces
êtres; ils y trouvent un cœur, une cervelle. Quoi!
difent-ils, l'Auteur de ces machines qui ne fait rien
en vain, leur auroit-il donné tous les organes du
fentiment afin qu'ils n'euffent point de fentiment?
il feroit abfurde de le penfer. Il y a certainement en eux quelque chofe que nous appellons auffi
ame, faute de mieux; quelque chofe qui éprouve des
fenfations, & qui a une certaine mefure d'idées. Mais
ce principe, quel eft-il? Eft-ce quelque chofe d'abfolument différent de la matiére? eft-ce un efprit
pur? eft-ce un être mitoïen, entre la matiére que
nous ne connaiffons guéres & l'efprit pur que nous ne
connaiffons pas? eft-ce une propriété donnée de Dieu
à la matiére organifée?

Ils font alors des expériences fur des infectes, fur
des vers de terre; ils les coupent en plufieurs parties,

ties, & ils font étonnez de voir qu'au bout de quel-que-tems il vient des têtes à toutes ces parties cou-pées; le même animal fe reproduit, & tire de fa de-ftruction même dequoi fe multiplier. A-t'il plufi-eurs ames, qui attendent pour animer ces parties re-produites, qu'on ait coupé la tête au premier tronc? Ils reffemblent aux arbres, qui repouffent des bran-ches & qui fe reproduifent de bouture; ces arbres ont-ils plufieurs ames? Il n'y a pas d'apparence; donc il eft très-probable que l'ame de ces bêtes eft d'une autre efpéce que ce que nous appellions, *ame végéta-tive* dans les plantes; que c'eft une faculté d'un or-dre fupérieur, que Dieu a daigné donner à certaines portions de matiére; c'eft une nouvelle preuve de fa puiffance; c'eft un nouveau fujet de l'adorer.

Un homme violent, & mauvais raifonneur, entend ce difcours, & leur dit; vous êtes des fcélérats dont il faudroit brûler les corps pour le bien de vos ames; car vous niez l'immortalité de l'ame de l'homme. Nos Philofophes fe regardent tout étonnez: l'un d'eux lui répond avec douceur, pourquoi nous brûler fi vite? Surquoi avez-vous pu penfer que nous aïons l'idée que votre cruelle ame eft mortelle? Sur ce que vous croï-ez, reprend l'autre, que Dieu a donné aux brutes, qui font organifez comme nous, la faculté d'avoir des fentimens & des idées. Or cette ame des bêtes périt avec elles, donc vous croïez que l'ame des hommes périt auffi.

Le Philofophe répond, nous ne fommes point du tout fûrs que ce que nous appellons *ame* dans les ani-

E 2   maux,

maux, périſſe avec eux; nous ſavons très-bien que la matiére ne périt pas, & nous croïons qu'il ſe peut faire que Dieu ait mis dans les animaux quelque choſe qui conſervera toujours, ſi Dieu le veut, la faculté d'avoir des idées. Nous n'aſſurons pas, à beaucoup près, que la choſe ſoit ainſi; car il n'appartient guéres aux hommes d'étre ſi confians; mais nous n'oſons borner la puiſſance de Dieu. Nous diſons qu'il eſt très-probable que les bêtes, qui ſont matiére, ont reçu de lui un peu d'intelligence. Nous découvrons tous les jonrs des propriétez de la matiére: c'eſt-à-dire, des preſens de Dieu, dont auparavant nous nous n'avions pas d'idées; nous avions d'abord défini la matiére une ſubſtance étenduë, enſuite nous avons reconnu qu'il falloit lui ajoûter la ſolidité; quelque-tems après il a fallu admettre que cette matiére a une force, qu'on nomme force d'inertie, après cela nous avons été tout étonnez d'être obligez d'avouer que la matiére gravite. Quand nous avons voulu pouſſer plus loin nos recherches, nous avons été forcez de reconnaître des êtres qui reſſemblent à la matiére en quelque choſe, & qui n'ont pas cependant les autres attributs dont la matiére eſt douée.

Le feu élémentaire, par exemple, agit ſur nos ſens comme les autres corps: mais il ne tend point à un centre comme eux; il s'échappe, au contraire, du centre en lignes droites de tous côtez. Il ne ſemble pas obéïr aux loix de l'attraction, de la gravitation, comme les autres corps. Il y a enfin des myſtéres d'optique dont on ne pourrait guéres rendre raiſon, qu'en oſant ſuppoſer que les traits de lumiére

ſe

fe pénétreut les uns les autres. Il y a certainement quelque chofe dans la lumiere qui la diftingue de la matiére connuë; il femble que la lumiére foit un être mitoïen entre les corps & d'autres efpéces d'êtres que nous ignorons. Il eft très-vraifemblable que ces autres efpéces font elles-mêmes un milieu qui conduit à d'autres creatures, & qu'il y a ainfi uné chaîne de fubftances qui s'élévent à l'infini.

Ufque adeò quod tangit idem eft, tamen ultima diftant.

Cette idée nous paraît digne de la grandeur de Dieu, fi quelque chofe en eft digne. Parmi ces fubftances, il a pû fans doute en choifir une qu'il a logée dans nos corps, & qu'on appelle ame humaine; les livres Saints que nous avons lus, nous aprennent que cette ame eft immortelle. La raifon eft d'acord avec la revelation; car comment une fubftance quelconque periroit elle? tout mode fe detruit, l'être refte. Nous ne pouvons concevoir La creation d'une fubftance, nous ne pouvons concevoir fon aneantiffement; Mais nous n'ofons affirmer que le maître abfolu de tous les êtres ne puiffe donner auffi des fentimens & des perceptions â l'être qu'on appelle matiére. Vous êtes bien fûr que l'effence de votre ame eft de penfer, & nous n'en fommes pas fi fûrs: car lorfque nous examinons un fœtus, nous avons de la peine à croire que fon ame ait eu beaucoup d'idées dans fa coeffe; & nous doutons fort que dans uu fommeil plein & profond, dans une létargie complette, on ait jamais fait des méditations. Ainfi il nous paraît que la penfée

E 3   pourait

pourait bien être, non pas l'essence de l'être pensant, mais un present que le Créateur a fait à ces êtres, que nous nommons pensans ; & tout cela nous a fait naître le soupçon, que s'il le vouloit, il pourait faire ce present-là à un atôme, conserver à jamais cet atôme, & son present, ou le détruire à son gré. La difficulté consiste moins à deviner comment la matiére pourait penser, qu'a deviner comment une substance quelconque pense. Vous n'avez des idées, que parce que Dieu a bien voulu vous en donner ; pourquoi voulez-vous l'empêcher d'en donner à d'autres espéces ? Seriéz-vous bien assez intrépides pour oser croire que votre ame est précisément de la même matiére que les substances qui approchent le plus près de la divinité. Il y a grande apparence qu'elles sont d'un ordre bien supérieur, & qu'en conséquence Dieu leur a daigné donner une façon de penser infiniment plus belle ; de même qu'il a accordé une mesure d'idées très-médiocre aux animaux qui sont d'un ordre inférieur à vous. J'ignore comment je vis, comment je donne la vie ; et vous voulez, que je sache comment jay des idées, l'ame est une horloge que Dieu nous a donné a gouverner, mais il ne nous a point dit de quoy le ressort de cette horloge est composé.

Y a-t'il rien dans tont cela dont on puisse inférer que nos ames sont mortelles ? Encore une fois nous pensons comme vous sur l'immortalité de nos ames ; mais nous croïons que nous sommes trop ignorans pour affirmer que Dieu n'ait pas le pouvoir d'accorder la pensée à tel être qu'il voudra. Vous bornez la puissance du Créateur, qui est sans bornes, & nous l'étendons aussi loin que s'étend son existence. Pardonnés-nous de le croire

tout-

tout-puiffant, comme nous vous pardonnons de re-
ftraindre fon pouvoir. Vous favez fans doute tout ce
qu'il peut faire, & nous n'en favons rien. Vivons
en fréres, adorons en paix notre Pere commun; vous
avec vos ames favantes & hardies; nous avec nos
ames ignorantes & timides. Nous avons un jour à
vivre. Paffons le doucement fans nous quereller pour
des difficultez qui feront éclaircies dans la vie
immortelle qui commencera demain.

QUE

✺✺✺✺✺✺ ✺✺✺✺✺✺✺✺✺✺✺ ✺✺ ✺✺✺✺✺

QUE
LES PHILOSOPHES
NE PEUVENT JAMAIS NUIRE.

❖✦❖✦❖✦❖✦❖✦❖ ❖✦❖ ✦❖✦❖✦❖✦❖✦❖

CHAPITRE 17.

Le brutal n'aïant rien de bon à répliquer parla long-tems, & se fâcha beaucoup. Nos pauvres Philosophes se mirent pendant quelques semaines à lire l'Histoire; & après avoir bien lû, voici ce qu'ils dirent à ce Barbare, qui étoit si indigne d'avoir une ame immortelle.

Mon ami, nous avons lû que dans toute l'antiquité les choses alloient aussi-bien que dans notre tems; qu'il y avoit même de plus grandes vertus, & qu'on ne persécutoit point les Philosophes pour les opinions qu'ils avoient; pourquoi donc voudriez-vous nous faire du mal pour les opinions que nous n'avons pas? Nous lisons que toute l'antiquité croïoit la matière éternelle. Ceux qui ont vû qu'elle étoit créée, ont laissé les autres en repos. Pithagore avoit été coq, ses parens cochons, personne n'y trouva à redire, & sa Secte fût chérie & révérée de tout le monde, excepté des Rotisseurs & de ceux qui avoient des fèves à vendre.

Les Stoïciens reconnaissoient un Dieu, àpeu-près tel que celui qui a été si témérairement admis depuis par les Spinosistes; le Stoïcisme cependant fut la Secte la plus féconde en vertus héroïques & la plus accréditée.

Les

Les Epicuriens faifoient leurs Dieux reffemblants à nos Chanoines, dont l'indolent embonpoint foutient leur divinité, & qui prennent en paix leur nectar & leur ambrofie, en ne fe mêlant de rien. Ces Epicuriens enfeignoient hardiment la matérialité & la mortalité de l'ame. Ils n'en furent pas moins confidérez. On les admettoit dans tous les emplois, & leurs atômes crochus ne firent jamais aucun mal au monde.

Les Platoniciens, à l'exemple des Gimnofophiftes, ne nous faifoient pas l'honneur de penfer que Dieu eût daigné nous former lui-même. Il avoit, felon eux, laiffé ce foin à fes Officiers, à des Génies, qui firent dans leur befogne beaucoup de balourdifes. Le Dieu des Platoniciens étoit un Ouvrier excellent, qui emploïa ici-bas des éléves affez médiocres. Les hommes n'en révérérent pas moins l'Ecole de Platon.

En un mot, chez les Grecs, & chez les Romains, autant de Sectes, autant de maniéres de penfer fur Dieu, fur l'ame, fur le paffé, & fur l'avenir: aucune de ces Sectes ne fut perfécutante. Toutes fe trompoient, & nous en fommes bien fâchez; mais toutes étoient paifibles, & c'eft ce qui nous confond; c'eft ce qui nous condanne; c'eft ce qui nous fait voir que la plûpart des raifonneurs d'aujourd'hui font des monftres, & que ceux de l'antiquité étoient des hommes.

On chantoit publiquement fur le théâtre de Rome, *Poft mortem nihil eft, ipfa que mors nihil. Rien n'eft après la mort; la mort même n'eft rien.* Ces fentimens ne rendoient les hommes ni meilleurs ni pires; tout fe gouvernoit, tout alloit à l'ordinaire; & les Titus, les

E 5 Trajans,

Trajans, les Marc-Aureles gouvernérent la terre en Dieux bienfaifants.

Si nous paffons des Grecs & des Romains aux Nations barbares, arrêtons - nous feulement aux Juifs. Tout fuperftitieux, tout cruel & tout ignorant qu'étoit ce miférable peuple, il honoroit cependant les Pharifiens, qui admettoient la fatalité de la deftinée & la metempficofe; il portoit auffi refpect aux Saducéens, qui nioient abfolument l'immortalité de l'ame & l'exiftence des Efprits, & qui fe fondoient fur la Loi de Moïfe, laquelle n'avoit jamais parlé de peine ni de récompenfe après la mort. Les Efféniens, qui croïoient auffi la fatalité & qui ne facrifioient jamais de Victimes dans le Temple, étoient encore plus révérez que les Pharifiens & les Saducéens. Aucune de leurs opinions ne troubla jamais le Gouvernement. Il y avoit pourtant-la dequoi s'égorger, fe brûler, s'exterminer réciproquement, fi on l'avoit voulu. O miférables hommes, profitez de ces exemples. Penfez & laiffez penfer. C'eft la confolation de nos faibles efprits dans cette courte vie. Quoi! vous recevrez avec politeffe un Turc qui croit que Mahomet a voïage dans la lune; vous vous garderez bien de déplaire au Bacha Bonneval, & vous voudrez mettre en quartiers votre frére, parce qu'il croit que Dieu pourroit donner l'intelligence à toute créature? C'eft ainfi que parla un des Philofophes; un autre ajouta, croïez-moi, il ne faut jamais craindre qu'aucun fentiment Philofophique puiffe nuire à la Religion d'un Pais. Nos Myftères ont beau être contraires à nos démonftrations, ils n'en font pas moins révérés par nos Philofophes Chrétiens, qui favent que les objets de la raifon & de la Foi font de différente nature. Jamais les Philofo-

lofophes ne feront une Secte de Religion ; pourquoi?
C'eft qu'ils font fans enthoufiafme.   Divifez le genre-
humain en vingt parties, il y en a dix - neuf compo-
fées de ceux qui travaillent de leurs mains, & qui ne
fauront jamais s'il y a eu un Mr. Locke au monde.
Dans la vingtiéme partie qui refte, combien trouve-t-
on peu d'hommes qui lifent? & parmi ceux qui lifent,
il y en a vingt qui lifent des Romans, contre un qui
étudie la Philofophie.   Le nombre de ceux qui penfent eft exceffivement petit, & ceux-là ne s'avifent
pas de troubler le monde.

Ce n'eft ni Montagne, ny levayer, ny defcartes ni Locke, ni Bayle, ni Spinofa, ni Hobbes, ni Mylord Shafts-
bury, ni Mr. Collins, ni Mr. Toland, ni Flud, ni Wola-
fton, ni Becker, ni Mr. le Comte de Boulainvilliers, ni
l'Auteur, déguifé fous le nom de Jàques Macé, ni celui
de l'Efpion Turc, ni celui des Lettres Perfannes, des
Lettres Juives, des Penfées Philofophiques, &c.
qui ont porté le flambeau de la difcorde dans leur Patrie; ce font, pour la plûpart, des Théologiens, qui
aïant eu d'abord l'ambition d'être Chefs de Secte,
ont bien-tôt eu celle d'être Chefs de Parti.   Que dis-
je; tous les Livres de Philofophie moderne mis enfemble, ne feront jamais dans le monde autant de
bruit feulement, qu'en a fait autrefois la difpute des
Cordeliers fur la forme de leurs Manches & de leurs
Capuchons.

SUR

✿✦✿✦✿✦✿✦✿✦✿✦✿✦✿✦ ✦✿✦✿✦ ✿✦✿✦✿✦✿✦✿✦✿✦✿✦✿

SUR
DESCARTES,
ET
NEWTON.

✿✦✿✦✿✦✿ ✦✿✦✿✦✿✦ ✿✦✿✦✿✦✿ ✦✿✦✿✦✿

CHAPITRE 18.

Un Français qui arrive à Londres, trouve les choses bien changées en Philofophie, comme dans
tout le refte. Il a laiffé le monde plein, il le trouve
vuide. A Paris on voit l'Univers compofé de Tourbillons de Matiére fubtile; à Londres on ne voit
rien de cela. Chez vous c'eft la preffion de la Lune
qui caufe le flux de la Mer: chez les Anglais c'eft la
Mer qui gravite vers la Lune; de façon que quand
vous croïez que la Lune dévroit nous donner Marée
haute, ces Meffieurs croïent qu'on doit avoir Marée
baffe, ce qui malheureufement ne peut fe vérifier.
Car il auroit fallu pour s'en éclaircir, examiner la
Lune & les Marées au premier inftant de la Création.
Vous remarquerez encore que le Soleil, qui en
France n'entre pour rien dans cette affaire, y contribue ici environ pour fon quart. Chez vos Cartéfiens
tout fe fait par une impulfion, qu'on ne comprend
guéres; chez Mr. Newton, c'eft par une attraction
dont on ne connaît pas mieux la caufe. A Paris,
vous vous figurez la Terre faite comme un melon;
à Londres elle eft applatie des deux côtés. La Lumiére pour un Cartéfien exifte dans l'air; pour un New-
tonien,

tonien, elle vient du Soleil en fix minutes & demie.
Votre Chimie fait toutes fes opérations avec des Aci-
des, des Alkalis, & de la Matiére fubtile ; l'Attraction
domine jusques dans la Chimie Anglaife.

L'effence même des chofes a totalement changé.
Vous ne vous accordez ny fur la définition de l'ame,
ni fur celle de la matiére. Defcartes affure que l'Ame
eft la même chofe que la Penfée, & Mr. Locke lui
prouve affez bien le contraire.

Defcartes affure encote que l'étendue feule fait la
Matiére; Newton y ajoute la folidité.

Voilà de furieufes contrariétés !

Non noftrum inter vos tantas componere lites.
Ce fameaux Newton, ce Deftructeur du Syftême Cartéfien, mourut au mois de Mars de l'an paffé. 1727.
Il a vécu honoré de fes Compatriotes, & a été enterré
comme un Roi qui auroit fait du b;en à fes fujets.

On a lu avec avidité, & l'on a traduit en Anglais
l'éloge de Mr. Newton, que Mr. de Fontenelle a pro-
noncé dans l'Académie des Sciences. On attendoit
en Angleterre fon jugement, comme une déclaration
folennelle de la fupériorité de la Philofophie Anglaife.
Mais quand on a vu que non-feulement il s'étoit trompé en rendant compte de cette Philofophie ; mais
qu'il comparaît Defcartes à Newton, toute la Société
Roïale de Londres s'eft foulevée ; loin d'aquiefcer au
jugement, on a fort critiqué le Difcours. Plufieurs même
(& ceuxlà ne font pas les plus Philofophes) ont été
choquez dans cette comparaifon, feulement parce que
Defcartes étoit Français.

Il faut avouer que ces deux grands hommes ont
été bien différens l'un de l'autre dans leur conduite,
dans leur fortune, & dans leur Philofophie.

Defcar-

Déscartes étoit né avec une imagination brillante & forte, qui en fit un homme singulier dans la vie privée, comme dans sa manière de raisonner; cette imagination ne put se cacher même dans ses Ouvrages Philosophiques, où l'on voit à tous momens des comparaisons ingénieuses & brillantes. La nature en avoit presque fait un Poëte; & en effet, il composa pour la Reine de Suéde un divertissement en vers, que pour l'honneur de sa mémoire on n'a pas fait imprimer.

Il essaïa quelque-tems du métier de la guerre, & depuis étant devenu tout tout-à-fait Philosophe, il ne crut pas indigne de lui de faire l'amour. Il eut de sa Maîtresse une fille nommée *Francine*, qui mourut jeune, & dont il regretta beaucoup la perte. Ainsi il éprouva tout ce qui appartient à l'humanité.

Il crut long-tems qu'il étoit nécessaire de fuir les hommes, & sur-tout sa Partie, pour philosopher en liberté. Il avoit raison; les hommes de son tems n'en savoient pas assez pour l'éclairer, & n'étoient guéres capables que de lui nuire.

Il quitta la France, parce qu'il cherchoit la Vérité, qui étoit persécutée alors par la misérable Philosophie de l'Ecole; mais il ne trouva pas plus de raison dans les Universités de la Hollande où il se retira. Car dans le tems qu'on condannoit en France les seules propositions de sa Philosophie qui fuissent vraies; il fut aussi persécuté par les prétendus Philosophes de Hollande, qui ne l'entendoient pas mieux, & qui voiant de plus près sa gloire, haïssoient davantage sa personne. Il fut obligé de sortir d'Utrecht: il essuïa l'accucusation d'Athéïsme, derniére ressource des calomniateurs; & lui, qui avoit emploïé toute la sagacité de son

fon efprit à chercher de nouvelles preuves de l'exiftence d'un Dieu, fut foupçouné de n'en point reconnaître.

Tant de perfécutions fuppofoient un très-grand mérite & une réputation éclatante ; auffi avoit-il l'un &
l'autre. La raifon perça même un peu dans le monde à travers les ténébres de l'Ecole & les préjugez
de la fuperftition populaire. Son nom fit enfin tant
de bruit, qu'on voulut l'attirer en France par des ré-
compenfes. On lui propofa une penfion de mille écus.
Il vint fur cette efpérance, païa les frais de la Paten-
te qui fe vendoit alors, n'eut point la penfion, & s'en
retourna philofopher dans fa folitude de Nord-Hol-
lande, dans le tems que le Grand Galilée, à l'âge de
quatrevingt ans, gémiffoit dans les prifons de l'Inquifition, pour avoir démontré le mouvement de la Terre.

Enfin il mourut à Stokolm d'une mort prématurée,
& caufée par un mauvais régime, au milieu de quelques Savans fes ennemis, & entre les mains d'un Médecin qui le haïffoit.

La carriére du Chevalier Newton a été toute différente. Il a vécu pres de quatrevingt cinq ans, toujours tranquille, heureux & honoré dans fa Patrie.

Son grand bonheur a été non-feulement d'être né
dans un Païs libre : mais dans un tems où les imper-
tinences Scholaftiques étant bannies, la raifon feule
étoit cultivée, & le monde ne pouvoit être que fon
écolier & non fon ennemi.

Une oppofition finguliére dans laquelle il fe trouve avec Defcartes, c'eft que dans le cours d'une fi longue vie, il n'a eu ni paffion ni faibleffe. Il n'a jamais
approché d'aucune femme : c'eft ce qui m'a été confirmé par le Médecin & le Chirurgien entré les bras de

qui

qui il eſt mort : on peut admirer en cela Newton; mais il ne faut pas blâmer Deſcartes.

L'opinion publique en Angleterre ſur ces deux Philoſophes, eſt que le premier étoit un rêveur, & que l'autre étoit un ſage.

Très-peu de perſonnes à Londres liſent Deſcartes, dont effectivement les Ouvrages ſont devenus inutiles; très-peu liſent auſſi Newton, parce qu'il faut être fort ſavant pour le comprendre. Cependant tout le monde parle d'eux; on n'accorde rien aux Français, & on donne tout à l'Anglais. Quelques gens croient que ſi l'on ne s'en tient plus à l'horreur du Vuide, ſi l'on ſait que l'air eſt peſant, ſi l'on ſe ſert de Lunettes-d'approche, on en a l'obligation à Newton; il eſt ici l'Hercule de la Fable, à qui les ignorans attribuoient tous les faits des autres Héros.

Dans une Critique qu'on a fait à Londres du Diſcours de Mr. de Fontenelle, on a oſé avancer que Deſcartes n'étoit pas un grand Géométre. Ceux qui parlent ainſi, peuvent ſe reprocher de battre leur nourrice. Deſcartes a fait un auſſi grand chemin, du point où il a trouvé la Géométrie juſqu'au point où il l'a pouſſée, que Newton en ait fait après lui. Il eſt le premier qui ait enſeigné la maniére de donner les équations algébriques des Courbes. Sa Géométrie, graces à lui, devenuë commune, étoit de ſon tems ſi profonde, qu'aucun Profeſſeur n'oſa entreprendre de l'expliquer, & qu'il n'y avoit guéres en Hollande que Schoutten, & en France que Fermat, qui l'entendiſſent.

Il porta cet eſprit de Géométrie & d'invention dans la Dioptrique, qui devint entre ſes mains un Art tout nouveau; & s'il s'y trompa baucoup c'eſt qu'un homme qui découvre de nouvelles Terres, ne peut tout-
d'un-

d'un-coup en connaître toutes les propriétés. Ceux qui le Suivent lui ont au moins l'obligation de la découverte. Je ne nierai pas que tous les autres Ouvrages de Mr. Descartes ne fourmillent d'erreurs.

La Géométrie étoit un guide que lui - même avoit en quelque façon formé, & qui l'auroit conduit sûrement dans sa Physique; cependant il abandonna à la fin ce guide, & se livra à l'esprit de systéme. Alors sa Philosophie ne fut plus qu'un roman ingénieux, & tout au plus vraisemblable pour les Philosophes ignorans du même - tems. Il se trompa sur la nature de l'ame, sur les loix du mouvement, sur la nature de la lumiére: Il admit des idées innées; il inventa de nouveaux élémens; il créa un monde; il fit l'homme à sa mode; & on dit avec raison que l'homme de Descartes n'est en effet que celui de Descartes, fort éloigné de l'homme véritable.

Il poussa ses erreurs Métaphysiques, jusqu'à pretendre que deux & deux font quatre, parce que Dieu l'a voulu ainsi; mais ce n'est point trop dire qu'il étoit estimable, même dans ses égaremens. Il se trompa; mais ce fut au moins avec méthode, & de conséquence en conséquence. Il détruisit les chiméres absurdes, dont on infatuoit la jeunesse depuis 2000 ans. Il apprit aux hommes de son tems à raisonner & à se servir contre lui-même de ses armes. S'il n'a pas païé en bonne monoïe, c'est beaucoup d'avoir décrié la fausse.

Descartes donna la vûe aux aveugles: ils virent les fautes de l'antiquité, & les siennes; la route qu'il ouvrit est depuis lui devenuë immense. Le petit Livre de Rohault a fait pendant quelque-tems une Physique complette; aujourd'hui tous les Recueils des Académies de l'Europe ne sont pas même un commencement de Systême. En approfondissant cet abîme, il s'est trouvé infini.

HISTOIRE
DE
L'ATTRACTION.

CHAPITRE 19.

Je n'entrerai point ici dans une explication Mathématique de ce qu'on appelle l'Attraction, ou la gravitation: je me borne à l'Histoire de cette nouvelle propriété de la Matiére, devinée long-tems avant Newton & démontrée par lui; c'est donner en quelque façon l'Histoire d'une création nouvelle.

Copernic, ce Christophe Colomb de l'Astronomie, avoit à peine appris aux hommes le véritable ordre de l'Univers, si long-tems défiguré; il avoit à peine fait voir que la Terre tourne, & sur elle-même & dans un espace immense, lorsque tous les Docteurs firent à-peu-près les mêmes objections que leurs devanciers avoient faites contre les Antipodes. St. Augustin en niant ces Antipodes avoit dit: *Eh quoi! ils auroient donc la tête en bas, & ils tomberoient dans le Ciel?* Les Docteurs disoient à Copernic: si la Terre tournoit sur elle-même, toutes ses parties se détacheroient & tomberoient dans le Ciel. Il est certain que la Terre tourne, répondit Copernic, & que ses parties ne s'envolent pas; il faut donc qu'une Puissance les dirige toutes vers le centre de la Terre? & probablement, dit-il, cette propriété existe dans tous les Globes, dans le Soleil, dans la Lune, dans

les

les Etoiles; c'est un attribut donné à la Matiére par la Divine Providence. C'est ainsi qu'il s'explique dans son premier Livre *des Révolutions Célestes*, sans avoir osé, ni peut-être pu aller plus loin.

Kepler qui suivit Copernic & qui perfectionna l'admirable découverte du vrai Systême du Monde, approcha un peu du Systême de la Pesanteur universelle : on voit dans son Traité de l'Etoile de Mars, des veines encore mal formées de cette mine dont Newton a tiré son or. Kepler admet non-seulement une tendance de tous les Corps Terrestres au centre, mais aussi des Astres les uns vers les autres. Il ose entrevoir & dire, que si la Terre & la Lune n'étoient pas retenues dans leurs orbites, elles s'approcheroient l'une de l'autre, elles s'uniroient. Cette vérité étonnante étoit obscurcie chez lui de tant de nuages & de tant d'erreurs, qu'on a dit qu'il l'avoit devinée par instinct.

Cependant le grand Galilée, partant d'un principe plus mécanique, examinoit quelle est la chute des Corps sur la Terre : Comment, & en quelle proportion cette chute s'accelere; & le Chancelier Bacon vouloit qu'on experimentat si ces chutes se feroient egalement aux plus grandes profondeurs, & aux plus grandes hauteurs ou l'on put atteindre.

Il est bien singulier que Descartes, le plus grand Géométre de son tems, ne se soit pas servi de ce fil dans le labyrinthe qu'il s'étoit bâti lui-même. On ne trouve nulle trace de ces vérités dans ses Ouvrages: aussi n'est-il pas surprenant qu'il se soit égaré.

Il voulut créer un Univers. Il fit une Philosophie comme on fait un bon Roman: tout parut vraisemblable & rien ne fut vrai. Il imagina des Elémens,

des

des Tourbillons, qui fembloient rendre une raifon plaufible de tous les Myftéres de la nature; mais en Philofophie, il faut fe défier de ce qu'on croit entendre trop aifément, auffi-bien que des chofes qu'on n'entend pas. Defcartes etoit plus dangereux qu'Ariftote parcequ'il avoit l'air d'etre plus raifonnable.

Mr. conduitt neveu du Chevalier Newton m'a affuré que fon Oncle avoit lu Defcartes a l'age de vingt ans, qu'il crayonna les marges des premieres pages, & qu'il n'y mit qu'une feule notte, fouvent repetee confiftant en ce mot *error*, mais que las d'ecrire *error* par tout, il jetta le livre, & ne le relut jamais.

Newton ayant quitté les abimes de la Teologie dans les quelles il avoit été elevé, pour les veritez matematiques, avoit deja trouvé à l'age de vingt trois ans fon calcul infinitefimal dont fon maitre Wallis luy avoit ouvert la route. Il s'apliquoit a chercher ce Principe fecret & univerfel de la nature, indiqué par Copernic, par Kepler, par Bacon, & deja faifi par le celebre Houc: C'eft a dire cette caufe de la Pefanteur, & du mouvement de toute la matiere.

S'étant retiré en 1666 à caufe de la pefte, a la campagne près de Cambridge, un jour qu'il fe promenoit dans fon jardin, & qu'il voïoit des fruits tomber d'un arbre, il fe laiffa aller à une méditation profonde fur cette pefanteur, dont tous les Philofophes ont cherché fi long-tems la caufe en vain, & dans laquelle le vulgaire ne foupçonne pas même de myftére; il fe dit à lui-même, de quelque hauteur dans notre hémifphére que tombaffent ces corps, leur chute feroit certainement dans la progreffion découverte par Galilée, & les efpaces parcourus par eux feroient comme
me

me les quarrez de tems. Ce pouvoir qui fait defcen-
dre les corps graves, eft le même, fans aucune diminution fenfible, à quelque profondeur qu'on foit
dans la Terre, & fur la plus haute Montagne; pour-
que ce pouvoir ne s'étendroit-il pas jufqu'à la Lune?
Et s'il eft vrai qu'il pénétre jufques-là, n'y a-t'il pas
grande aparence que ce pouvoir la retient dans fon
orbite & détermine fon mouvement? Mais fi la Lune
obéit à ce principe, tel qu'il foit, n'eft-il pas encore
très-raifonnable de croire que les autres Planettes y
font également foumifes? Si ce pouvoir exifte, ce
qui eft prouvé d'ailleurs, il doit augmenter en raifon
renverfée des quarrez des diftances. Il n'y a donc
plus qu'à examiner le chemin que feroit un corps grave en tombant fur la Terre d'une hauteur médiocre,
& le chemin que feroit dans le même-tems un corps
qui tomberoit de l'orbite de la Lune; pour en être
inftruit, il ne s'agit plus que d'avoir la mefure de la
Terre, & la diftance de la Lune à la Terre.

Voilà comment Mr. Newton raifonna. Mais on
n'avoit alors en Angleterre que de très fauffes mefu-
res de notre Globe. On s'en rapportoit à l'eftime incertaine des Pilotes, qui comptoient foixante milles
d'Angleterre pour un degré, au lieu qu'il en falloit
compter près de foixante & dix. Ce faux calcul ne
s'accordant pas avec les conclufions que Mr. Newton
vouloit tirer, il les abandonna. Un Philofophe médiocre & qui n'aurait eu que de la vanité, eût fait
quadrer comme il eût pû la mefure de la Terre avec
fon fyftême; Mr. Newton aima mieux abandonner
alors fon projet. Mais depuis que Mr. Picart eut me-
furé la Terre exactement, en traçant cette Méridienne, qui fait tant d'honneur à la France, Mr. New-

ton reprit ses premiéres idées; & il trouva son compte, avec le calcul de Mr. Picart.

Les autres Planettes doivent être soumises à cette Loi générale; & si cette Loi existe, ces Planettes doivent suivre les régles trouvées par Kepler. Toutes ces régles, tous ces rapports, sont en effet gardez par les Planettes.

Son seul principe des Loix de la gravitation, rend raison de toutes les inégalités apparentes dans le cours des Globes Célestes. Les variations de la Lune deviennent une suite nécessaire de ces loix. Le flux & le reflux de la Mer est encore un effet très-simple de cette attraction. La proximité de la Lune dans son plein, & quand elle est nouvelle, & son éloignement dans ses quartiers, combinez avec l'action du Soleil, rendent une raison sensible de l'élévation & de l'abaissement de l'Océan.

Après avoir rendu compte par sa sublime théorie du cours & des inégalitez de Planettes, il assujétit les Cométes au frein de la même loi. Il prouve que ce sont des corps solides qui se meuvent dans la sphére de l'action du Soleil, & décrivent une ellipse si excentrique & si approchante de la parabole, que certaines Cométes doivent mettre plus de cinq cens ans dans leur révolution.

Le savant Mr. Halley croit que la Cométe de 1680, est la même qui parut du tems de Jules-César. Celle-là sur-tout sert plus qu'une autre à faire voir que les Cométes sont des corps durs & opaques: car elle descendit si près du Soleil, qu'elle n'en étoit éloignée que d'une sixiéme partie de son disque; elle put aquérir un degré de chaleur deux mille fois plus

vio-

violent que celui du fer le plus enflâmé elle auroit et diffoute, & confommée en peu de temps. Si elle n'a voit pas été un corps opaque.

La mode commençoit alors de deviner le cours des Comètes. Le célèbre Mathématicien Jaques Bernoulli conclut par fon Syftême, que cette fameufe Comète de 1680, reparoîtroit le 17. Mai 1729. Aucun Aftronôme de l'Europe ne fe cou cha cette nuit du 17. Mai, mais la fameufe Comète ne parut point. Il y a au moins plus d'adreffe, s'il n'y a pas plus de fûreté, à lui donner cinq cens foixante & quinze ans pour revenir. Pour Mr. Whifton, il a férieufement affirmé que du tems Déluge, il y avoit eu une Comète qui avoit inondé notre Globe, & il a eu l'injuftice de s'étonner qu'on fe foit un peu moqué de cette idée. L'antiquité penfoit à peu près dans le goût de Mr. Whifton; elle croïoit que les Comètes étoient toujours les avant-couriéres de quelque grand malheur fur la terre. Mr. Newton au contraire foup çonne qu'elles font très-bienfaifantes, & que les fu mées qui en fortent, ne fervent qu'à fecourir & à vi vifier les Planettes, qui s'imbibent dans leur cours de toutes ces particules que le Soleil a détachées des Co mètes. Ce fentiment eft du moins plus probable que l'autre. Ce n'eft pas tout, fi cette force de gravita tion, d'attraction, agit dans tous les Globes Céleftes; elle agit fans doute fur toutes les parties de ces Glo bes. Car fi les corps s'attirent en raifon de leurs maf fes, ce ne peut être qu'en raifon de la quantité de leurs parties, & fi ce pouvoir eft logé dans le tout, il l'eft fans doute dans la moitié, il l'eft dans le quart, dans la huitiéme partie, ainfi jufqu'à l'infini.

F 4

Voyla

Voyla donc l'attraction, qui eſt le grand reſſort qui
fait mouvoir toute la nature. Mr. Newton avoit bien
prévû, après avoir démontré l'exiſtence de ce principe, qu'on ſe révolteroit contre ſon ſeul nom. Dans
plus d'un endroit de ſon Livre, il précautionne ſon Lecteur contre ce nom même. Il l'avertit de ne le pas
confondre avec les qualitez occultes des Anciens, &
de ſe contenter de connaître qu'il y a dans tous les
corps une force centrale qui agit d'un bout de l'Univers à l'autre, ſur les corps les plus proches, & ſur
les plus éloignez, ſuivant des Loix immuables.

Il eſt étonnant qu'après les proteſtations ſolennelles
de ce grand homme, Mr. Saurin & Mr. de Fontenelle
lui aient reproché nettement les chiméres du Péripa-
tétiſme : Mr. Saurin dans les Mémoires de l'Académie
de 1709. & Mr. de Fontenelle dans l'éloge même de
Mr. Newton. Preſque tous les Français, ſavans & autres
ont répété ce reproche. On entend dire par tout, pourquoi Mr. Newton ne s'eſt t'il pas ſervi du mot d'Impulſion que l'on comprend ſi bien, plûtôt que du terme
d'Attraction, qu'on ne comprend pas ?

Mr. Newton auroit pu répondre à ces Critiques.
Premiérement, vous n'entendez pas plus le mot d'Impulſion que celui d'Attraction ; & ſi vous ne conce-
vez pas pourquoi un corps tend vers le centre d'un
autre corps, vous n'imaginez pas plus par quelle vertu
un corps en peut pouſſer un autre. Secondement, je
n'ai pu admettre l'Impulſion ; car il faudroit pour cela
que j'euſſe connu qu'une Matiére Céleſte pouſſe en
effet les Planettes ; or, non-ſeulement je ne connais
point cette matiére, mais j'ai prouvé qu'elle n'exiſte pas.

Troi-

Troifiémement, je ne me fers du mot d'Attraction que pour exprimer un effet que j'ai découvert dans la nature, effet certain & indifputable d'un principe in-connu, qualité inhérente dans la matiére, dont de plus habiles que moi trouveront, s'ils peuvent, la caufe.

Que nous avez-vous donc appris? infifte-t-on en-core; & pourquoi tant de calculs, pour nous dire ce que vous-même ne comprenez pas?

Je vous ai appris (pourrait continuer Mr. Newton) que la mechanique des forces centrales fait feule mou-voir les Planettes & les Cométes dans des proportions marquées. Je fuis, continueroit-il, dans un cas bien différent des Anciens; ils voïoient, par exemple, l'eau monter dans les pompes, & ils difoient, l'eau monte, parce qu'elle a horreur du vuide. Mais moi, je fuis dans le cas de celui qui auroit remarqué le premier que l'eau monte dans les pompes, & qui laifferoit à d'autres le foin d'expliquer la caufe de cet effet. L'Anatomifte qui a dit le premier que le bras fe re-mue, parce que les mufcles fe contractent, enfeigna aux hommes une vérite inconteftable; lui en aura-t'on moins d'obligation, parce qu'il n'a pas fu pourquoi les mufcles fe contractent? La caufe du reffort de l'air eft inconnue; mais celui qui a découvert ce reffort, a rendu un grand fervice à la Phyfiqne. Le reffort que j'ai découvert étoit plus caché & plus univerfel; ainfi on doit m'en favoir plus de gré. J'ai decouvert une nouvelle propriété de la Matiére, un des fecrets du Créateur; j'en ai calculé, j'en ai démontré les effets; peut-on me chicaner fur le nom que je lui donne?

Ce

Ce font les Tourbillons qu'on peut appeller une qualité occulte, puifqu'on n'a jamais prouvé leur exiftence : l'Attraction au contraire eft une chofe réelle, puifqu'on en démontre les effets, & qu'on en calcule les proportions. La caufe de cette caufe eft dans le fein de Dieu. *Procedes huc, & non ibis amplius.*

SUR L'OPTIQUE

DE

MR· NEWTON.

CHAPITRE 20.

UN nouvel Univers a été découvert par les Philofophes du dernier fiécle, & ce monde nouveau
étoit d'autant plus difficile à connaître, qu'on ne fe
doutoit pas même qu'il exiftât. Il fembloit aux plus
fages que c'étoit une témérité infenfée d'ofer feulement fonger qu'on pût deviner par quelles loix les
Corps Céleftes fe meuvent, & comment la lumiére
agit. Galilée par fes découvertes aftronomiques, Kepler par fes calculs, Defcartes, au moins en partie
dans fa Dioptrique, & Newton dans tous fes Ouvrages, ont vû la méchanique des refforts du monde.
Dans la Géométrie on a affujéti l'infini au calcul; la circulation du fang dans les Animaux, & de la féve dans
les végétaux, ont changé pour nous la nature. Une
nouvelle maniére d'exifter a été donnée au corps dans
la Machine pneumatique. Les objets fe font rappro-
chez de nos yeux à l'aide des Télefcopes. Enfin, ce
que Mr. Newton a découvert fur la Lumiére, eft digne de tout ce que la curiofité des hommes pouvoit
attendre de plus hardi, après tant de nouveautés.

Jus-

Jufqu'à *Antonio de Dominis*, l'Arc-en-Ciel, avoit paru un miracle inexplicable. Ce Philofophe devina & expliqua que c'étoit un effet néceffaire de la pluïe & du Soleil. Defcartes rendit fon nom immortel par un expofé encore plus mathématique de ce Phénomène fi naturel; il calcula les réflexions & les réfractions de la lumiére dans les goûtes de pluïe, & cette fagacité eut alors quelque chofe de divin.

Mais qu'auroit il dit, fi on lui avoit fait connaître qu'il fe trompoit fur la nature de la lumiére, qu'il n'avoit aucune raifon d'affurer que c'étoit un corps globuleux, s'étendant par tout l'Univers, qui n'attend pour être mis en action que d'être pouffé par le Soleil, ainfi qu'un long bâton qui agit à un bout, quand il eft preffé par l'autre; qu'il eft très-vrai qu'elle eft dardée par le Soleil, & qu'enfin la lumiére eft transmife du Soleil à la terre en près de fept minutes, quoiqu'un boulet de canon, confervant toujours fa viteffe, ne puiffe faire ce chemin qu'en vingt-cinq années? Quel eut été fon étonnement fi on lui eût dit: Il eft faux que la lumiére fe réfléchiffe reguliérement en rebondiffant fur les corps folides: il eft faux que les corps foient tranfparens, quand ils ont des pores larges; & il viendra un homme qui démontrera ces paradoxes, & qui anatomifera un feul raïon de lumiére avec plus de dextérité, que le plus habile Artifte ne difféque le corps humain?

Il à fi bien vû la lumiére, qu'il a déterminé à quel point l'art de l'augmenter, & d'aider nos yeux par des Télefcopes, doit fe borner.

Defcartes, par une noble confiance bien pardonnable à l'ardeur que lui donnoient les commencemens d'un Art prefque découvert par lui, efpéroit voir dans

les

les Aftres, avec des Lunettes d'aproche, des objets
auffi petits que ceux qu'on discerne fur la terre.

Newton a montré qu'on ne peut plus perfectionner les Lunettes, à cause de la réfraction
même, qui en nous raprochant les objets, écar-
tent trop les raïons élémentaires ; il a calculé
dans ces verres la proportion de l'écartement des
raïons rouges & des raïons bleus, & portant la dé-
monftration dans des chofes dont on ne foupçonnait
pas même l'exiftence, il examine les inégalitez que
produit la figure du verre, & celle que fait la réfran-
gibilité. Il trouve que le verre objectif de la Lunette
étant convexe d'un côté & plat de l'autre, fi le côté
plat eft tourné vers l'objet, le défaut qui vient de la
conftruction & de la pofition du verre, eft cinq mille
fois moindre que le défaut qui vient par la réfrangibi-
lité ; & qu'ainfi ce n'eft pas la figure des verres qui
fait qu'on ne peut perfectionner les Lunettes d'aproche, mais qu'il faut s'en prendre à la nature même de la
lumiére. Voilà pourquoi il inventa un Télefcope, qui
montre les objets par réflexion & non point par
réfraction.

Il étoit encore peu connu en Europe, quand il fit
cette découverte. J'ai vû un petit Livre compofé environ vers ce tems-là, dans lequel en parlant du Télefcope de Newton, on le prend pour un Lunetier: *Artifex
quidam Anglus nomine Newton*. La poftérité l'a bien
vengé.

De tous ceux qui ont un peu vécu avec Monfieur
le Cardinal de Polignac il n'y a perfonne qui ne lui ait
entendu dire que Newton etoit Péripateticien & que
fes rayons Colorifiques & fur tout fon attraction fen-
toient beaucoup L'Atheifme. le Cardinal de Polignac
Jois

joignoit à tous les avantages qu'il avoit reçus de la nature une tres grande Eloquence ; il faisoit des Vers Latins avec une facilité heureuse & etonnante, mais il ne savoit que la Philosophie de Descartes & il avoit retenu par cœur ses raisonnemens comme on retient des dattes. Il n'etoit point devenu Geometre ; & il n'etoit pas né Philosophe, il pouvoit juger les Catilinaires & l'Enéide ; mais non pas Neuton & Locké.

Quand on considere que Neuton, Locke, Clarke, Leibnitz auroient été persecutez en France, emprisonnez à Rome, brulez à Lisbonne, que faut il penser de la raïson humaine ? & en quoi notre vulguaire d'Europe, j'entens celui qui est gouverné & celui qui gouverne, est il au dessus des habitans de la Cafrerie & des Topinamboux ?

Il sembleroit que l'avanture de Galilée auroit du corriger les hommes. Tout inquisiteur devroit rougir jusqu'au fonds de l'ame en voyant seulement une Sphere de Copernic. Cependant si Neuton etoit né en Portugal & qu'un Dominicain eut vu une heresie dans la raison inverse du Quarré des distances, on auroit revetu le Chevalier Isac Neuton d'une Sanbenite dans un Auto da fé.

On a souvent demandé pourquoi ceux que leur Ministere engage á êtresavans et indulgens, ont été si souvent ignorans et impitoyables. Ils ont été ignorans parce qu'ils avoient longtems étudié, et ils ont été cruels parce qu'ils sentoient queleurs mauvaises études etoient l'objet du mépris des sages. Certainement les inquisiteurs qui eurent l'effronterie de condamner le sisteme de Copernic non seulement comme Heretique, mais comme absurde, n'avoient rien á craindre

de

de ce fifteme. La Terre à beau être emportée, autour dufoleil ainfi que les autres Planettes, ils ne perdoient rien de leur revenu ni de leurs honneurs : le Dogme même eft toujours en fureté, quand il n'eft combattu, que par des Philofophes ; toutes les Académies de l'Univers ne changeront rien à la croyance du Peuple. Quel eft donc le principe de cette rage qui a tant defois animé les Anitus contre les Socrates ? c'eft que les Anitus difent dans le Fonds de leur cœur, les Socrates nous méprifent.

* *

HISTOIRE

DE

L'INFINI.

CHAPITRE XIX.

L es premiers Géométres se sont apperçus, sans doute, dès l'onziéme & douziéme proposition, que s'ils marchoient sans s'égarer, ils étoient sur le bord d'un abîme, & que les petites véritez incontestables qu'ils trouvoient, étoient entourées de l'Infini. On l'entrevoyoit, dès qu'on songeoit, qu'un côté d'un quarré ne peut jamais mesurer la diagonale, ou que des circonférences de Cercles différens passeront toûjours entre un Cercle & sa tangente, &c. Quiconque cherchoit seulement la racine du nombre 6, voyoit bien que c'étoit un nombre entre deux & trois; mais quelque division qu'il pût faire, cette racine dont il approchoit toûjours ne se trouvoit jamais. Si l'on considéroit une ligne droite coupant une autre ligne droite perpendiculairement, on les voyoit se couper en un point indivisible; mais si elles se coupoient obliquement, on étoit forcé, ou d'admettre un point plus grand qu'un autre, ou de ne rien comprendre dans la nature des points & dans le commencement de toute grandeur.

La seule inspection d'un Cone doit étonner l'esprit; car sa base, qui est un Cercle, contient un nombre infini de lignes. Son Sommet est quelque chose, qui différe infiniment de la ligne. Si on coupoit ce Cone parallélement à son axe, on trouvoit une figure, qui s'approchoit toûjours de plus en plus des côtez du triangle formé par le Cone,

Cône, fans jamais le rencontrer. L'Infini étoit partout, comment connaître l'air d'une Cercle? Comment celle d'une courbe quelconque?

Avant Apollonius le Cercle n'avoit été étudié que comme mefure des Angles, & comme pouvant donner certaines moyennes proportionnelles. Ce qui prouve en paffant, que les Egyptiens, qui avoient enfeigné la Géométrie aux Grecs, avoient été de très-médiocres Géométres, quoiqu'affez bons Aftronomes. Apollonius entra dans le détail des Sections coniques. Archiméde confidéra le Cercle comme une figure d'une infinité de côtez, & donna le rapport du diamétre à la circonférence, tel que l'efprit humain peut le donner. Il quarra la parabole; Hypocrate de Chio quarra les lunules du Cercle.

Du duplication du cube, la trifection de l'angle, inabordables à la Géométrie ordinaire, & la quadrature du Cercle impoffible à toute Géométrie, furent l'inutile objet des recherches des Anciens. Ils trouverent quelques fecrets fur leur route, comme les Chercheurs de la Pierre Philofophale. On connaît la Ciffoïde de Dioclès, qui approche de fa directrice fans jamais l'atteindre; la Concoïde de Nicomède, qui eft dans le même cas; la Spirale d'Archimède. Tout cela fut trouvé fans l'Algébre, fans ce calcul qui aide fi fort l'Efprit humain, & qui femble le conduire fans l'éclairer.

Je dis fans l'éclairer, car que deux Arithméticiens, par exemple, ayent un compte à faire; que le premier le faffe de tête voyant toûjours fes nombres préfens à fon efprit; & que l'autre opére fur le papier par une régle de routine, mais fûre, dans laquelle il ne voit jamais la vérité, qu'il cherche, qu'après le réfultat, & comme un homme qui y eft arrivé les yeux fermez; voilà à-peu-près la différence, qu'il y a entre un Géométre fans calcul, qui confidére des figures & voit leurs rapports, & un Algébrifte qui cherche ces rapports par des opérations, qui ne parlent point à l'efprit. Mais on ne peut aller loin avec la première méthode:

thode: elle eſt peut-être reſervée pour des Etres ſupérieurs à nous. Il nous faut des ſecours, qui aident & qui prouvent notre faibleſſe. A meſure que la Géométrie s'eſt étendüe, il a fallu plus de ces ſecours.

Hariot Anglais, Viette Poitevin, & ſurtout le fameux Deſcartes, employerent les ſignes, les lettres. Deſcartes ſoûmit les courbes à l'Algébre, & réduiſit tout en équations Algébriques.

Du teins de Deſcartes, Cavalliero, Religieux d'un ordre de Jéſuates, qui ne ſubſiſte plus, donna au Public en 1635 la Géométrie des indiviſibles: Géométrie toute nouvelle dans laquelle les plans ſont compoſez d'une infinitez de lignes, & les ſolides d'une infinité de plans. Il eſt vrai, qu'il n'oſoit pas plus prononcer le mot d'Infini en Mathématique, que Deſcartes en Phyſique. Ils ſe ſervòient l'un & l'autre du terme adouci d'*Indefini*; cependant Roberval en France avoit les mêmes idées, & il y avoit alors à Bruges un Jéſuite, qui marchoit à pas de Géant dans cette carriere par un chemin différent. C'étoit Grégoire de St. Vincent, qui, en prenant pour but une erreur, & croyant avoir trouvé la Quadrature du Cercle, trouva en effet des choſes admirables. Il réduiſit l'Infini même à des rapports finis, il connut l'Infini en petit & en grand. Mais ces recherches étoient noyées dans trois *in folio*: elles manquoient de méthode; &, qui pis eſt, une erreur palpable, qui terminoit le Livre, nuiſit à toutes les véritez qu'il contenoit.

On cherchoit toûjours à quarrer des courbes. Deſcartes ſe ſervoit des tangentes; Fermat, Conſeiller de Toulouſe, employoit ſa régle de *maximis & minimis*; régle qui méritoit plus de juſtice, que Deſcartes ne lui en rendit. Wallis Anglais en 1655 donna hardiment l'Arithmétique des infinis, & des ſuites infinies en nombre.

Mylord Brounker ſe ſervit de cette ſuite pour quarrer une hyperbole. Mercator de Holſtein eut grande part à cette invention; mais il s'agiſſoit de faire ſur toutes les
cour-

courbes ce que le Lord Brounker avoit fi heureusement tenté. On cherchoit une méthode générale d'assujettir l'Infini à l'Algébre, comme Descartes y avoit assujetti le Fini. C'est cette méthode, que trouva Newton à l'âge de vingt-trois ans. La méthode de Newton a deux parties, le calcul différentiel & le calcul intégral.

Le différentiel consiste à trouver une quantité plus petite qu'aucune assignable, laquelle prise une infinité de fois, égale la quantité donnée; & c'est ce qu'en Angleterre on appelle la méthode des fluentes ou des fluxions.

L'intégrale consiste à prendre la somme totale des quantitez différentielles.

Le célébre Philosophe Leibnitz, & le profond Mathématicien Bernoulli ont tous deux revendiqué, l'un le calcul différentiel, l'autre le calcul intégral; il faut être capable d'inventer des choses fi sublimes, pour oser s'en attribuer l'honneur. Pourquoi trois grands Mathématiciens cherchans tous la vérité ne l'auront-ils pas trouvée? Torricelli, la Loubére, Descartes, Roberval, Paschal, n'ont-ils pas tous démontré, chacun de leur côté, les prorietez de la Cicloïde, nommée alors la Roulette? N'a-t-on pas vû souvent des Orateurs traitans le même sujet, employer les mêmes pensées sous des termes différens? Les signes, dont Newton & Leibnitz se servoient, étoient différens, & les pensées étoient les mêmes.

Quoiqu'il en soit, l'Infini commença alors à être traité par le calcul. On s'accoûtuma insensiblement à recevoir des Infinis plus grands les uns que les autres. Cet Edifice fi hardi effraya un des Architectes. Leibnitz n'osa appeller ces Infinis que des Incomparables. Ceux qui ne savent pas, dequoi il est question, pensent, qu'on connait l'Infini, comme on connait que dix & dix font vingt: mais cet Infini n'est fonds que l'impuissance de compter jusqu'au bout, & la hardiesse de mettre en ligne de compte ce qu'on ne sauroit comprendre.

DE

* *

DE LA
CHRONOLOGIE
DE
NEWTON;

Qui fait le monde moins vieux de 500 ans.

CHAPITRE XX.

Il me refte à vous parler d'un autre Ouvrage à la portée du Genre Humain; mais qui fe fent toujours de cet efprit créateur, que Mr. Newton portoit dans toutes fes recherches. C'eft une Chronologie toute nouvelle; car dans tout ce qu'il entreprenoit, il falloit qu'il changeât les idées reçues par les autres hommes.

Accoutumé à débrouiller des cahos, il a voulu porter au moins quelque lumiére dans celui des Fables anciennes, confondues avec l'Hiftoire, & fixer une Chronologie incertaine. Il eft vrai, qu'il n'y a point de famille, de Ville, de Nation, qui ne cherche à reculer fon origine. De plus, les premiers Hiftoriens font les plus négligens à marquer les dattes. Les Livres étoient moins communs mille fois qu'aujourd'hui; par conféquent étans moins expofez à la critique, on trompoit le monde plus impunément; & puifqu'on a évidemment fuppofé des faits, il eft affez probable qu'on a auffi fuppofé des dattes.

En général il parut à Mr. Newton, que le monde étoit de 500 ans plus jeune, que les Chronologiftes ne le difent.

fent. Il fonde fon idée fur le cours ordinaire de la Nature, & fur les Obfervations Aftronomiques.

On entend ici par le cours de la Nature le tems de chaque génération des hommes. Les Egyptiens s'étoient fervis les premiers de cette maniére incertaine de compter, quand ils voulurent écrire les commencemens de leur Hiftoire. Ils comptoient 341 générations depuis Menès jufqu'à Séthon; & n'ayant pas de dattes fixes, ils évaluèrent trois générations à 100 ans. Ainfi ils comptèrent du Régne de Menès au Régne de Sethon 11340 années.

Les Grecs, avant de compter par Olympiades, fuivirent la méthode des Egyptiens, & étendirent un peu la durée des générations, pouffans chaque génération jufqu'à quarante années.

Or en cela les Egyptiens & les Grecs fe trompèrent dans leur calcul. Il eft bien vrai que, felon le cours ordinaire de la Nature, trois générations font environ cent à fix vingt ans; mais il s'en faut bien, que trois Régnes tiennent ce nombre d'années. Il eft très-évident, qu'en général les hommes vivent plus long-tems, que les Rois ne régnent. Ainfi un homme, qui voudra écrire l'Hiftoire, fans avoir des dattes précifes, & qui fçaura qu'il y a eu neuf Rois chez une Nation, aura grand tort s'il compte 300 ans pour ces neuf Rois. Chaque génération eft d'environ 30 ans, chaque régne eft d'environ vingt, l'un portant l'autre. Prenez le 30 Rois d'Angleterre depuis Guillaume le Conquérant jufqu'à George I, ils ont régné 648 ans; ce qui réparti fur les 30 Rois, donne à chacun 21 ans & demi de régne. Soixante-trois Rois de France ont régné, l'un portant l'autre, chacun à-peuprès vingt ans. Voilà le cours ordinaire de la Nature. Donc les Anciens fe font trompez, quand ils ont égalé en général la durée des Régnes à la durée des générations; donc ils ont trop compté; donc il eft à propos de retrancher un peu de leur calcul.

Les

Les Obſervations Aſtronomiques ſemblent prêter encore un plus grand ſecours à notre Philoſophe. Il paraît plus fort en combattant ſur ſon terrain.

Vous ſçavez que la Terre, outre ſon mouvement annuel, qui l'emporte autour du Soleil d'Occident en Orient dans l'eſpace d'une année, a encore une révolution ſinguliére tout-à-fait inconnue juſqu'à ces derniers tems. Ses pôles ont un mouvement très-lent de rétrogradation d'Orient en Occident, qui fait que chaque jour leur poſition ne répond pas préciſément au même point du Ciel. Cette différence inſenſible en une année, devient aſſez forte avec le tems; & au bout de 72 ans on trouve, que la différence eſt d'un dégré; c'eſt-à-dire, de la 360 partie de tout le Ciel. Ainſi après 72 années le Colure de l'Equinoxe du Printems, qui paſſoit par un Fixe, répond à une autre Fixe. De-là vient que le Soleil, au-lieu d'être dans la partie du Ciel où étoit le Bélier du tems d'Hipparque, ſe trouve répondre à cette partie du Ciel où étoit le Taureau; & que les Gémeaux ſont à la place où le Taureau étoit alors. Tous les Signes ont changé de place; cependant nous retenons toûjours la maniére de parler des Anciens. Nous diſons, que le Soleil eſt dans le Bélier au Printems, par la même condeſcendance, que nous diſons, que le Soleil tourne.

Hipparque fut le premier chez les Grecs, qui s'apperçut de quelque changement dans les Conſtellations par rapport aux Equinoxes, ou plûtôt, qui l'apprit des Egyptiens. Les Philoſophes attribuérent ce mouvement aux Etoiles; car alors on étoit bien loin d'imaginer une telle révolution dans la Terre. On la croyoit dans tous ſens immobile. Ils créerent donc un Ciel où ils attacherent toutes les Etoiles, & donnerent à ce Ciel un mouvement particulier, qui le faiſoit avancer vers l'Orient, pendant que toutes les Etoiles ſembloient faire leur route journaliére d'Orient en Occident. A cette erreur ils en ajoutérent une ſeconde bien plus eſſentielle. Ils crurent, que le Ciel prétendu

des

des Etoiles fixes avançoit d'un dégré vers l'Orient en cent années. Ainsi ils se trompent dans leur Calcul Astronomique, aussi-bien que dans leur Système Physique. Par exemple, un Astronome auroit dit alors, l'Equinoxe du Printems a été du tems d'un tel Observateur dans un tel signe, à une telle Etoile. Il a fait deux dégrez de chemin depuis cet Observateur jusqu'à nous : or deux dégrez valent 200 ans ; donc cet Observateur vivoit 200 ans avant moi. Il est certain, qu'un Astronome, qui auroit raisonné ainsi, se seroit trompé environ de cinquante ans. Voilà pourquoi les Anciens, doublement trompez, composèrent leur grande année du monde ; c'est-à-dire, de la révolution de tout le Ciel, d'environ 36000 ans. Mais les Modernes sçavent, que cette révolution imaginaire du Ciel des Etoiles, n'est autre chose que la révolution des pôles de la terre, qui se fait en 25900 ans. Il est bon de remarquer ici en passant, que Mr. Newton, en déterminant la figure de la terre, a très-heureusement expliqué la raison de cette révolution.

Tout ceci posé, il reste pour fixer la Chronologie, de voir par quelle Etoile le Colure des Equinoxes coupe aujourd'hui l'Ecliptique au Printems, & de sçavoir s'il ne se trouve point quelque Ancien, qui nous ait dit en quel point l'Ecliptique étoit coupé de son tems par le même Colure des Equinoxes.

Clément Alexandrin rapporte, que Chiron, qui étoit de l'Expédition des Argonautes, observa les Constellations au tems de cette fameuse Expédition ; & fixa l'Equinoxe du Printems au milieu du Bélier, l'Equinoxe d'Automne au milieu de la Balance, le Solstice de notre Eté au milieu du Cancre, & le Solstice d'Hiver au milieu du Capricorne.

Long-tems après l'Expédition des Argonautes, & un an avant la Guerre du Péloponèse, Meton observa, que le point du Solstice d'Eté passoit par le sixiéme dégré du Cancre.

Or

Or chaque Signe du Zodiaque est de 30 dégrez. Du tems de Chiron, le Solstice étoit à la moitié du Signe, c'est-à-dire, au quinziéme dégré ; un an avant la Guerre du Péloponèse, il étoit au huitiéme ; donc il avoit retardé de sept dégrez (un dégré vaut 72 ans;) donc du commencement de la Guerre du Péloponèse, à l'entreprise des Argonautes ; il n'y a que sept fois 72 ans, qui font 504 ans, & non pas 700 années, comme le disoient les Grecs. Ainsi en comparant l'état du Ciel d'aujourd'hui à l'état où il étoit alors, nous voyons, que l'Expédition des Argonautes doit être placée 909 ans avant Jésus-Christ, & non pas environ 1400 ans ; & que par conséquent le monde est moins vieux d'environ 500 ans qu'on ne pensoit. Par-là toutes les Epoques sont rapprochées, & tout est fait plus tard qu'on ne le dit. Je ne sçai, si ce Système ingénieux fera une grande fortune, & si l'on voudra se résoudre sur ces idées à réformer la Chronologie du Monde. Peut-être les Sçavans trouveroient-ils, que c'en seroit trop, d'accorder à un même homme l'honneur d'avoir perfectionné à la fois la Physique, la Géométrie & l'Histoire ; ce seroit une espece de Monarchie universelle dont l'amour-propre s'accommode mal-aisément. Aussi dans le tems, que de très-grands Philosophes l'attaquoient sur l'Attraction, d'autres combattoient son Système Chronologique. Le tems qui devroit faire voir, à qui la victoire est due, ne fera peut-être que laisser la dispute indécise.

Il est bon, avant que de quitter Newton, d'avertir que l'Infini, l'Attraction & le Cahos de la Chronologie, ne sont pas les seuls abîmes où il ait fouillé. Il s'est avisé de commenter l'Apocalypse. Il y trouve, que le Pape est l'Antechrist, & il explique ce Livre incompréhensible à-peu-près comme tous ceux, qui s'en sont mêlez. Apparemment qu'il a voulu par ce Commentaire consoler la race humaine de la supériorité qu'il avoit sur celle.

DE

❀❀❀❀❀❀❀❀❀❀❀❀❀❀❀❀❀❀

DE LA
TRAGEDIE.

CHAPITRE XXI.

Les Anglais avoient déja un Théâtre auſſi-bien, que les Eſpagnols, quand les Français n'avoient encore que des tréteaux. Shakeſpear, qui paſſoit pour le Corneille des Anglais, fleuriſſoit à-peu-près dans le tems de Lopez de Vega; il créa le Théâtre, il avoit un génie plein de force & de fécondité, de naturel & de ſublime, ſans la moindre étincelle de bon goût, & ſans la moindre connaiſſance des régles. Je vais vous dire une choſe hazardée, mais vraie, c'eſt que le mérite de cet Auteur a perdu le Théâtre Anglais; il y a de ſi belles Scenes, des morceaux ſi grands & ſi terribles répandus dans ſes Farces monſtrueuſes, qu'on appelle Tragédies, que ces Piéces ont toûjours été jouées avec un grand ſuccès. Le tems, qui ſeul fait la réputation des hommes, rend à la fin leurs défauts reſpectables. La plûpart des idées bizarres & gigantesques de cet Auteur ont acquis, au bout de 150 ans, le droit de paſſer pour ſublimes. Les Auteurs modernes l'ont preſque tous copié. Mais ce que réuſſiſſoit dans Shakeſpear, eſt ſifflé chez eux, & vous croyez bien, que la vénération, qu'on a pour cet Auteur, augmente à meſure que l'on mépriſe les Modernes. On ne fait pas réfléxion, qu'il ne faudroit pas l'imiter, & le mauvais ſuccès des Copiſtes fait ſeulement, qu'on le croit inimitable. Vous ſçavez, que dans la Tragédie du More de Veniſe, Piéce très-touchante, un mari étrangle ſa femme ſur le Théâtre, & que quand la pauvre femme eſt étranglée,

elle

elle s'écrie, qu'elle meurt très-injuftement. Vous n'igno-
rez pas, que dans Hamlet, des Foffoyeurs creufent une
foffe en buvant, en chantant des Vaudevilles, & en faifant fur les têtes des morts, qu'ils rencontrent, des plaifanteries convenables à gens de leur métier; mais ce qui vous
furprendra, c'eft qu'on a imité ces fottifes. Sous le Régne de Charles II, qui étoit celui de la politeffe, & l'âge
des Beaux Arts, Otway dans fa Venife fauvée, introduit
le Sénateur Antonio & fa Courtifane Naki au milieu des
horreurs de la Confpiration du Marquis de Bedemar. Le
vieux Sénateur Antonio fait auprès de fa Courtifane toutes les fingeries d'un vieux débauché impuiffant & hors
du bon fens. Il contrefait le Taureau & le Chien, il
mord les jambes de fa Maîtreffe, qui lui donne des coups
de pied & des coups de foüet. On a retranché de la
Piéce d'Otway ces bouffonneries faites pour la plus vile
canaille; mais on a laiffé dans le Jules-Céfar de Shakefpear les plaifanteries des Cordonniers & des Savetiers Romains, introduits fur la Scene avec Caffius & Brutus.
Vous vous plaindrez fans doute, que ceux, qui jufqu'à préfent vous ont parlé du Théâtre Anglais, & furtout de ce
fameux Shakefpear, ne vous ayent encore fait voir que
fes erreurs, & que perfonne n'ait traduit aucun de ces endroits frapans, qui demandent grace pour toutes fes fautes.
Je vous répondrai, qu'il eft bien aifé de rapporter en Profe
les fottifes d'un Poëte; mais très-difficile de traduire les
beaux Vers. Tous les Grimauds, qui s'érigent en Critiques des Ecrivains célébres, compilent des Volumes.
J'aimerois mieux deux pages, qui nous fiffent connaître
quelque beauté; car je maintiendrai toûjours avec tous les
gens de bon goût, qu'il y a plus à profiter dans douze
Vers d'Homére & de Virgile, que dans toutes les Critiques
qu'on a faites de ces deux Grands Hommes.

J'ai hazardé de traduire quelques morceaux des meilleurs Poëtes Anglais; en voici un de Shakefpear. Faites
grace à la Copie en faveur de l'Original, & fouvenez-vous
tou-

toûjours, quand vous voyez une Traduction, que vous ne voyez qu'une faible Eſtampe d'un beau Tableau. J'ai choiſi le Monologue de la Tragédie de Hamlet, qui eſt ſçu de tout le monde, & qui commence par ces Vers:

To be, or not to be! that is the Queſtion! &c.

C'eſt Hamlet, Prince de Dannemark, qui parle.

Demeure, il faut choiſir & paſſer à l'inſtant
De la vie à la mort, ou de l'être au néant.
Dieux *juſtes*, s'il en eſt, éclairez mon courage.
Faut-il vieillir courbé ſous la main qui m'outrage,
Supporter, ou finir mon malheur & mon ſort?
Qui ſuis-je? Qui m'arrête? Et qu'eſt-ce que la mort?
C'eſt la fin de nos maux, c'eſt mon unique azile,
Après de longs tranſports, c'eſt un ſommeil tranquille.
On s'endort, & tout meurt; mais un affreux réveil
Doit ſuccéder peut-être aux douceurs du ſommeil.
On nous menace, on dit, que cette courte Vie
De tourmens éternels eſt auſſi-tôt ſuivie.
O Mort! moment fatal! affreuſe Eternité!
Tout cœur à ton ſeul nom ſe glace épouvanté.
Eh! qui pourroit ſans toi ſupporter cette vie:
De nos Prêtres menteurs bénir l'hypocriſie:
D'une indigne Maîtreſſe encenſer les erreurs:
Ramper ſous un Miniſtre, adorer ſes hauteurs;
Et montrer les langueurs de ſon ame abattuë
A des Amis ingrats, qui détournent la vûë?
La mort ſeroit trop douce en ces extrêmitez.
Mais le ſcrupule parle, & nous crie, arrêtez.
Il défend à nos mains cette heureux homicide,
Et d'un Héros guerrier, fait un Chrétien timide, &c.

Ne

Ne croyez pas, que j'aye rendu ici l'Anglais mot pour mot; malheur aux Faiseurs de Traductions Littérales, qui traduisans chaque parole énervent le sens. C'est bien-là qu'on peut dire, que la lettre tuë, & que l'esprit vivifie.

Voici encore un passage d'un fameux Tragique Anglais; c'est Dryden Poëte du tems de Charles II, Auteur plus fécond que judicieux, qui auroit une réputation sans mélange, s'il n'avoit fait que la dixiéme partie de ses Ouvrages.

Ce morceau commence ainsi:

When I consider Life 'tis all a Cheat,
Yet fool'd by Hope Men favour the Deceit, &c.

De desseins en regrets, & d'erreurs en désirs
Les mortels insensez promenent leur folie
Dans des malheurs présens, dans l'espoir des plaisirs.
Nous ne vivons jamais, nous attendons la vie.
Demain, demain, dit-on, va combler tous nos vœux.
Demain vient, & nous laisse encor plus malheureux.
Quelle est l'erreur, hélas! du soin qui nous devore,
Nul de nous ne voudroit recommencer son cours.
De nos premiers momens nous maudissons l'aurore,
Et de la nuit qui vient, nous attendons encore
Ce qu'ont envain promis les plus beaux de nos jours, &c.

C'est dans ces morceaux détachez, que les Tragiques Anglais ont jusqu'ici excellé. Leurs Piéces presque toutes barbares, dépourvuës de bienséance, d'ordre & de vraisemblance, ont des lueurs étonnantes au milieu de cette nuit. Le stile est trop empoulé, trop hors de la nature, trop copié des Ecrivains Hébreux, si remplis de l'enflure Asiatique; mais aussi il faut avouer, que les échasses du stile figuré, sur lesquelles la Langue Anglaise est guindée, elevent l'esprit bien haut, quoique par une marche irreguliere.

Monsieur Addison est le premier Anglais qui ait fait une tragédie raisonnable. je le plaindrais, s'il n'y avoit mis que de la raison. sa tragédie de Caton est écrite d'un bout à l'autre avec cette élégance mâle et énergique dont corneille le premier donna chez nous de si beaux exemples dans son stile inégal. il me semble que cette piece est faitte pour un auditoire un peu philosophe et très républicain. je doute que nos jeunes Dames et nos petits maitres eussent aimé caton en robe de chambre lisant les dialogues de Platon et faisans des reflexions sur l'immortalité de l'âme. mais ceux qui s'elevent au dessus des usages, des préjugés, des faiblesses de leur nation, ceux qui sont de tous les tems et de tous les pais, ceux qui preferent la grandeur philosophique à des Declarations d'amour seront bien aises de trouver ici une copie quoiqu'imparfaite de ce morceau sublime. il semble qu'addison dans ce beau Monologue de caton ait voulu lutter contre shakespear. je traduirai l'un comme l'autre, c'est à dire avec
cette

cette liberté dans laquelle on s'écartevoit
trop de son original à force de vouloir
ressembler. le fonds est très fidele et
j'y ajoute peu de détails. il m'a fallu
enchevir, sur lui ne pouvant l'égaler.

Oui, Platon, tu dis vrai, notre ame est immortelle,
c'est un dieu qui lui parle, un dieu qui vit en elle!
eh! d'ouviendrois sans lui ce grand pressentiment,
ce dégout des faux biens, cette horreur du néant?
vers des siecles sans fin je sens que tu m'entraines,
du monde et de mes fers je vais briser les chaines
et m'ouvrir loin d'un corps dans la fange arrêté
les portes de la vie et de l'éternité.

l'éternité! quel mot consolant et terrible!
ô lumiere! ô nuage! o profondeur horrible!
que suis-je? ou suis-je? ou vais-je? et d'ou suis-je tiré?
dans quels climats nouveaux, dans quel monde ignoré
le moment du trépas va-t-il plonger mon être?
ou sera cet esprit qui ne peut se connaitre?
que me préparez vous, abimes tenebreux?
allons, s'il est un dieu, Caton doit être heureux.
il en est un sans doute, et je suis son ouvrage;
lui même au coeur du juste il empreint son image,
il doit venger sa cause et punir les pervers.
mais comment? dans quel tems et dans quel univers?
ici la vertu pleure et l'audace l'opprime,
l'innocence à genoux y tend la gorge au crime,
la fortune y domine et tout y suit son char,
ce globe infortuné fut formé pour César.
hatons nous de sortir d'une prison funeste,
je te verrai sans ombre, o vérité céleste,
tu te caches de nous dans nos jours de sommeil,
cette vie est un songe et la mort un reveil.

dans

Dans cette tragédie d'un patriote et d'un philosophe, le rôle de Caton me paraît surtout un des plus beaux personnages qui soyent sur aucun théâtre. le Caton d'Addisson est je crois fort au dessus de la Cornélie de pierre Corneille, car il est continuellement grand sans enflure, et le rôle de Cornélie qui d'ailleurs n'est pas un personnage nécessaire fait trop la déclamation en quelques endroits. elle veut toujours être héroïne et Caton ne s'appercoit jamais qu'il est un héros.

il est bien triste que quelque chose de si beau ne soit pas une belle tragédie, des scènes décousuës qui laissent souvent le téâtre vide, des à parte trop longs et sans art, des amours froids et insipides, une conspiration inutile à la pièce, un certain Sempronius déguisé et tué sur le téâtre, tout cela fait de la fameuse tragédie de Caton une pièce que nos comédiens n'oseroient jamais jouer, quand même nous penserions à la romaine ou à l'anglaise. la barbarie et l'irrégularité du téâtre de Londres ont percé jusques dans la

Sagesse

Sagesse d'Addisson. il me semble
que je vois le czar pierre qui en
reformant les russes tenoit encore
~~de l'éducation de son pais~~ quelque
chose de son éducation et des mœurs
de son pays
la coutume ┼

guliere. Le premier Anglais, qui ait fait une Piéce raifonnable, & écrite d'un bout à l'autre avec élégance, c'eft
l'illuftre Mr. Addiffon. Son Caton d'Utique eft un Chef-
d'œuvre pour la diction, & pour la beauté des Vers. Le
rôle de Caton eft à mon gré fort au-deffus de celui de Cornelie dans le Pompée de Corneille; car Caton eft grand
fans enflure, & Cornelie, qui d'ailleurs n'eft pas un perfonnage néceffaire, vife quelquefois au galimathias. Le
Caton de Mr. Addiffon me parait le plus beau perfonnage
qui foit fur aucun Théâtre; mais les autres rôles de la
Piéce n'y répondent pas; & cet Ouvrage fi bien écrit eft
défiguré par une intrigue froide d'amour, qui répand fur
la Piéce une langueur, qui la tue.

La coutume d'introduire de l'amour, à tort & à travers,
dans les Ouvrages Dramatiques, paffa de Paris à Londres
vers l'an 1660 avec nos rubans, & nos perruques. Les
femmes, qui y parent les Spectacles, comme ici, ne veü-
lent plus fouffrir, qu'on leur parle d'autres chofes que d'a-
mour. Le fage Addiffon eut la molle complaifance de
plier la févérité de fon caractére aux mœurs de fon tems,
& gâta un Chef-d'œuvre pour avoir voulu plaire.

Depuis lui les Piéces font devenuës plus réguliéres, le
Peuple plus difficile, les Auteurs plus corrects & moins
hardis. J'ai vu des Piéces nouvelles fort fages, mais froi-
des. Il femble, que les Anglais n'ayent été faits jufqu'ici,
que pour produire des beautez irrégulieres. Les monftres brillans de Shakefpear plaifent mille fois plus que la
fageffe moderne. Le génie poëtique des Anglais reffemble
jufqu'à prefent à un arbre touffu, planté par la Nature,
jettant au hazard mille rameaux, & croiffant inégalement
avec force. Il meurt, fi vous voulez forcer fa Nature, & le tailler en arbre des Jardins
de Marly.

G 3

SUR

SUR LA
COMEDIE.

CHAPITRE XXII.

Je ne ſçai comment le ſage & ingénieux Mr. de Muralt, dont nous avons les Lettres ſur les Anglais & ſur les Français, s'eſt borné, en parlant de la Comédie, à critiquer un Comique nommé Shadwell. Cet Auteur étoit aſſez mépriſé de ſon tems. Il n'étoit point le Poëte des honnêtes gens. Ses Piéces, goutées pendant quelques Répréſentations par le peuple, étoient dédaignées par les gens de bon goût, & reſſembloient à tant de Piéces, que j'ai vu en France attirer la foule & révolter les Lecteurs, & dont on a pu dire, tout Paris les condamne & tout Paris les court. Mr. de Muralt auroit dû, ce ſemble, nous parler d'un Auteur excellent, qui vivoit alors, c'étoit Mr. Wicherley, qui fut long-tems l'Amant déclaré de la Maîtreſſe la plus illuſtre de Charles II. Cet homme, qui paſſoit ſa vie dans le plus grand monde, en connaiſſoit parfaitement les vices & les ridicules, & les peignoit du pinceau le plus ferme, & des couleurs les plus vrayes. Il a fait un Miſantrope, qu'il a imité de Moliere. Tous les traits de Wicherley ſont plus forts & plus hardis que ceux de notre Miſantrope; mais auſſi ils ont moins de fineſſe & de bienſéance. L'Auteur Anglais a corrigé le ſeul défaut, qui ſoit dans la Piéce de Moliere; ce défaut eſt le manque d'intrigue & d'intérêt. La Piéce Anglaiſe eſt intéreſſante, & l'intrigue en eſt ingénieuſe; elle eſt trop hardie, ſans doute, pour nos mœurs;

c'eſt

De la Comedie

Si dans la plupart des Tragedies Anglaises les heros
sont emportez et les heroines extravagantes, en
recompense le stile est plus naturel dans la Comedie
mais ce naturel nous paroitroit souvent celui de
la débauche plutôt que celui de l'honnêteté, on y
appelle chaque chose par son nom, une femme
fachée contre son Amant lui souhaite la Verole,
un ivrogne dans une pièce qu'on joue tous les jours
se masque en Prêtre, fait tapage, est arreté par le
Guet, il se dit curé, on lui demande s'il a une cure,
il répond qu'il en a une excellente pour la chaudep.
Vue des Comedies les plus décentes intitulée le mari
negligent represente d'abord ce mari qui se fait
gratter la tête par une servante assise à coté de lui
sa femme survient et s'écrie, à quelle autorité ne
parvient on pas par être putain ?

Quelques Critiques prennent le parti de ces expressions
grossieres, ils s'appuyent sur l'exemple d'Horace qui
nomme par leur nom toutes les parties du corps et
tous les plaisirs qu'elles donnent ce sont des images
qui gagnent chez nous à être voilées, mais Horace
qui semble fait pour les mauvais lieux ainsi que
pour la cour et qui entend parfaitement les usages
de ces deux Empires parle aussi franchement de
ce que un honnête homme peut faire à une jeune
fille ou à un beau jeune garçon, que s'il parloit
d'une promenade ou d'un soupé on ajoute que les
Romains du tems d'Auguste étoient aussi polis que
les Parisiens, que ce même Horace qui loue l'empereur
d'avoir reformé les moeurs, se conformoit sans
                                                    doute

honte à l'usage de son siecle et que ce siecle des
beaux Arts permettoit les filles, les garçons et les
noms propres. chose etrange, (si quelque chose
pouvoit l'etre) qu'horace en parlant le langage
de la debauche fut le savoir d'un reformateur
et qu'ovide pour avoir parlé le langage de la
galanterie, fut exilé par un debauché, un fourbe,
un Assassin nommé octave parvenu à l'empire
par des crimes qui meritoient le dernier supplice
quoiqu'il en soit, Bayle pretend que les expressions
sont indifferentes, en quoi lui et les Cyniques et
les Stoiciens semblent Se tromper.
car chaque chose a des noms differens qui la
peignent sous divers aspects, et qui donnent
d'elle des idées fort differentes. les mots de
Magistrat et de Robin, de gentilhomme et de
gentillâtre, d'officier et d'egrefin, de religieux et
de Moine, ne signifient pas la même chose.
la consommation du mariage et tout ce qui tient
à ce grand oeuvre sera differemment exprimé
par le Curé, par le mari, par le medecin et par
un jeune homme amoureux. le mot dont celui cy
Se servira reveillera l'image du plaisir, les termes
du Medecin ne presenteront que des figures ana-
tomiques. le Mari fera entendre avec decence ce
que le jeune indiscret aura dit avec audace, et
le Curé tâchera de donner l'idée d'un Sacrement
les mots ne sont donc pas indifferens, puisqu'il
n'y a point de Sinonimes.
il faut encore considerer que si les Romains
permettoient des expressions grossieres dans
des Satires qui n'etoient lües que de peu de
personnes, ils ne souffroient pas de mots deshon-
-nêtes sur le theatre. car comme dit la fontaine,

chartes

chastes sont les oreilles, encor que les yeux soyent
fripons. en un mot il ne faut pas qu'on prononce
en public un mot qu'une honnête femme ne
puisse repeter.

les Anglais ont pris, ont deguisé, ont gaté la
pluspart des pieces de Moliere. ils ont voulu
faire un Tartuffe. il etoit impossible que ce
sujet reussit à Londres. la raison en est qu'on
ne se plait gueres aux Portraits des gens qu'on
ne connait pas. un des grands avantages de la
nation Anglaise, c'est qu'il n'y a point de
Tartuffes chez elle. pour qu'il y eus de faux
devots, il faudroit qu'il y en eus de veritables.
on n'y connait presque point le nom de devot,
mais beaucoup celui d'honnête homme. on
n'y voit point d'imbecilles qui mettent leurs
ames en d'autres mains, ni de ces petits ambitieux
qui s'etablissent dans un quartier de la ville
un empire despotique sur quelques femmelettes
autrefois galantes, es toujours faibles es sur
quelques hommes plus faibles es plus
meprisables qu'elles.

S'il n'y a point de Tartuffes chez cette nation
libre et audacieuse, en recompense il y a
plus de Misantropes que dans tout le reste
de l'Europe. aussi le Misantrope ou l'homme
au franc procedé est une des bonnes comedies
qu'on ait à Londres. elle fut faitte du tems
que charles Second es sa cour brillante
tachoient de defaire la nation de son humeur

avise

noire. Wicherley auteur de cet ouvrage etoit
l'amant declaré de la Duchesse de Cleveland
maitresse du Roi. cet homme qui passoit
sa vie dans le plus grand monde en peignoit
les ridicules et les faiblesses avec les couleurs
les plus fortes. les traits de la piece de
Wicherley sont plus hardis que ceux de
Moliere mais aussi ils ont moins de finesse
et de bienseance.

L'Auteur.

c'eſt un Capitaine de Vaiſſeau, plein de valeur, de fran-
chiſe & de mépris pour le Genre Humain. Il a un ami
ſage & ſincere dont il ſe défie, & une Maîtreſſe dont il
eſt tendrement aimé, ſur laquelle il ne daigne pas jetter
les yeux; au contraire, il a mis toute ſa confiance dans
un faux ami, qui eſt le plus indigne homme qui reſpire,
& il a donné ſon cœur à la plus coquette & à la plus per-
fide de toutes les femmes. Il eſt bien aſſuré, que cette
femme eſt une Pénelope, & ce faux ami un Caton. Il
part pour s'aller battre contre les Hollandais, & laiſſe
tout ſon argent, ſes pierreries, & tout ce qu'il a au monde à cette femme de bien, & recommande cette femme
elle - même à cet ami fidéle, ſur lequel il compte ſi
fort. Cependant le véritable honnête-homme, dont il ſe
défie tant, s'embarque avec lui, & la Maîtreſſe qu'il n'a
pas ſeulement daigné regarder, ſe déguiſe en Page, & fait
le voyage, ſans que le Capitaine s'apperçoive de ſon ſexe,
de toute la Campagne.

Le Capitaine ayant fait ſauter ſon Vaiſſeau dans un
combat, revient à Londres ſans ſecours, ſans Vaiſſeau &
ſans argent, avec ſon Page & ſon Ami, ne connaiſſant
ni l'amitié de l'un ni l'amour de l'autre. Il va droit chez
la perle des femmes, qu'il compte retrouver avec ſa Caſſette & ſa fidélité. Il la retrouve, mariée avec l'honnête
fripon, à qui il s'étoit confié, & on ne lui a pas plus gardé
ſon dépôt que le reſte. Mon homme a toutes les peines
du monde à croire, qu'une femme de bien puiſſe faire de
pareils tours; mais pour l'en convaincre mieux, cette
honnête Dame devient amoureuſe du petit Page, & veut
le prendre à force; mais comme il faut que juſtice ſe
faſſe, & que dans une Piéce de Théâtre le vice ſoit puni,
& la vertu récompenſée, il ſe trouve à la fin du compte,
que le Capitaine ſe met à la place du Page, couche avec
ſon Infidéle, fait cocu ſon traître ami, lui donna un bon
coup d'épée au-travers du corps, reprend ſa Caſſette, &
épouſe ſon Page. Vous remarquerez, qu'on a encore
lardé

lardé cette Piéce d'une Comteffe de Pimbefche, vieille plaideufe, parente du Capitaine; laquelle eft bien la plus plaifante créature & le meilleur caractére, qui foit au Théâtre.

Wicherley a encore tiré de Moliere une Piéce non moins finguliére, & non moins hardie, c'eft une efpece d'Ecole des femmes.

Le principal Perfonnage de la Piéce eft un drôle à bonnes fortunes, la terreur des maris de Londres, qui pour être plus fûr de fon fait, s'avife de faire courir le bruit, que dans fa derniere maladie les Chirurgiens ont trouvé à propos de le faire Eunuque. Avec cette belle réputation tous les maris lui amenent leurs femmes, & le pauvre homme n'eft plus embarraffé que du choix. Il donne furtout la préférence à une petite Campagnarde, qui a beaucoup d'innocence & de tempérament, & qui fait fon mari cocu avec une bonne foi, qui vaut mieux que la malice des Dames les plus expertes. Cette Piéce n'eft pas, fi vous voulez, l'Ecole des bonnes mœurs; mais en vérité c'eft l'Ecole de l'efprit & du bon comique.

Un Chevalier Vanbrugh a fait des Comédies encore plus plaifantes, mais moins ingénieufes. Ce Chevalier étoit un homme de plaifir, & pardeffus cela Poëte & Architecte. On prétend, qu'il écrivoit avec autant de délicateffe & d'élégance, qu'il bâtiffoit groffierement. C'eft lui qui a bâti le fameux château de Blenheim, pefant & durable monument de notre malheureufe bataille d'Hochftet. Si les appartemens étoient feulement auffi larges, que les murailles font épaiffes, ce Château feroit affez commode.

On a mis dans l'Epitaphe de Vanbrugh, qu'on fouhaitoit, que la Terre ne lui fût point légere, attendu que de fon vivant il l'avoit fi inhumainement chargée.

Ce Chevalier ayant fait un tour en France avant la belle Guerre de 1701 fut mis à la Baftille, & y refta quelque tems fans avoir jamais pû fçavoir ce qui lui avoit attiré

cette

cette diftinction de la part de notre Miniftére. Il fit une Comédie à la Baftille, & ce qui eft à mon fens fort étrange, c'eft qu'il n'y a dans cette Piéce aucun trait contre le Païs, dans lequel il effuya cette violence.

Celui de tous les Anglais, qui a porté le plus loin la gloire du Théâtre Comique, eft feu Mr. Congréve. Il n'a fait que peu de Piéces; mais toutes font excellentes dans leur genre. Les régles du Théâtre y font rigoureufement obfervées. Elles font pleines de caractéres nuancez avec une extrême fineffe: on n'y effuye pas la moindre mauvaife plaifanterie; vous y voyez partout le langage des honnêtes-gens avec des actions de fripon, ce qui prouve, qu'il connaiffoit bien fon monde, & qu'il vivoit dans ce qu'on appelle la bonne compagnie.

Ses Piéces font les plus fpirituelles & les plus exactes, celles de Vanbrugh les plus gayes, & celles de Wicherley les plus fortes. Il eft à remarquer, qu'aucun de ces Beaux-Efprits n'a mal parlé de Moliere; il n'y a que les mauvais Auteurs Anglais, qui ayent dit du mal de ce grand Homme. Ce font les mauvais Muficiens d'Italie, qui méprifent Lully; mais un Buononcini l'eftime & lui rend juftice.

L'Angleterre a encore de bons Poëtes Comiques, tels que le Chevalier Steele, & Mr. Cibber excellent Comédien, & d'ailleurs Poëte du Roi; titre qui paraît ridicule, mais qui ne laiffe pas de donner mille écus de rente & de beaux Priviléges. Notre grand Corneille n'en a pas eu tant.

Au refte, ne me demandez pas, que j'entre ici dans le moindre détail de ces Piéces Anglaifes dont je fuis fi grand Partifan, ni que je vous rapporte un bon mot ou une plaifanterie des Wicherleys & des Congréves: on ne rit point dans une Traduction. Si vous voulez connaître la Comédie Anglaife, il n'y a d'autre moyen pour cela que d'aller à Londres, d'y refter trois ans, d'apprendre bien l'Anglais, & de voir la Comédie tous les jours. Je n'ai

pas

pas grand plaisir en lisant Plaute & Aristophane, pourquoi? C'est que je ne suis ni Grec, ni Romain. La finesse des bons mots, l'allusion, l'à-propos, tout cela est perdu pour un Etranger.

Il n'en est pas de même dans la Tragédie. Il n'est question chez elle que de grandes passions, & de sottises héroïques, consacrées par de vieilles erreurs de Fables ou d'Histoire. Oedipe, Electre appartiennent aux Espagnols, aux Anglais, & à nous comme aux Grecs. Mais la bonne Comédie est la peinture parlante des ridicules d'une Nation, & si vous ne connaissez pas la Nation à fond, vous ne pouvez guéres juger de la peinture.

SUR

❃❃❃❃❃❃❃❃❃❃❃❃❃❃❃❃❃❃❃❃❃❃❃❃

SUR LES

COURTISANS

QUI CULTIVENT

LES LETTRES.

CHAPITRE XXIII.

Il a été un tems en France où les Beaux-Arts étoient cultivez par les premiers de l'Etat. Les Courtisans surtout s'en mêloient malgré la diffipation, le goût des riens, la paffion pour l'intrigue, toutes Divinitez du Païs. Il me paraît, qu'on eft actuellement à la Cour dans tout un autre goût que celui des Lettres; peut-être dans peu de tems la mode de penfer reviendra-t-elle. Un Roi n'a qu'à vouloir; on fait de cette Nation-ci tout ce qu'on veut. En Angleterre communément on penfe, & les Lettres y font plus en honneur qu'ici. Cet avantage eft une fuite néceffaire de la forme de leur Gouvernement. Il y a à Londres environ huit cens perfonnes, qui ont le droit de parler en Public, & de foutenir les intérêts de la Nation. Environ cinq ou fix mille prétendent au même bonheur à leur tour. Tout le refte s'érige en Juge de tous ceux-ci, & chacun peut faire imprimer ce qu'il penfe fur les affaires publiques; ainfi toute la Nation eft dans la néceffité de s'inftruire. On n'entend parler, que des Gouvernemens d'Athénes & de Rome. Il faut bien, malgré qu'on en ait, lire les Auteurs, qui en ont traité. Cette étude conduit naturellement aux Belles-Lettres. En général les hommes

ont

ont l'efprit de leur état. Pourquoi d'ordinaire nos Magiſtrats, nos Avocats, nos Médecins, & beaucoup d'Eccléſiaſtiques, ont-ils plus de Lettres, de goût & d'efprit, que l'on n'en trouve dans toutes les autres Profeſſions? C'eſt que réellement leur état eſt d'avoir l'efprit cultivé, comme celui d'un Marchand eſt de connaître ſon négoce. Il n'y a pas long-tems qu'un Seigneur Anglais fort jeune, me vint voir à Paris, en revenant d'Italie. Il avoit fait en Vers une defcription de ce Pais-là, auſſi poliment écrite, que tout ce qu'ont fait le Comte de Rocheſter & nos Chaulieux, nos Saraſins & nos Chapelles. La Traduction, que j'en ai faite eſt ſi loin d'atteindre à la force & à la bonne plaiſanterie de l'Original, que je ſuis obligé d'en demander férieuſement pardon à l'Auteur, & à ceux qui entendent l'Anglais. Cependant comme je n'ai pas d'autre moyen de faire connaître les Vers de Mylord Harvey, les voici dans ma Langue.

Qu'ai-je donc vû dans l'Italie?
Orgueil, Aſtuce, & Pauvreté,
Grands Complimens, peu de Bonté,
Et beaucoup de Cerémonie.

L'extravagante Comédie,
Que ſouvent l'Inquiſition *)
Veut qu'on nomme Religion;
Mais qu'ici nous nommons folie.

La Nature en vain bienfaiſante
Veut enrichir ces Lieux charmans,
Des Prêtres la main déſolante
Etouffe ſes plus beaux préſens.

Les

* Il entend ſans doute les Farces, que certains Prédicateurs joüent dans les Places publiques.

Les Monfignors, foi difans Grands,
Seuls dans leurs Palais magnifiques,
Y font d'illuftres fainéans,
Sans argent & fans domeftiques.

Pour les Petits, fans liberté,
Martyrs du joug qui les domine,
Ils ont fait vœu de pauvreté,
Priant Dieu par oifiveté,
Et toujours jeûnans par famine.

Ces beaux lieux du Pape bénis
Semblent habitez par les Diables;
Et les Habitans miférables
Sont damnez dans le Paradis.

Je ne fuis pas de l'avis de Milord harvey il y a des pais en Italie qui font très malheureux, parceque des etrangers s'y battent depuis longtems à qui les gouvernera, mais il y en a d'autres ou l'on n'est ni fi gueux ni fi fot qu'il le dit.

SUR
LE COMTE
DE ROCHESTER
ET
Mr. WALLER.

CHAPITRE XXIV.

Tout le monde connaît la réputation du Comte de Rochefter. Mr. de St. Evremond en a beaucoup parlé;
mais il ne nous a fait connaître du fameux Rochefter,
que l'homme de plaifir, l'homme à bonnes fortunes. Je
voudrois faire connaître en lui l'homme de génie, & le
grand Poëte. Entre autres Ouvrages, qui brilloient de
cette imagination ardente, qui n'appartenoit qu'à lui, il
a fait quelques Satires fur les mêmes fujets, que notre célébre Defpréaux avoit choifis. Je ne fçai rien de plus
utile pour fe perfectionner le goût, que la comparaifon
des grands Génies, qui fe font exercez fur les mêmes matiéres. Voici, comme Mr. Defpréaux parle contre la raifon humaine dans fa Satire fur l'homme.

Cependant à le voir plein de vapeurs légeres,
Soi-même fe bercer de fes propres chimeres,
Lui feul de la Nature eft la bafe & l'appui,
Et le dixiéme Ciel ne tourne que pour lui.
De tous les animaux il eft ici le Maître;
Qui pourroit le nier, pourfuis-tu? Moi peut-être.

Ce Maître prétendu, qui leur donne des loix,
Ce Roi des animaux, combien a-t-il de Rois!

Voici à-peu-près, comme s'exprime le Comte de Rochefter dans fa Satire fur l'Homme. Mais il faut, que le
Lecteur fe reffouvienne toujours, que ce font ici des Traductions libres des Poëtes Anglais, & que la gêne de notre Verfification, & les bienféances délicates de notre
Langue, ne peuvent donner l'équivalent de la licence im-
pétueufe de ftile Anglais.

Cet efprit que je hais, cet efprit plein d'erreur,
Ce n'eft pas ma Raifon, c'eft la tienne, Docteur;
C'eft la Raifon frivole, inquiète, orgueilleufe,
Des fages animaux rivale dédaigneufe,
Qui croit entr'eux & l'Ange occuper le milieu,
Et penfe être ici-bas l'image de fon Dieu.
Vil atôme imparfait, qui croit, doute, difpute,
Rampe, s'élève, tombe, & nie encore fa chute.
Qui nous dit je fuis libre, en nous montrant fes fers,
Et dont l'œil trouble & faux croit percer l'Univers.
Allez, révérends Fous, bienheureux Fanatiques,
Compilez bien l'Amas de vos Riens Scholaftiques,
Peres de Vifions, & d'Enigmes facrez,
Auteurs du Labyrinthe où vous vous égarez;
Allez obfcurement éclaircir vos myftéres,
Et courez dans l'Ecole adorer vos chimeres.
Il eft d'autres erreurs, il eft de ces Dévots
Condamnez par eux-mêmes à l'ennui du repos.
Ce Myftique encloîtré, fier de fon indolence,
Tranquille au fein de Dieu; qu'y peut-il faire? Il penfe.
Non, tu ne penfes point, miferable, tu dors:
Inutile à la Terre, & mis au rang des morts,

Ton

Ton efprit énervé croupit dans la moleffe.

Réveille-toi, fois homme, & fors de ton yvreffe.

L'homme eft né pour agir, & tu prétens penfer!

Que ces idées foient vrayes ou fauffes, il eft toujours certain, qu'elles font exprimées avec une énergie, qui fait le Poëte. Je me garderai bien d'examiner la chofe en Philofophe, & de quitter ici le pinceau pour le compas: mon unique but dans cette Lettre eft de faire connaître le génie des Poëtes Anglais, & je vais continuer fur ce ton.

On a beaucoup entendu parler du célébre Waller en France. La Fontaine, St. Evremond & Bayle ont fait fon éloge; mais on ne connaît de lui que fon nom. Il eut à-peu-près à Londres la même réputation, que Voiture eut à Paris, & je croi, qu'il la méritoit mieux. Voiture vint dans un tems, où l'on fortoit de la barbarie, & où l'on étoit encore dans l'ignorance. On vouloit avoir de l'efprit, & on n'en avoit point encore. On cherchoit des tours au-lieu de penfées. Les faux-brillans fe trouvent plus aifément, que les pierres précieufes. Voiture, né avec un génie frivole & facile, fut le premier, qui brilla dans cette aurore de la Littérature Françaife. S'il étoit venu après les Grands-Hommes, qui ont illuftré le fiécle de Louis XIV, ou il auroit été inconnu, ou l'on n'auroit parlé de lui que pour le méprifer, ou il auroit corrigé fon ftile. Mr. Defpréaux le Joüe; mais c'eft dans fes premiéres Satires, c'eft dans le tems, que le goût de Defpréaux n'étoit pas encore formé; il étoit jeune, & dans l'âge où l'on juge des hommes par la réputation & non pas par eux-mêmes. D'ailleurs, Defpréaux étoit fouvent bien injufte dans fes loüanges & dans fes cenfures. Il loüoit Ségrais, que perfonne ne lit; il infultoit Quinault, que tout le monde fçait par cœur, & il ne dit rien de la Fontaine. Waller, meilleur que Voiture, n'étoit pas encore parfait. Ses Ouvrages galans refpirent la grace; mais la négligence les fait languir, & fouvent les penfées

fauffes

fauſſes les défigurent. Les Anglais n'étoient pas encore parvenus de ſon tems à écrire avec correction. Ses Ouvrages férieux ſont pleins d'une vigueur, qu'on n'attendroit pas de la moleſſe de ſes autres Piéces. Il a fait un éloge funébre de Cromwel, qui avec ſes défauts paſſe pour un Chef-d'œuvre. Pour entendre cet Ouvrage, il faut ſçavoir, que Cromwel mourut le jour d'une tempête extraordinaire. La Piéce commence ainſi:

Il n'eſt plus, s'en eſt fait, ſoumettons-nous au ſort,
Le Ciel a ſignalé ce jour par des tempêtes,
Et la voix du tonnerre éclatant ſur nos têtes
    Vient d'annoncer ſa mort.

Par ſes derniers ſoupirs il ébranle cette Isle,
Cette Isle, que ſon bras fit trembler tant de fois,
    Quand dans le cours de ſes Exploits
    Il briſoit la tête des Rois,
Et ſoumettoit un Peuple, à ſon joug ſeul docile.

Mer, tu t'en es troublée; ô Mer! tes flots émus
Semblent dire en grondant aux plus lointains rivages,
Que l'effroi de la Terre & ton Maître n'eſt plus.
Tel au Ciel autrefois s'envola Romulus,
Tel il quitta la Terre au milieu des orages,
Tel d'un Peuple guerrier il reçut les hommages;
Obéï dans ſa vie, à ſa mort adoré,
Son Palais fut un Temple, &c.

C'eſt à propos de cet éloge de Cromwel, que Waller fit au Roi Charles II cette réponſe, qu'on trouve dans le Dictionnaire de Bayle. Le Roi, à qui Waller venoit, ſelon l'uſage des Rois & des Poëtes, de préſenter une Piéce farcie de loüanges, lui reprocha, qu'il avoit fait mieux que Cromwel. Waller répondit, *Sire, nous autres Poë-*

tes, nous réüssissons mieux dans les fictions que dans les véritez. Cette réponse n'étoit pas si sincere, que celle de l'Ambassadeur Hollandais, qui lorsque le même Roi se plaignoit, que l'on avoit moins d'égards pour lui que pour Cromwel, répondit: *Ah! Sire, ce Cromwel étoit tout autre chose.* Mon but n'est pas de faire un Commentaire sur le caractére de Waller, ni de personne. Je ne considere les gens après leur mort, que par leurs Ouvrages; tout le reste est pour moi anéanti. Je remarque seulement, que Waller, né à la Cour avec soixante mille Livres de rente, n'eut jamais ni le sot orgueil, ni la nonchalance d'abandonner son talent. Les Comtes de Dorset & de Roscommon, les deux Ducs de Buckingham, Mylord Halifax, & tant d'autres, n'ont pas cru déroger en devenans de très-grands Poëtes & d'illustres Ecrivains. Leurs Ouvrages leur font plus d'honneur que leurs noms. Ils ont cultivé les Lettres comme s'ils en eussent attendu leurs fortunes. Ils ont de plus rendu les Arts respectables aux yeux du Peuple, qui en tout a besoin d'être mené par les Grands, & qui pourtant se régle moins sur eux en Angleterre, qu'en aucun lieu du monde.

SUR

* *

SUR
Mʀ. POPE,
ET QUELQUES AUTRES
POËTES FAMEUX.

━━━━━━━━━━━━━━━━━━━━━━━━━━━

CHAPITRE XXV.

Je voulois vous parler de Mr. Prior un des plus aimables Poëtes d'Angleterre, que vous avez vû ici Plénipotentiaire & Envoyé Extraordinaire en 1712. Je comp-
tois vous donner aussi quelques idées des Poësies de Mylord Roscommon, de Mylord Dorset; mais je sens, qu'il
me faudroit faire un gros Livre, & qu'après bien de la
peine je ne vous donnerois qu'une idée fort imparfaite de
tous ces Ouvrages. La Poësie est une espece de Musique,
il faut l'entendre pour en juger. Quand je vous traduis
quelques morceaux de ces Poësies Étrangeres, je vous
notte imparfaitement leur Musique; mais je ne puis exprimer le goût de leur chant.

Il y a surtout un Poëme Anglais, que je desespererois
de vous faire connaitre, il s'appelle *Hudibras*. Le sujet est
la Guerre Civile, & la Secte des Puritains tournée en ridicule. C'est Don Quichotte, c'est notre Satire Mé-
nippée fondus ensemble. C'est de tous les Livres, que
j'ai jamais lûs, celui où j'ai trouvé le plus d'esprit; mais
c'est aussi le plus intraduisible. Qui croiroit, qu'un Livre,
qui saisit tous les ridicules du Genre-Humain, & qui a
autant de pensées que de mots, ne pût souffrir la Traduction? C'est que presque tout y fait allusion à des avan-

tures

tures particulieres. Le plus grand ridicule tombe surtout sur les Théologiens, que peu de gens du monde entendent. Il faudroit à tout moment un Commentaire, &
la plaifanterie expliquée ceffe d'être plaifanterie. Tout
Commentateur de bons mots eft un fot. Voilà pourquoi
on n'entendra jamais bien en France les Livres de l'ingénieux Docteur Swift, qu'on appelle le Rabelais d'Angleterre. Il a l'honneur d'être Prêtre comme Rabelais, &
de fe moquer de tout comme lui. Mais on lui fait grand
tort, felon mon petit fens, de l'appeller de ce nom. Rabelais dans fon extravaguant & inintelligible Livre, a répandu une extrême gayeté & une plus grande impérti-
nence. Il a prodigué l'érudition, les ordures, & l'ennui.
Un bon Conte de deux pages eft acheté par des Volumes
de fottifes. Il n'y a que quelques perfonnes d'un goût
bizarre, qui fe piquent d'entendre & d'eftimer tout cet
Ouvrage. Le refte de la Nation rit des plaifanteries de
Rabelais & méprife le Livre; on le regarde comme le
premier des Boufons. On eft fâché, qu'un homme, qui
avoit tant d'efprit en ait fait un fi miferable ufage. C'eft
un Philofophe yvre, qui n'a écrit que dans le tems de
fon yvreffe.

Mr. Swift eft Rabelais dans fon bon fens, & vivant en
bonne compagnie. Il n'a pas à la vérité la gayeté du premier; mais il a toute la fineffe, la raifon, le choix, le
bon goût, qui manque à notre Curé de Meudon. Ses
Vers font d'un goût fingulier & prefque inimitable. La
bonne plaifanterie eft fon partage en Vers & en Profe;
mais pour le bien entendre, il faut faire un petit voyage
dans fon païs.

Vous pouvez plus aifément vous former quelque idée
de Mr. Pope. C'eft, je croi, le Poëte le plus élégant, le
plus correct, & ce qui eft encore beaucoup, le plus har-
monieux, qu'ait eut l'Angleterre. Il a réduit les fifle-
mens aigres de la Trompette Anglaife aux fons doux de
la Flute. On peut le traduire, parcequ'il eft extrêmement
clair,

clair, & que ſes Sujets pour la plûpart ſont généraux &
du reſſort de toutes les Nations.

On connaîtra bien-tôt en France ſon Eſſay ſur la Critique, par la Traduction en Vers, qu'en fait Mr. l'Abbé
du Renel.

Voici un morceau de ſon Poëme de la Boucle de cheveux, que je viens de traduire avec ma liberté ordinaire;
car encore une fois, je ne ſçai rien de pis que de traduire
un Poëme mot pour mot.

Umbriel à l'inſtant, vieux Gnome rechigné,
Va d'une aîle peſante & d'un air renfrogné
Chercher en murmurant la Caverne profonde,
Où loin des doux rayons, que répand l'œil du monde,
La Déeſſe aux vapeurs a choiſi ſon ſéjour :
Les triſtes Aquilons y ſiflent à l'entour,
Et le ſoufle mal ſain de leur aride haleine
Y porte aux environs la fiévre & la migraine.
Sur un riche Sofa, derriere un Paravent
Loin des flambeaux, du bruit, des Parleurs & du vent,
La quinteuſe Déeſſe inceſſamment repoſe,
Le cœur gros de chagrin ſans en ſçavoir la cauſe,
N'ayant penſé jamais, l'eſprit toujours troublé,
L'œil chargé, le teint pâle, & l'hypocondre enflé.
La médiſante Envie eſt aſſiſe auprès d'elle,
Vieux Spectre féminin, décrépite pucelle,
Avec un air dévot déchirant ſon prochain,
Et chanſonnant les gens, l'Evangile à la main.
Sur un lit plein de fleurs négligemment panchée,
Une jeune Beauté non loin d'elle eſt couchée ;
C'eſt l'Affectation, qui graſſaye en parlant,
Ecoute ſans entendre, & lorgne en régardant :

H 3

Qui

Qui rougit fans pudeur, & rit de tout fans joye,
De cent maux différens prétend qu'elle eft la proye,
Et pleine de fanté fous le rouge & le fard,
Se plaint avec moleffe, & fe pâme avec art.

Si vous lifez ce morceau dans l'Original, au-lieu de le lire dans cette faible Traduction, vous le compare- riez à la defcription de la Moleffe dans le Lutrin. En voilà bien honnêtement pour les Poëtes Anglais. Je vous ai touché un petit mot de leurs Philofophes. Pour de bons Hiftoriens je ne leur en connais pas encore. Il a fallu qu'un Français ait écrit leur Hi- ftoire. Peut-être le génie Anglais, qui eft ou froid ou impétueux, n'a pas encore faifi cette éloquence naïve, & cet air noble & fimple de l'Hiftoire. Peut-être aufli l'Efprit de Parti, qui fait voir trouble, a décrédité tous leurs Hiftoriens. La moitié de la Nation eft toujours l'ennemie de l'autre. J'ai trouvé des gens, qui m'ont affuré, que Mylord Marlborough étoit un poltron, & que Mr. Pope étoit un fot; comme en France quelques Jéfuites trouvent Pafcal un petit efprit, & quelques Janfeniftes difent, que le Pere Bourdalouë n'étoit qu'un bavard.

Marie Stuart eft une fainte Héroine pour les Jaco- bites; pour les autres c'eft une débauchée, adultére, ho- micide. Ainfi en Angleterre on a des Factums & point d'Hiftoire. Il eft vrai, qu'il y a à préfent un Mr. Gordon, excellent Traducteur de Tacite, très-capable d'écrire l'Hiftoire de fon Païs. Mais Mr. Rapin de Thoyras l'a prévenu. Enfin, il me parait, que les Anglais n'ont point de fi bons Hiftoriens, que nous; qu'ils n'ont point de véritables Tragédies; qu'ils ont des Comédies charmantes, & des morceaux de Poëfie admirables, & des Philofophes, qui dévroient être les Précepteurs du Genre Humain.

Les

Les Anglais ont beaucoup profité des Ouvrages de notre Langue. Nous devrions à notre tour emprunter d'eux après leur avoir prêté. Nous ne sommes venus, les Anglais & nous, qu'après les Italiens, qui en tout ont été nos Maîtres, & que nous avons surpaffez en quelques chofes. Je ne fçai à laquelle des trois Nations il faudra donner la préférence; mais heureux celui, qui fçait fentir leurs différens mérites, & qui n'a point la fottife de n'aimer que ce qui vient de fon Païs.

H 4

SUR

* *

SUR LA
SOCIETÉ ROYALE
ET SUR LES
ACADEMIES.

CHAPITRE XXVI.

Les grands hommes se font tous formez ou avant les Academies, ou independemment d'elles; Homére & Phidias; Sophocle & Apelle; Virgile & Vitruve; l'Arioste & Michel Ange n'étoient d'aucunes Académies; le Tasse n'eut que des Critiques injustes de la Crusca, & Newton ne dut point à la Société Royale de Londres ses découvertes sur l'optique, sur la gravitation, sur le calcul integral, & sur la chronologie. A quoi peuvent donc servir les Académies? à entretenir le feu, que les grands génies ont allumé.

La Société Royale de Londres fut formée en 1660, six ans avant notre Académie des Sciences. Elle n'a point de recompenses comme la notre. Mais aussi elle est libre. Point de ces distinctions désagreables, inventées par l'Abbé Bignon, qui distribua l'Académie des Sciences en savans qu'on payoit, & en honoraires, qui n'étoient pas savants. La Société de Londres indépendante, & n'étant encouragée que par elle même a été composée de Sujets, qui ont trouvé, comme je l'ai dit, le calcul de l'Infini, les loix de la lumiére, celles de la pesanteur, l'aberration des étoiles, le Téléscope de réflexion, la pompe à feu,

le

le microfcope folaire, & beaucoup d'autres inventions auffi utiles qu'admirables. Qu'auroient fait de plus ces grands hommes, s'ils avoient étes penfionaires ou honoraires?

Le fameux Docteur Swift forma le deffein, dans les dernieres années du Régne de la Reine Anne, d'établir une Académie pour la Langue, à l'exemple de l'Académie Françaife. Ce projet étoit appuyé par le Comte d'Oxford, Grand Tréforier, & encore plus par le Vicomte Bolingbroke Secrétaire d'Etat, qui avoit le don de parler fur le champ dans le Parlement avec autant de pureté, que Swift écrivoit dans fon Cabinet, & qui auroit été le protecteur & l'ornement de cette Académie. Les Membres, qui la devoient compofer étoient des hommes dont les Ouvrages dureront autant que la Langue Angloife. C'étoient ce Docteur Swift, Mr. Prior, que nous avons vu ici Miniftre public, & qui en Angleterre a la même réputation, que la Fontaine a parmi nous: c'étoient Mr. Pope, le Boileau d'Angleterre, Mr. Congreve, qu'on peut en appeller le Moliére; plufieurs autres dont les noms m'échappent ici, auroient tous fait fleurir cette Compagnie dans fa naiffance. Mais la Reine mourut fubitement, les Whigs fe mirent dans la tête de faire pendre les Protecteurs de l'Académie; ce qui, comme vous voyez bien, fut mortel aux Belles-Lettres. Les Membres de ce Corps auroient eu un grand avantage fur les premiers, qui compoferent l'Académie Françaife. Swift, Prior, Congreve, Dryden, Pope, Addiffon, &c. avoient fixé la Langue Angloife par leurs Ecrits, au-lieu que Chapelain, Colletet, Caffaigne, Faret, Cotin, nos premiers Académiciens, étoient l'opprobre de notre Nation, & que leurs noms font devenus fi ridicules, que fi quelque Auteur paffable avoit le malheur de s'appeller aujourd'hui Chapelain ou Cotin, il feroit obligé de changer de nom.

Il auroit fallu furtout, que l'Académie Angloife fe fût propofé des occupations toutes différentes de la nôtre.

H 5   Un

Un jour un Bel-Esprit de ce Païs-là me demanda les Mémoires de l'Académie Françaife. Elle n'écrit point de Mémoires, lui répondis-je; mais elle a fait imprimer foixante ou quatrevingt Volumes de complimens. Il en parcourut un ou deux. Il ne put jamais entendre ce ftile, quoiqu'il entendît fort bien tous nos bons Auteurs. Tout ce que j'entrevois, me dit-il, dans ces beaux Difcours, c'eft que le Récipiendaire ayant affuré, que fon Prédéceffeur étoit un grand homme, que le Cardinal de Richelieu étoit un très-grand homme, le Chancelier Seguier un affez grand homme; le Directeur lui répond la même chofe, & ajoute, que le Récipiendaire pourroit bien auffi être une efpece de grand-homme, & que pour lui Directeur il n'en quitte pas fa part.

Il eft aifé de voir, par quelle fatalité prefque tous ces Difcours Académiques ont fait fi peu d'honneur à ce Corps. *Vitium eft temporis potius quam hominis.* L'ufage eft infenfiblement établi, que tout Académicien répéteroit ces Eloges à fa réception: ça été une efpece de loi d'ennuyer le Public. Si l'on cherche enfuite, pourquoi les plus grands Génies, qui font entrez dans ce Corps, ont fait quelquefois les plus mauvaifes Harangues, la raifon en eft encore bien aifée; c'eft qu'ils ont voulu briller, c'eft qu'ils ont voulu traiter nouvellement une matière toute ufée. La néceffité de parler, l'embarras de n'avoir rien à dire, & l'envie d'avoir de l'efprit, font trois chofes capables de rendre ridicule même le plus grand homme. Ne pouvant trouver des penfées nouvelles, ils ont cherché des tours nouveaux, & ont parlé fans penfer, comme des gens, qui mâcheroient à vuide, & feroient femblant de manger en périffant d'inanition.

Au-lieu que c'eft une loi dans l'Académie Françaife, de faire imprimer tous ces Difcours par lesquels feuls elle eft connuë, ce devroit être une loi de ne les imprimer pas.

L'Aca-

L'Académie des Belles-Lettres s'est proposé un but plus sage & plus utile, c'est de présenter au Public un Recueil de Mémoires remplis de recherches & de critiques curieuses. Ces Mémoires sont déja estimés chez les Etrangers. On souhaiteroit seulement, que quelques matiéres y fussent plus approfondies, & qu'on n'en eût point traité d'autres. On se seroit, par exemple, fort bien passé de je ne sai quelle Dissertation sur les prérogatives de la main droite sur la main gauche, & de quelques autres recherches, qui, sous un titre moins ridicule, n'en sont guéres moins frivoles.

L'Académie des Sciences dans ses recherches plus difficiles & d'une utilité plus sensible, embrasse la connaissance de la Nature & la perfection des Arts. Il est à croire, que des Etudes si profondes & si suivies, des calculs si exacts, des découvertes si fines, des vuës si grandes, produiront enfin quelque chose, qui servira au bien de l'Univers.

C'est dans les siécles les plus barbares, que se sont faites les plus utiles découvertes. Il semble, que le partage des tems les plus éclairés, & des Compagnies les plus savantes, soit de raisonner sur ce que des ignorans ont inventé. On sait aujourd'hui après les longues disputes de Mr. Huygens & Mr. Renauld la termination de l'angle le plus avantageux d'un gouvernail de vaisseau avec la quille; mais Christophe Colomb avoit découvert l'Amérique sans rien soupçonner de cet angle.

Je suis bien loin d'inférer de-là, qu'il faille s'en tenir seulement à une pratique aveugle; mais il seroit heureux, que les Physiciens & les Géométres joignissent autant qu'il est possible la pratique à la spéculation.

Faut-il que ce, qui fait plus d'honneur à l'Esprit humain, soit souvent ce qui est le moins utile! Un homme avec les quatre Régles d'Arithmètique & du bon sens, devient un grand Négociant, un Jacques Cœur, un Delmet, un Bernard, tandis qu'un pauvre Algébriste passe sa vie à chercher dans les nombres des rapports & des proprietés étonnantes, mais sans usage, & qui ne lui apprendront pas

ce

ce que c'est que le Change. Tous les Arts font à-peu-près dans ce cas. Il y a un point, paffé lequel les recherches ne font plus que pour la curiofité. Ces vérités ingénieufes & inutiles ref-femblent à des Etoiles, qui placées trop loin de nous, ne nous donnent point de clarté.

Il faut encor convenir que les grands hommes fe font tous for-més ou avant les Academies, ou independemment d'elles; Home-re et Phidias, Sophocle et Apelle, Virgile et Vitruve, l'Ariofte et Michelange n'étoient d'aucune Académie. Le Taffe n'eut que des critiques injuftes de le Crufca, & Neuton ne dut point à la Société Royale de Londres fes découvertes fur l'Optique, fur la gravitation, fur le calcul intégral, & fur la Cronologie; à quoi peuvent donc fervir les Académies ? à entretenir le feu que les grands genies ont al-lumé. La Société Royale de Londres fut formée en 1660, fix ans avant nôtre Academie des Sciences. Elle n'a point de récompenfe comme la nôtre, mais auffi elle eft libre, point de ces diftin-ctions défagreables inventées par l'Abbé Bignon, qui diftribua l'A-cademie des Sciences en favans qui dependoient de lui & en ho-noraires qui n'étoient pas favans. La Société de Londres inde-pendante et n'étant encouragée que par elle même a été compofée de fujets qui ont trouvé comme je l'ai dit le calcul de l'infini, les loix de la lumiére, celles de la pefanteur, l'abérration des étoiles, le Telefcope de réflection, la pompe à feu, le microfcope folaire, & beaucoup d'autres inventions auffi utiles qu'admirables; qu'au-roient fait deplus ces grands hommes, s'ils avoient été penfionaires ou honoraires ?

Pour l'Académie Françaife, quel fervice ne rendroit-elle pas aux Lettres, à la langue, & à la Nation, fi au lieu de faire im-primer tous les ans des complimens, elle faifoit imprimer les bons Ouvrages du fiécle de Louis XIV, épurés de toutes les fau-tes de langage, qui s'y font gliffées ? Corneille & Moliére en font pleins. La Fontaine en fourmille. Celles qu'on ne pourroit pas corriger, feroient aumoins marquées. L'Europe qui lit ces Auteurs, apprendroit par eux nôtre langue avec fureté. Sa pû-reté feroit à jamais fixée. Les bons livres Françaifes imprimés avec foin aux dépens du Roi, feroient un des plus glorieux Mo-numens de la Nation. J'ai ouï dire, que Mr. Defpreaux avoit fait autrefois cette propofition, & qu'elle a été renouvellé par un homme, dont l'efprit, la fageffe, & la faine critique font connus; mais cette idée a eu le fort de beaucoup d'autres projets utiles, d'être approuvée & d'être négligée.

REMAR-

REMARQUES
SUR LES
PENSÉES
DE
Mr. PASCAL.

Voici des Remarques critiques, que j'ai faites depuis long-tems fur les Penfées de Mr. Pafcal. Ne me comparez point ici, je vous prie, à Ezechias, qui voulut faire brûler tous les Livres de Salomon. Je refpecte le génie & l'éloquence de Pafcal; mais plus je les refpecte, plus je fuis perfuadé, qu'il auroit lui-même corrigé beaucoup de ces Penfées, qu'il avoit jettées au hazard fur le papier, pour les examiner enfuite; & c'eft en admirant fon génie, que je combats quelques-unes de fes idées.

Il me parait, qu'en général l'efprit, dans lequel Mr. Pafcal écrivit ces Penfées, étoit de montrer l'homme dans un jour odieux. Il s'acharne à nous peindre tous méchans & malheureux. Il écrit contre la Nature Humaine, à-peu-près comme il écrivoit contre les Jéfuites. Il impute à l'effence de notre Nature, ce qui n'appartient qu'à certains hommes; il dit éloquemment des injures au Genre Humain. J'ofe prendre le parti de l'Humanité contre ce Mifantrope fublime. J'ofe affurer, que nous ne fommes ni fi méchans, ni fi malheureux, qu'il le dit: je fuis de plus très-perfuadé, que s'il avoit fuivi dans le Livre, qu'il méditoit, le deffein qui parait dans fes Penfées, il auroit fait un Livre plein de paralogifmes élo-

quens

quens & de fauſſetez admirablement déduites. On dit
même, que tous ces Livres, qu'on a fait depuis peu pour
prouver la Religion Chrétienne, ſont plus capables de
ſcandaliſer que d'édifier. Ces Auteurs prétendent-ils
en ſçavoir plus que Jeſus-Chriſt & ſes Apôtres? C'eſt
vouloir ſoutenir un chêne en l'entourant de roſeaux; on
peut écarter ces roſeaux inutiles ſans craindre de faire tort
à l'arbre. J'ai choiſi avec diſcrétion quelques Penſées de
Paſcal. J'ai mis les réponſes au bas. Au reſte, on ne
peut trop répéter ici, combien il ſeroit abſurde & cruel de
faire une affaire de Parti de cet examen des Penſées de
Paſcal. Je n'ai de parti que la vérité. Je penſe, qu'il
eſt très-vrai, que ce n'eſt pas à la Métaphyſique de prouver la Religion Chrétienne, & que la raiſon eſt autant au-
deſſous de la Foi, que le fini eſt au-deſſous de l'infini.
Il ne s'agit ici que de raiſon, & c'eſt ſi peu de choſe chez
les hommes, que cela ne vaut pas la peine de ſe facher.

I. PENSÉE DE PASCAL.

*Les grandeurs & les miſéres de l'homme ſont telle-
ment viſibles, qu'il faut néceſſairement que la véritable
Religion nous enſeigne, qu'il y a en lui quelque grand
principe de grandeur, & en même-tems quelque grand
principe de miſére: Car il faut que la véritable Religion
connaiſſe à fond notre nature; c'eſt-à-dire, quelle connaiſſe
tout ce qu'elle a de grand & tout ce qu'elle a de miſérable,
& la raiſon de l'un & de l'autre: il faut encore qu'elle
nous rende raiſon des étonnantes contrarietez qui s'y
rencontrent.*

I. Cette maniére de raiſonner paraît fauſſe & dango-
reuſe; car la fable de Prométhée & de Pandore, les An-
drogines de Platon, les Dogmes des anciens Egyptiens,
& ceux de Zoroaſtre, rendroient auſſi-bien raiſon de ces
contrarietez apparentes. La Religion Chrétienne n'en
demeurera pas moins vraye, quand même on n'en tireroit

roit pas ces conclufions ingénieufes, qui ne péuvent fervir qu'à faire briller l'efprit. Il eft néceffaire pour qu'une Religion foit vraye, qu'elle foit révelée, & point du tout qu'elle rende raifon de ces contrarietez prétenduës; elle n'eft pas plus faite pour vous enfeigner la Métaphyfique que l'Aftronomie.

II.

Qu'on examine fur cela toutes les Religions du monde, & qu'on voye, s'il y en a une autre que la Chrétienne, qui y fatisfaffe. Sera-ce celle qu'enfeignoient les Philofophes, qui nous propofent pour tout bien, un bien qui eft en nous? Eft-ce-là le vrai bien?

II. Les Philofophes n'ont point enfeigné de Religion: ce n'eft pas leur Philofophie, qu'il s'agit de combattre. Jamais Philofophe ne s'eft dit infpiré de Dieu; car dès-lors il eût ceffé d'être Philofophe, & il eût fait le Prophete. Il ne s'agit pas de fçavoir, fi Jefus-Chrift doit l'emporter fur Ariftote; il s'agit de prouver, que la Religion de Jefus-Chrift eft la véritable, & que celles de Mahomet, de Zoroaftre, de Confucius, d'Hermes, & toutes les autres font fauffes.

III.

Et cependant fans ce Myftére, le plus incompréhenfible de tous, nous fommes incompréhenfibles à nous-mêmes. Le nœud de notre condition prend fes retours & fes plis dans l'abîme du Peché originel; deforte que l'homme eft plus inconcevable fans ce Myftére, que ce Myftére eft inconcevable à l'homme.

III Eft-ce raifonner que de dire: *L'homme eft inconcevable, fans un Myftére inconcevable?* C'eft bien affez de ne rien entendre à notre origine fans l'expliquer par une chofe, qu'on n'entend pas. Nous ignorons, comment l'homme nait, comment il croift, comment il digere, comment il penfe, comment fes membres obéiffent à fa volonté.

volonté. Serai-je bien reçu à expliquer ces obscuritez par un Systéme inintelligible? Ne vaut-il je ne sçai rien! Un mystére ne fut jamais une explication, c'est une chose divine & inexplicable.

Qu'auroit répondu Mr. Pascal à un homme, qui lui auroit dit: Je sçai, que le Mystére du Peché originel est l'objet de ma foi & non de ma raison. Je conçois fort bien sans Mystére ce que c'est, que l'homme; je vois qu'il vient au monde comme les autres animaux; que l'accouchement des meres est plus douloureux à mesure qu'elles sont plus délicates; que quelquefois des femmes & des animaux femelles meurent dans l'enfantement; qu'il y a quelquefois des enfans mal organisez, qui vivent privez d'un ou deux sens, & de la faculté du raisonnement; que ceux, qui sont le mieux organisez, sont ceux, qui ont les passions les plus vivès; que l'amour de soi-même est égal chez tous les hommes, & qu'il leur est aussi nécessaire, que les cinq sens; que cet amour-propre nous est donné de Dieu pour la conservation de notre Etre, & qu'il nous a donné la Religion pour régler cet amour-propre; que nos idées sont justes, ou inconséquentes, obscures, ou lumineuses, selon que nos organes sont plus ou moins solides, plus ou moins déliez, & selon que nous sommes plus ou moins passionnez; que nous dépendons en tout de l'air, qui nous environne, des alimens que nous prenons, & que dans tout cela il n'y a rien de contradictoire.

L'homme à cet égard n'est point une énigme, comme vous vous figurez, pour avoir le plaisir de la deviner. L'homme paraît être à sa place dans la Nature, supérieur aux animaux, ausquels il est semblable par les organes, inférieur à d'autres Etres, ausquels il ressemble probablement par la pensée. Il est comme tout ce que nous voyons mêlé de mal & de bien, de plaisir & de peine. Il est pourvu de passions pour agir, & de raison pour gouverner ses actions. Si l'Homme étoit parfait, il seroit Dieu, & ces prétendus contrariétez, que vous appellez contradictions,

font

font les ingrédiens néceffaires, qui entrent dans le compofé de l'homme, qui eft comme le refte de la Nature ce
qu'il doit être.   Voilà ce que la raifon peut dire ; ce n'eft
donc point la raifon, qui apprend aux hommes la chûte de
la Nature humaine, c'eft la Foi feule à laquelle il faut
avoir recours.

I V.

Suivons nos mouvemens, obfervons-nous nous-mêmes, &
voyons, fi nous n'y trouverons pas les caractéres vivans de
ces deux natures.

    Tant de contradictions fe trouveroient-elles dans un fu-
jet fimple ?

    Cette duplicité de l'homme eft fi vifible, qu'il y en a qui
ont penfé, que nous avions deux ames, un fujet fimple leur
paraiffant incapable de telles & fi foudaines variétez, d'une
préfomption démefurée à un terrible abattement de cœur.

IV. Cette penfée eft prife entierement de Montagne
ainfi que beaucoup d'autres. Elle fe trouve au chapitre de
l'inconftance de nos actions.   Mais le fage Montagne
s'explique en homme qui doute.   Nos diverfes volontez ne font point des contradictions de la Nature, & l'Homme n'eft point un fujet fimple.   Il eft compofé d'un
nombre innombrable d'organes.   Si un feul de fes organes eft un peu altéré, il eft néceffaire, qu'il change toutes
les impreffions du cerveau, & que l'animal ait de nouvelles penfées & de nouvelles volontez.   Il eft très-vrai, que
nous fommes tantôt abattus de trifteffe, tantôt enflez de
préfomption, & cela doit être, quand nous nous trouvons
dans des fituations oppofées.   Un animal que fon Maître
careffe & nourrit, & un autre qu'on égorge lentement &
avec adreffe pour en faire une diffection, éprouvent des
fentimens bien contraires ; auffi faifons-nous, & les différences, qui font en nous, font fi peu contradictoires, qu'il
feroit contradictoire, qu'elles n'exiftaffent pas.   Les foux,
qui ont dit, que nous avions deux ames, pouvoient par

la même raison nous en donner trente ou quarante; car un homme dans une grande passion a souvent trente ou quarante idées différentes de la même chose, & doit nécessairement les avoir selon que cet objet lui parait sous différentes faces.

Cette prétenduë duplicité de l'Homme est une idée aussi absurde que métaphysique; j'aimerois autant dire, que le chien, qui mord & qui caresse, est double; que la poule, qui a tant de soin de ses petits, & qui ensuite les abandonne jusqu'à les méconnaitre, est double; que la glace, qui représente des objets différens est double; que l'arbre, qui est tantôt chargé, tantôt dépoüillé de feuilles, est double. J'avouë, que l'Homme est inconcevable en un sens; mais tout le reste de la nature l'est aussi, & il n'y a pas plus de contradictions apparentes dans l'Homme que dans tout le reste.

V.

Ne point parier que Dieu est, c'est parier qu'il n'est pas. Lequel prendrez-vous donc ? Pesons le gain & la perte en prenant le parti de croire que Dieu est. Si vous gagnez, vous gagnez tout ; si vous perdez, vous ne perdez rien. Pariez donc, qu'il est, sans hésiter. Oüi, il faut gager; mais je gage peut-être trop. Voyons, puisqu'il y a pareil hazard de gain & de perte, quand vous n'auriez que deux vies à gager pour une, vous pourriez encore gager.

V. Il est évidemment faux de dire : Ne point parier que Dieu est, c'est parier qu'il n'est pas; car celui, qui doute & demande à s'eclaircir, ne parie assurément ni pour ni contre.

D'ailleurs, cet Article parait un peu indécent & puérile : cette idée de jeu, de perte & de gain, ne convient point à la gravité du sujet.

De-plus, l'intérêt, que j'ai à croire une chose, n'est pas une preuve de l'existence de cette chose. Je vous donnerais-me-dites-vous, l'Empire du monde, si je croi, que *vous ne promets*   vous

vous avez raifon. Je fouhaite alors de tout mon cœur,
que vous ayïez raifon; mais jufqu'à ce que vous me l'ayïez
prouvé, je ne puis vous croire. Commencez, pourroit-on
dire à Mr. Pafcal, par convaincre ma raifon: j'ai intérêt
fans doute, qu'il y ait un Dieu; mais fi dans votre Syftême Dieu n'eft venu, que pour fi peu de perfonnes, fi le
petit nombre des Elus eft fi effrayant, fi je ne puis rien
du tout par moi-même; dites-moi, je vous prie, quel
intérêt j'ai à vous croire? N'ai-je pas un intérêt vifible à
être perfuadé du contraire? De quel front ofez-vous me
montrer un bonheur infini, auquel d'un million d'hommes un feul à peine a droit d'afpirer? Si vous voulez me
convaincre, prenez-vous-y d'une autre façon, & n'allez
pas tantôt me parler de jeu de hazard, de pari, de croix
& de pile, & tantôt m'effrayer par les épines, que vous
femez fur le chemin, que je veux & que je dois fuivre.
Votre raifonnement ne ferviroit qu'à faire des Athées,
fi la voix de toute la nature ne nous crioit, qu'il y a un
Dieu avec autant de force, que ces fubtilitez ont de faibleffe.

VI.

En voyant l'aveuglement & les miféres de l'Homme, &
ces contrarietez étonnantes, qui fe découvrent dans fa na-
ture, & regardant tout l'Univers muet, & l'homme fans
lumiére, abandonné à lui-même, & comme égaré dans ce
recoin de l'Univers, fans fçavoir qui l'y a mis, ce qu'il y
eft venu faire, ce qu'il deviendra en mourant; j'entre en
effroy comme un homme, qu'on auroit emporté endormis
dans une Isle déferte & effroyable, & qui fe réveilleroit fans
connaitre où il eft, & fans avoir aucun moyen d'en fortir;
& fur cela j'admire comment on n'entre pas en défefpoir
d'un fi miférable état.

VI. En lifant cette réfléxion, je reçois une Lettre d'un
de mes amis, qui demeure dans un Païs fort éloigné *.
Voici fes paroles:

I 2 „Je

* Il a depuis été Ambaffadeur,   derable. Sa Lettre eft de 1728. elle
& eft devenu un homme très-confi-   exifte en Original.

„Je fuis ici comme vous m’y avez laiffez, ni plus gai,
„ni plus trifte, ni plus riche, ni plus pauvre, joüiffant
„d’une fanté parfaite, ayant tout ce qui rend la vie agré-
„able; fans amour, fans avarice, fans ambition & fans
„envie, & tant que tout cela durera, je m’appellerai har-
„diment un homme très-heureux.

Il y a beaucoup d’hommes auffi heureux que lui: Il
en eft des hommes comme des animaux; tel Chien couche & mange avec fa Maîtreffe; tel autre tourne la bro-
che, & eft tout auffi content; tel autre devient enragé, &
on le tuë.　　Pour moi, quand je regarde Paris ou Londres,
je ne vois aucune raifon pour entrer dans ce défefpoir
dont parle Mr. Pafcal; je vois une Ville, qui ne reffemble en
rien à une Isle déferte; mais peuplée, opulente, policée,
& où les hommes font heureux autant que la Nature humaine le comporte.　　Quel eft l’homme fage, qui fera
plein de défefpoir, parcequ’il ne fçait pas la nature de fa
penfée, parcequ’il ne connaît que quelques attributs de la
matiére, parceque Dieu ne lui a pas révélé fes fecrets? Il
faudroit autant fe défefpérer de n’avoir pas quatre pieds &
deux aîles.

Pourquoi nous faire horreur de notre être? Notre
exiftence n’eft point fi malheureufe, qu’on veut nous
le faire accroire.　　Regarder l’Univers comme un cachot,
& tous les hommes comme des Criminels, qu’on va exécuter, eft l’idée d’un Fanatique.　　Croire, que le monde
eft un lieu de délices où l’on ne doit avoir que du plaifir,
c’eft la rêverie d’un Sibarite.　　Penfer que la terre, les
hommes & les animaux font ce qu’ils doivent être dans
l’ordre de la Providence, eft je croi, d’un homme fage.

VII.

*Les Juifs penfent, que Dieu ne laiffera pas éternellement
les autres Peuples dans ces ténébres; qu’il viendra un Libérateur pour tous; qu’ils font au monde pour l’annoncer;
qu’ils font formez exprès pour être les Hérauts de ce grand
Avé-*

Avénement, & pour appeller tous les Peuples à s'unir à eux dans l'attente de ce Libérateur.

VII. Les Juifs ont toûjours attendu un Libérateur ; mais leur Libérateur est pour eux & non pour nous ; ils attendent un Messie, qui rendra les Juifs Maîtres des Chrétiens, & nous espérons, que le Messie réunira un jour les Juifs aux Chrétiens. Ils pensent précisément sur cela le contraire de tout ce que nous pensons.

VIII.

La Loi par laquelle ce Peuple est gouverné, est tout en-
semble la plus ancienne Loi du monde, la plus parfaite, &
la seule qui ait été gardée sans interruption dans un Etat.
C'est ce que Philon Juif montre en divers lieux, & Joseph
admirablement contre l'Appion, où il fait voir qu'elle est si
ancienne, que le nom même de Loi n'a été connu des plus
anciens, que plus de mille ans après ; ensorte qu'Homére,
qui a parlé de tant de Peuples ne s'en est jamais servi ; &
il est aisé de juger de la perfection de cette Loi par sa sim-
ple lecture, où l'on voit, qu'on y a pourvu à toutes
choses avec tant de sagesse, tant d'équité, tant de jugement,
que les plus anciens Législateurs Grecs & Romains en ayant
quelque lumière, en ont emprunté leurs principales Loix ;
ce qui paraît par celles, qu'ils appellent des douze Tables, &
par les autres preuves que Joseph en donne.

VIII. Il est très-faux, que la Loi des Juifs soit plus ancienne, puisqu'avant Moïse, leur Législateur, ils demeuroient en Egypte, le Païs de la terre la plus renommée par ses sages Loix, par lesquelles les Rois étoient jugez après la mort.

Il est très-faux, que le nom de Loi n'ait été connu qu'après Homére : il parle des Loix de Minos dans l'Odissée. Le mot de Loi est dans Hésiode ; & quand le nom de Loi ne se trouveroit ni dans Hésiode, ni dans Homére, cela ne prouveroit rien. Il y avoit des Rois & des Juges ; donc il y avoit des Loix. *+ d'anciens royaumes*

I 3   Il

Il eſt encore très-faux, que les Grecs & les Romains ayent pris des Loix des Juifs. Ce ne peut être dans les commencemens de leurs Républiques ; car alors ils ne pouvoient connaitre les Juifs ? Ce ne peut être dans le tems de leur grandeur ; car alors ils avoient pour ces Barbares un mépris connu de toute la Terre. Voyez comme Cicéron les traite en parlant de la priſe de Jéruſalem par Pompée.

IX.

Ce Peuple eſt encore admirable dans ſa ſincérité. Ils gardent avec amour & fidélité le Livre où Moïſe déclare, qu'ils ont toûjours été ingrats envers Dieu, & qu'il ſçait, qu'ils le ſeront encore plus après ſa mort ; mais qu'il appelle le Ciel & la terre à témoin contr'eux, qu'il le leur a aſſez dit ; qu'enfin Dieu s'irritant contr'eux, les diſperſera par tous les Peuples de la Terre: que comme ils l'ont irrité en adorant des Dieux, qui n'étoient point leurs Dieux, il les irritera en appellant un Peuple, qui n'étoit pas ſon Peuple. Cependant ce Livre, qui les deshonore en tant de façon, ils le conſervent aux dépens de leur vie; c'eſt une ſincérité, qui n'a point d'exemple dans le monde, ni ſa racine dans la Nature.

IX. Cette ſincérité a partout des exemples, & n'a ſa racine que dans la Nature. L'orgueil de chaque Juif eſt intéreſſé à croire, que ce n'eſt point ſa déteſtable politique, ſon ignorance des Arts, ſa groſſiéreté qui l'a perdu; mais que c'eſt la colere de Dieu, qui le punit; il penſe avec ſatisfaction, qu'il a fallu des Miracles pour l'abattre, & que ſa Nation eſt toûjours la bien-aimée de Dieu, qui la châtie.

Qu'un Prédicateur monte en Chaire, & diſe aux Franſais: *Vous êtes des miſérables, qui n'avez ni cœur ni conduite; vous avez été battus à Hochſtet & à Ramilly, parceque vous n'avez pas ſçu vous défendre;* il ſe fera lapider. Mais s'il dit: „Vous êtes des Catholiques chéris de Dieu, vos „péchez infâmes avoient irrité l'Eternel, qui vous livra
„aux

„aux Hérétiques à Hochstet & à Ramilly ; mais quand
„vous êtes revenus au Seigneur, alors il a béni votre cou-
„rage à Denain „; ces paroles le feront aimer de l'Auditoire.

X.

S'il y a un Dieu, il ne faut aimer que lui, & non les
Créatures.

X. Il faut aimer & très-tendrement les créatures; il
faut aimer sa Patrie, sa femme, son pere, ses enfans; il
faut si bien les aimer, que Dieu nous les fait aimer malgré nous. Les principes contraires sont propres à faire
des raisonneurs inhumains; & cela est si vrai, que Pascal
abusant de ce principe, traitoit sa sœur avec dureté & re-
butoit ses services, de-peur de paraitre aimer une créature; c'est ce qui est écrit dans sa vie. S'il falloit en user
ainsi, quelle seroit la Société humaine?

XI.

Nous naissons injustes; car chacun tend à soi; cela est
contre tout ordre. Il faut tendre au général, & la pente
vers soi est le commencement de tout désordre en guerre, en
police, en œconomie, &c.

XI. Cela est selon tout ordre; il est aussi impossible,
qu' une Société puisse se former & subsister sans amour-
propre, qu'il seroit impossible de faire des enfans sans
concupiscence; de songer à se nourrir sans appétit. C'est
l'amour de nous-mêmes, qui assiste l'amour des autres;
c'est par nos besoins mutuels que nous sommes utiles au
genre humain; c'est le fondement de tout commerce;
c'est l'éternel lien des hommes; sans lui il n'y auroit pas
eu un Art inventé, ni une Société de dix personnes formée. C'est cet amour-propre, que chaque animal a reçu
de la Nature, qui nous avertit de respecter celui des autres.
La Loi dirige cet amour-propre, & la Religion le per-
fectionne.

fectionne. Il est bien vrai, que Dieu auroit pû faire des
créatures uniquement attentives au bien d'autrui. Dans
ce cas les Marchands auroient été aux Indes par charité, &
le Maçon eût scié de la pierre pour faire plaisir à son prochain. Mais Dieu a établi les choses autrement, n'accu-
sons point l'instinct, qu'il nous donne, & faisons-en l'usage,
qu'il commande.

XII.

*Le sens caché des Prophéties ne pouvoit induire en er-
reur, & il n'y avoit qu'un Peuple aussi charnel que celui-là,
qui s'y pût méprendre.*

*Car quand les biens sont promis en abondance, qui les
empêchoit d'attendre les véritables biens, sinon leur cupidité,
qui déterminoit ce sens aux biens de la Terre?*

XII. En bonne foi le Peuple le plus spirituel de la
terre l'auroit-il entendu autrement? Ils étoient esclaves
des Romains; ils attendoient un Libérateur, qui les ren-
droit victorieux, & qui feroit respecter Jérusalem dans
tout le monde; comment avec les lumiéres de leur Raison, pouvoient-ils voir ce Vainqueur, ce Monarque dans
~~Jesus pauvre & mis en croix?~~ Comment pouvoient-ils
entendre par le nom de leur Capitale une Jérusalem Céleste; eux à qui le Décalogue n'avoit pas seulement parlé
de l'immortalité de l'Ame? Comment un Peuple si attaché à la Loi pouvoit-il sans une lumiére supérieure reconnaitre dans les Prophéties, qui n'étoient pas leur Loi,
un Dieu caché sous la figure d'un Juif circoncis, qui par
sa Religion nouvelle a détruit & rendu abominables la
Circoncision & le Sabbat, fondemens sacrez de la Loi
Judaïque? Adorons Dieu sans vouloir percer ses
Mystéres.

[note marginale manuscrite : un de leurs concitoyens né dans l'obscurité, dans la pauvreté et condamné au supplice des esclaves? comment]

XIII.

XIII.

Le tems du premier Avénement de Jesus-Christ est pré-
dit, le tems du second ne l'est point, parceque le premier
devoit être caché; au-lieu que le second doit être éclatant,
& tellement manifeste, que ses ennemis même le reconnai-
tront.

XIII. Le tems du second avénement de Jesus-Christ
a été prédit encore plus clairement que le premier ; Mr.
Pascal avoit apparemment oublié, que Jesus-Christ dans
le Chapitre vingt-un de Saint Luc dit expressément :

„Lorsque vous verrez une Armée environner Jérusa-
„lem, sçachez que la désolation est proche. Jérusalem
„sera foulée aux pieds, & il y aura des Signes dans le So-
„leil & dans la Lune & dans les Etoiles; les flots de la
„mer feront un très-grand bruit. Les vertus des Cieux
„seront ébranlées, & alors ils verront le Fils de l'Homme,
„qui viendra sur une nuée avec une grande Puissance
„& une grande Majesté. Cette génération ne passera pas
„que ces choses ne soient accomplies.„

Cependant la génération passa, & ces choses ne s'ac-
complirent point. En quelque tems que St. Luc ait écrit,
il est certain, que Titus prit Jérusalem, & qu'on ne vit ni
de Signes dans les Etoiles, ni le Fils de l'Homme dans les
nuës. Mais enfin si ce second avénement n'est point arrivé, si cette prédiction ne s'est point accompli ~~dans le~~
~~tems marqué~~, c'est à nous de nous taire, de ne point interroger la Providence, & de croire tout ce que l'Eglise enseigne.

XIV.

Le Messie, selon les Juifs charnels, doit être un grand
Prince temporel. Selon les Chrétiens charnels, il est venu
nous dispenser d'aimer Dieu, & nous donner les Sacremens,
qui operent tout sans nous : ni l'un ni l'autre n'est la Reli-
gion Chrétienne, ni Juive.

I 5   XIV.

XIV. Cet Article est bien plûtôt un trait de satire qu'une réfléxion Chrétienne. On voit, que c'est aux Jésuites, qu'on en veut ici; mais en vérité aucun Jésuite a-t-il jamais dit, que Jesus-Christ est *venu nous dispenser d'aimer Dieu?* La dispute sur l'amour de Dieu est une pure dispute de mots, comme la plûpart des autres querelles scientifiques, qui ont causé des haines si vives & des malheurs si affreux. Il parait encore un autre défaut dans cet Article. C'est qu'on y suppose, que l'attente d'un Messie étoit un point de Religion chez les Juifs: c'étoit seulement une idée consolante répandue parmi cette Nation. Les Juifs espéroient un Libérateur; mais il ne leur étoit pas ordonné d'y croire comme un Article de Foi. Toute leur Religion étoit renfermée dans les Livres de la Loi. Les Prophétes n'ont jamais été regardez par les Juifs comme Législateurs.

XV.

Pour examiner les Prophéties il faut les entendre; car si l'on croit, qu'elles n'ont qu'un sens, il est sûr que le Messie ne sera point venu; mais si elles ont deux sens, il est sûr qu'il sera venu en Jesus-Christ.

XV. La Religion Chrétienne est si véritable, qu'elle n'a pas besoin de preuves douteuses. Or si quelque chose pouvoit ébranler les fondemens de cette sainte & raisonnable Religion, c'est ce sentiment de Mr. Pascal. Il veut, que tout ait deux sens dans l'Ecriture; mais un homme, qui auroit le malheur d'être incrédule, pourroit lui dire: Celui, qui donne deux sens à ses paroles, veut tromper les hommes, & cette duplicité est toûjours punie par les Loix: Comment donc pouvez-vous sans rougir admettre dans Dieu ce qu'on punit & ce qu'on déteste dans les hommes? Que dis-je! avec quel mépris & avec quelle indignation ne traitez-vous pas les Oracles des Payens, parcequ'ils avoient deux sens? Qu'une Prophétie soit accomplie

complie à la lettre, oferez-vous foutenir, que cette Prophétie eft fauffe, parcequ'elle ne fera vraye qu'à la lettre, parcequ'elle ne répondra pas à un fens myftique, qu'on lui donnera? Non fans doute, cela feroit abfurde. Comment donc une Prophétie, qui n'aura pas été réellement accomplie, deviendra-t-elle vraye dans un fens myftique? Quoi! de vraye, vous ne pouvez pas la rendre fauffe; & de fauffe, vous pourriez la rendre vraye? Voilà une étrange difficulté. Il faut s'en tenir à la Foi feule dans ces matiéres; c'eft le feul moyen de finir toute difpute.

XVI.

La diftance infinie des Corps aux Efprits, figure la diftance infiniment plus infinie des Efprits à la Charité; car elle eft furnaturelle.

XVI. Il eft à croire, que Mr. Pafcal n'auroit pas employé ce galimathias dans fon Ouvrage, s'il avoit eu le tems de le faire.

XVII.

Les faibleffes les plus apparentes font des forces à ceux, qui prennent bien les chofes. Par exemple, les deux Généalogies de St. Matthieu & de St. Luc; il eft vifible, que cela n'a pas été fait de concert.

XVII. Les Editeurs des Penfées de Pafcal auroient-ils dû imprimer cette Penfée, dont l'expofition feule eft peut-être capable de faire tort à la Religion? A quoi bon dire, que ces Généalogies, ces Points Fondamentaux de la Religion Chrétienne fe contrarient entierement, fans dire en quoi elles peuvent s'accorder? Il falloit préfenter l'antidote avec le poifon. Que penferoit-on d'un Avocat, qui diroit: Ma Partie fe contredit; mais cette faibleffe eft une force pour ceux, qui fçavent bien prendre les chofes. *que diroit on a deux témoins qui se contrediroient? on leur diroit vous nêtes pas dacord, mais certainement l'un de vous deux se trompe*

XVIII.

XVIII.

Qu'on ne nous reproche donc plus le manque de charité, puisque nous en faisons profession; mais que l'on reconnaisse la vérité de la Religion, dans le peu de lumière que nous en avons, & dans l'indifférence que nous avons de la connaître.

XVIII. Voilà d'étranges marques de vérité qu'apporte Pascal. Quelles autres marques a donc le mensonge? Quoi! il suffiroit pour être cru de dire, *je suis obscur, je suis inintelligible?* ~~Il seroit bien plus sensé de se présenter aux yeux que des lumières de la Foi, ou des ténèbres d'érudition~~, quoi! ce qui le caractérise chez les hommes, l'ignorance et l'imposture, seroit selon Pascal le caractère de la divinité?

XIX.

S'il n'y avoit qu'une Religion, Dieu seroit trop manifeste.

XIX. Quoi! vous dites, que s'il n'y avoit qu'une Religion, Dieu seroit trop manifeste? Eh oubliez-vous, que vous dites souvent, qu'un jour il n'y aura qu'une Religion; selon vous, Dieu sera donc trop manifeste.

XX.

Je dis, que la Religion Juive ne consistoit en aucune de ces choses, mais seulement en l'amour de Dieu; & que Dieu réprouvoit toutes les autres choses.

XX. Quoi! Dieu réprouvoit tout ce qu'il ordonnoit lui-même avec tant de soin aux Juifs, & dans un détail si prodigieux? N'est-il pas plus vrai de dire, que la Loi de Moïse consistoit & dans l'amour & dans le culte? Ramener tout à l'amour de Dieu, sent peut-être moins l'amour de Dieu, que la haine que tout Janséniste a pour son prochain Moliniste.

XXI.

La chose la plus importante à la vie, c'est le choix d'un Métier; le hazard en dispose, la coutume fait les Maçons, les Soldats, les Couvreurs.

XXI. Qui peut donc déterminer les Soldats, les Maçons & tous les Ouvriers Méchaniques, sinon ce qu'on appelle hazard & la coutume? Il n'y a que les Arts de génie aufquels on fe détermine de foi même; mais pour les Métiers que tout le monde peut faire, il eft très-naturel & très-raifonnable, que la coutume en difpofe.

XXII.

Que chacun examine fa penfée, il la trouvera toûjours occupée au paffé & à l'avenir. Nous ne penfons prefque point au préfent, & fi nous y penfons, ce n'eft que pour en prendre la lumiére pour difpofer l'avenir. Le préfent n'eft jamais notre but; le paffé & le préfent font nos moyens, le feul avenir eft notre objet.

XXII. Il eft faux, que nous ne penfions point au préfent nous y penfons en étudiant la Nature, & en faifant toutes les fonctions de la vie nous penfons auffi beaucoup au futur. Remercions l'Auteur de la Nature de ce qu'il nous donne cet inftinct, qui nous emporte fans ceffe vers l'avenir: le tréfor le plus précieux de l'homme eft cette efpérance, qui nous adoucit nos chagrins, & qui nous peint des plaifirs futurs dans la poffeffion des plaifirs préfens. Si les hommes étoient affez malheureux pour ne s'occuper jamais que du préfent, on ne femeroit point, on ne bâtiroit point, on ne planteroit point, on ne pourvoyeroit à rien, on manqueroit de tout au milieu de cette fauffe jouiffance. Un efprit comme Mr. Pafcal pouvoit-il donner dans un lieu commun auffi faux que celui-là? La Nature a établi que chaque homme joüiroit du préfent en fe nourriffant, en faifant des enfans, en écoutant des fons agréables, en occupant fa faculté de penfer & de fentir, & qu'en fortant de ces états, fouvent au milieu de ces états même il penferoit au lendemain, fans quoi il périroit de mifére aujourd'hui. Il n'y a que les enfans & les imbéciles, qui ne penfent qu'au préfent; faudra-t-il leur reffembler?

XXIII.

XXIII.

Mais quand j'y ai regardé de plus près, j'ai trouvé
que cet éloignement, que les hommes ont du repos, & de-
meurer avec eux-mêmes, vient d'une cause bien effective;
c'est-à-dire, du malheur naturel de notre condition faible
& mortelle, & si misérable que rien ne nous peut consoler,
lorsque rien ne nous empêche d'y penser, & que nous ne
voyons que nous.

XXIII. Ce mot *ne voir que nous*, ne forme aucun
sens. Qu'est-ce qu'un homme, qui n'agiroit point, &
qui est supposé se contempler? Non-seulement je dis, que
cet homme seroit un imbécile, inutile à la Société; mais
je dis, que cet homme ne peut exister. Car que cet homme contempleroit-il son corps, ses pieds, ses mains, ses
cinq sens? Ou il seroit un idiot, ou bien il feroit usage
de tout cela. Resteroit-il à contempler sa faculté de
penser? Mais il ne peut contempler cette faculté, qu'en
l'exerçant, ou il ne pensera à rien, ou bien il pensera
aux idées, qui lui sont déja venues, ou il en composera de
nouvelles; or il ne peut avoir d'idées que du dehors.
Le voilà donc nécessairement occupé, ou de ses sens, ou
de ses idées; le voilà donc hors de soi, ou imbécile.

Encore une fois, il est impossible à la Nature humaine de rester dans cet engourdissement imaginaire; il est
absurde de le penser, il est insensé d'y prétendre. L'homme est né pour l'action, comme le feu tend en haut &
la pierre en bas. N'être point occupé, & n'exister pas,
est la même chose pour l'homme, toute la différence
consiste dans les occupations douces ou tumultueuses,
dangereuses ou utiles.

XXIV.

Les hommes ont un instinct secret, qui les porte à cher-
cher le divertissement & l'occupation au-dehors, qui vient
du ressentiment de leur misère continuelle; & ils ont un
　　　　　　　　　　　　　　　　　　　　　　　autre

autre instinct, qui reste de la grandeur de leur première nature, qui leur fait connaître, que le bonheur n'est en effet que dans le repos.

XXIV. Cet instinct secret étant le premier principe & le fondement nécessaire de la Société, il vient plûtôt de la bonté de Dieu, & il est plûtôt l'instrument de notre bonheur, qu'il n'est le ressentiment de notre misére. Je ne sçai pas ce que nos premiers Peres faisoient dans le Paradis terrestre; mais si chacun d'eux n'avoit pensé qu'à soi, l'existence du Genre Humain étoit bien hazardée. N'est-il pas absurde de penser, qu'ils avoient des sens parfaits; c'est-à-dire, des instrumens d'action parfaits, uniquement pour la contemplation? Et n'est-il pas plaisant, que des têtes pensantes puissent imaginer, que la paresse est un titre de grandeur, & l'action un rabaissement de notre nature?

XXV.

C'est pourquoi lorsque Cinéas disoit à Pyrrus, qui se proposoit de joüir du repos avec ses amis après avoir conquis une grande partie du monde, qu'il feroit mieux d'avancer lui-même son bonheur, en joüissant dès-lors de ce repos, sans l'aller chercher par tant de fatigues. Il lui donnoit un conseil, qui recevoit de grandes difficultez, & qui n'étoit guéres plus raisonnable que le dessein de ce jeune ambitieux. L'un & l'autre supposoit, que l'homme se pût contenter soi-même & de ses biens présens, sans remplir le vuide de son cœur d'espérances imaginaires; ce qui est faux. Pyrrus ne pouvoit être heureux, ni devant, ni après avoir conquis le monde.

XXV. L'exemple de Cinéas est bon dans les Satyres de Despréaux; mais non dans un Livre Philosophique. Un Roi sage peut être heureux chez lui, & de ce qu'on nous donne Pyrrus pour un fou, cela ne conclut rien pour le reste des hommes.

XXVI.

XXVI.

On doit donc reconnaitre, que l'homme est si malheureux, qu'il s'ennuyeroit même, sans aucune cause étrangere d'ennui, par le propre état de sa condition.

XXVI. Ne seroit-il pas aussi vrai de dire, que l'homme est si heureux en ce point, & que nous avons tant d'obligation à l'Auteur de la Nature, qu'il a attaché l'ennui à l'inaction, afin de nous forcer par-là à être utiles au prochain & à nous-mêmes.

XXVII.

D'où vient que cet homme, qui a perdu depuis peu son fils unique, & qui accablé de procez & de querelles, étoit ce matin si troublé, n'y pense plus maintenant? Ne vous en étonnez pas: il est tout occupé à voir par où passera un cerf, que ses chiens poursuivent avec ardeur depuis six heures. Il n'en faut pas davantage pour l'homme; quelque plein de tristesse qu'il soit, si l'on peut gagner sur lui de le faire entrer en quelque divertissement, le voilà heureux pendant ce tems-là.

XXVII. Cet homme fait à merveille, la dissipation est un remede plus sûr contre la douleur, que le Quinquina contre la fiévre; ne blâmons point en cela la Nature, qui est toûjours prête à nous secourir. Louis XIV alloit à la chasse le jour, qu'il avoit perdu quelqu'un de ses enfans, & il faisoit fort sagement.

XXVIII.

Qu'on s'imagine un nombre d'hommes dans les chaines, & tous condamnez à la mort, dont les uns étant chaque jour égorgez à la vuë des autres, ceux qui restent voyent leur propre condition dans celle de leurs semblables, & se regardant les uns les autres avec douleur & sans espérance, attendent leur tour. C'est l'image de la condition des hommes.

XXVIII.

XXVIII. Cette comparaison assurément n'est pas juste; des malheureux enchaînez qu'on égorge l'un après l'autre sont malheureux, non-seulement parcequ'ils souffrent; mais encore parcequ'ils éprouvent ce que les autres hommes ne souffrent pas. Le sort naturel d'un homme n'est ni d'être enchaîné, ni d'être égorgé; mais tous les hommes sont faits comme les animaux, les plantes pour croître, pour vivre un certain tems, pour produire leur semblable, & pour mourir. On peut dans une Satyre montrer l'homme tant qu'on voudra du mauvais côté; mais pour peu qu'on se serve de sa raison, on avouera, que de tous les animaux l'homme est le plus parfait, le plus heureux, & celui qui vit le plus long-tems. Au-lieu donc de nous étonner & de nous plaindre du malheur & de la briéveté de la vie, nous devons nous étonner & nous féliciter de notre bonheur & de sa durée. A ne raisonner qu'en Philosophe, j'ose dire qu'il y a bien de l'orgueil & de la témérité à prétendre, que par notre nature nous devons être mieux que nous ne sommes.

XXIX.

Car enfin si l'homme n'avoit pas été corrompu, il joüiroit de la vérité & de la félicité avec assurance, &c. tant il est manifeste, que nous avons été dans un dégré de perfection, dont nous sommes tombez.

XXIX. Il est sûr par la Foi & par notre Révélation, si au-dessus des lumiéres des hommes, que nous sommes tombez; mais rien n'est moins manifeste par la raison. Car je voudrois bien sçavoir, si Dieu ne pouvoit pas sans déroger à sa justice créer l'homme tel, qu'il est aujourd'hui; & ne l'a-t-il pas même créé pour devenir ce qu'il est? L'état présent de l'homme n'est-il pas un bien-fait du Créateur? Qui vous a dit, que Dieu vous en devoit davantage? Qui vous a dit, que votre Etre exigeoit plus de connaissances & plus de bonheur? Qui vous a dit, qu'il en comporte davantage? Vous vous étonnez, que Dieu ait fait l'homme si borné, fi ignorant, fi peu heureux; que ne vous étonnez-vous, qu'il ne l'ait pas fait plus borné, plus ignorant, plus malheureux? Vous vous plaignez d'une vie fi courte & fi infortunée? Remerciez Dieu de ce, qu'elle n'eft pas plus courte & plus malheureufe. Quoi donc! felon vous, pour raifonner conféquemment, il faudroit, que tous les hommes accufaffent la Providence, hors les Métaphyficiens, qui raifonnent fur le Péché originel!

XXX.

Le Péché originel eft une folie devant les hommes; mais on le donne pour tel.

XXX. Par quelle contradiction trop palpable ditesvous donc que ce Péché originel eft manifefte? Pourquoi dites-vous, que tout nous en avertit? Comment peut-il en même tems être une folie, & être démontré par la raifon?

XXXI.

Les Sages parmi les Payens, qui ont dit, qu'il n'y a qu'un Dieu, ont été perfécutez, les Juifs haïs, les Chrétiens encore plus.

XXXI. Ils ont été quelquefois perfécutez, de même que le feroit aujourd'hui un homme, qui viendroit enfeigner l'adoration d'un Dieu indépendante du Culte reçu. Socrate n'a pas été condamné pour avoir dit, *il n'y a qu'un Dieu;* mais pour s'être élevé contre le Culte extérieur du Païs, & pour s'être fait des ennemis puiffans fort mal-à-propos. A l'égard des Juifs, ils étoient haïs, non parcequ'ils ne croyoient qu'un Dieu; mais parcequ'ils haïffoient ridiculement les autres Nations; parceque c'étoient des Barbares, qui maffacroient fans pitié leurs ennemis vaincus; parceque ce vil Peuple fuperftitieux, ignorant, privé des Arts, privé du Commerce, méprifoit les Peuples les plus policez. Quant aux Chrétiens, ils étoient haïs des Payens, parcequ'ils tendoient à abattre la Religion de l'Empire, dont ils vinrent enfin à bout; comme les Proteftans fe font rendus les maîtres dans les

me-

mêmes Païs où ils furent long-tems haïs, perfécutez &
maffacrez.

XXXII.

*Combien les Lunettes nous ont-elles découvert d'Aftres,
qui n'étoient point pour nos Philofophes d'auparavant ! On
attaquoit hardiment l'Ecriture, fur ce qu'on y trouve, en
tant d'endroits, du grand nombre des Etoiles : il n'y en a
que 1022 difoit-on, nous le fçavons.*

XXXII. Il eft certain, que la Sainte Ecriture, en matiére de Phyfique, s'eft toûjours proportionnée aux idées
reçues; ainfi elle fuppofe, que la Terre eft immobile, que
le Soleil marche, &c. Ce n'eft point du tout par un rafinement d'Aftronomie, qu'elle dit, que les Etoiles font
innombrables; mais pour s'accorder aux idées vulgaires.
En effet, quoique nos yeux ne découvrent qu'environ
1022 Etoiles, & encore avec bien de la peine; cepen-
dant quand on regarde le Ciel fixement, la vuë ~~éblouie~~ *eft éblouie*
~~or~~croit alors en voir une infinité. L'Ecriture parle donc *et égarée*
felon ce préjugé vulgaire; car elle ne nous a pas été donnée pour faire de nous des Phyficiens, & il y a grande
apparence, que Dieu ne révéla ni à Abacuc, ni à Baruc,
ni à Michée, qu'un jour un Anglais, nommé Flamftead,
mettroit dans fon Catologue près de 3000 Etoiles ap-
perçües avec le Télefcope.

Voyez, je vous prie, quelle conféquence on tireroit
du fentiment de Pafcal. Si les Auteurs de la Bible ont
parlé du grand nombre des Etoiles en connaiffance de
caufe, ils étoient donc infpirez fur la Phyfique. Et comment de fi grands Phyficiens ont-ils pu dire, que la Lune
s'eft arrêtée, à midi fur Aïalon, & le Soleil fur Gabaon
dans la Paleftine? Qu'il faut, que le bled pourriffe pour
germer & produire, & cent autres chofes femblables?

Concluons donc, que ce n'eft pas la Phyfique, mais
la Morale qu'il faut chercher dans la Bible; qu'elle doit
faire des Chrétiens & non les Philofophes.

K 2 XXXIII.

Est-ce courage à un homme mourant d'aller dans la faiblesse & dans l'agonie affronter un Dieu tout-puissant & éternel?

XXXIII. Cela n'est jamais arrivé, & ce ne peut être, que dans un violent transport au cerveau qu'un homme dise, je croi un Dieu, & je le brave.

XXXIV.

Je croi volontiers les Histoires dont les témoins se sont égorger.

XXXIV. La difficulté n'est pas seulement de sçavoir, si on croira des témoins qui meurent pour soutenir leur déposition, comme ont fait tant de Fanatiques; mais encore si ces témoins sont effectivement morts pour cela, si on a conservé leurs dépositions, s'ils ont habité les Païs où on dit qu'ils sont morts. Pourquoi Joseph, né dans le tems de la mort du Christ, Joseph ennemi d'Hérode, Joseph peu attaché au Judaïsme, n'a-t-il pas dit un mot de tout cela? Voilà ce que Mr. Pascal eût débrouillé avec succès.

XXXV.

Les Sciences ont deux extrêmitez, qui se touchent. La première est la pure ignorance naturelle où se trouvent tous les hommes en naissant. L'autre extrêmité est celle où arrivent les grandes ames, qui ayant parcouru tout ce que les hommes peuvent sçavoir, trouvent qu'ils ne sçavent rien, & se rencontrent dans cette même ignorance d'où ils étoient partis.

XXXV. Cette pensée paraît un sophisme, & la fausseté consiste dans ce mot d'*ignorance*, qu'on prend en deux sens différens. Celui qui ne sçait ni lire ni écrire, est un ignorant; mais un Mathématicien, pour ignorer les principes cachez de la Nature, n'est pas au point d'ignorance;

rance, dont il étoit parti, quand il commença à apprendre à lire. Mr. Newton ne fçavoit pas, pourquoi l'homme remue fon bras quand il le veut; mais il n'en étoit pas moins fçavant fur le refte. Celui qui ne fçait point l'Hebreu, & qui fçait le Latin, eft fçavant par comparaifon avec celui qui ne fçait que le Français.

XXXVI.

Ce n'eft pas être heureux que de pouvoir être réjoui par le divertiffement; car il vient d'ailleurs & de dehors: Ainfi il eft dépendant, & par conféquent fujet à être troublé par mille accidens qui font les afflictions inévitables.

XXXVI. C'eft comme fi on difoit. *C'eft n'être pas malheureux que de pouvoir être accablé de douleur, car elle vient d'ailleurs.* Celui-là eft actuellement heureux qui a du plaifir, & ce plaifir ne put venir que de dehors; nous ne pouvons avoir de fenfations ni d'idées que par les objets extérieurs; comme nous ne pouvons nourrir notre corps, qu'en y faifant entrer des fubfiftances étrangeres, qui fe changent en la nôtre.

XXXVII.

L'extrême efprit eft accufé de folie, comme l'extrême défaut; rien ne paffe pour bon que la médiocrité.

XXXVII. Ce n'eft point l'extrême efprit, c'eft l'extrême vivacité & volubilité de l'efprit, qu'on accufe de folie; l'extrême efprit eft l'extrême juftteffe, l'extrême fineffe, l'extrême étendue oppofée diamétralement à la folie.

L'extrême *défaut d'efprit* eft une manque de conception, un vuide d'idées; ce n'eft point la folie, c'eft la ftupidité. La folie eft un dérangement dans les organes, qui fait voir plufieurs objets trop vîte, ou qui arrête l'imagination fur un feul avec trop d'application & de violence. Ce n'eft point non-plus la médiocrité, qui paffe pour bonne, c'eft l'éloignement des deux vices oppofez,

K 3   c'eft

c'eſt ce qu'on appelle juſte milieu & non médiocrité. On ne fait cette remarque & quelques autres dans ce goût que pour donner des idées préciſes. C'eſt plutôt pour éclaircir que pour contredire.

XXXVIII.

Si notre condition étoit véritablement heureuſe, il ne faudroit pas nous divertir d'y penſer.

XXXVIII. Notre condition eſt préciſément de penſer aux objets extérieurs avec lesquels nous avons un rapport néceſſaire. Il eſt faux, qu'on puiſſe divertir un homme de penſer à la condition humaine; car à quelque choſe qu'il applique ſon eſprit, il l'applique à quelque choſe de lié néceſſairement à la condition humaine; & encore une fois penſer à ſoi avec abſtraction des choſes naturelles, c'eſt ne penſer à rien, je dis à rien du tout; qu'on y prenne bien garde.

Loin d'empêcher un homme de penſer à ſa condition, on ne l'entretient jamais que des agrémens de ſa condition; on parle à un Sçavant de réputation & de Science; à un Prince de ce qui a rapport à ſa grandeur; à tout homme on parle de plaiſir.

XXXIX.

Les grands & les petits ont mêmes accidens, mêmes fâcheries & mêmes paſſions. Mais les uns ſont au haut de la rouë & les autres près du centre, & ainſi moins agitez par les mêmes mouvemens.

XXXIX. Il eſt faux, que les petits ſoient moins agitez que les grands, au contraire leurs deſeſpoirs ſont plus vifs, parcequ'ils ont moins de reſſource. De cent perſonnes qui ſe tuent à Londres & ailleurs, il y en a qua-tre-vingt-dix-neuf du bas peuple, & à peine une d'une condition relevée. La comparaiſon de la rouë eſt ingé-nieuſe & fauſſe:

XL.

XL.

On n'apprend pas aux hommes à être honnêtes-gens, & on leur apprend tout le reste; & cependant ils ne se piquent de sçavoir que la seule chose qu'ils n'apprennent point.

XL. On apprend aux hommes à être honnêtes-gens, & sans cela peu parviendroient à l'être. Laissez votre fils dans son enfance prendre tout ce qu'il trouvera sous sa main, à quinze ans il volera sur le grand chemin. Louez-le d'avoir dit un mensonge, il deviendra faux témoin. Flatez sa concupiscence, il sera sûrement débauché. On apprend tout aux hommes, la vertu, la Religion.

XLI.

Le sot projet qu'a eu Montagne de se peindre, & cela non pas en passant & contre ses Maximes, comme il arrive à tout le monde de faillir; mais par ses propres maximes, & par un dessein premier & principal! Car de dire des sottises par hazard & par faiblesse, c'est un mal ordinaire; mais d'en dire à dessein, c'est ce qui n'est pas supportable, & d'en dire de telles que celle-là.

XLI. Le charmant projet que Montagne a eu de se peindre naïvement, comme il a fait! Car il a peint la Nature humaine; Si Nicole & Mallebranche avoient toujours parlés d'eux même, ils n'auroient pas reussi. Mais un gentilhomme campagnard du temps de Henri trois, qui est savant dans un Siécle d'ignorance, philosophe parmi des fanatiques, & qui peint sous son nom nos faiblesses & nos folies, est un homme qui sera toujours aimé.

XLII.

Lorsque j'ai consideré d'où vient qu'on ajoûte tant de foi à tant d'Imposteurs, qui disent, qu'ils ont des remédes, jusqu'à mettre souvent sa vie entre leurs mains, il m'a paru que la véritable cause est, qu'il y a de vrais remédes: car il

K 4   ne

ne seroit pas possible, qu'il y en eût tant de faux, & qu'on
y donnât tant de créance, s'il n'y en avoit de véritables.
Si jamais il n'y en avoit eu, & que tous les maux cussent
été incurables, il est impossible, que les hommes se fussent
imaginé qu'ils en pourroient donner, & encore plus, que
tant d'autres cussent donné créance à ceux, qui se fussent
vantez d'en avoir; de même que si un homme se vantoit
d'empêcher de mourir, personne ne le croiroit; parcequ'il
n'y a aucun exemple de cela. Mais comme il y a eu quantité de remèdes, qui se sont trouvez véritables par la con-
noissance même des plus Grands-Hommes, la créance des
hommes s'est pliée par-là; parceque la chose ne pouvant
être niée en général (puisqu'il y a des effets particuliers qui
sont véritables) le peuple, qui ne peut pas discerner lesquels
d'entre ces effets particuliers sont les véritables, les croit
tous. De même ce qui fait qu'on croit tant de faux effets
de la Lune, c'est qu'il y en a de vrais, comme le flux de
la Mer.

Ainsi il me parait aussi évidemment, qu'il n'y a tant
de faux miracles, de fausses révélations, de sortiléges, que
parcequ'il y en a de vrais.

XLII. Il me semble, que la Nature Humaine n'a pas
besoin du vrai pour tomber dans le faux. On a imputé
mille fausses influences à la Lune, avant qu'on imaginât le
moindre rapport véritable avec le flux de la mer. Le premier homme qui a été malade, a cru sans peine le premier Charlatan; personne n'a vû de Loupsgaroux, ni de
Sorciers, & beaucoup y ont cru; personne n'a vû de
transmutation de Métaux, & plusieurs ont été ruinez par
la créance de la Pierre Philosophale. Les Romains, les
Grecs, le Payens, ne croyoient-ils donc aux faux Miracles, dont ils étoient inondez, que parcequ'ils en avoient
vû de véritables?

XLIII.

Le Port régle ceux qui sont dans un Vaisseau; mais
où trouverons-nous ce point dans la Morale?

XLIII. Dans cette seule maxime reçue de toutes les „Nations: „Ne faites pas à autrui ce que vous ne vou-„driez pas qu'on vous fît.

XLIV.

Ferox gens, nullam esse vitam sine armis putat. Ils aiment mieux la mort que la paix: les autres aiment mieux la mort que la guerre. Toute opinion peut-être pré férée à la vie dont l'amour paraît si fort & si naturel.

XLIV. C'est des Catalans que Tacite a dit cela; mais il n'y en a point dont on ait dit & dont on puisse dire, *elle aime mieux la mort que la guerre.*

XLV.

A mesure qu'on a plus d'esprit, on trouve qu'il y a plus d'hommes originaux. Les gens du commun ne trouvent pas de différence entre les hommes.

XLV. Il y a très-peu d'hommes vraiment originaux: presque tous se gouvernent, pensent & sentent par l'influence de la coutume & de l'éducation. Rien n'est si rare qu'un esprit qui marche dans une route nouvelle; mais parmi cette foule d'hommes qui vont de compagnie, chacun a de petites différences dans la démarche, que les vues fines apperçoivent.

XLVI.

Il y a donc de deux sortes d'esprits; l'un de pénétrer vivement & profondement les conséquences des principes, & c'est-là l'esprit de justesse; l'autre de comprendre un grand nombre de principes sans les confondre, & c'est-là l'esprit de Géométrie.

XLVI. L'Usage veut, je crois aujourd'hui, qu'on appelle *esprit géométrique*, l'esprit méthodique & conséquent.

XLVII.

La mort est plus aisée à supporter sans y penser, que la pensée de la mort sans péril.

XLVII.

XLVII. On ne peut pas dire, qu'un homme supporte la mort aisément ou malaisément, quand il n'y pense point du tout. Qui ne sent rien, ne supporte rien.

XLVIII.

Tout notre raisonnement se réduit à céder au sentiment.

XLVIII. Notre raisonnement se réduit à céder au sentiment, en fait de goût, non en fait de science.

XLIX.

Ceux qui jugent d'un Ouvrage par régle, sont à l'égard des autres, comme ceux, qui ont une Montre à l'égard de ceux, qui n'en ont point. L'un dit, il y a deux heures, que nous sommes ici: l'autre dit, il n'y a que trois quarts-d'heure; je regarde ma Montre, je dis à l'un, vous vous ennuyez, & à l'autre le tems ne vous dure guéres.

XLIX. En Ouvrage de goût, en Musique, en Poësie, en Peinture, c'est le goût, qui tient lieu de Montre; & celui qui n'en juge que par régles en juge mal.

L.

César étoit trop vieux, ce me semble, pour s'aller amuser à conquérir le Monde: cet amusement étoit bon à Alexandre: c'étoit un jeune-homme, qu'il étoit difficile d'arrêter; mais César devoit être plus mûr.

L. L'on s'imagine d'ordinaire, qu'Alexandre & César sont sortis de chez eux dans le dessein de conquérir la Terre; ce n'est point cela. Alexandre succéda à Philippe dans le Généralat de la Grece, & fut chargé de la juste entreprise de venger les Grecs des injures du Roi de Perse; il battit l'ennemi commun, & continua ses conquêtes jusqu'à l'Inde; parceque le Royaume de Darius s'étendoit jusqu'à l'Inde; de même que le Duc de Marlborough seroit venu jusqu'à Lyon sans le Maréchal de Villars.

A l'é-

A l'égard de César, il étoit un des prémiers de la République : il se brouilla avec Pompée, comme les Jansénistes avec les Molinistes, & alors ce fut à qui s'extermineroit ; une seule bataille, où il n'y eut pas dix mille hommes de tuez, décida de tout.

Au reste, la pensée de Mr. Pascal est peut-être fausse en un sens. Il falloit la maturité de César pour se démêler de tant d'intrigues, & il est étonnant qu'Alexandre, à son âge, ait rénoncé au plaisir pour faire une guerre si pénible.

LI.

C'est une plaisante chose à considérer, de ce qu'il y a des gens dans le monde, qui ayant renoncé à toutes les Loix de Dieu & de la Nature, s'en sont fait eux-mêmes, auxquelles ils obéissent exactement, comme par exemple, les Voleurs, &c.

LI. Cela est encore plus utile, que plaisant à considérer ; car cela prouve, que nulle Société d'hommes ne peut subsister un seul jour sans loix. Il en est de toute Société comme du Jeu, il n'y en a point sans régle.

LII.

L'Homme n'est ni Ange, ni Bête : & le malheur veut que, qui veut faire l'Ange, fait la Bête.

LII. Qui veut détruire les passions au lieu de les régler, veut faire l'*Ange*.

LIII.

Un Cheval ne cherche point à se faire admirer de son compagnon : on voit bien entr'eux quelque sorte d'émulation à la course ; mais c'est sans conséquence ; car étant à l'étable, le plus pesant & le plus maltraité ne cède pas pour cela son avoine à l'autre. Il n'en est pas de même parmi les hommes, leur vertu ne se satisfait pas d'elle-même, & ils ne sont point contens, s'ils n'en tirent avantage contre les autres.

LIII.

LIII. L'Homme le plus mal-taillé ne céde pas non-plus son pain à l'autre; mais le plus fort l'enleve au plus faible, & chez les animaux & chez les hommes, les gros mangent les petits.

LIV.

Si l'homme commençoit par s'étudier lui-même, il verroit combien il est incapable de passer outre. Comment ce pourroit-il faire qu'une partie connût le tout? Il aspirera peut-être à connaitre aumoins les parties avec lesquelles il a de la proportion; mais les parties du monde ont toutes un tel rapport & un tel enchaînement l'une avec l'autre, que je crois impossible de connaitre l'une sans l'autre & sans le tout.

LIV. Il ne faudroit point détourner l'homme de chercher ce qui lui est utile par cette considération, qu'il ne peut tout connaitre.

Non possis oculis quantum contendere Lynceus;
Non tamen idcirco contemnas lippus inungi.

Nous connaissons beaucoup de véritez: nous avons trouvé beaucoup d'inventions utiles: consolons-nous de ne pas sçavoir les rapports, qui peuvent être entre une Araignée & l'Anneau de Saturne, & continuons à examiner ce qui est à notre portée.

LV.

Si la foudre tomboit sur les lieux bas, les Poëtes & ceux, qui ne sçavent raisonner que sur les choses de cette nature, manqueroient de preuves.

LV. Une comparaison n'est preuve ni en Poësie, ni en Prose: elle sert en Poësie d'embellissement, & en Prose elle sert à éclaircir & à rendre les choses plus sensibles. Les Poëtes, qui ont comparé les malheurs des
Grands

Grands à la foudre, qui frappe les montagnes, feroient des comparaifons contraires, fi le contraire arrivoit.

LVI.

C'eſt cette compoſition d'eſprit & de corps, qui a fait que preſque tous les Philoſophes ont confondu les idées des choſes, & attribué aux corps ce qui n'appartient qu'aux eſprits, & aux eſprits ce qui ne peut convenir qu'aux corps.

LVI. Si nous ſçavions ce que c'eſt qu'eſprit, nous pourrions nous plaindre de ce que les Philoſophes lui ont attribué ce qui ne lui appartient pas ; mais nous ne connaiſſons ni l'eſprit, ni le corps ; nous n'avons aucune idée de l'un, & nous n'avons que des idées très-imparfaites de l'autre ; donc nous ne pouvons ſçavoir, quelles ſont leurs limites.

LVII.

Comme on dit beauté poëtique, on devroit dire beauté géométrique & beauté médicinale ; cependant on ne le dit point, & la raiſon en eſt, qu'on ſçait bien, quel eſt l'objet de la Géométrie & quel eſt l'objet de la Médecine ; mais on ne ſçait pas, en quoi conſiſte l'agrément, qui eſt l'objet de la Poëſie. On ne ſçait ce que c'eſt que ce modéle naturel, qu'il faut imiter, & à faute de cette connaiſſance on a inventé de certains termes bizarres : Siécle d'Or, merveille de nos jours, fatal Laurier, bel Aſtre, &c. & on appelle ce jargon beauté poëtique. Mais qui s'imaginera une femme vêtuë ſur ce modéle, verra une jolie Demoiſelle toute couverte de miroirs & de chaînes des laiton.

LVII. Cela eſt très-faux : on ne doit point dire beauté géométrique, ni beauté médicinale ; parcequ'un Théorème & une purgation n'affectent point les ſens agréablement, & qu'on ne donne le nom de beauté qu'aux choſes, qui charment les ſens, comme la Muſique, la

Pein-

Peinture, l'Eloquence, la Poësie, l'Architecture régu-
liére, &c.

La raison, qu'apporte Mr. Pascal, est toute aussi fausse:
on sçait très-bien, en quoi consiste l'objet de la Poësie:
Il consiste à peindre avec force, netteté, délicatesse &
harmonie; la Poësie est l'éloquence harmonieuse. Il falloit, que Mr. Pascal eût bien peu de goût pour dire, que
fatal Laurier, *bel Astre*, & autres sottises, sont des beautés poëtiques; & il falloit que les Editeurs de ces Pensées fussent des personnes bien peu versées dans les Belles-
Lettres, pour imprimer une réfléxion si indigne de son
illustre Auteur.

LVIII.

On ne pense point dans le monde pour se connaitre en
Vers, si l'on n'a mis l'Enseigne de Poëte; ni pour être habile
en Mathématiques, si l'on n'a mis celle de Mathématicien:
mais les vrais Honnêtes-gens ne veulent point d'Enseigne.

LVIII. A ce compte il seroit donc mal d'avoir une
Profession, un Talent marqué, & d'y exceller? Virgile,
Homére, Corneille, Newton, le Marquis de l'Hôpital,
mettoient un Enseigne. Heureux celui, qui réussit dans
un Art, & qui se connait aux autres.

LIX.

Le Peuple a les opinions très-saines, par exemple,
d'avoir choisi le divertissement & la chasse plûtôt que la
Poësie, &c.

LIX. Il semble que l'on ait proposé au Peuple de jouer
à la Boule, ou de faire des Vers. Non; mais ceux, qui
ont des organes grossiers, cherchent des plaisirs où l'ame
n'entre pour rien; & ceux, qui ont un sentiment plus délicat, veulent des plaisirs plus fins; il faut que tout le
monde vive.

LX.

LX.

Quand l'Univers écraseroit l'homme, il seroit encore plus noble, que ce qui le tuë, parcequ'il sait qu'il meurt, & l'avantage que l'Univers a sur lui, l'Univers n'en sait rien.

LX. Que veut dire ce mot noble? Il est bien vrai, que ma pensée est autre chose, par exemple, que le Globe du Soleil; mais est-il bien prouvé, qu'un animal, parcequ'il a quelques pensées, est plus *noble* que le Soleil, qui anime tout ce que nous connaissons de la Nature? Est-ce à l'homme à en décider? Il est Juge & Partie. On dit, qu'un Ouvrage est superieur à un autre, quand il a coûté plus de peine à l'Ouvrier, & qu'il est d'un usage plus utile; mais en a-t-il moins coûté au Créateur de faire le Soleil, que de pétrir un petit animal haut d'environ cinq piés, qui raisonne bien ou mal? Qui des deux est le plus utile au monde, ou de cet Animal, ou de l'Astre, qui éclaire tant de Globes? Et en quoi quelques idées reçues dans un cerveau sont-elles préférables à l'Univers matériel?

LXI.

Qu'on choisisse telle condition qu'on voudra, & qu'on y assemble tous les biens & les satisfactions, qui semblent pouvoir contenter un homme; si celui qu'on aura mis en cet état est sans occupation & sans divertissement, & qu'on le laisse faire réfléxion sur ce qu'il est, cette félicité languissante ne le soutiendra pas.

LXI. Comment peut-on assembler tous les biens & toutes les satisfactions autour d'un homme, & le laisser en même-tems sans occupation & sans divertissement? N'est-ce pas là une contradiction bien sensible?

LXII.

Qu'on laisse un Roi tout seul, sans aucune satisfaction des sens, sans aucun soin dans l'esprit, sans compagnie

penser

penſer à ſoi tout à loiſir, & l'on verra qu'un Roi, qui ſe
voit, eſt un homme plein de miſéres, & qui les reſſent
comme les autres.

LXII. Toujours le même ſophiſme. Un Roi, qui
ſe recueille pour penſer eſt alors très-occupé; mais s'il
n'arrêtoit ſa penſée que ſur ſoi, en diſant à ſoi même
je régne, & rien de plus, ce ſeroit un idiot.

LXIII.

*Toute Religion, qui ne reconnait point Jeſus-Chriſt,
eſt notoirement fauſſe, & les Miracles ne lui peuvent de
rien ſervir.*

LXIII. Qu'eſt-ce qu'un Miracle? Quelque idée, qu'on
s'en puiſſe former, c'eſt une choſe, que Dieu ſeul peut faire.
Or, on ſuppoſe ici, que Dieu peut faire des Miracles
pour le ſoutien d'une fauſſe Religion: ceci mérite bien
d'être approfondi; chacune de ces queſtions peut fournir
un Volume.

LXIV.

*Il eſt dit, croyez à l'Egliſe; mais il n'eſt pas dit, croyez
aux Miracles, à cauſe que le dernier eſt naturel, & non
pas le premier. L'un avoit beſoin de précepte, & non pas
l'autre.*

LXIV. Voici, je penſe, une contradiction. D'un
côté les Miracles en certaines occaſions ne doivent ſervir
de rien; & de l'autre on doit croire ſi néceſſairement aux
Miracles, c'eſt une preuve ſi convaincante, qu'il n'a pas
même fallu recommander cette preuve. C'eſt aſſurément
dire le pour & le contre, & d'une maniére bien dangereuſe.

LXV.

*Je ne vois pas, qu'il y ait plus de difficulté de croire
à la Réſurrection des corps & à l'Enfantement de la Vierge,
qu'à*

qu'à la Création. Eft-il plus difficile de reproduire un homme, que de le produire ?

LXV. On peut trouver par le feul raifonnement, des preuves de la Création; car en voyant, que la matière n'exifte pas par elle-même, & n'a pas le mouvement par elle-même, &c. on parvient à connaître, qu'elle doit être néceffairement créée; mais on ne parvient point par le raifonnement, à voir qu'un corps toûjours changeant doit être reffufcité un jour, tel qu'il étoit dans le tems même qu'il changeoit. Le raifonnement ne conduit point non-plus à voir, qu'un homme doit naître fans germe. La création eft donc un objet de la raifon; mais les deux autres Miracles font un objet de la foi.

Ce 10 Mai 1743.

J'ai lû depuis peu les Penfées de Pafcal, qui n'avoient point encore paru. Le Pere des Mollets les a euës écrites de la main de cet illuftre Auteur, & on les fait imprimer: elles me paraiffent confirmer ce que j'ai dit; que ce grand Génie avoit jetté au hazard toutes ces idées, pour en réformer une partie, & employer l'autre, &c.

Parmi ces dernières penfées, que les Editeurs des Oeuvres de Pafcal avoient rejettées du Récueil, il me paraît qu'il y en a beaucoup, qui méritent d'être confervées. En voici quelques-unes, que ce Grand-Homme eût dû, ce femble, corriger.

I.

Toutes les fois qu'une Propofition eft inconcevable, il ne la faut pas nier à cette marque; mais examiner le contraire: & fi on le trouve manifeftement faux, on peut affirmer le contraire, tout incompréhenfible qu'il eft.

I. Il me femble, qu'il eft évident, que les deux contraires peuvent être faux. Un bœuf vole au Sud avec des aîles, un bœuf vole au Nord sans aîles ; vingt mille Anges ont tué hier vingt mille hommes, vingt mille hommes ont tué hier vingt mille Anges. Ces Propositions sont évidemment fausses.

II.

Quelle vanité que la Peinture, qui attire l'admiration par la ressemblance des choses, dont on n'admire pas les Originaux.

II. Ce n'est pas dans la bonté du caractére d'un homme que consiste assurément le mérite de son portrait, c'est dans la ressemblance. On admire César en un sens, & sa statuë ou image sur toile, en un autre sens.

III.

Si les Médecins n'avoient des soutanes & des mules, si les Docteurs n'avoient des bonnets quarrés & des robes tre-amples, ils n'auroient jamais eu la considération, qu'ils ont dans le monde.

III. ~~Au contraire~~ cependant les Médecins n'ont cessé d'être ridicules, n'ont acquis une vraye considération, que depuis qu'ils ont quitté ces Livrées de la Pédanterie : les Docteurs ne sont reçus dans le monde parmi les Honnêtes-gens, que quand ils sont sans bonnet quarré & sans argumens.

Il y a même des Païs où la Magistrature se fait respecter sans pompe. Il y a des Rois Chrétiens très-bien obéis, qui négligent la Cérémonie du Sacre & du Couronnement. A mesure que les hommes aquérent plus de lumiére, l'appareil devient plus inutile ; ce n'est guéres que pour le bas peuple, qu'il est encore quelquefois nécessaire, *ad populum phaleras.*

IV.

Selon ces lumiéres naturelles, s'il y a un Dieu, il est infiniment incompréhensible, puisque n'ayant ni parties ni bor-

bornes, il n'a aucun rapport à nous : nous sommes donc incapables de connaître, ni ce qu'il est, ni s'il est.

IV. Il est étrange, que Mr. Pascal ait cru, qu'on pouvoit deviner le péché originel par la raison, & qu'il dise, qu'on ne peut connaître par la raison, si Dieu est. C'est apparemment la lecture de cette Pensée, qui engagea le Père Hardouin à mettre Pascal dans sa Liste ridicule des Athées. Pascal eût manifestement rejetté cette idée, puisqu'il la combat en d'autres endroits. En effet, nous sommes obligés d'admettre des choses, que nous ne concevons pas : *j'existe, donc quelque chose existe de toute éternité;* est une Proposition évidente : cependant comprenons-nous l'Eternité?

V.

Croyez-vous, qu'il soit impossible, que Dieu soit infini sans parties? Oui : je veux donc vous faire voir une chose infinie & indivisible; c'est un point se mouvant partout d'une vitesse infinie; car il est en tous lieux, & tout entier dans chaque endroit.

V. Il y a là quatre faussetés palpables, 1°. Qu'un point Mathématique existe seul. 2°. Qu'il se meuve à droite & à gauche en même-tems. 3°. Qu'il se meuve d'une vitesse infinie; car il n'y a vitesse si grande, qui ne puisse être augmentée. 4°. Qu'il soit tout entier partout.

VI.

Homère a fait un Roman, qu'il donne pour tel. Personne ne doutoit, que Troye & Agamemnon n'avoient non-plus été, que la pomme d'or.

VI. Jamais aucun Ecrivain n'a révoqué en doute la guerre de Troye. La fiction de la pomme d'or ne détruit pas la vérité du fonds du sujet. L'Ampoule apportée par une Colombe, & l'Oriflamme par un Ange, n'empêchent pas, que Clovis n'ait en effet régné en France.

VII.

Je n'entreprendrai pas de prouver ici par des raisons naturelles, ou l'existence de Dieu, ou la Trinité, ou l'immortalité de l'ame; parce que je ne me sentirois pas assez fort pour trouver dans la Nature de quoi convaincre des Athées endurcis.

VII. Encore une fois, est-il possible que ce soit Pascal, qui ne se sente pas assez fort pour prouver l'existence de Dieu?

VIII.

Les opinions relâchées plaisent tant aux hommes naturellement, qu'il est étrange, qu'elles leur déplaisent.

VIII. L'expérience ne prouve-t-elle pas au-contraire, qu'on n'a de crédit sur l'esprit des Peuples, qu'en leur proposant le difficile, l'impossible même à faire & à croire. Les Stoïciens furent respectés, parcequ'ils écrasoient la Nature humaine. Ne proposez que des choses raisonnables, tout le monde répond, nous en savions autant. Ce n'est pas la peine d'être inspiré pour être commun. Mais commandez des choses dures, impraticables; peignez la Divinité toujours armée de foudres, faites couler le sang devant des Autels; vous serez écouté de la multitude, & chacun dira de vous: Il faut qu'il ait bien raison, puisqu'il débite si hardiment des choses si étranges.

Je ne vous envoye point mes autres Remarques sur les Pensées de Mr. Pascal, qui entraîneroient des discussions trop longues. ~~Je souffre d'avoir cru apperçevoir quelques erreurs d'inattention dans ce grand Génie; c'est une consolation pour un esprit aussi borné que le mien, d'être bien persuadé, que les plus Grands Hommes se trompent comme le Vulgaire.~~

on a voulu donner pour des loix, des pensées que pascal avoit probablement jettées sur le papier comme des doutes il ne falloit pas regarder comme des démonstrations ce qu'il auroit réfuté luy même.

LET-

LETTRE
DE
L'AUTEUR
A
Mr. DE SGRAVESENDE,

PROFESSEUR DE MATHÉMATIQUE.

Je vous remercie, Monfieur, de la figure que vous avez bien voulu m'envoyer de la Machine, dont vous vous fervez pour fixer l'image du Soleil. J'en ferai faire une fur votre Deffein, & je ferai délivré d'un grand embarras; car moi qui fuis fort maladroit; j'ai toutes les peines du monde dans ma Chambre obfcure avec mes Miroirs. A mefure que le Soleil avance, les couleurs s'en vont, & reffemblent aux affaires de ce Monde, qui ne font pas un moment de fuite dans la même fituation. J'appelle votre Machine un *Sta Sol.* Depuis Jofué, perfonne avant vous n'avoit arrêté le Soleil.

J'ai reçu dans le même paquet l'Ouvrage, que je vous avois demandé, dans lequel mon Adverfaire, & celui de tous les Philofophes, employe environ trois cens pages au fujet de quelques Penfées de *Pafcal*, que j'avois examinées dans moins d'une feuille.

Je fuis toujours pour ce que j'ai dit. Le défaut de la plûpart des Livres eft d'être trop longs. Si on avoit la raifon pour foi, on feroit court; mais peu de raifon & beaucoup d'injures ont fait les trois cens pages.

J'ai toujours cru, que *Pafcal* n'avoit jetté fes idées fur le papier, que pour les revoir & en rejetter une partie.

L 3 Le

Le Critique n'en veut rien croire. Il soutient, que *Pascal* aimoit toutes ses idées, & qu'il n'en eût retranché aucune; mais s'il savoit, que les Editeurs eux-mêmes en supprimerent la moitié, il seroit bien surpris.

Il n'a qu'à voir celles, que le Pere des Mollests a recouvrées depuis quelques années, écrites de la main de *Pascal* même; il sera bien plus surpris encore. Elles sont imprimées dans le *Recueil de Litterature*.

Les hommes d'une imagination forte, comme *Pascal*, parlent avec une autorité despotique, les ignorans & les faibles ecoutent avec une admiration servile, les bons esprits examinent.

Pascal croyoit toujours pendant la derniere année de sa vie voir un abîme à côté de sa chaise. Faudroit-il pour cela que nous en imaginassions autant? Pour moi, je vois aussi un abîme; mais c'est dans les choses, qu'il a cru expliquer.

Vous trouverez dans les Mélanges de *Leibnitz*, que la mélancolie égara sur la fin la Raison de *Pascal*; il le dit même un peu durement. Il n'est pas étonnant, après tout, qu'un homme d'un tempérament délicat, d'une imagination triste, comme *Pascal*, soit, à force de mauvais régime, parvenu à déranger les organes de son cerveau. Cette maladie n'est ni plus surprenante, ni plus humiliante que la fièvre & la migraine. Si le grand *Pascal* en a été attaqué, c'est *Samson* qui perd sa force.

Je ne sçai, de quelle maladie étoit affligé le Docteur, qui argumente si amérement contre moi; mais il prend le change en tout, & principalement sur l'état de la question.

Le fonds de mes petites Remarques sur les *Pensées de Pascal*, c'est qu'il faut croire sans doute au Péché originel, puisque la Foi l'ordonne, & qu'il faut y croire d'autant plus que la Raison est absolument impuissante à nous montrer, que la Nature Humaine est déchuë. La Révélation seule peut nous l'apprendre; *Platon* s'y étoit

étoit jadis caffé le nez. Comment pouvoit-il favoir, que les hommes avoient été autrefois plus beaux, plus grands, plus forts, plus heureux? Qu'ils avoient eu de belles ailes, & qu'ils avoient fait des enfans fans femmes?

Tous ceux, qui fe font fervis de la Phyfique pour prouver la décadence de ce petit Globe de notre Monde, n'ont pas eu meilleure fortune que Platon. Voyez-vous ces vilaines Montagnes, *difoient-ils*, ces Mers qui entrent dans les terres, ces Lacs fans iffuë? Ce font des débris d'un Globe maudit. Mais quand on y a regardé de plus près, on a vu que ces Montagnes étoient néceffaires pour nous donner des Riviéres & des Mines, & que ce font les perfections d'un Monde béni.

De même mon Cenfeur affûre, que notre vie eft fort raccourcie en comparaifon de celle des Corbeaux & des Cerfs; il a entendu dire à fa Nourrice, que les Cerfs vivent trois cens ans, & les Corbeaux neuf cens. La Nourrice d'Hefiode lui avoit fait auffi apparemment le même conte. Mais mon Docteur n'a qu'à interroger quelque Chaffeur; il faura, que les Cerfs ne vont jamais à vingt ans. Il a beau faire, l'Homme eft de tous les Animaux celui à qui Dieu accorde la plus longue vie; & quand mon Critique me montrera un Corbeau, qui aura cent deux ans, comme Mr. de *St. Aulair* & Madame de *Chanclos*, il me fera plaifir.

C'eft une étrange rage que celle de quelques Meffieurs, qui veulent abfolument, que nous foyions miférables. Je n'aime point un Charlatan, qui veut me faire accroire, que je fuis malade, pour me vendre fes Pillules. Garde ta drogue, mon ami, & laiffe-moi ma fanté. Mais pourquoi me dis-tu des injures parceque je me porte bien, & que je ne veux point de ton orviétan?

Cet homme m'en dit de très-groffiéres, felon la louable coûtume des gens pour qui les rieurs ne font pas. Il a été déterrer dans je ne fçai quel Journal, je ne fçai quelles Lettres fur la nature de l'Ame, que je n'ai jamais écrites, & qu'un Libraire a toujours mifes fous mon nom à bon compte, auffi-bien que beaucoup d'autres chofes, que je ne lis point.

Mais puifque cet homme les lit, il devoir voir, qu'il eft évident, que ces Lettres fur la nature de l'Ame ne font point de moi, & qu'il y a des pages entieres copiées mot à mot de ce que j'ai autrefois écrit fur Locke. Il eft clair, qu'elles font de quelqu'un qui m'a volé; mais je ne vole point ainfi, quelque pauvre que je puiffe être.

Mon Docteur fe tue à prouver, que l'Ame eft fpirituelle. Je veux croire, que la fienne l'eft; mais en vérité fes raifonnemens le font fort peu.

Il veut donner des foufflets à Locke fur ma joue, parceque Locke a dit, que Dieu étoit affez puiffant pour faire penfer un élément de la Matiére. Plus je relis ce Locke, & plus je voudrois, que tous ces Meffieurs l'étudiaffent. Il me femble, qu'il a fait comme Augufte, qui donna un Edit _de coercendo intra fines Imperio._ Locke a refferré l'Empire de la Science pour l'affermir. Qu'eft-ce que l'Ame? Je n'en fçai rien. Qu'eft-ce que la Matiére? Je n'en fçai rien. Voilà Jofeph Leibnitz, qui a découvert, que la Matiére eft un affemblage de Monades. Soit. Je ne le comprends pas, ni lui non-plus. Eh bien, mon Ame fera une Monade; ne me voilà-t-il pas bien inftruit? Je vais vous prouver, que vous êtes immortels, me dit mon Docteur. Mais vraiment il me fera plaifir; j'ai tout auffi grande envie, que lui d'être immortel. Je n'ai fait la HENRIADE que pour cela. Mais mon homme fe croit bien plus fûr de l'immortalité par fes Argumens, que moi par ma _Henriade._

Vanitas vanitatum, & Metaphyfica vanitas!

Nous fommes faits pour compter, mefurer, pefer; voilà ce qu'à fait _Newton;_ voilà ce que vous faites,

avec

avec *Monsieur Muskembroek.* Mais pour les premiers
Principes des choses, nous n'en sçavons pas plus qu'*Epi-
stémon* & Maître *Editue.*

Les Philosophes qui font des Systêmes sur la secrette
construction de l'Univers, sont comme nos Voyageurs,
qui vont à *Constantinople*; & qui parlent du Serrail; ils
n'en ont vu que les dehors, & ils prétendent sçavoir ce
que fait le Sultan avec les Favorites. Adieu, Monsieur,
si quelqu'un voit un peu, c'est vous; mais je tiens mon
Censeur aveugle. J'ai l'honneur de l'être aussi; mais
je suis un *Quinze-vingt* de Paris, & lui un aveugle de
Province. Je ne suis pas assez aveugle pourtant pour ne
pas voir tout votre mérite, & vous sçavez combien mon
cœur est sensible à votre amitié. Je suis, &c.

A Ciray le 1 de Juin
1741.

FRAG-

✳✳✳✳✳✳✳✳✳✳✳✳✳✳✳✳✳✳✳✳✳

FRAGMENT
D'UNE LETTRE
SUR
UN USAGE TRÈS-UTILE,
ÉTABLI EN HOLLANDE.

Il seroit à souhaiter, que ceux qui sont à la tête des Nations imitassent les Artisans. Dès qu'on sait à Londres, qu'on fait une étoffe nouvelle en France, on la contrefait; pourquoi un Homme d'Etat ne s'empressera-t-il pas d'établir dans son Païs une Loi utile, qui viendra d'ailleurs? Nous sommes parvenus à faire la même porcelaine qu'à la Chine. Parvenons à faire le bien, qu'on fait chez nos Voisins, & que nos Voisins profitent de ce que nous avons d'excellent.

Il y a tel Particulier, qui fait croître dans son jardin des fruits, que la Nature n'avoit destinés à meurir que sous la Ligne. Nous avons à nos portes mille Loix, mille Coûtumes sages; voilà les fruits, qu'il faut faire naître chez soi; voilà les arbres, qu'il faut y transplanter; ceux-là viennent en tous climats, & se plaisent dans tous les terrains. La meilleure Loi, le plus excellent Usage, le plus utile, que j'aye jamais vû, c'est en Hollande. Quand deux hommes veulent plaider l'un contre l'autre, ils sont obligés d'aller d'abord au Tribunal des Juges Conciliateurs, appellés *Faiseurs de paix*. Si les Parties arrivent avec un Avocat & un Procureur, on fait d'abord retirer ces derniers, comme on ôte le bois d'un feu, qu'on veut éteindre. Les Faiseurs de Paix disent aux Parties : Vous êtes de grands fous de vouloir manger votre argent à vous rendre

dre

rés naturellement malheureux ; nous allons vous ac-
commoder fans qu'il vous en coûte rien. Si la rage de la
chicane eft trop forte dans ces Plaideurs, on les remet à
un autre jour, afin que le tems adoucifle les fymptômes
de leur maladie ; enfuite les Juges les envoyent chercher
une feconde, une troifiéme fois. Si leur folie eft incu-
rable, on leur permet de plaider, comme on abandonne
à l'amputation des Chirurgiens des membres gangrénés ;
alors la Juftice fait fa main.

Il n'eft pas néceffaire de faire ici de longues déclamations, ni de calculer ce qui en reviendroit au Genre-Humain, fi cette Loi étoit adoptée. D'ailleurs je ne veux
point aller fur les brifées de Mr. l'Abbé de Saint Pierre,
dont un Miniftre plein d'efprit appelloit les projets, *les
Rêves d'un homme de bien.* Je fai, que fouvent un Particulier, qui s'avife de propofer quelque chofe pour le
bonheur public, fe fait berner. On dit : De quoi fe
mêle-t-il ? Voilà un plaifant homme de vouloir, que nous
foyions plus heureux que nous ne fommes ? Ne fait-il
pas, qu'un abus eft toujours le patrimoine d'une bonne
partie de la Nation ? Pourquoi nous ôter un mal où tant
de gens trouvent leur bien ? A cela je n'ai rien
à répondre.

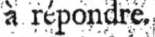

LETTRE

✖✖✖✖✖✖✖✖✖✖✖✖✖✖✖

LETTRE

SUR LES

INCONVENIENS ATTACHÉS

A LA LITTERATURE *.

Votre vocation, mon cher le Févre, eſt trop bien mar-
quée pour y réſiſter. Il faut, que l'abeille faſſe de
la cire, que le ver à ſoye file, que Mr. de Reaumur les
diſſéque, & que vous les chantiez; vous ſerez Poëte &
Homme de Lettres, moins parceque vous le voulu, que
parceque la Nature l'a voulu.

Mais vous vous trompez beaucoup en imaginant, que
la tranquillité ſera votre partage. La carrière des Lettres,
& ſurtout celle du génie, eſt plus épineuſe que celle de la
fortune. Si vous avez le malheur d'être médiocre, (ce
que je ne crois pas) voilà des remords pour la vie. Si
vous réuſſiſſez, voilà des ennemis; vous marchez ſur le
bord d'un abîme, entre le mépris & la haine.

Mais quoi, me direz-vous, me haïr, me perſécuter,
parceque j'aurai fait un bon Poëme, une Piéce de Théâtre
applaudie, ou écrit une Hiſtoire avec ſuccès, ou cherché
à m'éclairer & à inſtruire les autres?

Oui, mon ami, voilà dequoi vous rendre malheureux
à jamais. Je ſuppoſe, que vous ayiez fait un bon Ouvrage,
imaginez-vous, qu'il vous faudra quitter le repos de votre
cabinet pour ſolliciter l'Examinateur. Si votre manière
de penſer n'eſt pas la ſienne; s'il n'eſt pas l'ami de vos
amis;

* Cette Lettre paroît écrite en pris chez lui ce jeune-homme, nom-
1732, car en ce tems l'Auteur avoit mé Mr. le Févre, à qui elle eſt ad-
dreſſée.

amis; s'il eft celui de votre rival; s'il eft votre rival lui-
même, il vous eft plus difficile d'obtenir un Privilége
qu'à un homme, qui n'a point la protection des femmes
d'avoir un employ dans les Finances.

Enfin, après un an de refus & de négociations votre
Ouvrage s'imprime; c'eft alors qu'il faut ou affoupir les
Cerberes de la Littérature, ou les faire aboyer en votre
faveur. Il y a toujours trois ou quatre Gazettes Littérai-
res en France, & autant en Hollande; ce font des Factions
différentes. Les Libraires de ces journaux ont intérêt,
qu'ils foient fatyriques; ceux qui y travaillent fervent aifément l'avarice du Libraire & la malignité du Public.
Vous cherchez à faire fonner ces trompettes de la Renommée; vous courtifez les Ecrivains, les Protecteurs, les
Abbés, les Docteurs, les Colporteurs; tous vos foins
n'empêchent pas que quelque Journalifte ne vous déchire.
Vous lui répondez, il réplique, vous avez un procès par
écrit devant le Public, qui condamne les deux Parties au
ridicule.

C'eft bien pis, fi vous compofez pour le Théâtre, vous
commencez par comparaître devant l'Aréopage de vingt
Comédiens, gens dont la profeffion, quoiqu'utile & agréable, eft cependant flétrie par l'injufte, mais irrévocable
cruauté du Public. Ce malheureux aviliffement où ils
font les irrite; ils trouvent en vous un client, & il vous
prodiguent tout le mépris dont ils font couverts. Vous
attendez d'eux votre première fentence; ils vous jugent,
ils fe chargent enfin de votre Piéce. Il ne faut plus qu'un
mauvais plaifant dans le Parterre pour la faire tomber.
Réuffit-elle? La Farce qu'on appelle Italienne, celle de
la Foire, vous parodient; vingt Libelles vous prouvent,
que vous n'avez pas dû réuffir. Des Sçavans, qui entendent mal le Grec, & qui ne lifent point ce qu'on fait en
Français, vous dédaignent, ou affectent de vous dédaigner.
Vous

dreffée. On dit, qu'il promettoit & faifoit bien des Vers; il mourut
beaucoup, qu'il étoit très-fçavant, la même année.

Vous portez en tremblant votre livre à une Dame de la Cour, elle le donne à une femme de Chambre, qui en fait des papillotes, & le laquais galonné, qui porte la livrée du luxe, insulte à votre habit, qui est la livrée de l'indigence.

Enfin je veux, que la réputation de vos Ouvrages ait forcé l'envie à dire quelquefois, que vous n'êtes pas sans mérite. Voilà tout ce que vous pouvez attendre de votre vivant; mais qu'elle s'en vange bien en vous persécutant! On vous impute des Libelles, que vous n'avez pas même lus, des Vers que vous méprisez, des sentimens que vous n'avez point; il faut être d'un parti, ou bien tous les partis se réunissent contre vous.

Il y a dans Paris un grand nombre de petites Sociétés, où préside toujours quelque femme, qui dans le déclin de sa beauté fait briller l'aurore de son esprit. Un ou deux Hommes de Lettres sont les premiers Ministres de ce petit Royaume. Si vous négligez d'être au rang des Courtisans, vous êtes dans celui des ennemis, & on vous écrase. Cependant malgré votre mérite vous vieillissez dans l'opprobre & dans la misère; les places destinées aux Gens de Lettres sont données à l'intrigue, non au talent; ce sera un Précepteur, qui par le moyen de la mère de son Eleve emportera un poste, que vous n'oserez pas seulement regarder; le parasite d'un Courtisan vous enlevera l'emploi auquel vous êtes propre.

Que le hazard vous amène dans une compagnie, où il se trouvera quelqu'un de ces Auteurs réprouvés du Public, ou de ces demi-Sçavans, qui n'ont pas même assez de mérite pour être de médiocres Auteurs; mais qui aura quelque place, ou qui sera intrus dans quelque Corps, vous sentirez par la supériorité, qu'il affectera sur vous, que vous êtes justement dans le dernier dégré du Genre Humain.

Au bout de quarante ans de travail vous vous résolvez à chercher par les cabales ce qu'on ne donne jamais au mérite seul; vous intriguez comme les autres pour entrer dans

dans l'Académie-Française, & pour aller prononcer d'une voix caffée à votre réception un compliment, qui le lendemain fera oublié pour jamais.

Cette Académie Française eft l'objet fecret des vœux de tous les Gens de Lettres; c'eft une maîtreffe contre laquelle ils font des Chanfons & des Epigrammes, jufqu' à ce qu'ils ayent obtenu fes faveurs, & qu'ils négligent dès qu'ils en ont la poffeffion.

Il n'eft pas étonnant, qu'ils défirent d'entrer dans un Corps, où il y a toujours du mérite, & dont ils efpérent, quoiqu'affez vainement, d'être protégés. Mais vous me demanderez, pourquoi ils en difent tous tant de mal jufqu'à ce qu'ils y foient admis, & pourquoi le Public qui refpecte affez l'Académie des Sciences, ménage fi peu l'Académie Française? C'eft que les travaux de l'Académie Française font expofés aux yeux du grand nombre, & les autres font voilés; chaque Français croit fçavoir la Langue, & fe pique d'avoir du goût; mais il ne fe pique pas d'être Phyficien. Les Mathématiques feront toujours pour la Nation en général une efpéce de myftére, & par conféquent quelque chofe de refpectable. Des équations Algébriques ne donnent de prife ni à l'Epigramme, ni à la Chanfon, ni à l'envie; mais on juge durement ces énormes Recueils de Vers médiocres, de complimens, de Harangues, & ces Eloges, qui font quelquefois auffi faux que l'éloquence avec laquelle on les débite. On eft fâché de voir la Devife de *l'immortalité* à la tête de tant de déclamations, qui n'annoncent rien d'éternel que l'oubli auquel elles font condamnées.

Il eft très-certain, que l'Académie Française pourroit fervir à fixer le goût de la Nation. Il n'y a qu'à lire fes Remarques fur le Cid; la jaloufie du Cardinal de Richelieu a produit aumoins ce bon effet; quelques Ouvrages dans ce genre feroient d'une utilité fenfible. On les demande depuis cent années au feul Corps, dont ils puiffent émaner avec fruit & bienféance.

On

On se plaint, que la moitié des Académiciens soit composée de Seigneurs, qui n'assistent jamais aux Assemblées, & que dans l'autre moitié il se trouve à peine huit ou neuf Gens de Lettres, qui soient assidus. L'Académie est souvent négligée par ses propres Membres. Cependant à peine un des Quarante a-t-il rendu les derniers soupirs, que dix Concurrens se présentent; un Evêché n'est pas plus brigué; on court en poste à Versailles; on fait parler toutes les femmes; on fait agir tous les intriguans; on fait mouvoir tous les ressorts; des haines violentes sont souvent le fruit de ces démarches; la principale origine de ces horribles Couplets, qui ont perdu à jamais le célébre & malheureux Rousseau, vient de ce qu'il manqua la place, qu'il briguoit à l'Académie. Obtenez-vous cette préférence sur vos rivaux, votre bonheur n'est bientôt qu'un phantôme; essuyez-vous un refus, votre affliction est réelle. On pourroit mettre sur la tombe de presque tous les Gens de Lettres:

Cy gist au bord de l'Hippocrène,
Un mortel long-tems abusé.
Pour vivre pauvre & méprisé,
Il se donna bien de la peine.

Quel est le but de ce long Sermon, que je vous fais, est-ce de vous détourner de la route de Littérature? Non. Je ne m'oppose point ainsi à la destinée, je vous exhorte seulement à la patience.

FRAG-

FRAGMENT
D'UNE LETTRE
AU MEME.
SUR LA
CORRUPTION DU STILE.

On fe plaint généralement, que l'éloquence eft cor-
rompue, quoique nous ayïons des modéles prefqu'en
tous les genres. Un des grands défauts de ce fiécle, qui
contribue le plus à cette décadence, c'eft le mélange des
ftiles. Il me femble, que nous autres Auteurs nous n'imi-
tons pas affez les Peintres, qui ne joignent jamais des atti-
tudes de Calot à des figures de Raphael. Je vois, qu'on
affecte quelquefois dans des Hiftoires, d'ailleurs bien écrites, dans de bons Ouvrages dogmatiques, le ton le plus
familier de la converfation. Quelqu'un a dit autrefois
qu'il faut écrire comme on parle; le fens de cette loi eft
qu'on écrive naturellement : on tolére dans une Lettre
l'irrégularité, la licence du ftile, l'incorrection, les plaifanteries hazardées; parceque des Lettres écrites fans deffein & fans art, font des entretiens négligés : mais quand
on parle, ou qu'on écrit avec refpect, on s'aftreint alors
à la bienféance. Or, je demande à qui on doit plus de
refpect qu'au Public? Eft-il permis de dire dans des Ouvrages de Mathématique, qu'*un Géometre, qui veut faire
fon falut, doit monter au Ciel en ligne perpendiculaire; que
les quantités qui s'évanouiffent donnent du nez en terre*

pour avoir voulu trop s'élever; qu'une semence qu'on a mise le germe en-bas s'apperçoit du tour qu'on lui joue, & se releve; que si Saturne périssoit ce seroit son cinquième Satellite, & non le premier, qui prendroit sa place, parceque les Rois éloignent toujours d'eux leurs héritiers; qu'il n'y a de vuide que dans la bourse d'un homme ruiné: qu'Hercule étoit un Physicien, & qu'on ne pouvoit résister à un Philosophe de cette force.

Des Livres très-estimables sont infectés de cette tache; la source d'un défaut si commun vient, me semble, du reproche de pédantisme qu'on a fait long-tems & justement aux Auteurs: *In vitium ducit culpa fuga.*

On a tant répété qu'on doit écrire du ton de la bonne compagnie, que les Auteurs les plus sérieux sont devenus plaisans; & pour être de *bonne compagnie* avec leurs Lecteurs, ont dit des choses de très-mauvaise compagnie.

On a voulu parler de science, comme Voiture parloit à Mademoiselle Paulet de galanterie, sans songer que Voiture même n'avoit pas saisi le véritable goût de ce petit genre, dans lequel il passa pour exceller; car souvent il prenoit le faux pour le délicat, & le précieux pour le naturel.

La plaisanterie n'est jamais bonne dans le genre sérieux, parcequ'elle ne porte jamais, que sur un côté des objets, qui n'est pas celui, que l'on considére; elle roule presque toûjours sur des rapports faux, sur des équivoques; de là vient que les Plaisans de profession ont presque tous l'esprit faux & superficiel.

Il me semble, qu'en Poësie on ne doit pas plus mélanger les stiles qu'en Prose. Le stile Marotique a depuis quelque tems gâté un peu la Poësie par cette bigarure de termes bas & nobles, surannés & modernes; on entend dans quelques Piéces de Morale les sons du sifflet de Rabelais parmi ceux de la flute d'Horace.

Il faut parler Français, Boileau n'eut qu'un langage;
Son esprit étoit juste, & son stile étoit sage.
Sers-toi de ses leçons; laisse aux esprits mal-faits
L'art de moraliser du ton de Rabelais.

javoue que je suis revolté de voir dans une epitre serieuse les expressions suivantes.

* Des Rimeurs disloqués, à qui le cerveau tinte,
Plus amers qu'Aloës, & jus de Coloquinte,
Vices portant méchef. Gens de tel acabit,
Chifoniers; Ostrogots, maroufles que Dieu fit.

De tous ces termes bas l'entassement facile,
Deshonore à la fois le génie & le stile.

M 2   COPIE

* *Expressions d'une Epitre Marotique.*

COPIE
D'UNE LETTRE
A UN
PREMIER COMMIS.

20. Juin.
1733.

Puisque vous êtes, Monfieur, à portée de rendre fervice aux Belles-Lettres, ne rognez pas de fi près les aîles à nos Ecrivains, & ne faites pas des Volailles de baffe-cour de ceux, qui en prenant l'effor pourroient devenir des aigles; une liberté honnête éleve l'efprit, & l'efclavage le fait ramper. S'il y avoit eu une Inquifition Litteraire à Rome, nous n'aurions aujourd'hui ni Horace, ni Juvénal, ni les Oeuvres Philofophiques de Cicéron. Si Milton, Driden, Pope, & Locke n'avoient pas été libres, l'Angleterre n'auroit eu ni de Poëtes, ni de Philofophes; il y a je ne fai quoi de Turc à profcrire l'Imprimerie; & c'eft-là profcrire, que la trop gêner. Contentés-vous de réprimer févérement les Libelles diffamatoires; parceque ce font des crimes: mais tandis qu'on débite hardiment des Recueils de ces infames Calottes, & tant d'autres productions, qui méritent l'horreur & le mépris; fouffrés aumoins, que Bayle entre en France, & que celui qui fait tant d'honneur à fa Patrie n'y foit pas de contrebande.

Vous me dites, que les Magiftrats qui régiffent la Doüane de la Litterature fe plaignent, qu'il y a trop de Livres; c'eft comme fi le Prévôt des Marchands fe plaignoit

plaignoit, qu'il y eût à Paris trop de Denrées. En achete, qui veut. Une immense Bibliotheque ressemble à la Ville de Paris, dans laquelle il y a près de huit cent mille hommes : Vous ne vivez pas avec tout ce cahos : vous y choisissez quelque societé, & vous en changez. On traite les Livres de même. On prend quelques amis dans la foule. Il y aura sept ou huit cent mille Controversistes, quinze ou seize mille Romans, que vous ne lirez point, une foule de feuilles Périodiques, que vous jetterez au feu après les avoir lûës; l'homme de goût ne lit que le bon : mais l'homme d'Etat permet le bon & le mauvais, les pensées des hommes sont devenues un objet important du Commerce. Les Libraires Hollandais gagnent un million par an, parceque les Français ont eu de l'esprit.

Un Roman médiocre est, je le sai bien, parmi les Livres, ce qu'est dans le monde un sot, qui veut avoir de l'imagination. On s'en moque, mais on le souffre. Ce Roman fait vivre, & l'Auteur, qui l'a composé & le Libraire, qui l'a débité, & le Fondeur & l'Imprimeur, & le Papetier, & le Relieur, & le Colporteur, & le Marchand de mauvais vin, à qui tous ceux-là portent leur argent. L'Ouvrage amuse encore deux ou trois heures quelques femmes, avec lesquelles il faut de la nouveauté en Livres, comme en tout le reste. Ainsi tout méprisable qu'il est, il a produit deux choses importantes, du profit & du plaisir.

Les Spectacles méritent encore plus d'attention, je ne les considére pas comme une occupation, qui retire les jeunes-gens de la débauche, cette idée seroit celle d'un Curé ignorant; il y a assez de tems avant & après les Spectacles, pour faire usage de ce peu de momens qu'on donne à des plaisirs de passage, immédiatement suivis du dégoût: D'ailleurs on ne va pas aux Spectacles tous les jours; & dans la multitude de nos Citoyens il n'y a pas quatre mille hommes, qui les fréquentent avec quelque

M 3   assiduité;

affiduité; je regarde la Tragédie, & la Comédie comme des leçons de vertu, de raison & de bienséance. Corneille, ancien Romain parmi des Français, a établi une Ecole de grandeur d'ame; & Molière a fondé celle de la vie civile. Les Génies Français formés par eux appellent du fond de l'Europe les Etrangers, qui viennent s'instruire chez nous, & qui contribuent à l'abondance de Paris. Nos pauvres sont nourris du produit de ces Ouvrages, qui nous soumettent jusqu'aux Nations, qui nous haïssent. Tout bien pesé, il faut être ennemi de sa Patrie pour condamner nos Spectacles. Un Magistrat, qui parcequ'il a acheté cher un Office de Judicature, ose penser, qu'il ne lui convient pas de voir *Cinna*, montre beaucoup de gravité & bien peu de goût.

Il y aura toûjours dans notre Nation polie de ces ames, qui tiendront du Got & du Vandale; je ne connais pour vrais Français, que ceux, qui aiment les Art, & les encouragent.

Ce goût commence, il est vrai, à languir parmi nous; nous sommes des Sibarites, lassés des faveurs de nos maîtresses. Nous jouïssons des veilles des Grands-Hommes, qui ont travaillé pour nos plaisirs, & pour ceux des siécles à venir. Comme nous recevons les productions de la Nature, on diroit, qu'elles nous sont dûes; il n'y a que cent ans, que nous mangions du gland, les Triptolemes, qui nous ont donné le froment le plus pur, nous font indifférens; rien ne réveille cet esprit de nonchalance pour les grandes choses, qui se mêle toûjours avec notre vivacité pour les petites.

Nous mettons tous les ans plus d'industrie & plus d'invention dans nos tabatieres, & dans nos autres colifichets, que les Anglais n'en ont mis à se rendre les Maîtres des Mers, à faire monter l'eau par le moyen du feu, & à calculer l'aberration de la lumiere. Les anciens Romains élevoient des prodiges d'Architecture pour faire combattre des bêtes; & nous n'avons pas sçû depuis un
siécle

fiécle bâtir feulement une Salle paffable pour y faire re-
préfenter les Chef - d'œuvres de l'Efprit húmain.   Le
centiéme de l'argent des Cartes fuffiroit pour avoir des
Salles de Spectacles plus belles, que le Théâtre de Pompée : mais quel homme dans Paris eft animé de l'amour
du Public? On joue, on foupe, on médit, on fait des
mauvaifes Chanfons, & on s'endort dans la ftupidité pour
recommencer le lendemain fon cercle de légérété, &
d'indifférence.   Vous, Monfieur, qui avez aumoins
une petite place, dans laquelle vous êtes à portée de donner de bons confeils, tâchez de réveiller cette létargie
barbare, & faites, fi vous pouvez, du bien aux Lettres,
qui en ont tant fait à la France.

REMAR-

❊❊❊❊❊❊❊❊❊❊❊❊❊❊❊❊❊

REMARQUES
SUR
L'HISTOIRE.

———————————————————————

Ne cessera-t-on jamais de nous tromper sur l'avenir, le présent & le passé? Il faut que l'homme soit bien né pour l'erreur, puisque dans ce siécle éclairé on prend tant de plaisir à nous débiter les Fables d'Hérodote, & des Fables encore qu'Hérodote n'auroit jamais osé conter même à des Grecs.

Que gagne-t-on à nous redire, que Ménès étoit petit-fils de Noé? Et par quel excès d'injustice peut-on se moquer des Généalogies de Moreri, quand on en fabrique de pareilles? Certes Noé envoya sa famille voyager loin; son petit-fils Ménès en Egypte, son autre petit-fils à la Chine, je ne sai quel autre petit-fils en Suede, & un cadet en Espagne. Les voyages alors formoient les jeunes-gens bien mieux qu'aujourd'hui: il a fallu chez nos Nations Modernes des dix ou douze siécles pour s'instruire un peu de la Géométrie; mais ces Voyageurs dont on parle, étoient à peine arrivez dans des Païs incultes, qu'on y prédisoit les Eclipses. On ne peut douter aumoins que l'Histoire autentique de la Chine ne rapporte des Eclipses calculées il y a environ quatre mille ans. Confucius en cite trente-six dont les Missionnaires Mathématiciens ont vérifié trente-deux. Mais ces faits n'embarrassent point ceux, qui on fait Noé grand-pere de Fohy, car rien ne les embarrasse.

D'autres

D'autres Adorateurs de l'Antiquité nous font regarder les Egyptiens comme le Peuple le plus sage de la Terre; parceque, dit-on, les Prêtres avoient chez eux beaucoup d'autorité; & il se trouve, que ces Prêtres si sages, ces Législateurs d'un Peuple sage, adoroient des Singes, des Chats & des Oignons.

On a beau se récrier sur la beauté des anciens Ouvrages Egyptiens. Ceux, qui nous sont restés, sont des masses informes; la plus belle Statuë de l'ancienne Egypte n'approche pas de celle du plus médiocre de nos Ouvriers. Il a fallu, que les Grecs enseignassent aux Egyptiens la Sculpture, il n'y a jamais eu en Egypte aucun bon Ouvrage que de la main des Grecs.

Quelle prodigieuse connaissance, nous dit-on, les Egyptiens avoient de l'Astronomie! les quatre côtez d'une grande Pyramide sont exposés aux quatre régions du Monde; ne voilà-t-il pas un grand effort d'Astronomie? Ces Egyptiens étoient-ils autant de Cassini, de Halley, de Keplers, de Tichobrahé? Ces bonnes-gens racontoient froidement à Hérodote, que le Soleil en onze mille ans s'étoit couché deux fois où il se leve: c'étoit-là leur Astronomie.

Il en coûtoit, répète Mr. Rollin, cinquante mille écus pour ouvrir & fermer les éclufes du Lac Mœris. Mr. Rollin est cher en éclufes, & se mécompte en Arithmétique. Il n'y a point d'écluse, qui ne doive s'ouvrir & se fermer pour un écu, à moins qu'elles ne soient très-mal faites: il en coûtoit, dit-il, cinquante talens pour ouvrir & fermer ces éclufes. Il faut savoir, qu'on évalua le talent du tems de Colbert à trois mille livres de France. Rollin ne songe pas, que depuis ce tems la valeur numéraire de nos Espéces est augmentée presque du double, & qu'ainsi la peine d'ouvrir les éclufes du Lac Mœris auroit dû coûter, selon lui, environ trois cent mille francs: ce qui est à-peu-près deux cens quatre vingt

M 5   dix-

dix-sept mille livres plus qu'il ne faut. Tous les calculs de ses treize Tomes se ressentent de cette inattention.

Il répète encore après Hérodote, qu'on entretenoit d'ordinaire en Egypte, c'est-a-dire, dans un Païs beaucoup moins grand que la France, quatre cent mille soldats ; qu'on donnoit à chacun cinq livres de pain par jour, & deux livres de viande. C'est donc huit cent mille livres de viande par jour pour les seuls soldats, dans un Païs, où l'on n'en mangeoit presque point. D'ailleurs, à qui appartenoient ces quatre cent mille soldats, quand l'Egypte étoit divisée en plusieurs petites Principautés ? On ajoute, que chaque soldat avoit six arpens francs de contribution ; voilà donc deux millions quatre cent mille arpens, qui ne payent rien à l'Etat. C'est cependant ce petit Etat, qui entretenoit plus de soldats que n'en a aujourd'hui le Grand-Seigneur, Maître de l'Egypte & de dix fois plus de païs que l'Egypte n'en contient. Louis XIV a eu quatre cent mille hommes sous les armes pendant quelques années ; mais c'étoit un effort, & cet effort a ruiné la France.

Si on vouloit faire usage de sa raison au-lieu de sa mémoire, & examiner plus que transcrire, on ne multiplieroit pas à l'infini les Livres & les erreurs, il faudroit n'écrire que de choses neuves & vrayes : ce qui manque d'ordinaire à ceux qui compilent l'Histoire, c'est l'esprit philosophique : la plûpart, au-lieu de discuter des faits avec des hommes, font des Contes à des enfans.

Faut-il qu'au siécle où nous vivons on imprime encore le Conte des oreilles de Smerdis, & de Darius, qui fut déclaré Roi par son cheval, lequel hennit le premier ; & de Sanacharib, ou Sennakérib, ou Sennacabon dont l'Armée fut détruite miraculeusement par des rats ? Quand on veut répéter ces Contes, il faut dumoins les donner pour ce qu'ils sont.

Est-il

Est-il permis à un homme de bon sens, né dans le dix-huitième siécle, de nous parler sérieusement des Oracles de Delphes? Tantôt de nous répéter, que cet Oracle devina, que Crésus faisoit cuire une tortuë & du mouton dans une tourtiere; tantôt de nous dire, que des batailles furent gagnées suivant la prédiction d'Apollon, & d'en donner pour raison le pouvoir du Diable? Mr. Rollin dans sa Compilation de l'Histoire ancienne, prend le parti des Oracles contre Mrs. Vandale, Fontenelle & Basnage: *Pour Mr. de Fontenelle*, dit-il, *il ne faut regarder que comme un Ouvrage de jeunesse son Livre contre les Oracles, tiré de Vandale.* J'ai bien peur que cet Arrêt de la vieillesse de Rollin contre la jeunesse de Fontenelle, ne soit cassé au Tribunal de la Raison; les Rhéteurs n'y gagnent guéres leurs Causes contre les Philosophes.

Il n'y a qu'à voir ce, que dit Rollin dans son dixiéme Tome, où il veut parler de Physique: il prétend qu'Archimede voulant faire voir à son bon ami le Roi de Syracuse, la puissance des Mécaniques, fit mettre à terre une Galere, la fit charger doublement, & la remit doucement à flot en remuant un doigt, sans sortir de dessus sa chaise. On sent bien, que c'est-là le Rhéteur, qui parle: s'il avoit été un peu Philosophe, il auroit vû l'absurdité de ce qu'il avance.

Il me semble, que si on vouloit mettre à profit le tems présent, on ne passeroit point sa vie à s'infatuer des Fables anciennes. Je conseillerois à un jeune-homme d'avoir une légére teinture de ces tems reculés; mais je voudrois qu'on commençât une Etude sérieuse de l'Histoire au tems où elle devient véritablement intéressante pour nous: il me semble, que c'est vers la fin du quinziéme siécle. L'Imprimerie, qu'on invente en ce tems-là, commence à la rendre moins incertaine. L'Europe change de face; les Turcs, qui s'y répandent, chassent les Belles-Lettres de Con-

Conftantinople ; elles fleuriffent en Italie ; elles s'étabbliffent en France ; elles vont polir l'Angleterre, l'Allemagne & le Septentrion.   Une nouvelle Religion fépare la moitié de l'Europe de l'obeïffance du Pape. Un nouveau fyftême de Politique s'établit ; on fait avec le fecours de la Bouffole le tour de l'Afrique, & on commerce avec la Chine plus aifément, que de Paris à Madrid.   L'Amérique eft découverte, on fubjugue un nouveau Monde, & le nôtre eft prefque tout changé ; l'Europe Chrétienne devient une efpece de République immenfe, où la balance du pouvoir eft établie mieux qu'elle ne le fut en Grece.   Une correfpondance perpétuelle en lie toutes les parties, malgré les guerres, que l'ambition des Rois fufcite, & même malgré les guerres de Religion encore plus deftructives.

Les Arts, qui font la gloire des Etats, font portés à un point que la Grece & Rome ne connurent jamais.   Voilà l'Hiftoire qu'il faut, que tout homme fçache ; c'eft-là qu'on ne trouve ni Prédictions chimériques, ni Oracles menteurs, ni faux Miracles, ni Fables infenfées ; tout y eft vrai, aux petits détails près, dont il n'y a que les petits efprits, qui fe foucient beaucoup.   Tout nous regarde, tout eft fait pour nous ; l'argent fur lequel nous prenons nos repas, nos meubles, nos befoins, nos plaifirs nouveaux, tout nous fait fouvenir chaque jour, que l'Amérique & les grandes Indes, & par conféquent toutes les Parties du Monde entier, font réunies depuis environ deux fiécles & demi par l'induftrie de nos Peres.   Nous ne pouvons faire un pas, qui ne nous avertiffe du changement, qui s'eft opéré depuis dans le Monde.   Ici ce font cent Villes, qui obéïffoient au Pape, & qui font devenues libres.   Là on a fixé pour un tems les Privileges de toute l'Allemagne : Ici fe forme la plus belle des Republiques dans un terrain, que la Mer menace
chaque

chaque jour d'engloutir : l'Angleterre a réuni la vraye liberté avec la Royauté : la Suede l'imite, & le Dannemarc n'imite point la Suede. Que je voyage en Allemagne, en France, en Espagne, partout je trouve les traces de cette longue querelle, qui a subsisté entre les Maisons d'Autriche & de Bourbon, unies par tant de Traités, qui ont tous produit des guerres funestes. Il n'y a point de Particulier en Europe sur la fortune du quel tous ces changemens n'ayent influé. Il sied bien après cela de s'occuper de Salmanazar & de Mardokempad, & de rechercher les Anecdotes du Persan Cayamarrat, & de Sabaco Métophis : Un homme mûr, qui a des affaires sérieuses, ne répéte point les Contes de sa Nourrice.

✿✿✿✿✿✿✿✿✿✿✿✿✿✿✿✿✿

NOUVELLES
CONSIDERATIONS
SUR
L'HISTOIRE.

Peut-être arrivera-t-il bien-tôt dans la manière d'écrire l'Histoire, ce qui est arrivé dans la Physique. Les nouvelles découvertes ont fait proscrire les anciens Systêmes. On voudra connaitre le Genre-Humain dans ce détail intéressant, qui fait aujourd'hui la bâse de la Philosophie Naturelle.

On commence à respecter très-peu l'avanture de Curtius, qui referma un gouffre en se précipitant au fond lui & son cheval. On se moque des Boucliers descendus du Ciel, & de tous les beaux Talismans dont les Dieux faisoient présent si libéralement aux hommes; & des Vestales, qui mettoient un vaisseau à flot avec leur ceinture; & de toute cette foule de sottises célébres, dont les anciens Historiens regorgent. On n'est guéres plus content, que dans son Histoire Ancienne Mr. Rollin nous parle sérieusement du Roi Nabis, qui faisoient embrasser sa femme par ceux qui lui apportoient de l'argent, & qui mettoit ceux qui lui en refusoient dans les bras d'une belle poupée toute semblable à la Reine, & armée de pointe de fer sous son corps de jupe. On rit, quand on voit tant d'Auteurs répéter les uns après les autres, que le fameux Otton Archevêque de Mayence, fut assiégé & mangé par une Armée de Rats en 698, que des

pluyes

pluyes de fang inondérent la Gafcogne en 1017, que deux armées de ferpens fe battirent près de Tournay en 1059. Les prodiges, les prédictions, les épreuves par le feu, &c. font à préfent dans le même rang que les Contes d'Hérodote.

Je veux parler ici de l'Hiftoire moderne, dans laquelle on ne trouve ni poupées, qui embraffent les Courtifans, ni Evêques mangés par les rats.

On a grand foin de dire, quel jour s'eft donné une bataille, & on a raifon. On imprime les Traités, on décrit la pompe d'un Couronnement, la cérémonie de la reception d'une Barette, & même l'entrée d'un Ambaffadeur, dans laquelle on n'oublie ni fon Suiffe ni fes Laquais. Il eft bon, qu'il y ait des Archives de tout, afin qu'on puiffe les confulter dans le befoin ; & je regarde à préfent tous les gros Livres comme des Dictionnaires. Mais après avoir lû trois ou quatre mille défcriptions de Batailles, & la teneur de quelques centaines de Traités, j'ai trouvé que je n'étois gueres plus inftruit au fond. Je n'apprenois-là que des événemens. Je ne connais pas plus les Français & les Sarrafins par la bataille de Charles Martel, que je ne connais les Tartares & les Turcs par la victoire que Tamerlan remporta fur Bajazet. J'avoue, que quand j'ai lû les Mémoires du Cardinal de Retz & de Madame de Motteville, je fçai que ce que la Reine Mere a dit, mot pour mot, à Mr. de Jerfay; j'apprens, comment le Coadjuteur a contribué aux Barricades ; je peux me faire un précis des longs difcours, qu'il tenoit à Madame de Bouillon. C'eft beaucoup pour ma curiofité: c'eft pour mon inftruction très - peu de chofe.

Il y a des Livres, qui m'apprennent les Anecdotes vrayes ou fauffes d'une Cour. Quiconque a vû les Cours, ou a eu envie de les voir, eft auffi avide de ces illuftres bagatelles, qu'une femme de Province aime à fçavoir les nouvelles de fa petite Ville. C'eft au fond la même cho-

se

se & le même mérite. On s'entretenoit sous Henri IV.
des Anecdotes de Charles IX. On parloit encore de Mr.
de Duc de Bellegarde dans les premieres années de Louis
XIV. Toutes ces petites mignatures se conservent une
génération ou deux, & périssent ensuite pour jamais.

On néglige cependant pour elles des connaissances
d'une utilité plus sensible & plus durable. Je voudrois
apprendre, quelles étoient les forces d'un Païs avant une
guerre, & si cette guerre les a augmentées ou diminuées.
L'Espagne a-t-elle été plus riche avant la conquête du
nouveau Monde, qu'aujourd'hui ? De combien étoit-
elle plus peuplée du tems de Charles-Quint, que sous
Philippe IV ? Pourquoi Amsterdam contenoit-elle à
peine vingt mille ames il y a deux cens ans ? Pourquoi
a-t-elle aujourd'hui deux cens quarante mille Habitans ?
Et comment le sçait-on positivement ? De combien
l'Angleterre est-elle plus peuplée qu'elle ne l'étoit sous
Henri VIII ? Seroit-il vrai ce qu'on dit dans les
Lettres Persanes, que les hommes manquent à la Terre,
& qu'elle est dépeuplée en comparaison de ce qu'elle étoit
il y a deux mille ans ? Rome, il est vrai, avoit alors
plus de Citoyens qu'aujourd'hui. J'avoue, qu'Alexandrie
& Carthage étoient de grandes Villes; mais Paris, Londres, Constantinople, le Grand Caire, Amsterdam,
Hambourg, n'existoient pas. Il y avoit trois cens
Nations dans les Gaules; mais ces trois cens Nations ne
valoient la nôtre, ni en nombre d'hommes, ni en industrie. L'Allemagne étoit une Forêt; elle est couverte de
cent Villes opulentes.

Il semble, que l'esprit de critique, lassé de ne persécuter que des Particuliers, ait pris pour objet l'Univers.
On crie toujours, que ce Monde dégénere, & on veut
encore, qu'il se dépeuple. Quoi donc ? nous faudra-t-il
regretter les tems, où il n'y avoit pas de grand-chemin
de Bordeaux à Orléans, & où Paris étoit une petite Ville
dans

dans laquelle on s'égorgeoit ? On a beau dire, l'Europe a plus d'hommes qu'alors, & les hommes valent mieux. On pourra favoir dans quelques années, combien l'Europe eſt en effet peuplée ; car dans preſque toutes les grandes Villes on rend public le nombre des naiſſances, au bout de l'année ; & fur la régle exacte & fure que vient de donner un Hollandais auſſi habile qu'infatigable, on fait le nombre des habitans par celui des naiſſances. Voilà déjà un des objets de la curioſité de quiconque veut lire l'Hiſtoire en Citoyen & en Philoſophe. Il fera bien loin de s'en tenir à cette connaiſſance ; il recherchera quel a été le vice radical & la vertu dominante d'une Nation ; pourquoi elle a été puiſſante ou faible fur la Mer ; comment & juſqu'à quel point elle s'eſt enrichie depuis un fiécle ; les Regiſtres des exportations peuvent l'apprendre. Il voudra favoir, comment les Arts, les Manufactures fe font établies, il fuivra leur paſſage & leur retour d'un Païs dans un autre. Les changemens dans les Mœurs & dans les Loix, feront enfin fon grand objet. On fauroit ainſi l'Hiſtoire des Hommes, au-lieu de favoir une faible partie de l'Hiſtoire des Rois & des Cours.

Envain je lis les Annales de France ; nos Hiſtoriens fe taifent tous fur ces détails.

Aucun n'a eu pour devife : *Homo fum, humani nil a me alienum puto.* Il faudroit donc, me femble, incorporer avec art ces connaiſſances utiles dans le tiſſu des événemens.

Je croi, que c'eſt la feule maniére d'écrire l'Hiſtoire moderne en vrai Politique & en vrai Philoſophe. Traiter l'Hiſtoire ancienne, c'eſt compiler, me femble, quelques vérités avec mille menfonges. Cette Hiſtoire n'eſt peut-être utile que de la même maniére, dont l'eſt la Fable, par de grands événemens, qui font le fujet perpétuel de nos Tableaux, de nos Poëmes, de nos converfations, & dont on tire des traits de Morale. Il faut

ſavoir les exploits d'Alexander, comme on ſait les travaux d'Hercule.

Enfin cette Hiſtoire ancienne me ſemble, à l'égard
de la moderne, ce que ſont les vieilles Médailles en
comparaiſon des Monnoyes courantes: les premiéres reſtent dans les Cabinets, les ſecondes circulent dans l'Univers pour le commerce des hommes.

Mais pour entreprendre un tel Ouvrage, il faut des
hommes, qui connaiſſent autre choſe que les Livres;
il faut qu'ils ſoient encouragés par le Gouvernement, autant aumoins pour ce qu'ils feront, que le furent les Boileau, les Racine, les Valincourt, pour ce qu'ils ne firent
point ; & qu'on ne diſe pas d'eux ce que diſoit de ces
Meſſieurs un Commis du Tréſor Royal, homme d'eſprit:
Nous n'avons vu encore d'eux que leur
ſignature.

DISCOURS
SUR LA
FABLE.

Quelques rigoriftes plus severes que fages, ont voulu profcrire depuis peu l'ancienne Mithologie, comme un Recueil de Contes puériles, indignes de la gravité reconnuë de nos mœurs. Il feroit trifte pourtant de bruler Ovide, Homére, Héfiode, & toutes nos belles Tapifferies, & nos Tableaux, & nos Opéra: beaucoup de Fables après tout, font plus philofophiques, que ces Meffieurs ne font Philofophes. S'ils font grace aux Contes familiers d'Efope, pourquoi faire main-baffe fur ces Fables fublimes, qui ont été refpectées du Genre-Humain, dont elles ont fait l'inftruction? Elles font mêlées de beaucoup d'infipidités, car quelle chofe eft fans mêlange? Mais tous les Siécles adopteront la Boëte de Pandore, au fond de laquelle fe trouve la confolation du Genre-Humain; les deux Tonneaux de Jupiter, qui verfent fans ceffe le bien & le mal; la Nuë embraffée par Ixion, emblême & châtiment d'un Ambitieux; & la mort de Narciffe, qui eft la punition de l'amour-propre. Y-a-t-il rien de plus fublime que Minerve, la Divinité de la Sageffe, formée dans la tête du Maître des Dieux? Y a-t-il rien de plus vrai & de plus agréable que la Déeffe de la Beauté, obligée de n'être jamais fans les Graces? Les Déeffes des Arts, toutes Filles de *Mémoire*, ne nous avertiffent-elles pas auffi-bien que Locke, que nous ne pouvons fans mémoire avoir le moindre jugement, la moindre étincelle d'efprit? Les flêches de l'Amour, fon ban-

deau,

deau, fa jeuneffe, Flore careffée par Zéphire, &c. ne
font-ils pas les emblêmes fenfibles de la Nature entiére?
Ces Fables ont furvécu aux Réligions, qui les confacroient;
les Temples des Dieux d'Egypte, de la Gréce, de Rome,
ne font plus, & Ovide fubfifte.   On peut détruire les
objets de la crédulité, mais non ceux du plaifir; nous
aimerons à jamais ces images vrayes & riantes. Lucrece
ne croyoit pas à ces Dieux de la Fable; mais il célébroit
la Nature fous le nom de Vénus.

Alma Venus cœli fubter labentia figna

Quæ mare navigerum, quæ terras frugiferentes,

Concelebras, per te quoniam genus omne animantum

Concipitur, vifitque exortum lumina folis, &c.

Si l'Antiquité dans fes ténébres s'étoit bornée à reconnaitre la Divinité dans ces images, auroit-on beaucoup de
reproches à lui faire? L'Ame productrice du Monde étoit
adorée par les Sages; elle gouvernoit les Mers fous le
nom de Neptune, les Airs fous l'emblême de Junon, les
Campagnes fous celui de Pan. Elle étoit la Divinité des
Armées fous le nom de Mars; on animoit tous ces attributs: Jupiter étoit le feul Dieu.   La Chaîne d'or, avec
laquelle il enlevoit les Dieux inférieurs & les Hommes,
étoit une image frapante de l'unité d'un Etre Souverain.
Le Peuple s'y trompoit; mais que nous importe le Peuple?

On demande tous les jours, pourquoi les Magiftrats
Grecs & Romains permettoient, qu'on tournât en ridicule
fur le Théâtre ces mêmes Divinités, qu'on adoroit dans le
Temple? On fait là une fuppofition fauffe: on ne fe moquoit point des Dieux fur le Théâtre; mais des fottifes
attribuées à ces Dieux par ceux, qui avoient corrompu
l'ancienne Mithologie. Les Confuls Romains trouvoient
bon, qu'on plaifantât fur la Scene fur l'avanture des deux
Sofies; mais ils n'auroient pas fouffert, qu'on eût attaqué
devant

devant le Peuple le culte de Jupiter & de Mercure. C'eſt ainſi que mille choſes, qui paraiſſent contradictoires, ne le font point. J'ai vu ſur le Théâtre d'une Nation très-ſavante & ſpirituelle, des avantures tirées de la *Légende Dorée*, dira-t-on pour cela, que cette Nation permet, qu'on inſulte aux objets de la Religion?

Il n'eſt pas à craindre qu'on devienne Payen, pour avoir entendu à Paris l'Opéra de Proſerpine, ou pour avoir vu à Rome les noces de Pſiché peintes dans le Vatican par Raphaël. La Fable forme le goût, & ne rend perſonne idolâtre.

Les belles Fables de l'Antiquité ont encore ce grand avantage ſur l'Hiſtoire, qu'elles préſentent une Morale ſenſible: ce ſont des leçons de Vertu, & preſque toute l'Hiſtoire eſt le ſuccès des crimes. Jupiter, dans la Fable, deſcend ſur la Terre pour punir Tantale & Licaon; mais dans l'Hiſtoire, nos Tantales & nos Licaons ſont les Dieux de la Terre. Baucis & Philémon obtiennent, que leur cabane ſoit changée en un Temple: nos Baucis & nos Philémons voyent vendre par le Collecteur des Tailles leurs marmites, que les Dieux changent en vaſes d'or dans Ovide.

Je ſai, combien l'Hiſtoire peut nos inſtruire, je ſai, combien elle eſt néceſſaire; mais en vérité il faut lui aider beaucoup pour en tirer des régles de conduite.

Que ceux qui ne connaiſſent la Politique que dans les Livres, ſe ſouviennent toujours de ces Vers de Corneille:

Les exemples récens ſuffiroient pour m'inſtruire,
Si par l'exemple ſeul on devoit ſe conduire.
Mais ſouvent l'un ſe perd où l'autre s'eſt ſauvé,
Et par où l'un périt un autre eſt conſervé.

Henri VIII, Tiran de ſes Parlemens, de ſes Miniſtres, de ſes Femmes, des Conſciences & des Bourſes, vit &

meurt

meurt paifible. Le bon, le brave Charles I périt fur un échaffaut. Notre admirable Héroïne, Marguerite d'Anjou, donne envain douze batailles en perfonne contre les Anglais, fujets de fon mari. Guillaume III chaffe Jaques I d'Angleterre fans donner bataille. Nous avons vû de nos jours la Famille Impériale de Perfe égorgée, & des Etrangers fur fon Trône. Pour qui ne regarde qu'aux événemens, l'Hiftoire femble accufer la Providence, & les belles Fables morales la juftifient.

Il eft clair, qu'on trouve dans elles l'utile & l'agréable. Ceux qui dans ce Monde ne font ni l'un ni l'autre, crient contre elles. Laiffons-les dire, & lifons Homére & Ovide auffi-bien que Tite Live & Rapin-Thoiras. Le Goût donne des préférences, le Fanatifme donne les exclufions.

> Tous les Arts font amis, ainfi qu'ils font divins.
> Qui veut les féparer eft loin de les connaitre.
> L'Hiftoire nous apprend ce que font les humains,
>   La Fable ce qu'ils doivent être.

COURTE

COURTE REPONSE

AUX

LONGS DISCOURS

D'UN

DOCTEUR ALLEMAND.

Je m'étois donné à la Philofophie, croyant y trouver le repos, que Newton appelle *rem prorfus fubftantialem;* mais je vis, que la racine quarrée du Cube des révolutions des Planétes; & les quarrés de leurs diftances, faifoient encore des ennemis. ~~Il eft vrai, qu'en Angleterre on ne fut quelque gré d'avoir été le premier François, qui eût rendu un compte détaillé des admirables découvertes de Newton fur la Lumiére & fur la Gravitation univerfelle. La Société Royale de Londres daigna même admettre dans ce Corps illuftre, qui a produit des vérités nouvelles & immortelles. Mais~~ je m'apperçois, que j'ai encouru l'indignation de quelques Docteurs Allemans. J'ai ofé mefurer toujours la force des Corps en mouvement par *m*. × *v*. J'ai eu l'infolence de douter des Monades, de l'Harmonie préétablie, & même du grand principe des Indifcernables. Malgré le refpect fincére, que j'ai pour le beau génie de Leibnitz, pouvois-je efpérer du repos après avoir voulu ébranler ces fondemens de la Nature? On a employé, pour me convaincre, de longs fophifmes & de groffes injures, felon la refpectable coûtume introduite depuis long-tems dans cette Science, qu'on appelle *Philofophie,* c'eft-à-dire, *Amour de la Sageffe.*

Il eft vrai, qu'une perfonne infiniment refpectable à tous égards, & qui a beaucoup de fortes d'efprits, a daigné en

N 4

em-

employer une à éclaircir & à orner le Systême de Leibnitz; elle s'eft amufée à décorer d'un beau portique ce
Bâtiment vafte & confus. J'ai été étonné de ne pouvoir
la croire en l'admirant; mais j'en ai vu enfin la raifon:
c'eft qu'elle-même n'y croyoit guéres; & c'eft ce qui arrive fouvent entre ceux, qui s'imaginent vouloir perfuader,
& ceux qui s'efforcent de fe laiffer perfuader.

Plus je vais en avant, & plus je fuis confirmé dans l'idée,
que les Syftêmes de Métaphyfique font pour les Philofophes, ce que les Romans font pour les Femmes. Ils ont
tous la vogue les uns après les autres, & finiffent tous
par être oubliés. Une Vérité Mathématique refte pour
l'éternité, & les Fantômes Métaphyfiques paffent comme
des rêves de Malades.

Lorfque j'étois en Angleterre, je ne pus avoir la confolation de voir le grand Newton, qui touchoit à fa fin.
Le fameux Curé de St. James, Samuel Clarke, l'ami, le
difciple & le Commentateur de Newton, daigna me donner quelques inftructions fur cette partie de la Philofophie,
qui veut s'élever au-deffus du Calcul & des Sens. Je ne
trouvai pas à la vérité cette anatomie circonfpecte de l'Entendement Humain; ce bâton d'aveugle, avec lequel marchoit le modefte Locke, cherchant fon chemin & le trouvant; enfin cette timidité favante, qui arrêtoit Locke fur
le bord des abîmes. Clarke fautoit dans l'abîme, & j'ofai
croire l'y fuivre. Un jour, plein de ces grandes recherches, qui charment l'efprit par leur immenfité, je dis à un
Membre très-éclairé de la Société Royale: *Monfieur
Clarke eft un bien plus grand Métaphyficien que Mr. Newton.* Cela peut-être, me répondit-il froidement; c'eft
comme fi vous difiez, que l'un joue mieux un balon que
l'autre. Cette réponfe me fit rentrer en moi-même. J'ai
depuis ofé percer quelques-uns de ces balons de la Métaphyfique, & j'ai vu, qu'il n'en eft forti que du vent. Auffi,
quand je dis à Mr. de Gravefende, *vanitas vanitatum, &*
meta-

metaphysica vanitas: il me répondit, *je suis bien fâché, que vous ayiez raison.*

Le Pere Mallebranche, dans sa *Recherche de la Vérité,* ne concevant rien de beau, rien d'utile que son Systême, s'exprime ainsi: "Les hommes ne sont pas faits pour considérer "des Moucherons; & on n'approuve pas la peine, que quel-"ques personnes se sont donnée de nous apprendre, comment "sont faits certains insectes, les transformations des Vers,&c. "Il est permis de s'amuser à cela, quand on n'a rien à faire, "& pour se divertir.

Cependant *cet amusement à cela pour se divertir,* nous a fait connaître les ressources inépuisables de la Nature, qui rendent à des Animaux les membres, qu'ils ont perdus, qui reproduisent des têtes après qu'on les a coupées, qui donnent à tel insecte le pouvoir de s'accoupler l'instant d'après, que sa tête est séparée de son corps, qui permettent à d'autres de multiplier leur espece sans le secours des deux sexes. Cet *amusement à cela* a développé un nouvel Univers en petit, & des varietés infinies de sagesse & de puissance; tandis qu'en quarante ans d'étude le Pere Mallebranche a trouvé, *que la lumiére est une vibration de pression sur de petits tourbillons mous, & que nous voyons tout en Dieu.* ~~On a imprimé depuis peu sous le nom de Londres une Edition des Elémens de Newton, dans laquelle on trouve un conet Exposé de peu célébres Métaphysiques, dont Newton avoit jetté de sommaire aux des Ouvrages. On s'est avisé d'imprimer en Hollande cette partie Métaphysique, & aussi fautivement que mes autres Oeuvres, & on l'a imprimée sous le titre des Parallèle des Sentimens de Newton & de Leibnitz, matiere qui n'est nullement comparable par ce que ne parle qu'en deux ou trois endroits des choses, & que l'on même imaginées.~~

~~Je dis dans ce petit Ouvrage: Si l'on veut savoir, ce que Newton pensoit sur la formation des bêtes, & sur la maniere dont l'ame opere & dont elle se unit au corps, & de quel est ce ce Systême; il embrasse fort peu, répondrai, qu'il n'a sa-~~

voit

[handwritten lines, partially illegible] ... jay dit que neuton savoit douter ——

Et là-deſſus on s'écrie, oh! nous autres nous ne doutons pas; nous ſavons de ſcience certaine, que l'Ame eſt, je ne ſai quoi, deſtinée néceſſairement à recevoir je ne ſai quelles idées, dans le tems que le Corps fait néceſſairement certains mouvemens, ſans que l'un ait la moindre influence ſur l'autre; comme lorſqu'un homme prêche, & que l'autre fait des geſtes; & cela s'appelle l'harmonie préétablie. Nous ſavons, que la matiére eſt compoſée d'Etres, qui ne ſont pas matiére, & que dans la patte d'un Ciron il y a une infinité de ſubſtances ſans étendue, dont chacune a des idées confuſes, qui compoſent un miroir concentré de tout l'Univers; & cela s'appelle le Syſtême des Monades. Nous concevons auſſi parfaitement l'accord de la Liberté & de la Néceſſité; nous entendons très-bien, *comment tout étant plein* tout a pu ſe mouvoir.

Heureux ceux, qui peuvent comprendre des choſes, ſi peu compréhenſibles, & qui voyent un autre Univers, que celui où nous vivons!

J'aime à voir un Docteur, qui vous dit d'un ton magiſtral & ironique: „Vous errez, vous ne ſavez pas, qu'on „a découvert depuis peu que *ce qui eſt*, *eſt poſſible*, *& que* „*tout ce qui eſt poſſible*, *n'eſt pas actuel*; *& que tout ce, qui* „*eſt actuel*, *eſt poſſible*; *& que les eſſences des choſes ne* „*changent pas.*" Ah! plût à Dieu que l'eſſence des Docteurs changeât! Eh bien, vous nous apprenez donc, qu'il y a des Eſſences; & moi je vous apprends que ni vous ni moi n'avons l'honneur de les connaitre; je vous apprends, que jamais homme ſur la Terre n'a ſçu & ne ſaura ce que c'eſt que la Matiére; ce que c'eſt que le Principe de la Vie & du Sentiment; ce que c'eſt que l'Ame humaine; s'il y a des Ames dont la nature ſoit ſeulement de ſentir ſans raiſonner, ou de raiſonner en ne ſentant point, ou

de

de ne faire ni l'un ni l'autre. Si ce qu'on appelle Matiè-re a des fenfations, comme elle à la gravitation; fi, &c.

Quant à la difpute fur la mefure de la force des Corps en mouvement, il me parait, que ce n'eft qu'une difpute de mots, & je fuis fâché, qu'il y en ait de telle en Mathé-matique. Que l'on compte comme l'on voudra $m \times v$ ou bien $m \times v^2$, rien ne changera dans la Mécanique, il faudra toûjours la même quantité de chevaux pour tirer les fardeaux, la même charge de poudre pour les canons, & cette querelle eft le fcandale de la Géométrie.

Plût au Ciel encore, qu'il n'y eût point d'autre querel-le entre les hommes, nous ferions des Anges fur la Ter-re. Mais ne reffemble-t-on pas quelquefois à ces Diables, que Milton nous repréfente dévorés d'ennuis, de rage, d'inquiétude, de douleurs, & raifonnans encore fur la Métaphyfique au milieu de leurs tourmens?

„Tel dans l'amas brillant des rêves de Milton,

„On voit les Habitans du brûlant Flégéton,

„Entouré de torrens de bitume & de flâme,

„Raifonner fur l'effence, argumenter fur l'ame,

„Sonder les profondeurs de la Fatalité,

„Et de la Prévoyance & de la Liberté,

„Ils creufent vainement dans cet abîme immenfe.

. . . . . and reafon'd high

Of providence fore knowledge will, and fate.

Fix't fate, free will, fore knowledge abfolute

And found no end, &c.

✶✶✶✶✶✶✶✶✶✶✶✶✶✶✶✶✶✶✶✶✶✶✶✶✶✶✶✶

RELATION
TOUCHANT UN
MAURE BLANC,
Amené d'Afrique à Paris en 1744.

J'ai vû, il n'y a pas long-tems à Paris, un petit Animal blanc comme du lait, avec un mufle taillé comme celui des Lapons, ayant comme les Négres de la laine frisée sur la tête; mais une laine beaucoup plus fine, & qui est de la blancheur la plus éclatante. Ses cils & ses sourcils sont de cette même laine; mais non frisée, ses paupieres d'une longueur, qui ne leur permet pas en s'élevant de découvrir tout l'orbite de l'œil; lequel est un rond parfait. Les yeux de cet Animal sont ce qu'il a de plus singulier: l'iris est d'un rouge tirant sur la couleur de rose: la prunelle qui est noire chez nous, & chez tout le reste du monde, est chez eux d'une couleur aurore très-brillante. Ainsi, au-lieu d'avoir un trou percé dans l'iris, à la façon des Blancs & des Négres, ils ont une membrane jaune transparente à-travers laquelle ils reçoivent la lumiére.

Il suit de-là évidemment, qu'ils voyent tous les objets tout autrement colorés que nous ne les voyons; & s'il y a parmi eux quelque Newton, il établira des principes d'Optique différens des nôtres. Ils regardent ainsi que marchent les Crabes, toûjours de côté, & sont tous louches de naissance: par-là ils ont l'avantage de voir à la fois à droite, & à gauche, & ont deux axes de vision; tandis que les plus beaux yeux de ce Païs-ci n'en ont qu'un.

qu'un. Mais ils ne peuvent foutenir la lumiére du So-leil, ils ne voyent bien que dans le crépufcule. La Na-ture les deftinoit probablement à habiter les cavernes. Ils ont d'ailleurs les oreilles plus longues & plus étroites que nous. Cet Animal s'appelle un Homme, parcequ'il a le don de la parole, de la mémoire, un peu de ce qu'on appelle raifon, & une efpece de vifage.

La race de ces hommes habite le milieu de l'Afrique: elle eft méprifée des Négres, plus que les Négres ne le font de nous: on ne leur pardonne pas dans ce Païs d'avoir des yeux rouges, & une peau qui n'eft point hui-leufe, & dont la membrane graiffeufe n'eft point noire. Ils paraiffent aux Négres une efpece inférieure faite pour les fervir. Quand il arrive à un Négre d'avilir la dignité de fa Nature jufqu'à faire l'amour à une perfonne de cette efpece blafarde, il eft tourné en ridicule par tous les Négres. Une Négreffe convaincue de cette méfalliance eft l'opprobre de la Cour & de la Ville. J'ai appris de-puis des Voyageurs les plus dignes de foi, & qui ont été chargés dans les grandes Indes des plus importans Em-plois, qu'on a tranfporté de ces Animaux à Madagafcar, à l'Ile de Bourbon, à Pondicheri. Il n'y a point d'exem-ple, m'a-t-il dit, qu'aucun d'eux ait vécu plus de vingt-cinq ans. Je ne fai, s'il faut les en féliciter ou les en plaindre.

Il y a quelques années que nous avons connu l'exi-ftence de cette Efpece: on avoit tranfporté en Amérique un de ces petits Maures blancs. On trouve dans les Ré-giftres de l'Académie des Sciences, qu'on en avoit donné avis à Monfieur Helvetius; mais perfonne ne vouloit le croire: car fi on donne une créance aveugle à tout ce qui eft abfurde, on fe défie toûjours en récompenfe de ce qui eft naturel.

La première fois qu'on dit aux Européans, qu'il y avoit une autre efpece d'hommes, noire comme des Taupes, il y a grande apparence, qu'on fe mit à rire, autant qu'on

il ny a pas longtems quun maure difoit a un des plus — fe célèbres généraux de l'europe qui eft actuellement a la cour de frédéric le grand — monfieur, jay été quelque temps parmy ces petits hommes qui habitent au dela du mont — atlas, cela fait horreur, ils font blancs comme le Diable.

fe moqua depuis de ceux, qui imaginerent les Antipodes. Comment fe peut-il faire, difoit-on, qu'il y ait des femmes, qui n'ayent pas la peau blanche? On s'eft familiarifé depuis avec la varieté de la Nature.

On a fçu, qu'il a plû à la Providence de faire des hommes à membrane noire, & des têtes à laine dans des Climats tempérés, d'en mettre de blancs fous la Ligne; de bronzer les hommes aux grandes Indes & au Brézil, de donner aux Chinois d'autres yeux et d'autres figures qu'à nous; de mettre des corps de Lapons tout auprès des Suedois.

Voici enfin une nouvelle richeffe de la Nature, une Efpece, qui ne reffemble pas tant à la nôtre que les Barbets aux Levriers. Il y a encore probablement quelque autre Efpece vers les Terres Auftrales. Voilà le Genre-Humain plus favorifé, qu'on n'a cru d'abord. Il eût été bien trifte, qu'il y eût tant d'efpeces de Singes, & une feule d'Hommes. C'eft feulement grand dommage, qu'un Animal auffi parfait foit fi peu diverfifié, & que nous ne comptions encore que cinq ou fix efpeces abfolument différentes, tandis qu'il y a parmi les Chiens une diverfité fi belle.

Il eft très-vraifemblable, qu'il s'eft détruit quelques-unes de ces efpeces d'Animaux à deux pieds fans plumes, comme il s'eft perdu évidemment beaucoup d'autres efpeces d'Animaux. Celle-ci, que nous appellons les Maures blancs, eft très-peu nombreufe, il ne faudroit prefque rien pour l'anéantir; & pour peu que nous continuyons en Europe à peupler les Couvens, & à dépeupler la Terre pour favoir qui la gouvernera, je ne donne pas encore beaucoup de fiécles à notre pauvre Efpece.

On m'affure, que la race de ces petits Maures blancs eft fort fiere, qu'elle fe croit privilégiée du Ciel,
qu'elle

qu'elle a une sainte horreur pour les hommes, qui
sont assez malheureux pour avoir des cheveux ou de
la laine noire, pour ne point loucher, & avoir les
oreilles courtes. Ils disent, que tout l'Univers a été
créé pour les Maures blancs ? Que depuis il leur est
arrivé quelques petits malheurs; mais que tout doit
être réparé, & qu'ils seront les Maîtres des Négres
& des autres blancs, gens réprouvés du Ciel à jamais.
Peut-être qu'ils se trompent; mais si nous pensons
valoir beaucoup mieux qu'eux, nous nous trom-
pons assez lourdement.

LETTRE

* *

LETTRE

SUR

L'ESPRIT.

On confultoit un jour un homme, qui avoit quelque connaiſſance du coeur humain, ſur une Tragédie qu'on devoit repréſenter. Il répondit, qu'il y avoit tant d'eſprit dans cette Piéce, qu'il doutoit de ſon ſuccès. Quoi! dira-t-on, eſt-ce là un défaut, dans un tems où tout le monde veut en avoir; où l'on n'écrit que pour montrer qu'on en a; où le Public applaudit même aux penſées les plus fauſſes, quand elles ſont brillantes? Oui, ſans doute, on applaudira le premier jour, & on s'ennuyera le ſecond.

Ce qu'on appelle eſprit eſt tantôt une comparaiſon nouvelle, tantôt une alluſion fine; ici l'abus d'un mot qu'on préſente dans un ſens, & qu'on laiſſe entendre dans un autre; là un rapport délicat entre deux idées peu communes: c'eſt une métaphore ſinguliére; c'eſt une recherche de ce qu'un objet ne préſente pas d'abord; mais de ce qui eſt en effet dans lui, c'eſt l'art ou de réunir deux choſes éloignées, ou de diviſer deux choſes qui paraiſſent ſe joindre, ou de les oppoſer l'une à l'autre; c'eſt celui de ne dire qu'à moitié ſa penſée pour la laiſſer deviner. Enfin je vous parlerois de toutes les différentes façons de montrer de l'eſprit, ſi j'en avois davantage; mais tous ces brillans (& je ne parle pas des faux-brillans) ne conviennent point, ou conviennent fort rarement à un Ouvrage ſérieux, & qui doit intéreſſer. La raiſon en eſt, qu'alors c'eſt l'Auteur qui paraît, & que le
Public

Public ne veut voir que le Héros. Or ce Héros est toûjours, ou dans la passion ou en danger. Le danger & les passions ne cherchent point l'esprit. Priam & Hécube ne font point d'Epigrammes, quand leurs enfans font égorgés dans Troye embrasée. Didon ne soupire point en Madrigaux, en volant au bucher fur lequel elle va s'immoler. Démosthene n'a point de jolies penfées quand il anime les Athéniens à la guerre: s'il en avoit il feroit un Rhéteur, & il est un homme d'Etat.

L'art de l'admirable Racine est bien audessus de ce qu'on appelle esprit; mais si Pyrrhus s'exprimoit toujours dans ce stile:

> Vaincu chargé de fers, de regrets confumé;
>
> Brûlé de plus de feux que je n'en allumai,
>
> Hélas! fus-je jamais si cruel que vous l'êtes?

Si Orefte continuoit toûjours à dire, *que les Scythes font moins cruels qu'Hermione*, ces deux Perfonnages ne toucheroient point-du-tout: on s'appercevroit, que la vraye passion s'occupe rarement de pareilles comparaisons, & qu'il y a peu de proportion entre les feux réels dont Troye fut confumée, & les feux de l'amour de Pyrrhus; entre les Scythes qui immolent des Hommes, & Hermione qui n'aime point Orefte. Cinna dit en parlant de Pompée:

> Le Ciel choifit fa mort, pour fervir dignement
>
> D'une marque éternelle à ce grand changement;
>
> Et devoit cet honneur aux mânes d'un tel homme,
>
> D'emporter avec eux la liberté de Rome.

Cette penfée a un très-grand éclat: il y a là beaucoup d'esprit, & même un air de grandeur qui impose. Je fuis fûr que ces Vers prononcés avec l'enthoufiafme & l'art d'un bon Acteur feront applaudis; mais je fuis fûr, que la Piéce de Cinna écrite toute dans ce goût, n'auroit jamais été jouée long-tems.

Volt. Tom. II.   O   En

En effet, pourquoi le Ciel devoit-il faire l'honneur à Pompée de rendre les Romains esclaves après sa mort? Le contraire seroit plus vrai: les mânes de Pompée devroient plûtôt obtenir du Ciel le maintien éternel de cette liberté pour laquelle on suppose qu'il combattit & qu'il mourut.

Que seroit-ce donc qu'un Ouvrage rempli de pensées recherchées & problématiques? Combien sont supérieurs à toutes ces idées brillantes, ces Vers simples & naturels? Dans ce admirable scène qu'on appelle

Cinna, tu t'en souviens, & veux m'assassiner.

Soyons amis, Cinna, c'est moi qui t'en convie.

Ce n'est pas ce qu'on appelle esprit: c'est le sublime & le simple qui font la vraye beauté.

Que dans *Rodogune* Antiochus dise de sa Maîtresse qui le quitte, après lui avoir indignement proposé de tuer sa mere:

Elle fuit, mais en Parthe, en nous perçant le cœur.

Antiochus a de l'esprit; c'est faire une Epigramme contre Rodogune; c'est comparer ingénieusement les dernieres paroles qu'elle dit en s'en allant aux fléches que les Parthes lançoient en fuyant. Mais ce n'est pas parceque sa Maîtresse s'en va, que la proposition de tuer sa mere est révoltante: qu'elle forte, ou qu'elle demeure, Antiochus a également le cœur percé. L'Epigramme est donc fausse; & si Rodogune ne sortoit pas, cette mauvaise Epigramme ne pouvoit plus trouver place.

Je choisis exprès ces exemples dans les meilleurs Auteurs, afin qu'ils soient plus frappans, & je ne releve pas dans eux ces pointes & ces jeux de mots, dont on sent le faux aisément. Il n'y a personne qui ne rie quand dans la Tragédie de *Médée*, sa Rivale lui dit en faisant allusion à ses sortiléges,

Je n'ai que des attraits, & vous avez des charmes.

Cor-

Corneille trouva le Théâtre, & tous les genres de Littérature infectés de ces puérilités, qu'il se permit rarement. Je ne veux parler ici que de ces traits d'esprit qui seroient admis ailleurs, & que le genre sérieux reprouve. On pourroit appliquer à leurs Auteurs ce mot de Plutarque traduit avec cette heureuse naïveté d'Amyot : *Tu viens, sans propos, beaucoup de bons propos.* Il me revient dans la mémoire un de ces traits brillans que j'ai vû citer comme un modéle, dans beaucoup d'Ouvrages de goût, & même dans le Traité des Etudes de feu M. Rollin. Ce morceau est tiré de la belle Oraison funébre du grand Turenne, composée par Fléchier. Il est vrai, que dans cette Oraison Fléchier égala presque le sublime Bossuet que j'ai appellé, & que j'appelle encore le seul homme éloquent parmi tant d'Ecrivains élégans ; mais il me semble, que le trait dont je parle n'eût pas été employé par l'Evêque de Meaux. Le voici. „ Puissances ennemies de la France, vous vivez, & l'esprit „ de la Charité Chrétienne m'interdit de faire aucun sou- „ hait pour votre mort, &c. mais vous vivez, & je plains „ dans cette Chaire un vertueux Capitaine dont les inten- „ tions étoient pures, &c.

Une apostrophe dans ce goût eût été convenable à Rome dans la Guerre Civile après l'assassinat de Pompée, ou dans Londres après le meurtre de Charles Premier ; parcequ'en effet il s'agissoit des intérêts de Pompée & de Charles Premier. Mais est-il décent de souhaiter adroitement en Chaire la mort de l'Empereur, du Roi d'Espagne & des Electeurs, & de mettre en balance avec eux le Général d'Armée d'un Roi leur ennemi ? Les intentions d'un Capitaine qui ne peuvent être que de servir son Prince, doivent-elles être comparées avec les intérêts politiques des Têtes Couronnées contre lesquelles il servoit ? Que diroit-on d'un Allemand, qui eût souhaité la mort au Roi de France, à propos de la perte du Général Mercy, dont les intentions étoient pures ?

Pour-

Pourquoi donc ce passage a-t-il toûjours été loué par tous les Rhéteurs ? C'est que la figure est en elle-même belle & pathétique ; mais ils n'examinoient point le fond & la convenance de la pensée. Plutarque eût dit à Fléchier : *Tu as tenu sans propos un très-beau propos.*

Je reviens à mon paradoxe, que tous ces brillans ausquels on donne le nom d'esprit, ne doivent point trouver place dans les grands Ouvrages faits pour instruire ou toucher : je dirai même qu'ils doivent être bannis de l'Opéra. La Musique exprime les passions, les sentimens, les images ; mais où sont les accords qui peuvent rendre une Epigramme ? Quinault étoit quelquefois négligé, mais il étoit toûjours naturel.

De tous nos Opéra, celui qui est le plus orné, ou plûtôt accablé de cet esprit Epigrammatique, est le Ballet du Triomphe des Arts, composé par un Homme aimable, qui pensa toûjours finement, & qui s'exprima de même ; mais qui par l'abus de ce talent contribua un peu à la décadence des Lettres, après les beaux jours de Louis XIV.

Dans ce Ballet où Pigmalion anime sa Statue, il lui dit :

Vos premiers mouvemens ont été de m'aimer.

Je me souviens d'avoir entendu admirer ce Vers dans ma jeunesse par quelques personnes. Qui ne voit que les mouvemens du corps de la Statue sont ici confondus avec les mouvemens du cœur, & que dans aucun sens la phrase n'est Françaíse ? que c'est en effet une pointe, une plaisanterie ? Comment se pouvoit-il faire qu'un homme, qui avoit tant d'esprit, n'en eût pas assez pour retrancher ces fautes éblouissantes ?

Ces jeux de l'imagination, ces finesses, ces tours, ces traits saillans, ces gayetés, ces petites sentences coupées, ces familiarités ingénieuses qu'on prodigue aujourd'hui, ne conviennent qu'aux petits Ouvrages de pur agrément. La façade du Louvre de Perrault est simple & majestueuse.

Un

ce mesme homme qui meprisoit homere et qui le traduisit, qui en le traduisant, veut le corriger, et en l'abrageant, veut le faire lire, s'avise de donner de l'esprit à homere. c'est lui qui en faisant reparaistre Achille reconcilié avec les Grecs et prêt à les vanger, fait crier à tout le camp :

que ne vaincra t'il point ? il s'est vaincu lui mesme il faut être bien amoureux du faux bel esprit pour faire dire une pointe à cinquante mille hommes.

Un cabinet peut recevoir avec grace de petits ornemens. Ayez autant d'esprit que vous voudrez, ou que vous pourrez dans un Madrigal, dans des Vers légers, dans une Scéne de Comédie qui ne sera ni passionnée ni naïve, dans un compliment, dans un petit Roman, dans une Lettre où vous vous égayerez pour égayer vos amis.

Loin que j'aye reproché à Voiture d'avoir mis de l'esprit dans ses Lettres, j'ai trouvé au contraire, qu'il n'en avoit pas assez, quoiqu'il le cherchât toûjours. On dit que les Maîtres à danser font mal la révérence, parcequ'ils la veulent trop bien faire. J'ai cru, que Voiture étoit souvent dans ce cas; ses meilleures Lettres sont étudiées: on sent qu'il se fatigue pour trouver ce qui se présente si naturellement au Comte Antoine Hamilton, à Madame de Sévigné, & à tant d'autres Dames qui écrivent sans effort ces bagatelles mieux que Voiture ne les écrivoit avec peine.

Despréaux, qui avoit osé comparer Voiture à Horace dans les premieres Satyres, changea d'avis, quand son goût fut meuri par l'âge. Je sai, qu'il importe très-peu aux affaires de ce Monde, que Voiture soit ou ne soit pas un grand génie, qu'il y ait fait seulement quelques jolies Lettres, ou que toutes ses plaisanteries soient des modéles. Mais pour nous autres, qui cultivons les Arts, & qui les aimons, nous portons une vue attentive sur ce qui est assez indifférent au reste du Monde. Le bon goût est pour nous en Littérature, ce qu'il est pour les Femmes en Ajustemens; & pourvu qu'on ne fasse pas de son opinion une affaire de parti, il me semble, qu'on peut dire hardiment qu'il y a dans Voiture peu de choses excellentes, & que Marot seroit aisément réduit à peu de pages.

Ce n'est pas qu'on veuille leur ôter leur réputation; c'est au-contraire qu'on veut savoir bien au juste ce qui leur a valu cette réputation qu'on respecte, & quelles sont les vrayes beautés, qui ont fait passer leurs défauts. Il faut savoir ce qu'on doit suivre, & ce qu'on doit éviter:

ter: c'est-là le véritable fruit d'une Etude approfondie des Belles-Lettres; c'est ce que faisoit Horace quand il examinoit Lucilius en Critique. Horace se fit par-là des ennemis, mais il éclaira ses ennemis mêmes.

Cette envie de briller, & de dire d'une manière nouvelle ce que les autres ont dit, est la source des expressions nouvelles, comme des pensées recherchées.

Qui ne peut briller par une pensée, veut se faire remarquer par un mot. Voilà pourquoi on a voulu en dernier lieu substituer *amabilités* au mot d'*agrémens*, *negligemment* à *negligence*, *badiner les amours* à *badiner avec les amours*. On a cent autres affectations de cette espèce. Si on continuoit ainsi, la Langue des Bossuets, des Racines, des Pascals, des Corneilles, des Boileaux, des Fenelons, deviendroit bien-tôt surannée. Pourquoi éviter une expression qui est d'usage, pour en introduire une qui dit précisément la même chose? Un mot nouveau n'est pardonnable, que quand il est absolument nécessaire, intelligible & sonore: on est obligé d'en créer en Physique: une nouvelle Découverte, une nouvelle Machine, exigent un nouveau mot. Mais fait-on de nouvelles découvertes dans le cœur humain? Y a-t-il une autre Grandeur que celle de Corneille & de Bossuet? Y a-t-il d'autres Passions que celles qui ont été maniées par Racine, & effleurées par Quinault? Y a-t-il une autre Morale Evangélique que celle du Pere Bourdaloue?

Ceux qui accusent notre Langue de n'être pas assez féconde, doivent en effet trouver de la stérilité, mais c'est dans eux-mêmes:

Rem verba sequuntur.

Quand on est bien pénétré d'une idée, quand un esprit juste & plein de chaleur, possède bien sa pensée, elle sort de son cerveau toute ornée des expressions convenables, comme Minerve sortit toute armée du cerveau de Jupiter.

Je

Je sens que cette comparaison pourroit être déplacée ailleurs; mais vous la pardonnerez dans une Lettre. Enfin la conclusion de tout ceci est, qu'il ne faut rechercher, ni les pensées, ni les tours, ni les expressions; & que l'art, dans tous les grands Ouvrages, est de bien raisonner sans trop faire d'argumens; de bien peindre sans vouloir tout peindre; d'émouvoir, sans vouloir toûjours exciter les passions.

Je donne ici de beaux conseils sans doute. Les ai-je pris pour moi-même? Hélas! non.

Pauci, quos æquus amavit
Jupiter, aut ardens evexit ad æthera virtus,
Diis geniti potuere.

O 4   DISCOURS

✠✠✠✠✠✠✠✠✠✠✠✠✠✠✠✠

DISCOURS

SUR LE

FANATISME.

L a Géométrie ne rend donc pas toûjours l'esprit juste. Dans quel précipice ne tombe-t-on pas encore avec ces lisiéres de la Raison? Un fameux * Protestant, que l'on comptoit entre les premiers Mathématiciens de nos jours, & qui marchoit sur les traces des Newtons, des Leibnitz, des Bernouilli, s'avisa il y a quelques années de tirer des corollaires assez singuliers. Il est dit qu'avec un grain de foi on transportera des montagnes; & lui, par une analise toute géométrique, se dit à lui-même: J'ai beaucoup de grains de foi, donc je ferai plus que transporter des montagnes. Ce fut lui qu'on vit à Londres en l'année 1707, accompagné de quelques Savans, & même de Savans qui avoient de l'esprit, annoncer publiquement qu'ils resusciteroient un mort dans tel Cimetiére que l'on voudroit. Leurs raisonnemens étoient toûjours conduits par la *sincerité*. Ils disoient: les vrais Disciples doivent faire des miracles: nous sommes les vrais Disciples: nous ferons donc tout ce qu'il nous plaira. De simples Saints de l'Eglise Romaine qui n'étoient point Géométres ont resuscité beaucoup d'honnêtes-gens: donc à plus forte raison, nous qui avons réformé les Reformés, nous resusciterons qui nous voudrons. Il n'y a rien à repliquer à ces argumens, ils sont dans la meilleure forme du monde. Voilà ce qui a inondé l'Antiquité de prodiges, voilà pourquoi les Temples d'Esculape à

Epi-

* Mr. Fatio Duillier.

Epidaure & dans d'autres Villes étoient pleins d'*exvoto*; les voûtes étoient ornées de cuisses redreſſées, de bras remis, de petits enfans d'argent, tout étoit miracle. Enfin, le fameux Proteſtant Géométre dont je parle étoit de ſi bonne foi, il aſſura ſi poſitivement, qu'il reſuſciteroit les morts, & cette propoſition plauſible fit tant d'impreſſion ſur le peuple, que la Reine Anne fut obligée de lui donner un jour une heure & une Cimetiére à ſon choix, pour faire ſon miracle loyalement & en préſence de la Juſtice.

Le Saint Géométre choiſit l'Egliſe Cathédrale de Saint Paul pour faire ſa démonſtration: le peuple ſe rangea en haie, des ſoldats furent placés pour contenir les vivans & les morts dans le reſpect: les Magiſtrats prirent leurs places, le Greffier écrivit tout ſur les Regiſtres publics: on ne peut trop conſtater les nouveaux Miracles.

On déterra un corps au choix du Saint: il pria, il ſe jetta à genoux, il fit de très-pieuſes contorſions, ſes compagnons l'imiterent. Le mort ne donna aucun ſigne de vie, on le reporta dans ſon trou, & on punit légérement le Reſuſciteur & ſes adhérens. J'ai vu depuis un de ces pauvres gens: il m'a avoué, qu'un d'eux étoit en péché véniel, & que le mort en pâtit, ſans quoi la réſurrection étoit infaillible.

S'il étoit permis de révéler la turpitude de gens à qui l'on doit le plus ſincére reſpect, je dirois ici, que Newton, le grand Newton, a trouvé dans l'Apocalypſe, que le Pape eſt l'Antichriſt, & bien d'autres choſes de cette nature: je dirois, qu'il étoit Arien très-ſérieuſement. Je ſai, que cet écart de Newton eſt à celui de mon autre Géométre, comme l'unité eſt à l'infini: il n'y a point de comparaiſon à faire. Mais quelle pauvre eſpece, que le Genre-Humain, ſi le grand Newton a cru trouver dans l'Apocalypſe l'Hiſtoire préſente de l'Europe!

Il ſemble que la Superſtition ſoit une maladie épidémique, dont les ames les plus fortes ne ſont pas toûjours

O 5

exem-

exemtes. Il y a en Turquie des gens de très-bon sens,
qui se feroient empaler pour certains sentimens d'Abou-
bekre. Ces principes une fois admis, ils raisonnent très-
conséquemment; les Navariciens, les Radaristes, les Jaba-
ristes se damnent chez eux réciproquement avec des argumens très-subtils; ils tirent tous des conséquences plau-
sibles; mais ils n'osent jamais examiner les principes.
Quelqu'un répand dans le monde, qu'il y a un Géant
haut de soixante & dix pieds: bien-tôt après tous les Docteurs examinent de quelle couleur doivent être ses cheveux, de quelle grandeur est son pouce, quelles dimen-
sions ont ses ongles: on crie, on cabale, on se bat: ceux
qui soutiennent, que le petit doigt du Géant n'a que quinze
lignes de diametre, font bruler ceux qui affirment, que
le petit doigt a un pied d'épaisseur. Mais, Messieurs,
votre Géant existe-t-il, dit modestement un Passant? Quel
doute horrible, s'écrient tous les Disputans! quel blas-
phême! quelle absurdité! Alors ils font tous une petite
trève pour lapider le Passant; & après l'avoir assassiné en
cérémonie de la manière la plus édifiante, ils se battent
entr'eux comme de coutume, au sujet du petit
doigt & des ongles.

DISCOURS
SUR LE DÉISME.

Le Déisme est une Religion répandue dans toutes les Religions, c'est un Métal qui s'allie avec tous les autres, & dont les veines s'étendent sous terre aux quatre coins du Monde. Cette Mine est plus à découvert, plus travaillée à la Chine; partout ailleurs elle est cachée, & le secret n'est que dans les mains des Adeptes. Il n'y a point de Païs où il y ait plus de ces Adeptes qu'en Angleterre. Il y avoit au dernier siécle beaucoup d'Athées en ce Païs-là, comme en France & en Italie. Ce que le Chancelier Bacon avoit dit se trouve vrai à la lettre, qu'un peu de Philosophie rend un homme Athée, & que beaucoup de Philosophie mene à la connaissance d'un Dieu.

Lorsqu'on croyoit avec Epicure, que le hazard fait tout, ou avec Aristote, & même avec plusieurs anciens Théologiens, que rien ne naît que par corruption, & qu'avec de la matiére & du mouvement le Monde va tout seul, alors on pouvoit ne pas croire à la Providence. Mais depuis qu'on entrevoit la Nature, que les Anciens ne voyoient point-du-tout; depuis qu'on s'est apperçu, que tout est organisé, que tout a son germe; depuis qu'on a bien sçu, qu'un champignon est l'ouvrage d'une Sagesse infinie, aussi-bien que tous les Mondes; alors ceux qui pensent ont adoré là où leurs devanciers avoient blasphémé. Les Physiciens sont devenus les Hérauts de la Providence: un Catéchiste annonce Dieu à des enfans, & un Newton le démontre aux Sages.

Bien des gens demandent, si le Déisme, considéré à part & sans aucune autre cérémonie religieuse, est en effet une Reli-

Religion ? La réponse est aisée. Celui, qui ne reconnaît qu'un Dieu Créateur, celui qui ne considére en Dieu qu'un Etre infiniment puissant, & qui ne voit dans ses créatures que des machines admirables, n'est pas plus Religieux envers lui, qu'un Européan, qui admireroit le Roi de la Chine n'est pour cela Sujet de ce Prince.

Mais celui qui pense, que Dieu a daigné mettre un rapport entre lui & les hommes, qu'il les a fait libres, capables du bien & du mal, & qui leur a donné à tous ce bon-sens, qui est l'instinct de l'homme, & sur lequel est fondé la Loi naturelle; celui-là sans doute a une Religion, & une Religion beaucoup meilleure, que toutes les Sectes qui sont hors de nôtre Eglise; car toutes ces Sectes sont fausses, & la Loi naturelle est vraye. Notre Religion révélée n'est même, & ne pouvoit être que cette Loi naturelle perfectionnée. Ainsi le Déisme est le bon-sens, qui n'est pas encore instruit de la Révélation; & les autres Religions sont le bon-sens perverti par la Superstition.

Toutes les Sectes sont différentes, parcequ'elles viennent des hommes: la Morale est partout la même, parcequ'elle vient de Dieu.

On demande pourquoi de cinq ou six cent Sectes il n'y en a guéres eu qui n'ait fait répandre du sang, & que les Déistes qui sont partout si nombreux, n'ont jamais causé le moindre tumulte? C'est que ce sont des Philosophes. Or des Philosophes peuvent faire de mauvais raisonnemens; mais ils ne font jamais d'intrigues. Aussi ceux qui persécutent un Philosophe, sous prétexte que ses opinions peuvent être dangereuses au Public, sont aussi absurdes, que ceux qui craindroient, que l'étude de l'Algébre ne fît enchérir le pain au marché. Il faut plaindre un Etre pensant, qui s'égare; le persécuteur est insensé & horrible. Nous sommes tous freres: si quelqu'un de mes freres, plein du respect & de l'amour filial, animé de la charité la plus fraternelle ne salue pas notre Pere commun avec les mêmes cérémonies que moi, dois-je l'égorger & lui arracher le cœur?

DIS-

****

DISCOURS

SUR LES

CONTRADICTIONS

DE CE MONDE.

___

Plus on voit ce Monde, & plus on le voit plein de contradictions & d'inconféquences. A commencer par le Grand-Turc, il fait couper toutes les têtes, qui lui déplaisent, & peut rarement conserver la sienne.

Si du Grand-Turc nous passons au St. Pere, il confirme l'élection des Empereurs, il a des Rois pour Vassaux; mais il n'eft pas si puissant qu'un Duc de Savoye. Il expédie des ordres pour l'Amérique & pour l'Afrique, & il ne pourroit pas ôter un Privilége à la République de Luques. L'Empereur est Roi des Romains; mais le droit de leur Roi consiste à tenir l'étrier du Pape, & à lui donner à laver à la Messe.

Les Anglais servent leur Monarque à genoux; mais ils le déposent, ils l'emprisonnent, ils le font périr sur l'échafaut.

Des hommes, qui font Vœu de Pauvreté obtiennent, en vertu de ce Vœu, jusqu'à deux cent mille écus de rente, & en conséquence de leur Vœu d'humilité font des Souverains despotiques.

On cuit en place publique ceux, qui font convaincus du péché de Non-conformité, & on explique gravement dans tous les Colléges la seconde Eglogue de Virgile avec la déclaration d'amour de Coridon au bel Alexis:

Formo-

Formosum pastor Coridon ardebat Alexin: & on fait remarquer aux enfans, que quoiqu'Alexis soit blond, & qu'Amintas soit brun, cependant Amintas pourroit bien avoir la préférence.

Si un pauvre Philosophe, qui ne pense point à mal, s'avise de vouloir faire tourner la Terre, ou d'imaginer que la lumiére vient du Soleil, ou de supposer que la Matiére pourroit bien avoir quelques autres propriétés, que celles que nous connoissons, on crie à l'Impie, au perturbateur du repos public, & on a traduit *ad usum Delsini* les Tusculanes de Cicéron & Lucrèce, qui sont deux Cours complets d'Irreligion.

Les Tribunaux ne croyent plus aux possédés, on se moque des Sorciers; mais on a brûlé Gauffrédy & Grandier pour sortilége; & en dernier lieu la moitié d'un Parlement vouloit condamner au feu un Religieux accusé d'avoir ensorcelé une fille de dix-huit ans, en soufflant sur elle.

Le sceptique Philosophe Bayle a été persécuté même en Hollande; la Motte-le-Vayer, plus sceptique & moins Philosophe, a été Précepteur du Roi Louis XIV, & du frère du Roi. Gouville étoit à la fois pendu en effigie à Paris, & Ministre de France en Allemagne.

Le fameux Athée Spinosa vécut & mourut tranquille. Vanini qui n'avoit écrit que contre Aristote, fut brûlé comme Athée: il a l'honneur en cette qualité de remplir un Article dans les Histoires des Gens-de-Lettres & dans tous les Dictionnaires, immenses Archives de mensonges & d'un peu de vérité. Ouvrez ces Livres, vous y verrez, que non seulement Vanini enseignoit publiquement l'Athéisme dans ses Ecrits; mais encore que douze Professeurs de sa Secte étoient partis de Naples avec lui dans le dessein de faire partout des prosélites. Ouvrez ensuite les Livres de Vanini, vous serez bien surpris de ne voir, que des preuves de l'existence de Dieu. Voici ce qu'on lit

lit dans son *Amphitheatrum*, Ouvrage également condamné & ignoré.

„Dieu est son principe & son terme sans fin & sans
„commencement; n'ayant besoin ni de l'un ni de l'autre;
„& pere de tout commencement & de toute fin: il existe
„toujours, mais dans aucun tems. Pour lui le passé ne
„fut point, & l'avenir ne viendra point; il regne par-
„tout, sans être dans un lieu, immobile sans s'arrêter, ra-
„pide sans mouvement; il est tout & hors de tout; il est
„dans tout, mais sans être enfermé; hors de tout, mais
„sans être exclu d'aucunes choses; bon, mais sans qualité;
„grand, mais sans quantité; entier, mais sans parties; im-
„muable en variant tout l'Univers, la volonté est la puis-
„sance; simple, il n'y a rien en lui de purement possible,
„tout y est réel; il est le premier, le moyen, le dernier
„acte; enfin étant tout il est au-dessus de tous les Etres,
„hors d'eux, dans eux, au-delà d'eux, à jamais devant &
„après eux.„

C'est après une telle Profession de Foi, que Vanini fut
déclaré Athée. Surquoi fut-il condamné? Sur la simple
déposition d'un nommé Françon. En vain ses Livres dé-
posoient pour lui. Un seul ennemi lui a couté la vie, &
l'a flétri dans l'Europe.

Le petit Livre de *Cymbalum mundi*, qui n'est qu'une
imitation froide de Lucien, & qui n'a pas le plus léger, le
plus éloigné rapport au Christianisme, a été aussi condamné aux flâmes. Mais Rabelais a été imprimé avec
Privilege, & on a très-tranquillement laissé un libre cours
à l'Espion Turc, & même aux Lettres Persannes; à ce Livre léger, ingénieux & hardi, dans lequel il y a une Lettre
toute entiere en faveur du Suicide; une autre où l'on
trouve ces propres mots, *si l'on suppose une Religion*; une
autre, où il est dit expressément, que les Evêques n'ont
d'autres fonctions, *que de dispenser d'accomplir la Loi*; une
autre enfin, où il est dit que le Pape est un Magicien, qui

fait

fait accroire que trois ne font qu'un, que le pain qu'on mange n'eſt pas du pain, &c.

L'Abbé de St. Pierre, homme qui a pu ſe tromper ſouvent, mais qui n'a jamais écrit qu'en vue du bien public, & dont les Ouvrages étoient appellés par le Cardinal du Bois, *les Rêves d'un bon Citoyen*; l'Abbé de St. Pierre, dis-je, a été exclus de l'Académie Françaiſe d'une voix unanime, pour avoir, dans un Ouvrage de politique préféré l'établiſſement des Conſeils à l'établiſſement des Secretaires d'Etat; & pour avoir dit, que les Finances avoient été malheureuſement adminiſtrées ſur la fin de ce glorieux Régne. L'Auteur des Lettres Perſannes n'avoit parlé de Louis XIV dans ſon Livre, que pour dire que ce Roy étoit *un Magicien, qui faiſoit acroire à ſes Sujets, que du papier étoit de l'argent; qu'il n'aimoit que le Gouvernement turc; qu'il préféroit un homme, qui lui donnoit la ſerviette, à un homme, qui lui avoit gagné des batailles; qu'il avoit donné une penſion à une homme, qui avoit fui 2 lieues, & un Gouvernement à un homme, qui en avoit fui 4; qu'il étoit accablé de pauvreté*, quoiqu'il ſoit dit dans la même Lettre, que ſes Finances ſont inépuiſables. Voila encore une fois tout ce que cet Auteur, dans ſon ſeul Livre connu, avoit dit de Louis XIV, Protecteur de l'Académie Françaiſe; & ce Livre eſt le ſeul titre ſur lequel l'Auteur a été effectivement reçu dans l'Académie Françaiſe.

On peut ajouter encore pour comble de contradiction, que cette compagnie le reçut pour en avoir été tournée en ridicule; car de tous les Livres où on s'eſt réjoui aux dépens de cette Académie, il n'y en a guéres où elle ſoit traitée plus mal que dans les Lettres Perſannes. Voyez la Lettre où il eſt dit: *Ceux qui compoſent ce corps n'ont d'autres fonctions, que de jaſer ſans ceſſe. L'éloge vient ſe placer comme de lui-même dans leur babil éternel*, &c. Après avoir ainſi traité cette Compagnie, il fut loué par elle à ſa reception du talent de faire des Portraits reſſemblans.

Si

Si je voulois continuer à examiner les contrarietez, qu'on trouve dans l'Empire des Lettres, il faudroit écrire l'Histoire de tous les Savans & de tous les beaux Esprits; de même que si je voulois détailler les contrarietez dans la Societé, il faudroit écrire l'Histoire du Genre-Humain. Un Asiatique, qui voyageroit en Europe, pourroit bien nous prendre pour des Payens. Nos jours de la semaine portent les noms de Mars, de Mercure, de Jupiter, de Vénus. Les noces de Cupidon & de Psiché font peintes dans la maison des Papes; mais surtout si cet Asiatique voyoit notre Opéra, il ne douteroit pas, que ce ne fût une Fête à l'honneur des Dieux du Paganisme.

S'il s'informoit un peu plus exactement de nos mœurs, il seroit bien plus étonné : il verroit en Espagne, qu'une Loi sevére défend, qu'aucun Etranger ait la moindre part indirecte au Commerce de l'Amérique, & que cependant les Etrangers y font, par les Facteurs Espagnols, un commerce de cinquante millions par an; desorte que l'Espagne ne peut s'enrichir que par la violation de la Loi toûjours subsistante & toûjours méprisée.

Il verroit, dans un autre Païs le Gouvernement fait fleurir une Compagnie des Indes, que les Théologiens ont déclaré le Dividende des Actions criminel devant Dieu. Il verroit qu'on achete le droit de juger les Hommes, celui de commander à la Guerre, celui d'entrer au Conseil: il ne pourroit comprendre, pourquoi il est dit dans les Patentes, qui donnent ces Places, qu'elles ont été accordées gratis & sans brigue, tandis que la Quittance de Finance est attachée aux Lettres de Provision.

Notre Asiatique ne seroit-il pas surpris de voir les Comédiens gagés par les Souverains, & excommuniés par les Curés? Il demanderoit, pourquoi un Lieutenant-Général roturier, qui aura gagné des batailles, sera mis à la taille comme un Païsan, & qu'un Echevin sera noble comme les Montmorencis? Pourquoi, tandis qu'on interdit les Spectacles réguliers, dans une femaine confacrée à l'édification, on permet des Bateleurs qui offenfent les oreilles les moins délicates ? Il verroit prefque toûjours nos ufages en contradiction avec nos Loix, & fi nous voyagions en Afie, nous y trouverions à-peu-près les mêmes incompatibilités.

Les hommes font partout également fous, ils ont fait des Loix à mefure, comme on répare des brèches de murailles : ici les fils aînés ont ôté tout ce qu'ils ont pu aux cadets, là les cadets partagent également : tantôt l'Eglife a ordonné le duel, tantôt elle l'a anathématifé : on a excommunié tour-à-tour les Partifans & les ennemis d'Ariftote, & ceux qui portoient des cheveux longs, & ceux qui les portoient courts.

Nous n'avons dans le monde de Loi parfaite que pour régler une efpece de folie, qui eft le Jeu. Les régles du Jeu font les feules qui n'admettent ni exception, ni relâchement, ni variété, ni tyrannie. Un homme qui a été Laquais, s'il joue au Lanfquenet avec des Rois, eft payé fans difficulté, quand il gagne : partout ailleurs la Loi eft un glaive dont le plus fort coupe par morceaux le plus foible.

Cependant ce Monde fubfifte comme fi tout étoit bien ordonné ; l'irrégularité tient à notre nature, notre Monde politique eft, comme notre Globe, quelque chofe d'informe, qui fe conferve toûjours. Il y auroit de la folie à vouloir que les montagnes, les mers, les rivieres fuffent tracées en belles figures réguliéres : il y auroit encore plus de folie de demander aux hommes une fageffe parfaite ; ce feroit vouloir donner des aîles à des Chiens, ou des cornes à des Aigles.

DISCOURS

SUR

CE QU'ON NE FAIT PAS,

ET SUR

CE QU'ON POURROIT FAIRE.

L aiffer aller le Monde comme il va, faire fon devoir tellement quellement, & dire toûjours du bien de Mr. le Prieur, eft une ancienne maxime de Moines; mais elle peut laiffer le Couvent dans la médiocrité, dans le relâchement & dans le mépris.

Quand l'émulation n'excite point les hommes, ce font des ânes qui vont leur chemin lentement, qui s'arrêtent au premier obftacle, & qui mangent tranquillement leurs chardons, à la vuë des difficultés dont ils fe rebutent: mais aux cris d'une voix qui les encourage, aux piquûres d'un éguillon qui les réveille, ce font des courfiers, qui volent & qui fautent au-delà de la barriere. Sans les avertiffe-mens de l'Abbé de St. Pierre, les barbaries de la Taille arbitraire ne feroient peut-être jamais abolies en France. Sans les avis de Locke, le défordre public dans les Mon-noyes n'eût point été reparé à Londres. Il y a fouvent des hommes, qui fans avoir acheté le droit de juger leurs femblables, aiment le bien public, autant qu'il eft négligé quelquefois par ceux qui acquierent, comme une Métai-rie, le pouvoir de faire du bien & du mal.

Un jour à Rome, dans les premiers tems de la Ré-publique, un Citoyen, dont la paffion dominante étoit le

P 2   défir

défir de rendre fon Païs floriffant, demanda à parler au
Premier Conful. On lui dit, que le Magiftrat étoit à
table avec le Préteur, l'Edile, quelques Sénateurs, leurs
Maîtreffes & leurs Bouffons. Il laiffa entre les mains d'un
des Efclaves infolens, qui fervoient à table, un Mémoire
dont voici à-peu-près la teneur.

Puifque les Tyrans ont fait par toute la Terre tout le
mal qu'ils ont pu, ô vous, qui vous piquez d'être bons,
pourquoi ne faites-vous pas tout le bien que vous pouvez faire? D'où vient que les Pauvres affiégent vos Temples & vos
Carrefours, & qu'ils étalent une mifére inutile à l'Etat
& honteufe pour vous, dans le tems que leurs mains pourroient être employées aux travaux publics? Que font
pendant la paix ces Légions oifives, qui peuvent réparer
les Grands-Chemins & les Citadelles? Ces Marais, fi on
les deffechoit, n'infecteroient plus une Province, & devien-
droient des terres fertiles. Ces carrefours irréguliers &
dignes d'une Ville de Barbares, peuvent fe changer en
Places magnifiques: ces Marbres entaffés fur le rivage du
Tibre peuvent être taillés en Statues, & devenir la récompenfe des Grands-Hommes & la leçon de la Vertu:
vos Marchés publics devroient être à la fois commodes &
magnifiques, ils ne font que mal-propres & dégoûtans:
vos maifons manquent d'eau; & vos Fontaines publiques
n'ont ni goût ni propreté. Votre principal Temple eft
d'une Architecture barbare, l'entrée de vos Spectacles
reffemble à celle d'un lieu infâme, les Salles où le Peuple
fe raffemble pour entendre ce que l'Univers doit admirer,
n'ont ni proportion, ni grandeur, ni magnificence, ni
commodité. Le Palais de votre Capitale menace ruine,
& eft inhabité. En vain votre pareffe me répondra, qu'il
faudroit trop d'argent pour remédier à tant d'abus. De
grace, donnerez-vous cet argent aux Maffagetes & aux
Cimbres? Ne fera-t-il pas gagné par des Romains, par
vos Architectes, par vos Sculpteurs, par vos Peintres, par
tous

tous vos Artiftes ? Ces Artiftes récompenfés rendront cet
argent à l'Etat par les nouvélles dépenfes qu'ils feront en
état de faire; les Beaux Arts feront en honneur, ils feront
à la fois votre gloire & votre richeffe ; car le Peuple le
plus riche eft toujours celui qui travaille le plus. Ecou-
tez donc une noble émulation, & que les Grecs, qui commencent à eftimer votre valeur & votre conduite, ne nous
reprochent plus votre groffiereté.

On lut à table le Mémoire du Citoyen, le Confeil ne
dit mot & demanda à boire. L'Edile dit, qu'il y
avoit du bon dans cet Ecrit, & on n'en parla plus;
la converfation roula fur la feve du vin de Falerne,
fur le montant du vin de Cécube, on fit l'éloge d'un fameux Cuifinier, on approfondit l'invention d'une nouvelle fauce pour l'Efturgeon, on porta des fantés, on fit
deux ou trois Contes infipides, & on s'endormit. Cependant le Sénateur Appius, qui avoit été touché en fecret de
la lecture du Mémoire, conftruifit quelque tems après la
voye Appienne, Flaminius fit la Voye Flaminienne, un
autre embellit le Capitole, un autre bâtit un Amphithéâtre, *un*
autre des Marchés publics. L'Ecrit du Citoyen obfcur
fut une fémence, qui germa peu-à-peu des Grands-
Hommes.

LETTRE

❈❈❈❈❈❈❈❈❈❈❈❈❈❈❈❈❈

LETTRE*

SUR

MESSIEURS

JEAN LAW, MELON ET DUTOT.

On entend mieux le commerce en France depuis vingt ans, qu'on ne l'a connu depuis Pharamond jusqu'à Louis XIV. C'étoit auparavant un Art caché, une espece de Chimie entre les mains de trois ou quatre hommes, qui faisoient en effet de l'Or, & qui ne disoient pas leur secret. Le gros de la Nation étoit d'une ignorance si profonde sur ce secret important, qu'il n'y avoit guéres de Ministres ni de Juge, qui sût ce que c'étoit que des Actions, des Primes, le Change, un Dividende. Il a fallu qu'un Ecossois, nommé Jean Law, soit venu en France, & ait bouleversé toute l'économie de notre Gouvernement pour nous instruire. Il osa dans le plus horrible dérangement de nos Finances, dans la disette la plus générale, établir une Banque & une Compagnie des Indes. C'étoit l'émétique à des malades. Nous en prîmes trop, & nous eûmes des convulsions. Mais enfin des débris de son Systême il nous resta une Compagnie des Indes avec cinquante millions de fonds. Qu'eût-ce été si nous n'avions pris de la drogue que la dose qu'il falloit? Le Corps de l'Etat seroit, je crois, le plus robuste & le plus puissant de l'Univers.

Il régnoit encore un préjugé si grossier parmi nous, quand la présente Compagnie des Indes fut établie, que la

Sor-

---

* Cette Lettre a été imprimée dans les Journaux, toute defigurée.

Sorbonne déclara *ufuraire* le Dividende des Actions. C'eft ainfi, qu'on accufa de fortilége en 1570, les Imprimeurs Allemans, qui vinrent exercer leur métier en France. Nous autres Français, il le faut avouer, nous fommes venus bien tard en tout genre, nos premiers pas dans les Arts ont été de nous oppofer à l'introduction des véritez, qui nous venoient d'ailleurs : nous avons foutenu des Têtes contre la Circulation du fang démontrée en Angleterre, contre le mouvement de la Terre, prouvé en Allemagne. On a profcrit par Arrêt jufqu'à des remedes falutaires. Annoncer des véritez, propofer quelques chofes d'utile aux hommes, c'eft une recette fûre pour être perfécuté. Jean Law, cet Ecoffois, à qui nous devons notre Compagnie des Indes, & l'intelligence du Commerce, a été chaffé de France, & eft mort dans la mifére à Venife; & cependant, nous qui avions à peine trois cens Vaiffeaux Marchands, quand il propofa fon Syftême, nous en avons aujourd'hui dix-huit cens. Nous les lui devons, & nous fommes loin de la reconnaiffance.

Les Principes du Commerce font aujourd'hui connus de tout le monde : nous commençons à avoir de bons Livres fur cette matiere. L'Effai fur le Commerce de Mr. Melon, eft l'Ouvrage d'un homme d'efprit, d'un bon Citoyen, d'un Philofophe : il fe fent de l'efprit du fiécle, & je ne crois pas, que du tems même de Mr. Colbert il y eût en France deux hommes capables de compofer un tel Livre. Cependant il y a bien des erreurs dans ce bon Ouvrage; tant le chemin vers la vérité eft difficile. Il eft bon de relever les méprifes, qui fe trouvent dans un Livre utile. Il n'y a même que là, qu'il les faut chercher, c'eft refpecter un bon Ouvrage de le contredire, les autres ne méritent pas cet honneur.

Voici quelques Propofitions, qui ne m'ont point paru vrayes. 1. Il dit : *Que les Païs, où il y a le plus de Mendians font les plus barbares.* Je penfe, qu'il n'y a point de Ville moins barbare que Paris, & pourtant où il y ait

plus

plus de Mendians; c'eſt une vermine; qui s'attache à la richeſſe, les fainéans accourent du bout du Royaume à Paris, pour y mettre à contribution l'opulence & la bonté. C'eſt un abus difficile à déraciner; mais qui prouve ſeulement, qu'il y a des hommes lâches, qui aiment mieux demander l'aumône que de gagner leur vie. C'eſt une preuve de richeſſe & de négligence, & non point de barbarie.

2. Il répéte dans pluſieurs endroits, *que l'Eſpagne ſeroit plus puiſſante ſans l'Amérique.* Il ſe fonde ſur la dépopulation de l'Eſpagne, & ſur la faibleſſe où ce Royaume a langui long-tems. Cette idée que l'Amérique affaiblit l'Eſpagne, ſe voit dans près de cent Auteurs; mais s'ils avoient voulu conſidérer, que les tréſors du Nouveau Monde ont été le ciment de la puiſſance de Charles-Quint, & que par eux Philippe II auroit été le maître de l'Europe, ſi Henri le Grand, Elizabeth & les Princes d'Orange n'euſſent été des Héros; ces Auteurs auroient changé de ſentiment. On a cru, que la Monarchie Eſpagnole étoit anéantie, parceque les Rois Philippe III, Philippe IV, & Charles II ont été malheureux ou faibles. Mais, que l'on voye comme cette Monarchie a repris tout-d'un-coup une nouvelle vie ſous le Cardinal Alberoni; que l'on jette les yeux ſur l'Afrique & ſur l'Italie, théâtre des Conquêtes du préſent Gouvernement Eſpagnol; il faudra bien convenir alors que les Peuples ſont ce que les Rois ou les Miniſtres les font être. Le courage, la force, l'induſtrie, tous les talens reſtent enſevelis juſqu'à ce qu'il paraiſſe un Génie, qui les reſſuſcite; le Capitole eſt habité aujourd'hui par des Recolets, & on diſtribue des Chapelets au même endroit où des Rois vaincus ſuivoient le char de Paul Emile. Qu'un Empereur ſiége à Rome, & que cet Empereur ſoit un Jules-Céſar, tous les Romains redeviendront des Céſars eux-mêmes. Quant à la dépopulation de l'Eſpagne, elle eſt moindre qu'on ne le dit; & après tout, ce Royaume & les Etats de l'Amérique, qui en dépendent, ſont
au-

aujourd'hui des Provinces d'un même Empire, divifées par une efpace qu'on franchit en deux mois; enfin leurs Tréfors deviennent les nôtres par une circulation néceffaire; la Cochenille, l'Indigo, le Quinquina, les Mines du Mexique & du Perou font à nous, & par-là nos Manufactures font Efpagnoles. Si l'Amérique leur étoit à charge, perfifteroient-ils fi long tems à défendre aux Etrangers l'entrée de ce Païs? Garde-t-on avec tant de foin le Principe de fa ruïne, quand on a eu deux cens ans pour faire fes réfléxions?

3. Il dit, *que la perte des Soldats n'eft point ce qu'il y a de plus funefte dans les Guerres; que cent mille hommes tuez font une bien petite portion fur vingt millions; mais que les augmentations des impofitions rendent vingt millions d'hommes malheureux.* Je lui paffe qu'il y ait vingt millions d'ames en France; mais je ne lui paffe point qu'il vaille mieux égorger cent mille hommes, que de faire payer quelques impôts au refte de la Nation. Ce n'eft pas tout, il y a ici un étrange & funefte méconte.

Louis XIV a eu, en comptant tout le Corps de la Marine, quatre cent quarante mille hommes à fa folde pendant la guerre de 1701; jamais l'Empire Romain n'en a eu tant. On a obfervé, que le cinquiéme d'une Armée périt au bout d'une campagne, foit par les maladies, foit par les accidens, foit par le fer & le feu. Voilà quatrevingt-huit mille hommes robuftes, que la Guerre détruifoit chaque année; donc au bout de dix ans l'Etat perdit huit cent quatrevingt mille hommes, & avec eux les enfans qu'ils auroient produits. Maintenant fi la France contient environ dix-huit millions d'ames, ôtez-en près d'une moitié pour les femmes, retranchez les vieillards, les enfans, le Clergé, les Religieux, les Magiftrats, & les Laboureurs; que refte-t-il pour défendre la Nation? Sur dix-huit millions à peine trouverez-vous dix-huit cent

P 5   mille

mille ~~bommes~~ *soldats*, & la Guerre en dix ans en détruit près de neuf cent mille ; elle fait périr dans une Nation la moitié de ceux qui peuvent combattre pour elle ; & vous dites qu'un impôt est plus funeste que leur mort?

Après avoir relevé ces inadvertances, que l'Auteur eût relevées lui-même, souffrez que je me livre au déplaisir d'etudier tout ce qu'il dit sur la liberté du Commerce, sur les denrées, sur le Change, & surtout sur le luxe. Cette sage Apologie du luxe est d'autant plus estimable dans cet Auteur, & a d'autant plus de poids dans sa bouche, qu'il vivoit en Philosophe.

Qu'est-ce qu'en effet que le luxe? C'est un mot sans idée précise, à-peu-près comme lorsque nous disons les climats d'Orient & d'Occident ; il n'y a en effet ni Occident ni Orient, il n'y a pas de point où la terre se leve & se couche, ou si vous voulez, chaque point est Orient & Occident. Il en est de même du luxe, ou il n'y en a point, ou il est partout ; transportons-nous au tems où nos peres ne portoient point de chemises ; si quelqu'un leur eût dit, il faut que vous portiez sur la peau des étoffes plus fines & plus légeres que le plus fin drap, blanches comme de la neige, & que vous en changiez tous les jours ; il faut même, quand elles seront un peu salies ; qu'une composition faite avec art leur rende leur premiere blancheur : tout le monde se seroit écrié : Ah quel luxe! quelle mollesse! une telle magnificence est à peine faite pour les Rois, vous voulez corrompre nos mœurs, & perdre l'Etat.

Entend-on par le luxe la dépense d'un homme opulent? Mais faudroit-il donc qu'il vécut comme un pauvre, lui dont le luxe seul fait vivre les pauvres ; la dépense doit être le Termomêtre de la fortune d'un particulier, & le luxe général est la marque infaillible d'un Empire puissant & respectable. C'est sous Charlemagne, sous François I, sous le Ministere du grand
Colbert,

Colbert, & fous celui-ci, que les dépenfes ont été les plus grandes ; c'eft-à-dire, que les Arts ont été le plus cultivés.

Que prétendoit l'amer, le Satirique la Bruyere? Que vouloit dire ce Mifantrope forcé, en s'écriant: *Nos Ancêtres ne fçavoient point préférer le fafte aux chofes utiles ; on ne les voyoit point s'éclairer avec des bougies, la cire étoit pour l'Autel & pour le Louvre ; ils ne difoient point qu'on mette les chevaux à mon caroffe, l'étain brilloit fur les tables & fur les buffets, l'argent étoit dans les coffres, &c.* Ne voila-t-il pas un plaifant éloge à donner à nos Peres, de ce qu'ils n'avoient ni abondance, ni induftrie, ni goût, ni propreté? L'argent étoit dans les coffres! Si cela étoit, c'étoit une très-grande fottife ; l'argent eft fait pour circuler & pour faire éclore tous les Arts, pour acheter l'induftrie des hommes; qui le garde eft mauvais citoyen, & même eft mauvais ménager. C'eft en ne le gardant pas qu'on fe rend utile à la Patrie & à foi-même. Ne fe laffera-t-on jamais de louer les défauts du tems paffé pour infulter aux avantages du notre? Ce Livre de Mr. Melon en a produit un de Mr. Dutôt, qui l'emporte de beaucoup pour la profondeur & pour la juftefle ; & l'Ouvrage de Mr. Dutôt en va produire un autre par l'illuftre Mr. du Vernay, lequel probablement vaudra beaucoup mieux que les deux autres, parcequ'il fera fait par un Homme d'Etat. Jamais les Belles-Lettres n'ont été fi liées avec la Finance, & c'eft encore un des mérites de notre Siêcle.

SECONDE

❀❀❀❀❀❀❀❀❀❀❀❀❀❀❀❀❀❀❀

SECONDE LETTRE

SUR

LE MEME SUJET,

DANS LAQUELLE ON TRAITE
DES CHANGEMENS DANS LES MONNOYES, DU LUXE DES PEUPLES, ET DU REVENU DES ROIS.

━━━━━━━━━━━━━━━━━━━━

Mr. Dutôt démontre, que toute mutation de Monnoye a été onéreuse au Peuple & au Roi sous le dernier Régne. Mais n'y a-t-il point de cas, où une augmentation de Monnoye devienne necessaire?

Dans un Etat, par exemple, qui a peu d'argent & peu de commerce; (& c'est ainsi, que la France a été longtems) un Seigneur a cent Marcs de rente. Il emprunte pour marier ses filles, ou pour aller à la Guerre, mille Marcs, dont il paye 50 Marcs annuellement. Voilà sa maison réduite à la dépense annuelle de 50 Marcs, pour fournir à tous ses besoins; cependant la Nation se rend plus industrieuse, elle fait un commerce, l'argent devient plus abondant. Alors comme il arrive toûjours, la main d'œuvre devient plus chere, les dépenses du luxe convenable à la dignité de cette maison doublent, triplent, quadruplent, pendant que le blé, qui fait la ressource de la Terre, n'augmente pas dans cette proportion; parce-qu'on ne mange pas plus de pain qu'auparavant: mais on consomme plus en magnificence, ce qu'on achetoit cinquante Marcs en coutera deux cens, & le Possesseur de la Terre, obligé de payer cinquante Marcs

de

de rentes, sera réduit à vendre sa Terre. Ce que je dis
du Seigneur, je le dis du Magistrat, de l'Homme de
Lettres &c. comme du Laboureur, qui achete plus cher
sa vaisselle d'étain, sa tasse d'argent, son lit, son linge.
Enfin le Chef de la Nation est dans ce cas, lorsqu'il n'a
qu'un certain fonds réglé, & certains Droits qu'il n'ose
trop augmenter de peur d'exciter des murmures.

Dans cette situation pressante il n'y a certainement
qu'un parti à prendre, c'est de soulager le Débiteur:
on peut le favoriser en abolissant les dettes; c'est ainsi
qu'on en usoit chez les Egyptiens & chez plusieurs
peuples de l'Orient, au bout de cinquante ou de trente
années. Cette coutume n'étoit point si dure qu'on le
pense; car les Créanciers avoient pris leurs mesures suivant cette Loi, & une perte prévuë de loin n'est plus une
perte. Quoique cette Loi ne soit point en vigueur chez
nous, il a bien fallu y revenir pourtant en effet, quelque
détour, que l'on ait pris: car trouver le moyen de ne
payer, que le quart de ce que je devois, n'est-ce pas
une espece de Jubilé? Or on a trouvé ce moyen très-
aisément en donnant aux Especes une valeur idéale, &
en disant cette Piéce d'Or qui valoit six francs, en voudra aujourd'hui vingt-quatre, & quiconque devoit quatre de ces Piéces d'Or, sous le nom de six francs chacune, s'aquitera en payant une seule Piéce d'Or, qu'on
appellera vingt-quatre francs. Comme ces opérations
se sont faites petit-à-petit, ce changement n'a point
effrayé. Tel qui étoit à la fois Débiteur & Créancier,
gagnoit d'un côté ce qu'il perdoit de l'autre; tel autre
faisoit le Commerce; tel autre enfin en souffroit, & se ré-
duisoit à épargner.

C'est ainsi, que toutes les Nations Européanes en
ont usé avant d'avoir établi un Commerce réglé & puissant. Examinons les Romains, nous verrons que l'*As*,
la livre de cuivre de douze onces fut réduite à six Liards
de notre monnoye d'aujourd'hui; chez les Anglais la
livre

livre Sterling de seize onces d'argent est réduite à vingt-
deux francs de notre monnoye.   La livre de Gros des
Hollandais n'est plus qu'environ douze francs, ou douze
de nos livres numéraires ; mais c'est notre livre, qui a
souffert les plus grands changemens.

Nous appellions du tems de Charlemagne une Monnoye courante, faisant la vingtiéme partie d'une livre,
un solide du nom Romain *solidum:* c'est ce solide, que
nous nommons un *fou,* comme nous appellons le mois
d'Auguste barbarement *Août,* que nous prononçons *ou*
à force de politesse ; de façon que dans notre Langue si
polie, *hodieque manent vestigia ruris.*   Enfin ce solide,
ce sou qui étoit la vingtiéme partie d'une livre, & la
dixiéme partie d'un marc d'argent, est aujourd'hui une
chétive monnoye de cuivre, qui représente la dix-neuf
cent vingtiéme partie d'une livre, l'argent supposé à
quarante-neuf francs le marc.   Ce calcul est presque
incroyable, & il se trouve par ce calcul, qu'une famille
qui auroit eu autrefois cent solides de rente, & qui auroit très-bien vécu, n'auroit aujourd'hui, que cinq sixié-
mes d'un écu de six francs à dépenser par an.

Qu'est-ce que cela prouve ? Que de toutes les Nations nous avons long-tems été la plus changeante, &
non la plus heureuse ; que nous avons poussé à un
excès intolérable l'abus d'une Loi naturelle, qui ordonne
à la longue le soulagement des Débiteurs opprimés.   Or
puisque Mr. Dutôt a si bien fait voir les dangers de ces
promptes secousses, que donnent aux Etats les changemens
des valeurs numéraires dans les Monnoyes, il est à croire,
que dans un tems aussi éclairé, que le notre, nous n'au-
rons plus à essuyer de pareils orages.

Ce qui m'a le plus étonné, dans le Livre de Mr Dutôt, c'est d'y voir que Louis XII, François I, Henri II,
Henri III étoient plus riches, que Louis XV.   Qui eût
cru, qu'Henri III, à compter comme aujourd'hui, avoit
cent soixante & trois millions au-delà du revenu de notre
Roi?

Roi? J'avoüe, que je ne fors point de furprife; car comment avec ces richeffes immenfes Henri III pouvoit-il à peine réfifter aux Efpagnols? Comment étoit-il opprimé par les Guifes? Comment la France étoit-elle dénuée d'Arts & de Manufactures? Pourquoi nulle belle maifon dans Paris, nul beau Palais bâti par les Rois, aucune magnificence, aucun goût qui font la fuite de la richeffe? Aujourd'hui au-contraire trois cens Fortereffes, toûjours bien réparées, bordent nos frontieres, deux cens mille hommes aumoins les défendent. Les Troupes, qui compofent la Maifon du Roi font comparables à ces dix mille hommes couverts d'or, qui accompagnoient les Chars de Xercés & de Darius. Paris eft deux fois plus peuplé, & cent fois plus opulent, que fous Henri III. Le Commerce qui languiffoit, qui n'étoit rien alors, fleurit aujourd'hui à notre avantage.

Depuis la derniere Refonte des Efpeces on trouve qu'il a paffé à la Monnoye plus de 1200 millions en or & en argent. On voit par la Ferme du Marc, qu'il y a en France pour environ autant de ces Métaux orfévris. Il eft vrai que ces immenfes richeffes n'empêchent pas que le Peuple ne foit prêt quelquefois à mourir de faim dans les années ftériles: mais ce n'eft pas dequoi il s'agit. La queftion eft de favoir, comment la Nation étant incomparablement plus riche, que dans les Siécles précédens, le Roi le feroit beaucoup moins.

Comparons d'abord les richeffes de Louis XV, à celles de François I. Les revenus de l'Etat étoient alors de feize millions numéraires de livres, & la livre numéraire de ce tems-là étoit à celle de ce tems-ci, comme un eft à quatre & demi. Donc feize millions en valoient foixante-douze de nôtres; donc avec foixante-douze de nos millions feulement on feroit auffi riche qu'alors. Mais les Revenus de l'Etat font de deux cens Millions; *
donc de ce chef Louis XV, eft plus riche de 128 de nos millions que François I, donc le Roi eft environ quatre fois

* *Ceſt la ſupoſition que fait m. Dutot mais en 1750 les revenus du roy montent a 300 millions ou environ 49ᵗ 10ˢ le marc.*

fois auffi riche que François I, donc il tire de fes Peuples quatre fois autant, que François I en tiroit. Cela eft déja bien éloigné du compte de Mr. Dutôt.

Il prétend, pour prouver fon Syftême, que les Denrées font quinze fois plus cheres qu'au feiziéme Siécle.

Examinons ces prix des Denrées. Il faut s'en tenir au prix du blé dans les Capitales, année commune. Je trouve beaucoup d'années au feiziéme Siécle dans lef-quelles le blé eft à cinquante fous, à vingt-cinq, à vingt, à dix-huit fous, à quatre francs; & j'en forme une année commune de trente fous. Le froment vaut au-jourd'hui environ douze livres, les Denrées n'ont donc augmenté que huit fois en valeur numéraire; & c'eft la proportion dans laquelle elles ont augmenté en An-gleterre & en Allemagne. Mais ces trente fous du feiziéme Siécle valoient cinq livres quinze fous des nôtres. Or cinq livres quinze fous font à cinq fous près la moitié de douze livres; donc en effet Louis XV, trois fois plus riche que François I n'achete les chofes en poids de marc que le double de ce qu'on les achetoit alors.

Or un homme qui a neuf cens francs, & qui achete une Denrée fix cens francs, refte certainement plus riche de cent écus, que celui qui n'ayant, que trois cens livres achete cette même Denrée trois cens livres; donc Louis XV refte plus riche d'un tiers, que François I.

Mais ce n'eft pas tout; au-lieu d'acheter toutes les Denrées le double, il achete les Soldats, la plus néceffaire Denrée des Rois, à beaucoup meilleur marché, que tous fes Prédéceffeurs.

Sous François I & fous Henri II, les forces des Armées confiftoient en une Gendarmerie Nationale, & en Fantaffins Etrangers, que nous ne pouvons plus com-parer à nos Troupes; mais l'Infanterie fous Louis XV

eft

eſt payée à-peu-près ſur le même pied au même prix numéraire, que ſous Henri IV. Le Soldat vend ſa vie ſix ſous par jour en comptant ſon habit, ces ſix ſous en valoient douze pareils du tems de Henri IV, ainſi avec le même revenu, que Henri le Grand on peut entretenir le double de Soldats, & avec le double d'argent on peut en ſoudoyer le Quadruple. Ce que je dis ici ſuffit pour faire voir, que malgré les calculs de Mr. Dutôt, les Rois auſſi-bien, que l'Etat ſont plus riches qu'ils n'étoient. Je ne nie pas, qu'ils ne ſoient plus endettés.

Louis XIV a laiſſé à ſa mort plus de deux fois dix centaines de millions de dettes à trente francs le marc; parcequ'il voulut à la fois, avoir cinq cent mil hommes ſous les armes, deux cent Vaiſſeaux, & bâtir Verſailles; & parceque dans la Guerre de la Succeſſion d'Eſpagne ſes armes furent long-tems malheureuſes. Mais les reſſources de la France ſont beaucoup au-deſſus de ſes dettes. Un Etat qui ne doit qu'à lui-même ne peut s'apauvrir, & ces dettes mêmes ſont un nouvel encouragement de l'induſtrie.

❤❤❤❤❤❤❤❤❤❤❤❤❤❤❤❤❤❤

ANECDOTES
SUR LE
CSAR PIERRE LE GRAND.

PIERRE premier a été furnommé le grand, parce-qu'il a entrepris & fait de très-grandes chofes, dont nulle ne s'étoit prefentée à l'efprit d'aucun de fes predeceffeurs. Son Peuple avant Lui, n'étoit qu'un peuple de Tartares. Il eft bien vraifemblable, que toutes les nations ont été ainfi des milliers de fiécles quelque chofe de mitoyen entre l'ours & l'homme, jufqu'à ce qu'enfin il foit venu des hommes tels que le Cfar Pierre, précifément dans le tems qu'il falloit qu'ils vinffent.

Le hazard fit, qu'un jeune Genevois nommé le Fort voyagea à Mofcau avec un Ambaffadeur Danois vers l'an 1695. Le Cfar Pierre avoit alors dix neuf ans, il vit ce Genevois, qui avoit appris en peu de tems la langue Ruffe, & qui parloit prefque toutes celles de l'Europe. Le Fort plut beaucoup au Prince; il entra dans fon fervice & bientot après dans fa familiarité. Il lui fit comprendre, qu'il y avoit une autre maniére de vivre & de regner que celle qui étoit malheureufement établie de tous les tems dans fon vafte & miferable Empire, & fans ce Genevois la Ruffie feroit encore barbare.

Il falloit être né avec une ame bien grande pour écou-ter tout d'un coup un etranger & pour fe depouiller des préjugez du trone, & de fa patrie. Le Cfar fentit, que ni Lui ni fa nation n'étoient pas encore des hommes & qu'il avoit à former un Empire: mais il n'avoit aucun fecours autour de Lui. Il conçut dès lors le deffein

de

de fortir de fes Royaumes & d'aller comme Prometée emprunter le feu celefte, pour animer fes compatriotes. Ce feu divin il l'alla chercher chez les Hollandais, qui étoient il y a trois fiécles auffi depourvû d'une telle flamme, que les Mofcovites. Il ne pût exécuter fon deffein auffitôt, qu'il l'auroit voulu. Il fallut foutenir une guerre contre les Turcs ou plutôt contre les Tartares en 1696; & ce ne fût qu'après les avoir vaincus, qu'il fortit de fesétats pour aller s'inftruire lui même de tous les arts, qui étoient abfolument inconnus en Ruffie. Le maitre de l'empire le plus étendu de la terre alla vivre près de deux ans à Amfterdam & dans le village de Sardam fous le nom de Pierre Michaeloff. On l'appelloit communement Mr. *Pieter Bas.* Il fe fit infcrire dans le Catalogue des Charpentiers de ce fameux village, qui fournit de vaiffeaux prefque toute l'Europe. Il manioit la hache & le compas; & quand il avoit travaillé à fon atelier à la conftruction des vaiffeaux, il étudioit la Geographie, la Géométrie & l'Hiftoire. Dans les premiers tems le peuple s'attroupoit autour de lui. Il écartoit quelque fois les importuns d'une maniére un peu rude, que ce peuple fouffroit, lui qui fouffre fi peu de chofe. La première langue, qu'il apprit, fut le Hollandais; il s'adonna depuis à l'Allemand, qui lui parut une langue douce & qu'il voulut qu'on parlat à fa cour.

Il apprit auffi un peu d'Anglais dans fon voyage à Londres, mais il ne fût jamais le Français, qui eft dévenu depuis la langue de Petersbourg fous l'Imperatrice Elifabeth à mefure que ce païs s'eft civilifé.

Sa taille étoit haute, fa phifionomie fiére & majeftueufé mais defigurée quelquefois par des convulfions, qui alteroient les traits de fon vifage. On attribuoit ce vice d'organes à l'effet d'un poifon, qu'on difoit que fa Sœur Sophie lui avoit donné. Mais le véritable poifon étoit le vin & l'eau de vie, dont il fit fouvent des excès, fe fiant trop à fon temperament robufte.

Il converſoit également avec un artiſan & avec un Général d'armée. Ce n'étoit ni comme un Barbare, qui ne
met point de diſtinction entre les hommes, ni comme un
Prince populaire, qui veut plaire à tout le monde; c'é-
toit en homme, qui vouloit s'inſtruire. Il aimoit les
femmes autant, que le Roy de Suede ſon rival les craignoit, & tout lui étoit egalement bon en amour comme
à table. Il ſe piquoit de boire beaucoup *et non* de
gouter des vins delicats.

On dit, que les Legiſlateurs & les Rois ne doivent point
ſe mettre en colere: mais il n'y en eut jamais de plus emporté, que Pierre le Grand, ni de plus impitoiable. Ce
defaut dans un Roi n'eſt pas de ceux, qu'on repare en les
avouant, mais enfin il en convenoit & il dit même au
Magiſtrat de Hollande à ſon ſeconde voyage: *J'ai re-*
formé ma Nation & je n'ai pû me réformer moi-même. Il
eſt vrai, que les cruautez, qu'on lui reproche, étoient un
uſage de la Cour de Moſcou comme de celle de Maroc.
Il n'étoit point extraordinaire de voir un Czar appliquer
de ſa main Royale cent coups de nerfs de bœufs ſur les
epaules nües d'un Premier Officier de la Couronne, ou
d'une Dame du Palais, pour avoir manqué à leurs ſer-
vices étant jvres, ou d'eſſayer ſon ſabre en faiſant vo-
ler la tête d'un criminel. Pierre avoit fait quelques unes
de ces cérémonies de ſon païs; Le Fort eut aſſez d'autorité ſur lui pour l'arreter quelque fois ſur le point de
frapper; mais il n'eut pas toûjours le Fort auprès de lui.

Son voyage en Hollande & ſur tout ſon goût pour les
arts, qui ſe developoit, adoucirent un peu ſes mœurs: car
c'eſt le privilége de tous les arts de rendre les hommes
plus traitables. Il alloit ſouvent dejeuner chez un Geo-
graphe, avec lequel il faiſoit des cartes marines. Il paſſoit des journées entiéres chez le célébre Ruiſh, qui le
premier trouva l'art de faire ces belles injections, qui ont
perfectionné l'Anatomie & qui lui otent ſon degoût. Ce
Prince ſe donnoit lui-même à l'age de 22 ans l'éducation
                                        qu'un

qu'un artisan Hollandais donneroit à un fils dans lequel il trouveroit du génie, & cette espéce d'éducation étoit au-dessus de celle qu'on avoit jamais reçûe sur le Trône de Russie. Dans le même tems il envóyoit des jeunes Moscovites voyager & s'instruire dans tous les païs de l'Europe. Ces premiéres tentatives ne furent pas heureuses. Ses nouveaux disciples n'imitoient point leur maître. Il y en eut même un, qui étant envoyé à Venise ne sortit jamais de sa chambre pour n'avoir pas à se reprocher d'avoir vû un autre païs que la Russie. Cette horreur pour les païs étrangers leurs étoit inspirée par des Prêtres Moscovites, qui prétendoient, que c'étoit un crime horrible à un Chrétien de voyager, par la raison, que dans l'Ancien Testament il avoit été défendu aux habitans de la Palestine de prendre les mœurs de leurs Voisins plus riches qu'eux & plus adroits.

En 1698 il alla d'Amsterdam en Angleterre non plus en qualité de charpentier de vaisseaux, non pas aussi en celle de Souverain; mais sous le nom d'un Boyard Russe, qui voyagoit pour s'instruire. Il vit tout, & même il alla à la comédie Anglaise où il n'entendoit rien; mais il y trouva une actrice nommée Mlle. Groft, dont il eut les faveurs & dont il ne fit pas la fortune.

Le Roi Guillaume lui avoit fait préparer une maison logeable; c'est beaucoup à Londres, où les palais ne sont pas communs dans cette ville immense, où l'on ne voit gueres, que des maisons basses, sans cour & sans jardin, avec des petites portes, telles que celles de nos boutiques. Le Csar trouva sa maison encore trop belle, il alla loger dans le quartier des matelots pour être plus à portée de se perfectionner dans la Marine. Il s'habilloit même souvent en matelot & il se servoit de ce déguisement, pour engager plusieurs Gens de mer à son service.

Ce fut à Londres, qu'il dessina lui-même le projet de la communication du Volga & du Tanaïs. Il vouloit même leur joindre la Duina par un canal, & réunir ainsi

Q 3   l'Ocean,

l'Océan, la Mer Noire & la Mer Caspienne. Des Anglais qu'il emmena avec lui le fervirent mal dans ce grand deffein, & les Turcs, qui lui prirent Azoph en 1712 s'oppoférent encore plus à cette vafte entreprife.

Il manqua d'argent à Londres; des Marchands vinrent lui offrir cent mille écus pour avoir la permiffion de porter du Tabac en Ruffie. C'étoit une grande nouveauté en ce païs-là & la religion-même y étoit intereffée. Le Patriarche avoit excommunié, quiconque fumeroit du tabac, parceque les Turcs leurs ennemis fumoient, & le Clergé regardoit comme un de fes grands priviléges d'empêcher la nation Ruffe de fumer. Le Cfar prit les cent mille écus & fe chargea de faire fumer le Clergé lui-même. Il lui preparoit bien d'autres innovations.

Les Rois font des prefens à de tels voyageurs; le préfent de Guillaume à Pierre fut une Galanterie digne de tous deux. Il lui donna un Jacht de vingt-cinq piéces de canons, le meilleur voilier de la mer, doré comme un autel de Rome, avec des provifions de toutes efpeces; & tous les gens de l'equipage voulurent bien fe laiffer donner auffi. Pierre fur fon Jacht dont il fe fit le premier pilote, retourna en Hollande revoir fes charpentiers, & de là il alla à Vienne vers le milieu de l'an 1698, où il devoit refter moins de tems qu'à Londres, parcequ'à la Cour du grave Leopold il y avoit beaucoup plus de Cérémonies à effuyer & moins de chofes à apprendre. Après avoir vû Vienne il devoit aller à Venife & enfuite à Rome, mais il fut obligé de revenir en hate à Mofcau, fur la nouvelle d'une guerre civile, caufée par fon abfence & par la permiffion de fumer. Les Strelits, ancienne milice des Cfars, pareille à celle des Janiffaires, auffi turbulente, auffi indifciplinée, moins courageufe & non moins barbares fut excitée à la révolte par quelques Abbez & Moines, moitié Grecs, moitié Ruffes, qui repréfenterent, combien Dieu étoit irrité, qu'on prit du tabac en Mofcovie, & qui mirent l'état en combuftion pour cette grande que-

querelle. Pierre, qui avoit prevû ce que pourroient des moines & des Strelits, avoit pris ses mesures. Il avoit une Armée disciplinée composée présque toute d'étrangers bien payés, bien armés & qui fumoient sous les ordres du Général Gordon, lequel entendoit bien la guerre & qui n'aimoit pas les Moines. C'étoit à quoi avoit manqué le Sultan Osman, qui voulant comme Pierre reformer ses Janissaires & n'aiant pû leur rien opposer, ne les reforma point & fut étranglé par eux.

Alors ses armées furent mises sur le pied de celles des Princes Européans; il fit batir des vaisseaux par ses Anglais & ses Hollandais à Veronis sur le Tanaïs à quatre cent lieuës de Moscau. Il embellit les villes, pourvit à leurs suretés, fit des grands chemins de cinq cent lieuës, établit des Manufactures de toute espece; & ce qui prouve la profonde ignorance où vivoient les Moscovites, la première Manufacture fut d'epingles. On fait actuellement des velours ciselés & des étoffes d'or & d'argent à Moscau. Tant est puissante l'influence d'un seul homme, quand il est maître & qu'il sait vouloir.

La guerre qu'il fit à Charles douze pour recouvrer les Provinces que les Suedois avoient autrefois conquises sur les Russes, ne l'empêcha pas toute malheureuse qu'elle fut d'abord, de continuer ses reformes dans l'état et dans l'Eglise; il declara à la fin de 1699 que l'année suivante commençoit au mois de Janvier et non au mois de Septembre. Les Russes qui pensoient, que Dieu avoit crée le monde en Septembre, furent étonnez que leur Csar fut assez puissant pour changer ce que Dieu avoit fait. Cette reforme commença avec le Siecle en 1700 par un grand Jubilé que le Csar indiqua lui-même, il avoit supprimé la dignité de Patriarche et il en faisoit les fonctions. Il n'est pas vrai qu'il eut, comme on l'a dit, mis son Patriarche aux petites maisons de Moscau. Il avoit coutume, quand il vouloit se rejouïr en punissant, de dire à celui qu'il chatioit ainsi, *je te fais fou;* et celui à qui il donnoit ce beau

Q 4   titre

titre étoit obligé, fût il le plus grand Seigneur du Royaume, de porter une marotte, une jacquette et des grelots,
et de divertir la cour en qualité de fou de Sa Majesté Csa-
rienne. Il ne donna point cette charge au Patriarche;
il se contenta de supprimer un emploi, dont ceux, qui en
avoient été revêtus avoient abusés au point qu'ils avoient
obligé les Csars de marcher devant eux une fois l'an en
tenant la bride du cheval patriarchal, cerémonie dont
un homme tel que Pierre le Grand s'étoit d'abord dispensé.

Pour avoir plus de Sujets, il voulut avoir moins de
Moines, et ordonna que dorenavant on ne pourroit entrer
dans un cloître qu'à cinquante ans, ce qui fit que des son
temps son païs fut de tous ceux qui ont des Moines, celui
où il y en eut le moins. Mais après lui cette graine, qu'il
deracinoit, a repoussé par cette faiblesse naturelle, qu'ont
tous les religieux, de vouloir augmenter leur nombre, et
par cette autre faiblesse, qu'ont les gouvernemens, de
le souffrir.

Il fit d'ailleurs des loix fort sages pour les desservans
des Eglises, et pour la reforme de leurs mœurs; quoique
les siennes fussent assez dereglées; sachant très-bien, que
ce qui est permis à un Souverain, ne doit pas l'être à un
Curé. Avant lui les femmes vivoient toûjours separées
des hommes; il étoit inoui, qu'un mari eut jamais vû la
fille qu'il épousoit. Il ne faisoit connaissance avec elle
qu'à l'Eglise. Parmi les presens de noces étoit une grosse
poignée de verges, que le futur envoyoit à la future pour
l'avertir qu'à la première occasion elle devoit s'attendre à
une petite correction maritale. Les maris mêmes pouvoient tuër leurs femmes impunément & on enterroit vives celles, qui usurpoient ce même droit sur leurs maris.

Pierre abolit les poignées de verges, defendit aux maris de tuer leurs femmes, & pour rendre les mariages
moins malheureux & mieux assortis, il introduisit l'usage
de faire manger les hommes avec elles & de presenter les
prétendants aux filles avant la célébration; en un mot,
il

il établit & fit naitre tout dans fes états jufqu'à la Société. On connait le réglément, qu'il fit lui-même pour obliger fes Boyards & fes Boyardes à tenir des affemblées, où les fautes, qu'on commettoit contre la civilité Ruffe, étoient punies d'un grand verre d'eau de vie, qu'on faifoit boire au délinquant, de façon, que toute l'honorable compagnie s'en retournoit fort yvre & peu corrigée. Mais c'étoit beaucoup d'introduire un efpéce de fociété chez un peuple, qui n'en connaiffoit point. On alla même jufqu'à donner quelque fois des fpectacles dramatiques. La Princeffe Natalie, une de fes fœurs, fit des Tragédies en langue Ruffe, qui reffembloient affez aux piéces de Shakefpear, dans lefquelles des Tirans & des Arlequins faifoient les premiers rôles. L'orcheftre étoit compofée de violons Ruffes qu'on faifoit jouer à coup de nerfs de bœuf. A préfent on a dans Petersbourg des Comédiens Français & des Operas Italiens. Là magnificence & le goût même ont en tout fuccedé à la Barbarie. Une des plus difficiles entreprifes du fondateur, fut d'accourcir les robes & de faire rafer les barbes de fon Peuple. Ce fut là l'objet des plus grands murmures; comment apprendre à toute une nation à faire des habits à l'Allemande & à manier le rafoir. On en vint à bout en plaçant aux portes des villes des tailleurs & des Barbiers, les uns coupoient les robes de ceux, qui entroient; les autres les barbes: les obftinés payoient quarante fols de nôtre monnoye. Bientôt on aima mieux perdre fa barbe, que fon argent. Les femmes fervirent utilement le Cfar dans cette reforme; elles preferoient les mentons rafés, elles lui eurent l'obligation de n'être plus fouettés, de vivre en Société avec les hommes, & d'avoir à baifer des vifages plus honnêtes.

Au milieu de ces réformes grandes & petites, qui faifoient les amufemens du Cfar, & de la guerre terrible, qui l'occupoit contre Charles douze, il jetta les fondemens de l'importante Ville & du Port de Petersbourg en 1704, dans un marais, où il n'y avoit pas une cabane

Pierre

Pierre travailla de ſes mains à la premiére maiſon; rien ne le rebuta; des ouvriers furent forcés de venir ſur ce bord de la Mer Baltique, des frontiéres d'Aſtracan, des bords de la Mer Noire & de la Mer Caſpienne. Il perit plus de cent mille hommes dans les travaux, qu'il fallut faire, & dans les fatigues & la diſette qu'on eſſuya; mais enfin la ville exiſte. Les ports d'Archangel, d'Aſtracan, d'Azoph, de Veronis furent conſtruits.

Pour faire tant de grands établiſſemens, pour avoir de Flottes dans la Mer Baltique & cent mille hommes de Trouppes reglées, l'état ne poſſedoit qu'environ vingt-huit de nos millions de revenuës. J'en ai vû le compte entre les mains d'un homme qui avoit été Ambaſſadeur à Petersbourg.

Mais la païe des ouvriers étoit proportionnée à l'argent du Royaume. Il faut ſe ſouvenir, qu'il n'en couta que des oignons aux Rois d'Egipte pour batir les piramides. Je le repete, on n'a qu'à vouloir. On ne veut pas aſſez.

Quand il eut crée ſa nation, il crut, qu'il lui étoit bien permis de ſatisfaire ſon goût en épouſant ſa Maitreſſe, & une Maitreſſe, qui méritoit d'être ſa femme. Il fit ce Mariage publiquement en 1712. Cette célébre Catherine, orfeline née dans le village de Ringen en Eſtonie, nourrie par charité chez un Vicaire, long-tems ſervante, mariée à un Soldat Livonien, priſe par un parti Moſcovite deux jours après ce premier mariage, avoit paſſé du ſervice du Général Bauer à celui de Menzicof, garçon patiſſier, qui devint Prince & le premier homme de l'Empire; enfin elle fut l'Epouſe de Pierre le Grand, & enſuite Imperatrice Soüveraine après la mort du Cſar, & digne de l'être. Elle adoucit beaucoup les Mœurs de ſon Mari, & ſauva beaucoup plus de dos du Knout & beaucoup plus de têtes de ſa hache, que n'avoit fait le Général le Fort. On l'aima, on la revera; un Baron Allemand, un Ecuyer d'un Abbé de Fulde n'eut point épouſé Catherine; mais Pierre le Grand ne penſoit pas, que le mérite eut auprès de lui beſoin de trente deux quartiers. Les Souverains penſent
volon-

volontiers, qu'il n'y a d'autre grandeur, que celle qu'ils donnent, & que tout est égal devant eux. Il est bien certain, que la Naissance ne met pas plus de différence entre les hommes qu'entre un anon dont le Pere portoit du fumier, & un anon dont le Pere portoit des reliques. L'Education fait la grande différence, les Talens la font prodigieuses, la fortune encore plus. Catherine avoit eu une Education toute aussi bonne pour le moins chez son Curé d'Estonie, que toutes les Boyardes de Moscou & d'Archangel, & étoit née avec plus de Talens & une ame plus grande: elle avoit reglé la Maison du Général Bauer & celle du Prince Menzikof, sans savoir ni lire ni écrire. Quiconque sait très bien gouverner une maison peut gouverner un Royaume; cela peut paraître un paradoxe; mais certainement c'est avec le même Esprit d'ordre, de sagesse & de fermeté, qu'on commande à cent personnes & à cent millions d'ames.

Le Csarevitz Alexis, Fils du Csar, qui épousa, dit on, comme lui une Esclave, & qui comme lui quitta sécréte- ment la Moscovie n'eut pas un succès pareil dans ses deux entreprises & il en couta la vie au fils pour avoir imité mal à propos le Pere; ce fut un des plus terribles exem- ples de sévérité, que jamais on ait donné du haut d'un Trône; mais ce qui est bien honorable pour la memoire de l'Imperatrice Catherine c'est qu'elle n'eut point de part au malheur de ce Prince né d'un autre lit, & qui n'aimoit rien de ce que son Pere aimoit; on n'accusa point Cathe- rine d'avoir agi en Marâtre cruelle; le grand crime du malheureux Alexis étoit d'être trop Russe, de desapprou- ver tout ce que son Pere faisoit de grand & d'immortel pour la gloire de la nation. Un jour entendant des Mos- covites, qui se plaignoient des travaux insupportables, qu'il falloit endurer pour batir Petersbourg, *Consolez vous,* dit-il, *cette ville ne durera pas long-tems.* Quand il fal- loit suivre son Pere dans ces voyages de cinq à six cent lieuës, que le Csar entreprenoit souvent, le Prince fei-

gnoit

gnoit d'être malade, on le purgeoit rudement, pour la maladie, qu'il n'avoit pas, tants de médecines jointes à beaucoup d'eau de vie altererent fa fanté & fon Efprit. Il avoit eu d'abord de l'inclination pour s'inftruire; il favoit la Géométrie, l'Hiftoire, avoit appris l'Allemand, mais il n'aimoit point la Guerre, ne vouloit point l'apprendre & c'eft ce que fon Pere lui reprochoit le plus. On l'avoit marié à la Princeffe de Wolfenbuttel, Sœur de l'Imperatrice femme de Charles fix en 1711, Ce mariage fut malheureux. La Princeffe étoit fouvent abandonnée pour des débauches d'eau de vie, & pour Afrofine fille Filandaife, grande, bienfaite, & fort douce. On prétend que la Princeffe mourut de chagrin, fi le chagin peut donner la mort, & que le Cfarowitz époufa enfuite fecrettement Afrofine en 1713, lorfque l'Imperatrice Catherine venoit de lui donner un frere dont il fe feroit bien paffé.

Les mecontentémens entre le Pere & le fils devinrent de jour en jour plus férieux jufque là que Pierre dès l'an 1716 ménaça le Prince de le déshériter, & le Prince lui dit, qu'il vouloit fe faire Moine.

Le Cfar en 1717 renouvella fes Voyages par Politique & par Curiofité, il alla enfin en France. Si fon Fils avoit voulu fe révolter, s'il y avoit eu en effet un Parti formé en fa faveur, c'étoit là le tems de fe déclarer; mais au lieu de refter en Ruffie & de s'y faire des créatures, il alla voyager de fon côté, ayant eu bien de la peine à raffembler quelque milliers de Ducats, qu'il avoit fecrettement empruntés. Il fe jetta entre les bras de l'Empereur Charles VI, frere de fa defunte femme. On le garda quelque tems très incognito à Vienne, de là on le fit paffer à Naples où il refta près d'un an, fans que ni le Cfar, ni perfonne en Ruffie, fut le lieu de fa rétraite.

Pendant que le fils étoit ainfi caché, le Pere étoit à Paris, où il fut reçû avec les mêmes refpects qu'ailleurs, mais avec une Galanterie, qu'il ne pouvoit trouver qu'en France. S'il alloit voir une manufacture, & qu'un ouvrage atti-

attirât plus ses régards qu'un autre, on lui en faisoit présent le lendemain; il alla diner à Petitbourg, chez Monsieur le Duc d'Antin, & la première chose qu'il vit, fut son Portrait en grand avec le même habit qu'il portoit. Quand il alla voir la Monnoye Royale des medailles, on en frappa dévant lui de toute espéce, & on les lui présentoit; enfin on en frappa une qu'on laissa exprès tomber à ses pieds & qu'on lui laissa ramasser. Il s'y vit gravé d'une manière parfaite avec ces mot: *Pierre le Grand.* Le Revers étoit une Renommée & la Legende, *Vires acquirit eundo;* allégorie aussi juste, que flateuse pour un Prince qui augmentoit en effet son mérite par ses voyages.

Après avoir vû ce païs, où tout dispose les hommes à la douceur & à l'indulgence, il retourna dans sa patrie & y reprit sa sévérité. Il avoit enfin engagé son Fils à revenir de Naples à Petersbourg; ce jeune Prince fut de là conduit à Moscau dévant le Csar son Pere, qui commença par le priver de sa Succession au Trône, & lui fit signer un acte solemnel de renonciation, à la fin du mois de Janvier 1718, & en considération de cette acte le Pere promit à son Fils de lui laisser la vie.

Il n'étoit pas hors de vraisemblance, qu'un tel acte séroit un jour annullé. Le Csar pour lui donner plus de force, oubliant qu'il étoit Pere & se souvenant seulement qu'il étoit fondateur d'un Empire, que son Fils pouvoit replonger dans la Barbarie, fit instruire publiquement le Procès de ce Prince infortuné, sur quelques reticences, qu'on lui reprochoit dans l'aveu, qu'on avoit d'abord exigé de lui.

On assembla des Eveques, des Abbés & des Professeurs, qui trouverent dans l'Ancien Testament, que ceux, qui maudissent leur Pere & leur Mere, doivent être mis à mort, qu'à la verité David avoit pardonné à son Fils Absalon revolté contre lui, mais que Dieu n'avoit pas pardonné à Absalon. Tel fut leur avis sans rien conclure, mais c'étoit en effet signer un arrêt de mort. Alexis n'avoit

voit à la verité jamais maudit son Pere; il ne s'étoit point
revolté comme Absalon, il n'avoit point couché publiquement avec les Concubines du Roi; il avoit voiagé sans
la permission paternelle, & il avoit écrit des lettres à ses
amis, par lesquelles il marquoit seulement, qu'il esperoit,
qu'on se souviendroit un jour de lui en Russie. Cependant de cent vingt quatre Juges seculiers qu'on lui donna
il ne s'en trouva pas un, qui ne conclût à la mort; & ceux
qui ne savoient pas écrire, firent signer les autres pour eux.
On a dit dans l'Europe, que le Csar s'étoit fait traduire
d'Espagnole en Russe le Procès criminel de Don Carlos,
ce Prince infortuné, que Philippe second son Pere avoit
fait mettre dans un prison, où mourut cet Heritier d'une
grande Monarchie; mais jamais il n'y eut de Procès fait
à Don Carlos, & jamais on n'a sû la Maniére soit violente
soit naturelle dont ce Prince mourut. Pierre le plus despotique des Princes n'avoit pas besoin d'exemple. Ce qui
est certain c'est, que son fils mourut dans son lit de lendemain de l'arrest, & que le Csar avoit à Moscau une
des plus belles Apotiquaireries de l'Europe. Cependant
il est probable, que le Prince Alexis Heritier de la plus
vaste Monarchie du monde, condamné unanimement
par les sujets de son Pere, qui devoient être un jour
les siens, put mourir de la revolution, que fit dans
son corps un arrest si étrange & si funeste. Le Pere
alla voir son Fils expirant, & on dit qu'il versa des
larmes, *infelix utcunque ferent ea fata nepotes*. Mais
malgré ses larmes les roues furent couvertes de membres rompus des amis de son Fils. Il fit couper la
tête à son propre beau frere le Comte Lapuchin ~~frere
de la femme Ottokesa Lapuchin, qu'il avoit repudiée &
Oncle du Prince Alexis.~~ Le Confesseur du Prince eut
aussi la tête coupée. Si la Moscovie a été civilisée, il faut
avouer, que cette politesse lui a coûté cher.

Le reste de la vie du Csar ne fut qu'une suite de ses
grands Desseins, de ses travaux & des ses exploits, qui sembloient

bloient effacer l'excès de ses severités, peut-être neces-
saires. Il faisoit souvent des harangues à sa Cour & à
son Conseil. Dans une de ses harangues il leur dit, qu'il
avoit sacrifié son fils au salut de ses Etats.

Après la Paix glorieuse, qu'il conclut enfin avec la
Suede en 1721 par laquelle on lui ceda la Livonie, l'Estonie, l'Ingermanie, la moitié de la Carelie & du Vibourg,
les Etats de Russie lui déférerent le nom de Grand, de
Pere de la patrie & d'Empereur. Ces Etats étoient repre-
sentés par le Senat, qui lui donna solemnellement ces Titres en presence du Comte de Kinski, Ministre de l'Empereur, de Monsieur de Campredon, Envoyé de France,
des Ambassadeurs de Prusse & de Hollande; peu à peu
les Princes de l'Europe se sont accoûtumés à donner aux
Souverains de Russie ce Titre d'Empereur; mais cette
dignité n'empeche pas, que les Ambassadeurs de France
n'ayent par tout le pas sur ceux de Russie.

Les Russes doivent certainement regarder le Csar
comme le plus grand des hommes. De la Mer Baltique
aux frontiéres de la Chine, c'est un Heros: mais doit-il
l'être parmi nous? étoit-il comparable pour la Valeur à
nos Condés, à nos Villars & pour les connaissances, pour
l'esprit, pour les mœurs à une foule d'hommes, avec qui
nous vivons? Non: mais il étoit Roi, & Roi mal élevé,
& il a fait ce que peut-être mille Souverains à sa place
n'eussent pas fait. Il a eu cette force dans l'ame, qui
met un homme au-dessus des préjuges & de tout ce qui
l'environne & de tout ce qui l'a précedé; c'est un Architecte, qui a bati en brique, & qui ailleurs ont bati en
marbre. S'il eut regné en France, il eut pris les arts au
point où ils sont pour les élever au comble: on l'admiroit d'avoir vingt cinq grands vaisseaux sur la Mer Baltique,
il en eut eu deux cent dans nos Ports.

A voir ce qu'il a fait de Petersbourg qu'on juge ce qu'il
eut fait de Paris. Ce qui m'étonne le plus c'est le peu
d'esperance, que devoit avoir le genre-humain, qu'il dut
naitre

naître à Moscau un homme tel que le Csar Pierre. Il y avoit à parier un nombre égal à celui de tous les hommes, qui ont peuplé de tous les tems la Russie contre l'unité, que ce genie si contraire au genie de sa Nation ne seroit donné à aucun Russe ; & il y avoit encore à parier quinze millions, qui font le nombre des Russes d'aujourd'hui contre un, que ce lot de la nature ne tomberoit pas au Csar. Cependant la chose est arrivée. Il a fallu un nombre prodigieux de combinaisons & de Siécles avant que la nature fit naître celui qui devoit inventer la charrue & celui à qui nous devons l'art de la navette. Aujourd'hui les Russes ne font plus surpris de leurs progrés, ils se font en moins de cinquante ans familiarisez avec tous les arts. On diroit, que ces arts font anciens chez eux, il y a encore de vastes climats en Afrique où les hommes ont besoin d'un Csar Pierre ; il viendra peut-être dans des millions d'années, car tout vient trop tard.

❋❋❋❋❋❋❋❋❋❋❋❋❋❋❋❋❋❋❋❋

ESSAI
SUR
LE SIÉCLE
DE LOUIS XIV.

CHAPITRE I.

Ce n'eſt point la vie de Louis XIV qu'on prétend écrire, on ſe propoſe un plus grand objet. On veut eſſayer de peindre à la Poſtérité, non les actions d'un ſeul homme; mais l'eſprit des hommes dans le ſiécle le plus éclairé qui fut jamais.

Tous les tems ont produit des Héros & des Politiques: Tous les Peuples ont éprouvé des révolutions: Toutes les Hiſtoires ſont preſque égales pour qui ne veut mettre, que des faits dans ſa mémoire. Mais quiconque penſe, & ce qui eſt encore plus rare, quiconque a du goût, ne compte que quatre ſiécles dans l'Hiſtoire du monde. Ces quatre âges heureux, ſont ceux, où les Arts ont été perfectionnez, & qui ſervant d'époque à la grandeur de l'eſprit humain, ſont l'exemple de la Poſtérité.

Le premier de ces ſiécles, à qui la véritable gloire eſt attachée, eſt celui de Philippe & d'Alexandre, ou celui des Péricles, des Démoſthenes, des Ariſtotes, des Platons, des Appelles, des Phidias, des Praxiteles; & cet honneur a été renfermé dans les limites de la Grece, le reſte de la Terre étoit barbare.

R Le

Le fecond âge eft celui de Céfar & d'Augufte, défigné encore par les noms de Lucrece, de Ciceron, de Tite-Live, de Virgile, d'Horace, d'Ovide, de Varron, de Vitruve.

Le troifiéme eft celui, qui fuivit la prife de Conftantinople par Mahomet II. Alors on vit en Italie une famille de fimples Citoyens faire ce que devoient entreprendre les Rois de l'Europe; les Médicis appellérent à Florence les Arts, que les Turcs chaffoient de la Grece; c'étoit le tems de la gloire de l'Italie. Toutes les Sciences reprenoient une vie nouvelle; les Italiens les honorerent du nom de Vertu, comme les premiers Grecs les avoient caractérifez du nom de *Sageffe*. Tout tendoit à la perfection: les Michel Anges, les Raphaëls, les Titiens, les Taffes, les Ariofles fleurirent. La Gravure fut inventée, la belle Architecture reparut plus admirable encore que dans Rome triomphante; & la Barbarie Gothique, qui défiguroit l'Europe en tout genre, fut chaffée de l'Italie pour faire en tout place au bon goût.

Les Arts toûjours tranfplantez de Grece en Italie, fe trouvoient dans un terrain favorable, où ils fructifioient tout-à-coup. La France, l'Angleterre, l'Allemagne, l'Efpagne, voulurent à leur tour avoir de ces fruits; mais, ou ils ne vinrent point dans ces climats, ou bien ils dégénérerent trop vîte.

François Premier encouragea des Savans; mais qui ne furent que Savans; il eut des Architectes, mais il n'eut ni des Michel Anges, ni des Palladios; il voulut en vain établir des Ecoles de Peinture; les Peintres Italiens, qu'il appella ne firent point d'Eleves Français. Quelques Epigrammes & quelques Contes libres compofoient toute notre Poëfie; Rabelais étoit notre feul Livre de Profe à la mode du tems de Henri II.

En

En un mot, les Italiens seuls avoient tout, si vous en exceptez la Musique, qui n'étoit encore qu'informe, & la Philosophie expérimentale, qui étoit inconnue partout également.

Enfin, le quatriéme siécle est celui qu'on nomme le siécle de Louïs XIV, & c'est peut-être celui des quatre, qui approche le plus de la perfection. Enrichi des découvertes des trois autres, il a plus fait en certains genres que les trois ensemble. Tous les Arts à la vérité n'ont *pas* été poussez plus loin que sous les Médicis, sous les Augustes & les Alexandres; mais la raison humaine en général s'est perfectionnée. La saine Philosophie n'a été connue que dans ce tems: Et il est vrai de dire, qu'à commencer depuis les dernieres années du Cardinal de Richelieu, jusqu'à celles qui ont suivi la mort de Louïs XIV, il s'est fait dans nos Arts, dans nos esprits, dans nos mœurs, comme dans notre Gouvernement, une révolution générale, qui doit servir de marque éternelle à la véritable gloire de notre Patrie. Cette heureuse influence ne s'est pas même arrêtée en France; elle s'est étendue en Angleterre; elle a excité l'émulation dont avoit alors besoin cette Nation spirituelle & profonde; elle a porté le goût en Allemagne, les Sciences en Moscovie; elle a même ranimé l'Italie qui languissoit, & l'Europe a dû sa politesse à Louïs XIV.

Avant ce tems les Italiens appelloient tous les Ultramontains du nom de Barbares; il faut avouer, que les Français méritoient en quelque sorte cette injure. Nos Peres joignoient la Galanterie Romanesque des Maures à la grossiereté Gotique; ils n'avoient presque aucun des Arts aimables; ce qui prouve que les Arts utiles étoient négligez; car lorsqu'on a perfectionné ce qui est nécessaire, on trouve bien-tôt le beau & l'agréable, & il n'est pas étonnant que la Peinture, la Sculpture, la Poësie, l'Eloquence

quence, la Philosophie, fussent presque inconnues à une Nation, qui ayant des Ports sur l'Océan & sur la Méditerranée, n'avoit pourtant point de Flotte; qui aimant le luxe à l'excès, avoit à peine quelques Manufactures grossières.

Les Juifs, les Genois, les Venitiens, les Portugais, les Flamans, les Hollandais, les Anglais, firent tour-à-tour notre commerce, dont nous ignorions les principes. Louïs XIII à son avénement à la Couronne n'avoit pas un Vaisseau; Paris ne contenoit pas quatre cens mille hommes, & n'étoit pas décoré de quatre beaux Edifices; les autres Villes du Royaume ressembloient à ces Bourgs qu'on voit au-delà de la Loire. Toute la Noblesse, cantonnée à la Campagne dans des donjons entourez de fossez, opprimoit ceux qui cultivent la terre. Les grands chemins étoient presque impraticables; les Villes étoient sans Police, l'Etat sans argent, & le Gouvernement presque toûjours sans crédit parmi les Nations Etrangeres.

On ne doit pas se dissimuler, que depuis la décadence de la Famille de Charlemagne la France avoit langui plus ou moins dans cette faiblesse, parcequ'elle n'avoit presque jamais joui d'un bon Gouvernement.

Il faut, pour qu'un Etat soit puissant, ou que le Peuple ait une liberté fondée sur les Loix, ou que l'Autorité Souveraine soit affermie sans contradiction.

En France les Peuples furent esclaves jusques vers le tems de Philippe-Auguste; les Seigneurs furent tyrans jusqu'à Louis XI & les Rois toûjours occupez à soutenir leur autorité contre leurs Vassaux, n'eurent jamais ni le tems de songer au bonheur de leurs Sujets, ni le pouvoir de les rendre heureux.

Louis XI fit beaucoup pour la Puissance Royale; mais rien pour la félicité & la gloire de la Nation.

Fran-

François Premier fit naître le Commerce, la Navigation, les Lettres & tous les Arts; mais il fut trop malheureux pour leur faire prendre racine en France, & tous périrent après lui.

Henri le Grand vouloit retirer la France des calamitez & de la barbarie où trente ans de discorde l'avoient replongée, quand il fut assassiné dans sa Capitale au milieu du Peuple dont il alloit faire le bonheur.

Le Cardinal de Richelieu, occupé d'abaisser la Maison d'Autriche, le Calvinisme & les Grands, ne jouit point d'une puissance assez paisible pour réformer la Nation; mais au moins il commença cet heureux ouvrage.

Ainsi pendant neuf cens années, notre génie a été presque toujours retreci sous un Gouvernement Gothique, au milieu des divisions & des Guerres Civiles, n'ayant ni Loix ni Coutumes fixes, changeant de deux siécles en deux siécles un langage toujours grossier; les Nobles sans discipline, ne connaissant que la Guerre & l'oisiveté; les Ecclésiastiques vivant dans le désordre & dans l'ignorance, & les Peuples sans industrie, croupissant dans leur misere.

Voilà pourquoi les Français n'eurent part ni aux grandes découvertes, ni aux inventions admirables des autres Nations. L'Imprimerie, la Poudre, les Glaces, les Telescopes, le Compas de proportion, la Machine Pneumatique, le vrai Systême de l'Univers, ne leur appartiennent point; ils faisoient des Tournois, pendant que les Portugais & les Espagnols découvroient & conquéroient de nouveaux Mondes à l'Orient & à l'Occident du Monde connu. Charles Quint prodiguoit déja en Europe les trésors du Mexique, avant que quelques Sujets de François Premier eussent découvert la Contrée inculte du Canada; mais par le peu même, que firent les Français dans

le

le commencement du feiziéme fiécle, ont vit dequoi ils font capables quand ils font conduits.

On fe propofe de montrer ici ce qu'ils ont été fous Louis XIV & l'on fouhaite, que la Poftérité de ce Monarque, & celle de fes Peuples, également animées d'une heureufe émulation, s'efforçent de furpaffer leurs Ancêtres.

Il ne faut pas qu'on s'attende à trouver ici les détails prefque infinis des Guerres entreprifes dans ce fiécle; on eft obligé de laiffer aux Annaliftes le foin de ramaffer avec exactitude tous ces petits faits, qui ne ferviroient qu'à détourner la vûe de l'objet principal. C'eft à eux à marquer les marches, les contremarches des Armées, & les jours où les tranchées furent ouvertes devant des Villes, prifes & reprifes par les armes, données & rendues par des Traitez; mille circonftances intéreffantes pour les contemporains, fe perdent aux yeux de la Poftérité, & difparoiffent pour ne laiffer voir, que les grands événemens, qui ont fixé la deftinée des Empires; tout ce qui s'eft fait ne mérite pas d'être écrit. On tâchera furtout dans cet Effai, de ne s'attacher qu'à ce qui mérite l'attention de tous les tems, à ce qui peut peindre le génie & les mœurs des hommes, à ce qui peut fervir d'inftruction, & confeiller l'amour de la vertu, des Arts & de la Patrie.

On effayera de faire voir ce qu'étoient & la France & les autres Etats de l'Europe avant la naiffance de Louis XIV; enfuite on décrira les grands événemens politiques & militaires de fon Régne. On dira ce qui s'eft paffé de fon tems au fujet de la Religion, qui ayant été donnée aux hommes comme la régle de la Morale, devient trop fouvent entre leurs mains un des grands objets de la Politique. On parlera enfuite de la vie privée de Louis XIV, de cette vie toûjours égale, toûjours décente jufques dans les

les plaifirs, modéle de la conduite de tout homme en place. Le Gouvernement interieur de fon Royaume, objet bien plus important, contiendra auffi quelques Articles à part; enfin on traitera du progrès des Arts & des Sciences, & de l'Hiftoire de l'Efprit humain, principal objet de cet Ouvrage.

DES ETATS CHRETIENS DE L'EUROPE AVANT LOUIS XIV.

Il y avoit déja long-tems qu'on pouvoit régarder l'Europe Chrétienne (à la Mofcovie près) comme une grande République, partagée en plufieurs Etats, les uns Monarchiques, les autres Mixtes; ceux-ci Ariftocratiques, ceux-là Populaires; mais tous correfpondans les uns avec les autres, tous ayant un même fonds de Religion, quoique divifez en plufieurs Sectes, tous ayant les mêmes principes de droit public & de politique, inconnus dans les autres Parties du Monde. C'eft par ces principes, que les Nations Européanes ne font point Efclaves leurs prifonniers, qu'elles refpectent les Ambaffadeurs de leurs Ennemis, qu'elles conviennent enfemble de la prééminence & de quelques droits de certains Princes, comme de l'Empereur, des Rois, & des autres moindres Potentats, & qu'elles s'accordent furtout dans la fage politique de tenir entr'elles, autant qu'elles peuvent, une balance égale de pouvoir, employant fans ceffe les Négotiations, même au milieu de la Guerre, & entretenant les unes chez les autres des Ambaffadeurs, ou des Efpions moins honorables, qui peuvent avertir toutes les Cours des deffeins d'une feule, donner à la fois l'alarme à l'Europe, & garantir les plus foibles des invafions, que le plus fort eft toûjours prêt d'entreprendre.

Depuis Charles-Quint la balance panchoit trop du côté de la Maifon d'Autriche. Cette Maifon puiffante étoit

R 4 vers

vers l'an 1630 maîtreffe de l'Efpagne, du Portugal, & des tréfors de l'Amerique ; la Flandre, le Milanois, le Royaume de Naples, la Bohême, la Hongrie, l'Allemagne même (fi on peut le dire) étoient devenus fon patrimoine ; & fi tant d'Etats avoient été réunis fous un feul Chef de cette Maifon, il eft à croire, que l'Europe lui auroit enfin été affervie.

DE L'ALLEMAGNE.

L'Empire d'Allemagne eft le plus puiffant voifin qu'ait la France ; il eft à-peu-près de la même étendue, moins riche peut-être en argent, mais plus fécond en hommes robuftes & patiens dans le travail. La Nation Allemande eft gouvernée, peu s'en faut, comme l'étoit la France fous les premiers Rois Capétiens, qui étoient les Chefs, fouvent mal obéis, de plufieurs grands Vaffaux, & d'un grand nombre de petits. Aujourd'hui foixante Villes libres, & qu'on nomme Impériales, environ autant de Souverains Séculiers, près de quarante Princes Eccléfiaftiques, foit Abbez, foit Evêques, neuf Electeurs, parmi lefquels on peut compter trois Rois ; enfin l'Empereur, Chef de tous ces Potentats, compofent ce grand Corps Germanique, que le flegme Allemand fait fubfifter avec prefque autant d'ordre, qu'il y avoit autrefois de confufion dans le Gouvernement Français.

Chaque Membre de l'Empire a fes droits, fes Priviléges, fes obligations ; & la connaiffance difficile de tant de Loix, fouvent conteftées, fait ce qu'on appelle en Allemagne, *l'Etude du Droit public*, pour laquelle la Nation Germanique eft fi renommée.

L'Empereur par lui-même ne feroit guéres à la vérité plus puiffant, ni plus riche qu'un Doge de Venife. L'Allemagne, partagée en Villes libres & en Principautez, ne laiffe au Chef de tant d'Etats, que la prééminence

avec

avec d'extrêmes honneurs, sans domaine, sans argent, & par conséquent sans pouvoir. Il ne possede pas à titre d'Empereur un seul Village; la Ville de Bamberg lui est assignée seulement pour sa résidence, quand il n'en a pas d'autre. Cependant cette dignité, aussi vaine que suprême, étoit devenuë si puissante entre les mains des Autrichiens, qu'on a craint souvent, qu'ils ne convertissent en Monarchie absoluë cette République de Princes.

Deux Partis divisoient alors, & partagent encore aujourd'hui l'Europe Chrétienne, & surtout l'Allemagne. Le premier est celui des Catholiques, plus ou moins soumis au Pape; le second est celui des ennemis de la Domination Spirituelle & Temporelle du Pape & des Prélats Catholiques. Nous appellons ceux de ce Parti du nom général de Protestans, quoiqu'ils soient divisez en Luthériens, Calvinistes & autres, qui tous se haïssent entr'eux, presque autant qu'ils haïssent Rome.

En Allemagne, la Saxe, le Brandebourg, le Palatinat, une partie de la Bohême, de la Hongrie, les Etats de la Maison de Brunswic, le Wirtemberg, suivent la Religion Luthérienne, qu'on nomme Evangelique. Toutes les Villes libres Impériales ont embrassé cette Secte, qui a semblé plus convenable que la Religion Catholique, à des Peuples jaloux de leur liberté.

Les Calvinistes répandus parmi les Luthériens, qui sont les plus forts, ne font qu'un parti médiocre; les Catholiques composent le reste de l'Empire, & ayant à leur tête la Maison d'Autriche, ils étoient sans doute les plus puissans.

Non seulement l'Allemagne, mais tous les Etats Chrétiens saignoient encore des playes, qu'ils avoient reçuës de tant de Guerres de Religion, fureur particuliére aux

R 5   Chré-

Chrétiens, ignorée des Idolâtres, & fuite malheureufe de l'efprit dogmatique introduit depuis fi long-tems dans toutes les conditions. Il y a peu de Points de Controverfes, qui n'ayent caufé une Guerre Civile, & les Nations Etrangeres (peut-être notre Poftérité) ne pourront un jour comprendre, que nos Peres fe foient égorgez mutuellement pendant tant d'années, en prêchant la patience.

En 1619 l'Empereur Mathias étant mort fans enfans, le Parti Proteftant fe remua pour ôter l'Empire à la Maifon d'Autriche & à la Communion Romaine; mais Ferdinand de Gratz coufin de Mathias, n'en fut pas moins élu Empereur. Il étoit déja Roi de Bohême & de Hongrie, par la demiffion de Mathias, & par le choix forcé, que firent de lui ces deux Royaumes.

Ce Ferdinand II continua d'abattre le Parti Proteftant, il fe vit quelque tems le plus puiffant & le plus heureux Monarque de la Chrétienté, moins par lui-même que par le fuccès de fes deux Grands Généraux, Valftein & Tilly, à l'exemple de beaucoup de Princes de la Maifon d'Autriche, conquérans fans être guerriers, & heureux par le mérite de ceux qu'ils favoient choifir. Cette Puiffance menaçoit déja du joug, & les Proteftans & les Catholiques: l'alarme fut même portée jufqu'à Rome, fur laquelle ce titre d'Empereur & de Roi des Romains donnent des droits chimériques, que la moindre occafion peut rendre trop réels. Rome, qui de fon côté prétendoit autrefois un droit plus chimérique fur l'Empire, s'unit alors avec la France contre la Maifon d'Autriche. L'argent des Français, les intrigues de Rome & les cris de tous les Proteftans, appellerent enfin du fond de la Suede Guftave-Adolphe, le feul Roi de ce tems-là, qui pût prétendre au nom de Héros, & le feul, qui pût renverfer la puiffance Autrichienne:

l'arri-

L'arrivée de Gustave en Allemagne changea la face de l'Europe. Il gagna en 1631 contre le Général Tilly, la bataille de Leipsik, si célèbre par les nouvelles manœuvres de Guerre, que ce Roi mit en usage, & qui passe encore pour le chef-d'œuvre de l'Art Militaire.

L'Empereur Ferdinand se vit en 1632 prêt à perdre la Bohême, la Hongrie & l'Empire; son bonheur le sauva, Gustave-Adolphe fut tué à la Bataille de Lutzen, au milieu de sa victoire, & la mort d'un seul homme rétablit ce que lui seul pouvoit détruire.

La politique de la Maison d'Autriche, qui avoit succombé sous les Armes d'Adolphe, se trouva forte contre tout le reste; elle détacha les Princes les plus puissans de l'Empire de l'Alliance des Suédois. Ces Troupes victorieuses abandonnées de leurs Alliez, & privées de leur Roi, furent battues à Norlingue; & quoique plus heureuses ensuite, elles furent toûjours moins à craindre que sous Gustave.

Ferdinand II, mort dans ses conjonctures, laissa tous ses Etats à son fils Ferdinand III, qui hérita de sa politique, & fit comme lui, la Guerre de son Cabinet: il régna pendant la minorité de Louis XIV.

L'Allemagne n'étoit point alors aussi florissante, qu'elle l'est devenue depuis; le luxe y étoit inconnu, & les commoditez de la vie étoient encore très rares chez les plus grands Seigneurs. Elles n'y ont été portées, que vers l'an 1686 par le Réfugiez Français, qui allerent y établir leurs Manufactures. Ce Païs fertile & peuplé manquoit de Commerce & d'Argent, la gravité des mœurs & la lenteur particuliére aux Allemands, les privoient de ces plaisirs & de ces Arts agréables, que la sagacité Italienne cultivoit depuis tant d'années, & que l'industrie Française commençoit dès-lors à perfectionner. Les Allemands riches

ches chez eux, étoient pauvres ailleurs; & cette pauvreté, jointe à la difficulté de réünir long-tems sous les mêmes étendarts tant de Peuples différens, les mettoit à-peu-près comme aujourd'hui, dans impossibilité de porter & de soutenir long-tems la Guerre chez leurs Voisins. Aussi c'est presque toûjours dans l'Empire, que les Français ont fait la Guerre contre l'Empire. La différence du Gouvernement & du génie rend les Français plus propres pour l'attaque, & les Allemands pour la défense.

DE L'ESPAGNE.

L'Espagne gouvernée par la Branche aînée de la Maison d'Autriche, avoit imprimé, après la mort de Charles-Quint, plus de terreur que la Nation Germanique; les Rois d'Espagne étoient incomparablement plus absolus & plus riches. Les mines de Mexique & du Potose sembloient leur fournir dequoi acheter la liberté de l'Europe. Ce projet de la Monarchie Universelle de notre continent Chrétien, commencé par Charles-Quint, fut d'abord soutenu par Philippe II. Il voulut du fonds de l'Escurial asservir la Chrétienté par les Négotiations & par la Guerre. Il envahit le Portugal. Il désola la France, il menaça l'Angleterre; mais plus propre peut-être à marchander de loin les Esclaves, qu'à combattre de près ses ennemis, il n'ajouta aucune conquête à celle du Portugal; il sacrifia de son aveu quinze cens millions, qui font aujourd'hui en 1745 plus de trois mille millions de notre monnoye, pour asservir la France, & pour regagner la Hollande. Mais ses trésors ne servirent qu'à enrichir ces Païs qu'il voulut dompter.

Philippe III, son fils, moins Guerrier encore & moins sage, eut peu de vertus de Roi. La superstition, ce vice des ames faibles, ternit son Régne & affaiblit la Monarchie Espagnole. Son Royaume commençoit à s'épuiser d'Had'Habitans par les nombreuses Colonies, que l'avarice transplantoit dans le Nouveau Monde, & ce fut dans ces circonstances, que ce Roi chassa de ses Etats plus de huit cens mille Maures, lui qui auroit dû au-contraire en faire venir davantage, s'il est vrai, que le nombre des Sujets soit le vrai Trésor des Rois; l'Espagne fut presque déserte depuis ce tems. La fierté oisive des Habitans laissa passer en d'autres mains les richesses du Nouveau Monde; l'Or du Pérou devint le partage de tous les Marchands de l'Europe. Envain une Loi sévere & presque toûjours executée, ferme les Ports de l'Amérique Espagnole aux autres Nations; les Négocians de France, d'Angleterre, d'Italie chargent de leurs Marchandises les Gallions, en rapportent le principal avantage, & c'est pour eux que le Pérou & le Mexique ont été conquis.

La grandeur Espagnole ne fut donc plus sous Philippe III, qu'un vaste Corps sans substance, qui avoit plus de réputation que de force.

Philippe IV, héritier de la faiblesse de son pere, perdit le Portugal par sa négligence, le Roussillon par la faiblesse de ses armes, & la Catalogne par l'abus du despotisme. C'est ce même Roi à qui le Comte Duc Olivarès son Favori & son Ministre, fit prendre le nom de Grand à son avénement à la Couronne, peut-être pour l'exciter à mériter ce titre dont il fut si indigne, que tout Roi qu'il étoit, personne n'osa le lui donner. De tels Rois ne pouvoient être long-tems heureux dans leurs Guerres contre la France. Si nos divisions & nos fautes leur donnoient quelques avantages, ils en perdoient le fruit par leur incapacité. De-plus, ils commandoient à des Peuples que leurs Priviléges mettoient en droit de mal servir; les Castillans avoient la prérogative de ne point combattre hors de leur Patrie. Les Arragonais disputoient sans cesse leur liberté contre le Conseil Royal, & les Catalans qui

qui regardoient leurs Rois comme leurs ennemis, ne leur
permettoient pas même de lever des Milices dans leurs
Provinces. Ainsi ce beau Royaume étoit alors peu puissant au-dehors & misérable au-dedans ; nulle industrie ne
fecondoit dans ces climats heureux, les présens de la Nature ; ni les Soyes de la Valence, ni les belles Laines de
l'Andaloufie & de la Castille, n'étoient préparées par les
mains Espagnoles. Les Toiles fines étoient un luxe très-
peu connu. Les Manufactures Flamandes, restes des
monumens de la Maison de Bourgogne, fournissoient à
Madrid ce que l'on connaissoit alors de magnificence.
Les Etoffes d'or & d'argent étoient défendues dans cette
Monarchie, comme elles le feroient dans une République
indigente, qui craindroit de s'appauvrir. En effet, malgré les mines du Nouveau Monde l'Espagne étoit si pauvre, que le Ministére de Philippe IV, se trouva réduit à
la nécessité de faire de la Monnoye de cuivre, à laquelle
on donna un prix presque aussi fort qu'à l'argent ; il
fallut que le Maître du Mexique & du Perou fit de la
fausse monnoye pour payer les Charges de l'Etat. On
n'ósoit, si on en croit le sage Gourville, imposer des Taxes personnelles ; parceque ni les Bourgeois, ni les gens
de la campagne, n'ayant presque point de meubles, n'auroient jamais pu être contraints à payer. Tel étoit l'état
de l'Espagne, & cependant réunie avec l'Empire elle mettoit un poids redoutable dans la balance de l'Europe.

DU PORTUGAL.

Le Portugal redevenoit alors un Royaume. Jean,
Duc de Bragance, Prince, qui passoit pour faible, avoit
arraché cette Province à un Roi plus faible que lui ; les
Portugais cultivoient par nécessité le Commerce, que
l'Espagne négligeoit par fierté ; ils venoient de se liguer
avec la France & la Hollande en 1641 contre l'Espagne.
                                                    Cette

Cette révolution du Portugal valut à la France plus, que n'euffent fait les plus fignalées Victoires. Le Miniftére Français, qui n'avoit contribué en rien à cet événement, en retira fans peine le plus grand avantage, qu'on puiffe avoir contre fon ennemi, celui de le voir attaqué par une Puiffance irréconciliable.

Le Portugal fecouant le joug de l'Efpagne, étendant fon Commerce & augmentant fa puiffance, rappelle ici l'idée de la Hollande, qui jouiffoit des mêmes avantages d'une maniére bien différente.

DE LA HOLLANDE.

Ce petit Etat des fept Provinces-Unies, Païs ftérile, mal-fain, & prefque fubmergé par la mer, étoit depuis environ un demi-fiécle un exemple prefque unique fur la terre de ce que peuvent l'amour de la liberté, & le travail infatigable. Ces Peuples pauvres, peu nombreux, bien moins aguerris que les moindres Milices Efpagnoles, & qui n'étoient comptez encore pour rien dans l'Europe, réfifterent à toutes les forces de leur Maître & de leur Tyran Philippe II, éludèrent les deffeins de plufieurs Princes, qui vouloient les fecourir pour les afferir, & fondèrent une Puiffance, que nous avons vu balancer le pouvoir de l'Efpagne même. Le défefpoir qu'infpire la tyrannie les avoit d'abord armez: la liberté avoit élevé leur courage, & les Princes de la Maifon d'Orange en avoient fait d'Excellens Soldats. A peine vainqueurs de leurs Maîtres, ils établirent une forme de Gouvernement, qui conferve, autant qu'il eft poffible, l'égalité, le droit le plus naturel des hommes.

La douceur de ce Gouvernement & la tolérance de toutes les manieres d'adorer Dieu, dangereufe peut-être ailleurs; mais là néceffaire, peuplerent la Hollande d'une foule d'Etrangers, & furtout de Wallons, que l'Inquifition

sition persécutoit dans leur Patrie, & qui d'Esclaves devinrent Citoyens.

La Religion Calvinisle dominant dans la Hollande, servit encore à sa puissance. Ce Païs, alors si pauvre, n'auroit pu ni suffire à la magnificence des Prélats, ni nourrir des Ordres Religieux; & cette Terre, où il falloit des hommes, ne pouvoit admettre ceux, qui s'engagent par serment à laisser périr, autant qu'il est en eux, l'Espece Humaine. On avoit l'exemple de l'Angleterre, qui étoit d'un tiers plus peuplée depuis que les Ministres des Autels jouissoient de la douceur du mariage, & que les espérances des Familles n'étoient plus ensevelies dans le célibat du Cloître.

Tandis que les Hollandais établissoient, les armes à la main, ce Gouvernement nouveau, ils le soutenoient par le Négoce; ils allerent attaquer au fonds de l'Asie ces mêmes Maîtres, qui jouissoient alors des découvertes des Portugais; ils leur enleverent les Isles où croissent ces Epiceries précieuses, trésors aussi réels que ceux du Perou, & dont la culture est aussi salutaire à la santé, que le travail des mines est mortel aux hommes.

La Compagnie des Indes Orientales, établie en 1602, gagnoit déja près de trois cens pour cent en 1620. Ce gain augmentoit chaque année. Bien-tôt cette Société de Marchands, devenuë une Puissance formidable, bâtit dans l'Isle de Java, la Ville de Batavia, la plus belle de l'Asie, & le centre du Commerce, dans laquelle résident cinq mille Chinois, & où abordent toutes les Nations de l'Univers. La Compagnie peut y armer trente Vaisseaux de Guerre de quarante piéces de Canon, & mettre aumoins vingt mille hommes sous les armes. Un simple Marchand, Gouverneur de cette Colonie, y paraît rait avec la pompe des plus Grands Rois, sans que ce faste Asiatique corrompe la frugale simplicité des Hollandais en Europe. Ce Commerce & cette frugalité firent la grandeur des sept Provinces.

Anvers, si long-tems florissante, & qui avoit englouti le Commerce de Venise, ne fut plus qu'un désert. Amsterdam, malgré les incommoditez de son Port, devint à son tour le magasin du monde. Toute la Hollande s'enrichit & s'embellit par des travaux immenses. Les eaux de la Mer furent contenuës par des doubles Digues. Des Canaux creusez dans toutes les Villes furent revêtus de pierre; les ruës devinrent de larges Quais, ornez de grands arbres. Les Barques chargées de marchandises aborderent aux portes des Particuliers, & les Etrangers ne se lassent point d'admirer ce mélange singulier, formé par les faîtes des maisons, les cimes des arbres, & les Banderoles des Vaisseaux, qui donnent à la fois dans un même lieu, le spectacle de la Mer, de la Ville & de la Campagne.

Cet Etat, d'une espece si nouvelle, étoit depuis sa fondation, attaché intimement à la France: l'intérêt les réunissoit; ils avoient les mêmes ennemis; Henri le Grand & Louis XIII avoient été ses Alliez & ses Protecteurs.

DE L'ANGLETERRE.

L'Angleterre, beaucoup plus puissante, affectoit la Souveraineté des Mers, & prétendoit mettre une balance entre les Dominations de l'Europe; mais Charles Premier, qui régnoit depuis 1625, loin de pouvoir soutenir le poids de cette balance, sentoit le Sceptre échapper déja de sa main; il avoit voulu rendre son pouvoir en Angleterre, indépendant des Loix, & changer la Religion en Ecoffe. Trop opiniâtre pour fe défifter de ces deffeins, & trop faible pour les executer; bon Mari, bon Maître, bon Pere, honnête homme, mais Monarque mal confeillé; il s'engagea dans une Guerre Civile, qui lui fit perdre enfin le Trône & la vie fur un échafaut, par une révolution prefque inouie.

Cette Guerre Civile, commencée dans la minorité de Louis XIV, empêcha pour un tems l'Angleterre d'entrer dans les intérêts de fes Voifins; elle perdit fa confidération avec fon bonheur; fon Commerce fut interrompu; les autres Nations la crurent enfevelie fous fes ruines jufqu'au tems où elle devint tout-a-coup plus formidable que jamais, fous la Domination de Cromwel, qui l'affujettit, en portant l'Evangile dans une main, l'épée dans l'autre, le mafque de la Religion fur le vifage, & qui dans fon Gouvernement, couvrit des qualitez d'un grand Roi tous les crimes d'un Ufurpateur.

DE ROME.

Cette balance, que l'Angleterre s'étoit long-tems flattée de maintenir entre les Rois par fa puiffance, la Cour de Rome effayoit de la tenir par fa politique. L'Italie étoit divifée, comme aujourd'hui, en plufieurs Souverainetez: celle que poffede le Pape eft affez grande pour le rendre refpectable comme Prince, & trop petite pour le rendre redoutable. La nature du Gouvernement ne fert pas à peupler fon Païs, qui d'ailleurs a peu d'argent & de commerce; fon autorité fpirituelle, toûjours un peu mêlée de temporel, eft détruite & abhorrée dans la moitié de la Chrétienté; & fi dans l'autre il eft regardé comme un pere, il a des enfans,

qui

qui lui réfistent quelquefois avec raison & avec succès.
La maxime de la France eft, de le regarder comme une
perfonne facrée; mais entreprenante, à laquelle il faut
baifer les pieds, & lier quelquefois les mains. On
voit encore dans tous les Païs Catholiques les traces des
pas, que la Cour de Rome a faits autrefois vers la Monarchie Univerfelle. Tous les Princes de la Religion
Catholique envoyent au Pape, à leur avénement, des
Ambaffades qu'on nomme d'*Obédience*. Chaque Couronne a dans Rome un Cardinal, qui prend le nom de
Protecteur. Le Pape donne des Bulles de tous les Evê-
chez, & s'exprime dans fes Bulles, comme s'il confé-
roit ces Dignitez de fa feule puiffance. Tous les Evêques Italiens, Efpagnols, Flamans, & même quelques
Français, fe nomment Evêques par la permiffion Divine, & par celle du Saint Siége. Il n'y a point de
Royaume, dans lequel il n'y ait beaucoup de Bénéfices
à fa nomination; il reçoit en tribut les revenus de la première année des Bénéfices Confiftoriaux.

Les Religieux dont les Chefs réfident à Rome, font
encore autant de fujets immédiats du Pape, répandus
dans tous les Etats. La coutume, qui fait tout, & qui
eft caufe que le monde eft gouverné par des abus comme
par des Loix, n'a pas toûjours permis aux Princes de remédier entierement à un danger, qui tient d'ailleurs à
des chofes utiles & facrées. Prêter ferment à un autre
qu'à fon Souverain, eft un crime de Leze-Majefté dans
un Laïque; c'eft dans le Cloître un acte de Religion.
La difficulté de favoir, à quel point on doit obéir à ce
Souverain Etranger, la facilité de fe laiffer féduire, le
plaifir de fecouer un joug naturel pour en prendre un
qu'on fe donne à foi-même, l'efprit de trouble, le malheur des tems, n'ont que trop fouvent porté des
Ordres entiers de Religieux à fervir Rome contre
leur Patrie.

S 2

L'efprit

L'esprit éclairé, qui régne en France depuis un siécle, & qui s'est étendu dans presque toutes les conditions, a été le meilleur remede à cet abus. Les bons Livres écrits sur cette matiére, sont des vrais services rendus aux Rois & aux Peuples, & un des grands changemens, qui se soient faits par ce moyen dans nos mœurs sous Louis XIV, c'est la persuasion dans laquelle les Religieux commencent tous à être, qu'ils sont Sujets du Roi avant, que d'être serviteurs du Pape. La Jurisdiction, cette marque essentielle de la Souveraineté, est encore demeurée au Pontife Romain. La France même, malgré toutes ses Libertez de l'Eglise Gallicane, souffre que l'on appelle au Pape en dernier ressort dans les Causes Ecclésiastiques.

Si on veut dissoudre un mariage, épouser sa cousine ou sa niéce, se faire réléver de ses vœux, c'est à Rome (& non à son Evêque) qu'on s'addresse; les graces y sont taxées, & les Particuliers de tous les Etats y achetent des dispenses à tout prix.

Ces avantages, regardez par beaucoup de personnes comme la suite des plus grands abus, & par d'autres, comme les restes des droits les plus sacrez, sont soutenus avec un art admirable. Rome ménage son crédit avec autant de politique, que la République Romaine en mit à conquérir la moitié du monde connu.

Jamais Cour ne sçut mieux se conduire selon les hommes & selon les tems. Les Papes sont presque toûjours des Italiens, blanchis dans les affaires, sans passions qui les aveuglent; leur Conseil est composé de Cardinaux, qui leur ressemblent, & qui sont tous animez du même esprit. De ce Conseil émanent des ordres, qui vont jusqu'à la Chine & à l'Amérique; il embrasse

braſſe en ce ſens l'Univers; & on peut dire ce que diſoit autrefois un Etranger du Sénat de Rome: j'ai vû
un Conſiſtoire de Rois. La plûpart de nos Ecrivains
ſe ſont élevez avec raiſon contre l'ambition de cette
Cour; mais je n'en vois point qui ait rendu aſſez de
juſtice à ſa prudence. Je ne ſai, ſi une autre Nation eût
pû conſerver ſi long-tems dans l'Europe tant de prérogatives toujours combatues: toute autre Cour les eû
peut-être perdues, ou par ſa fierté, ou par ſa molleſſe,
ou par ſa lenteur, ou par ſa vivacité; mais Rome, employant preſque toujours à propos la fermeté & la
ſoupleſſe, a conſervé tout ce qu'elle a pû humaine-
ment garder. On la vit rampante ſous Charles Quint,
terrible à notre Roi Henri III, ennemie & amie tour-
à-tour de Henri IV, adroite avec Louis XIII, oppoſée
ouvertement à Louis XIV, dans le tems qu'il fut à
craindre, & ſouvent ennemie ſecrete des Empereurs
dont elle ſe défioit plus que du Sultan des Turcs.

Quelques droits, beaucoup de prétentions, encore
plus de politique: Voilà ce qui reſte aujourd'hui à
Rome de cette ancienne Puiſſance, qui ſix ſiécles
auparavant avoit voulu ſoumettre l'Empire & l'Europe
à la Tiare.

Naples eſt un témoignage ſubſiſtant encore de ce
droit que les Papes ſurent prendre autrefois avec tant
d'art & de grandeur, de créer & de donner des Royaumes. Mais le Roi d'Eſpagne, poſſeſſeur de cet
Etat, ne laiſſoit à la Cour Romaine que l'honneur
& le danger d'avoir un Vaſſal trop puiſſant.

DU RESTE DE L'ITALIE.

Au reſte, l'Etat du Pape étoit dans une paix heureuſe, qui n'avoit été alterée que par une petite

S 3 Guerre

Guerre entre les Cardinaux Barberin, neveux du Pape Urbain VIII & le Duc de Parme ; Guerre peu fanglante & paffagere, telle qu'on la devoit attendre de ces nouveaux Romains, dont les mœurs doivent être néceffairement conformes à l'efprit de leur Gouvernement. Le Cardinal Barberin, Auteur de ces troubles, marchoit à la tête de fa petite Armée avec des Indulgences. La plus forte bataille, qui fe donna, fut entre quatre ou cinq cens hommes de chaque parti. La Fortereffe de Piegaia fe rendit à difcrétion dès qu'elle vit approcher l'artillerie ; cette artillerie confiftoit en deux coulevrines. Cependant il fallut, pour étouffer ces troubles, qui ne méritent point de place dans l'Hiftoire, plus de Négociations que s'il s'étoit agi de l'ancienne Rome & de Carthage. On ne rapporte cet événement que pour faire connaitre le génie de Rome moderne, qui finit tout par la Négociation ; comme l'ancienne Rome finiffoit tout par des victoires.

Les autres Provinces d'Italie écoutoient des intérêts divers. Venife craignoit les Turcs & l'Empereur ; elle défendoit à peine fes Etats de Terre-Ferme, des prétentions de l'Allemagne, & de l'invafion du Grand Seigneur. Ce n'étoit plus cette Venife, autrefois la maitreffe du Commerce du Monde, qui cent cinquante ans auparavant avoit excité la jaloufie de tant de Rois. La fageffe de fon Gouvernement fubfiftoit ; mais fon grand Commerce anéanti lui ôtoit prefque toute fa force ; & la Ville de Venife étoit, par fa fituation, incapable d'être domptée ; & par fa faibleffe, incapable de faire des conquêtes.

L'Etat de Florence jouiffoit de la tranquillité & de l'abondance fous le Gouvernement des Médicis ; les Lettres, les Arts & la Politeffe que les Médicis avoient

avoient fait naître, floriſſoient encore. Florence alors
étoit en Italie ce qu'Athénes avoit été en Grece.

La Savoye déchirée par une Guerre Civile, &
par les Troupes Françaiſes & Eſpagnoles, s'étoit enfin
réünie toute entiere en faveur de la France, & contribuoit en Italie à l'affaibliſſement de la Puiſſance
Autrichienne.

Les Suiſſes conſervoient, comme aujourd, hui,
leur liberté, ſans chercher à opprimer perſonne. Ils
vendoient leurs Troupes à leurs voiſins plus riches
qu'eux; ils étoient pauvres; ils ignoroient les Sciences
& tous les Arts que le luxe a fait naître; mais ils
étoient ſages & heureux.

DES ETATS DU NORD.

Les Nations du Nord de l'Europe, la Pologne,
la Suede, le Dannemark, la Moſcovie, étoient comme les autres Puiſſances, toûjours en defiance, ou en
guerre entr'elles. On voyoit, comme aujourd'hui,
dans la Pologne les mœurs & le gouvernement des
Gots & des Francs, un Roi électif; des Nobles par-
tageant ſa Puiſſance; un Peuple eſclave, une faible
Infanterie, une Cavalerie compoſée de Nobles: point
de Villes fortifiées; preſque point de commerce.
Ces Peuples étoient tantôt attaquez par les Suedois,
ou par les Moſcovites, & tantôt par les Turcs. Les
Suedois, Nation plus libre encore par ſa Conſtitution,
qui admet les Payſans mêmes dans les Etats-Generaux,
mais alors plus ſoumiſe à ſes Rois que la Pologne,
furent victorieux preſque partout. Le Dannemark,
autrefois formidable à la Suede, ne l'étoit plus à perſonne, la Moſcovie n'étoit encore que barbare.

Des Turcs.

Les Turcs n'étoient pas ce qu'ils avoient été sous les Selimes, les Mahomets, & les Solimans; la mollesse corrompoit le Sérail, sans en bannir la cruauté. Les Sultans étoient en même-tems & les plus Despotiques des Souverains, & les moins assurez de leur Trône & de leur vie. Osman & Ibrahim venoient de mourir par le cordeau. Mustapha avoit été deux fois déposé. L'Empire Turc ébranlé par ces secousses, étoit encore attaqué par les Persans; mais quand les Persans le laissoient respirer, & que les révolutions du Sérail étoient finies, cet Empire redevenoit formidable à la Chrétienté; car depuis l'embouchure du Boristène jusqu'aux Etats de Venise, on voyoit la Moscovie, la Hongrie, la Grece, les Isles, tour-à-tour, en proye aux Armées des Turcs: Et dès l'an 1635, ils faisoient constamment cette guerre de Candie si funeste aux Chrétiens. Telles étoient la situation, les forces, & l'intérêt des principales Nations Européanes, vers le tems de la mort du Roi de France Louis XIII.

Situation de la France.

La France alliée à la Suede, à la Hollande, à la Savoye, au Portugal, & ayant pour elle les vœux des autres Peuples demeurez dans l'inaction, soutenoit contre l'Empire & l'Espagne une guerre ruïneuse aux deux Partis, & funeste à la Maison d'Autriche. Cette Guerre étoit semblable à toutes celles qui se font depuis tant de siécles entre les Princes Chrétiens, dans lesquelles des millions d'hommes sont sacrifiez, & des Provinces ravagées, pour obtenir enfin quelques petites Villes frontieres, dont la possession ne vaut jamais ce qu'à coûté la conquête.

Les

Les Généraux des Louis XIII avoient pris le Rouffillon ; les Catalans venoient de fe donner à la France, protectrice de la liberté qu'ils défendoient contre leurs Rois ; mais ces fuccez n'avoient pas empêché les Ennemis de prendre Corbie en 1637, & de venir jufqu'à Pontoife. La peur avoit chaffé de Paris la moitié de fes Habitans ; & le Cardinal de Richelieu, au milieu de fes vaftes projets d'abaiffer la Puiffance Autrichienne, avoit été réduit à taxer les Portes cocheres de Paris à fournir chacune un Laquais pour aller à la guerre, & pour repouffer les Ennemis des Portes de la Capitale.

Les Français avoient donc fait beaucoup de mal aux Efpagnols & aux Allemands & n'en avoient pas moins effuyé.

MŒURS DU TEMS.

Les Guerres avoient produit des Généraux illuftres ; tels qu'un Guftave-Adolphe, un Valftein, un Duc de Veimar, Picolomini ; Jean de Vert, le Maréchal de Guebrian, les Princes d'Orange, le Comte d'Harcourt. Des Miniftres d'Etat ne s'étoient pas moins fignalez. Le Chancelier Oxenftiern, le Comte Duc Olivarés ; mais furtout le Cardinal Duc de Richelieu, avoient attiré fur eux l'attention de l'Europe. Il n'y a aucun fiécle qui n'ait eu des Hommes d'Etat & de Guerre célèbres ; la politique & les armes femblent malheureufement être les deux profeffions les plus naturelles à l'homme ; il faut toûjours ou négocier, ou fe battre. Le plus heureux paffe pour le plus grand, & le Public attribue fouvent au mérite tous les fuccez de la fortune.

La Guerre ne fe faifoit pas comme nous l'avons vu faire du tems de Louis XIV ; les Armées n'étoient

pas

pas fi nombreufes, aucun Général, depuis le fiége de
Metz par Charles Quint, ne s'étoit vû à la tête de cinquante mille hommes: on affiégeoit & on défendoit
les Places avec moins de canons qu'aujourd'hui. L'Art
des Fortifications étoit encore dans fon enfance; les
piques & les arquebufes étoient en ufage; on n'avoit
pas perdu l'habitude des armes défenfives, il reftoit
encore des anciennes Loix des Nations, celle de déclarer la Guerre par un Héraut. Louïs XIII fut le
dernier qui obferva cette coûtume. Il envoya un Héraut d'Armes à Bruxelles déclarer la Guerre à l'Efpagne
en 1635.

Rien n'étoit plus commun alors que de voir des
Prêtres commander des Armées: le Cardinal Infant,
le Cardinal de Savoye, Richelieu, la Válette, Sourdis
Archevêque de Bourdeaux, avoient endoffé la cuiraffe,
& fait la guerre eux-mêmes. Les Papes menacerent
quelquefois d'excommunication ces Prêtres guerriers.
Le Pape Urbain VIII, fâché contre la France, fit dire
au Cardinal de la Vallette, qu'il le dépoüilleroit du
Cardinalat s'il ne quittoit les armes; mais réüni avec
la France, il le combla de bénédictions.

Les Ambaffadeurs, non moins Miniftres de Paix
que les Eccléfiaftiques, ne faifoient nulle difficulté de
fervir dans les Armées des Puiffances Alliées auprès def-
quelles ils étoient employez. Charnacé Envoyé de
France en Hollande, y commandoit un Régiment en
1637, & depuis même l'Ambaffadeur d'Eftrade fut Co-
lonel à leur fervice.

La France n'avoit en tout qu'environ quatrevingt
mille hommes effectifs fur pied. La Marine anéantie
depuis des fiécles, rétablie un peu par le Cardinal
de Richelieu, fut ruinée fous Mazarin. Louis XIII.
n'avoit

n'avoit qu'environ trente millions réels de revenu; mais l'argent étoit à vingt-six livres le marc; ces trente millions revenoient à environ cinquante-sept millions de ce tems, où la valeur arbitraire du marc d'argent est poussée jusqu'à quarante-neuf livres idéales, valeur numéraire exorbitante, & que l'intérêt public & la justice demandent qui ne soit jamais augmentée.

Le Commerce généralement répandu aujourd'hui, étoit en très-peu de mains; la Police du Royaume étoit entierement négligée; preuve certaine d'une administration peu heureuse. Le Cardinal de Richelieu, occupé de sa propre Grandeur attachée à celle de l'Etat, avoit commencé à rendre la France formidable au-dehors, sans avoir encore pû la rendre bien florissante au-dedans. Les grands-chemins n'étoient ni réparez, ni gardez, les brigands les infestoient, les rües de Paris étroites, mal pavées, & couvertes d'immondices dégoutantes, étoient remplies de Voleurs. On voit par les Registres du Parlement, que le Guet de cette Ville étoit réduit alors à quarante-cinq hommes mal payez, & qui même ne servoient pas.

Depuis la mort de François II, la France avoit été toûjours ou déchirée par des Guerres Civiles, ou troublée par des factions. Jamais le joug n'avoit été porté d'une maniere paisible & volontaire. Les Seigneurs avoient été élevez dans les Conspirations, c'étoit l'Art de la Cour, comme celui de plaire au Souverain l'a été depuis.

Cet esprit de discorde & de faction avoit passé de la Cour jusqu'aux moindres Villes, & possedoit toutes les Communautez du Royaume; on se disputoit tout, parcequ'il n'y avoit rien de réglé: il n'y avoit pas

jus-

jufqu'aux Paroiffes de Paris qui n'en vinffent aux
mains; les Proceffions fe battoient les unes contre les
autres, pour l'honneur de leurs Bannieres. On avoit
vû fouvent les Chanoines de Notre-Dame aux prifes
avec ceux de la Sainte Chapelle; le Parlement & la
Chambre des Comptes s'étoient battus pour le Pas
dans l'Eglife de Notre-Dame, le jour que Louis XIII
mit fon Royaume fous la protection de la Vierge.

Prefque toutes les Communautez du Royaume
étoient armées; prefque tous les particuliers refpi-
roient la fureur du Duël. Cette barbarie Gothique,
autorifée autrefois par les Rois même, & devenuë le
caractére de la Nation, contribuoit encore autant, que
les Guerres Civiles & Etrangeres, à dépeupler le
païs. Ce n'eft pas trop dire, que dans le cours
de vingt années, dont dix avoient été troublées par
la Guerre, il étoit mort plus de Français de la main
des Français mêmes, que de celle des Ennemis.

On ne dira rien ici de la maniére dont les Arts
& les Sciences étoient cultivez, on trouvera cette partie de l'Hiftoire de nos mœurs à fa place. On re-
marquera feulement, que la Nation Françaife étoit
plongée dans l'ignorance, fans excepter ceux qui croyent
n'être point Peuple.

On confultoit les Aftrologues, & on y croyoit.
Tous les Mémoires de ces tems-là, à commencer par
l'Hiftoire du Préfident de Thou, font remplis de
Prédictions. Le grave & fevere Duc de Sully, rap-
porte férieufement celles, qui furent faites à Henry IV.
Cette crédulité, la marque la plus infaillible de l'igno-
rance, étoit fi accréditée, qu'on eut foin de tenir un
Aftrologue caché prés de la Chambre de la Reine
Anne d'Autriche, au moment de la naiffance de
Louis XIV.

Ce

Ce que l'on croira à peine, & ce qui eſt pourtant rapporté par l'Abbé Vittorio Siri, Auteur contemporain, très-inſtruit; c'eſt que Louis XIII eut dès ſon enfance le ſur-nom de Juſte, parcequ'il étoit né ſous le ſigne de la Balance.

La même faibleſſe, qui mettoit en vogue cette chimére abſurde de l'Aſtrologie judiciaire, faiſoit croire aux poſſeſſions & aux ſortiléges; on en faiſoit un point de Religion; l'on ne voyoit que des Prêtres qui conjuroient des Démons. Les Tribunaux, compoſez de Magiſtrats, qui devoient être plus éclairez, que le Vulgaire, étoient occupez à juger des Sorciers. On reprochera toûjours à la mémoire du Cardinal de Richelieu la mort de ce fameux Curé de Loudun, Urbain Grandier, condamné au feu comme Magicien par une Commiſſion du Conſeil. On s'indigne, que le Miniſtre & les Juges ayent eu la faibleſſe de croire aux Diables de Loudun, ou la barbarie d'avoir fait périr un innocent dans les flâmes. On ſe ſouviendra avec étonnement, juſqu'à la derniere poſtérité, que la Maréchale d'Ancre fut brulée en Place de Greve, comme Sorciere; & que le Conſeiller Courtin, interrogeant cette femme infortunée, lui demanda de quel ſortilége elle s'étoit ſervie pour gouverner l'eſprit de Médicis; que la Maréchale lui répondit: *Je me ſuis ſervie du pouvoir qu'ont les ames fortes ſur les eſprits faibles;* & qu'enfin cette réponſe ne ſervit qu'à précipiter l'Arrêt de ſa mort.

On voit encore dans une Copie de quelques Regiſtres du Châtelet, un Procès commencé en 1601, au ſujet d'un cheval qu'un Maître induſtrieux avoit dreſſé à-peu-près de la maniére dont nous avons vû des exemples à la Foire; on vouloit faire brûler & le Maître & cheval, comme Sorciers.

En

En voilà affez pour faire connaître en général les mœurs & l'efprit du fiécle, qui précéda celui de Louis XIV.

Ce défaut de lumiéres dans tous les Ordres de l'Etat, fomentoit chez les plus honnêtes-gens, des pratiques fuperftitieufes, qui deshonoroient la Religion. Les Calviniftes, confondant avec le culte raifonnable des Catholiques les abus qu'on faifoit de ce culte, n'en étoient que plus affermis dans leur haine contre notre Eglife. Ils oppofoient à nos fuperftitions populaires, fouvent remplies de débauches, une dureté farouche & des mœurs féroces, caractére de prefque tous les Réformateurs; ainfi l'efprit de parti déchiroit & aviliffoit la France; & l'efprit de fociété, qui rend aujourd'hui cette Nation fi célébre & fi aimable, étoit abfolument inconnu. Point de maifons où les Gens de mérite s'affemblaffent pour fe communiquer leurs lumiéres; point d'Académies, point de Théâtres. Enfin, les Mœurs, les Loix, les Arts, la Société, la Religion, la Paix & la Guerre, n'avoient rien de ce qu'on vit depuis dans le fiécle qu'on appelle le fiécle de Louis XIV.

CHA-

* Riencourt dans fon Hift. de   dit, que le Teftament de Louis
Louis XIV a fi peu de fens, qu'il   XIII fut vérifié au Parlement.
                                                             Ce

❊❊❊❊❊❊❊❊❊❊❊❊❊❊❊❊❊❊❊❊❊❊❊❊❊

CHAPITRE SECOND.

Minorité de LOUIS XIV. Victoires des Fran-
çais sous le Grand Condé, alors Duc
d'Enguien.

Le Cardinal de Richelieu, & Louis XIII venoient de
mourir, l'un admiré & haï, l'autre déja oublié.
Ils avoient laissé aux Français, alors très-inquiets, de
l'aversion pour le nom seul du Ministére; & peu de respect pour le Trône. Louis XIII par son Testament
établissoit un Conseil de Régence. Ce Monarque, mal
obéi pendant sa vie seflatta de l'être mieux après sa mort, 18
mais la premiere démarche de sa veuve Anne d'Autriche, Août
fut de faire annuller les volontés de son mari par un 1643.
Arrêt du Parlement de Paris. Ce Corps, long-tems op-
posé à la Cour, & qui avoit à peine conservé sous Louis la liberté de faire des Remontrances, cassa le Testament de son Roi, avec la même facilité qu'il auroit jugé
la cause d'un Citoyen. Anne d'Autriche s'adressa à
cette Compagnie pour avoir la Régence illimitée; parceque Marie de Médicis s'étoit servie du même Tribunal après la mort d'Henri IV, & Marie de Médicis avoit
donné cet exemple; parceque toute autre voye eût été
longue & incertaine, que le Parlement entouré de Gardes ne pouvoit résister à ses volontés, & qu'un Arrêt
rendu par le Parlement & par les Pairs, sembloit assu-
rer un droit incontestable *.

L'usage, qui donne la Régence aux meres des Rois,
parut donc alors aux Français une Loi presque aussi fon-
damentale que celle, qui prive les femmes de la Couronne.

Ce qui trompa cet Ecrivain, c'est   fut confirmé: mais il avoit limi-
qu'en effet Louis XIII avoit dé-   mité son autorité; ce qui fut
claré la Reine Régente; ce qui   cassé.

ne. Le Parlement de Paris ayant décidée deux fois cette question, c'est-à-dire, ayant seul déclaré par des Arrêts ce droit des meres, parut en effet avoir donné la Régence, il se regarda, non sans quelque vraisemblance, comme le Tuteur des Rois, & chaque Conseiller crut être une partie de la Souveraineté.

Anne d'Autriche fut obligée d'abord de continuer la guerre contre le Roi d'Espagne Philippe IV, son frere, qu'elle aimoit. Il est difficile de dire précisément, pourquoi l'on faisoit cette guerre; on ne demandoit rien à l'Espagne, pas même la Navarre, qui auroit dû être le patrimoine des Rois de France. On se battoit depuis 1635, parceque le Cardinal de Richelieu l'avoit voulu. La France & la Suede attaquoient aussi l'Empereur; mais vers ce tems-là le fort de la guerre étoit du côté de la Flandre; les Troupes Espagnoles sortirent des frontieres du Hainaut au nombre de vingt-six mille hommes, sous la conduite d'un vieux Général expérimenté, nommé Don Francisco de Mélos. Ils vinrent ravager les frontieres de Champagne: ils attaquerent Rocroy, & ils crurent pénétrer bien-tôt jusqu'aux portes de Paris, comme ils avoient faits huit ans auparavant. La mort de Louis XIII, la faiblesse d'une Minorité relevoient leurs espérances, & quand ils virent qu'on ne leur opposoit qu'une Armée inférieure en nombre, commandée par un jeune-homme de 21 ans, leur espérance se changea en sécurité.

Ce jeune-homme sans expérience, qu'ils méprisoient, étoit Louis de Bourbon alors Duc d'Enguien, connu depuis sous le nom du Grand Condé. La plûpart des Grands Capitaines sont devenus tels par degrés. Ce Prince étoit né Général; l'Art de la guerre sembloit en lui un instinct naturel; il n'y avoit en Europe que lui & le Suedois Torstenson, qui eussent eu à vingt ans ce génie, qui peut se passer de l'expérience.

Le

Le Duc d'Enguien avoit reçu avec la nouvelle de la mort de Louis XIII l'ordre de ne point hazarder de bataille. Le Maréchal de l'Hôpital, qui lui avoit été donné pour le conseiller & pour le conduire, secondoit par sa circonspection ces ordres timides. Le Prince ne crut ni le Maréchal, ni la Cour; il ne confia son dessein qu'à Gassion Maréchal de Camp, digne d'être consulté par lui; ils forcerent le Maréchal à trouver la bataille nécessaire.

On remarque, que le Prince ayant tout réglé le soir, veille de la bataille, s'endormit si profondément, qu'il fallut le réveiller pour la donner. On conte la même chose d'Alexandre: il est naturel qu'un jeune-homme, épuisé des fatigues que demande l'arrangement d'un si grand jour, tombe ensuite dans un sommeil plein; il l'est aussi, qu'un génie fait pour la guerre, agissant sans inquiétude, laisse au corps assez de calme pour dormir. Le Prince gagna la bataille par lui-même, par un coup d'œil qui voyoit à la fois le danger & la ressource, par son activité exempte de trouble, qui le portoit à-propos à tous les endroits. Ce fut lui qui avec de la Cavalerie attaqua cette Infanterie Espagnole jusques-là invincible, aussi forte, aussi resserrée que la Phalange ancienne si estimée, & qui s'ouvroit avec une agilité que la Phalange n'avoit pas, pour laisser partir la décharge de dix-huit canons qu'elle renfermoit au milieu d'elle. Le Prince l'entoura, & l'attaqua trois fois. A peine victorieux, il arrêta le carnage. Les Officiers Espagnols se jettoient à ses genoux pour trouver auprès de lui un azile contre la fureur du Soldat vainqueur. Le Duc d'Enguien eut autant de soin de les épargner, qu'il en avoit pris pour les vaincre.

Le vieux Comte de Fuentes, qui commandoit cette Infanterie Espagnole, mourut percé de coups. Condé en l'apprenant, dit, qu'il voudroit être mort comme lui, s'il n'avoit pas vaincu.

19 May.

Le réfpect qu'on avoit encor en Europe pour les Armées Efpagnoles fut anéanti, & l'on commença à faire cas des Armées Françaifes, qui n'avoient point depuis cent ans gagné de bataille fi mémorable; car la fanglante journée de Marignan, difputée plûtôt que gagnée par François I, fur les Suiffes, avoit été l'ouvrage des Bandes Noires Allemandes, autant que des Troupes Françaifes.

Les journées de Pavie & de St. Quentin étoient encor des époques fatales à la réputation de la France. Henri IV avoit eu le malheur de ne remporter des avantages mémorables que fur fa propre Nation. Sous Louïs XIII le Maréchal de Guébriant avoit eu de petits fuccez; mais toûjours balancés par des pertes. Les grandes batailles, qui ébranlent les Etats, & qui reftent à jamais dans la mémoire des hommes, n'avoient été données en ce tems que par Guftave Adolphe.

Cette journée de Rocroy devint l'époque de la gloire Françaife, & de celle de Condé: il fut vaincre & profiter de la victoire. Ses Lettres à la Cour firent réfoudre le Siége de Thionville, que le Cardinal de Richelieu n'avoit pas ofé hazarder, & fes Couriers revenus trouverent tout preparé pour cette expédition.

Le Prince de Condé paffa à-travers le Païs ennemi, 8 Août trompa la vigilance du Général Beck, & prit enfin Thi-1643 onville. De là il courut mettre le Siége devant Cirq, & s'en rendre maître. Il fit repaffer le Rhin aux Allemans, il le paffa après eux, il vint réparer les pertes & les défaites que les Français avoient effuyés fur ces frontieres après la mort du Maréchal de Guébriant. Il trouva Fribourg pris, & le Général Mercy fous fes murs avec une Armée fupérieure encor à la fienne. Condé avoit fous lui deux Maréchaux de France, dont l'un étoit le Maréchal de Gramont, & l'autre ce Vicomte de Turenne, qui paffoit déja pour un des plus habiles Capitaines

de

de son tems, & qu'on osoit comparer au Maréchal de Guébriant.

Ce fut avec eux qu'il attaqua le Camp de Mercy re- 31 tranché sur deux éminences. Le combat recommença Août trois fois, à trois jours différens. On dit, que le Duc 1644 d'Enguien jetta son Bâton de Commandement dans les Retranchemens des Ennemis, & marcha pour le repren- dre l'épée à la main à la tête du Régiment de Conty. Il falloit peut-être des actions aussi hardies pour mener les Troupes à des attaques si difficiles. Cette bataille de Fribourg, plus meurtriere que décisive, fut comptée pour la seconde Victoire de ce Prince. Mercy décampa quatre jours après. Philipsbourg & Mayence rendus fu- rent la preuve & le fruit de la Victoire.

L'année suivante il livra bataille à Altemnem dans les 3 Août plaines de Norlingue. Gramont & Turenne, comman- 1645. doient encor sous ses ordres. Mercy & Glene étoient à la tête de l'Armée Allemande. La Victoire des Fran- çais fut plus complette, & non moins sanglante qu'à Fri- bourg. Le Maréchal de Gramont fut fait prisonnier; mais Glene fut pris, & Mercy fut tué. Ce General compté entre les plus Grands Capitaines, fut enterré dans le champ de bataille, & on mit sur sa tombe cette Inscrip- tion Latine: *Sta, Viator, Heroëm calcas.* Arrête, Vo- yageur, tu foule aux piés un Héros.

Le Prince assiégea ensuite Dunkerque à la vûe de l'Armée Espagnole, & il fut le premier qui donna 7 Oct. cette Place à la France. 1646.

Tant de succez & de services moins recompensés que suspects à la Cour, le faisoient craindre du Ministére au- tant que des Ennemis. On le tira du Théâtre de ses Conquêtes & de sa gloire, & on l'envoya en Catalogne avec de mauvaises Troupes mal payées; il assiégea Leri- da, & fut obligé de lever le siége. On l'accuse dans

quelques livres, de fanfaronade, pour avoir ouvert la
1647. tranchée avec des violons; on ne savoit pas que c'étoit
l'usage en Espagne.

Bien-tôt les affaires chancelantes forcèrent la Cour de
rappeller Condé en Flandre. L'Archiduc Léopold, frere de
l'Empereur, assiégeoit Lens en Artois. Condé rendu à ses
Troupes qui avoient toujours vaincu sous lui, les mena
droit à l'Archiduc. C'étoit pour la troisième fois qu'il donnoit bataille avec le désavantage du nombre. Il dit à ses
Soldats ces seules paroles; *Amis, souvenez-vous de Rocroy,*
de Fribourg & de Norlingue. Cette bataille de Lens mit
le comble à sa gloire.

Il dégagea lui-même le Maréchal de Gramont, qui
20 plioit avec l'aîle gauche; il prit le Général Beck. L'Ar-
Août chiduc se sauva à peine avec le Comte de Fuensaldagne.
1648. Les Impériaux & les Espagnols, qui composoient cette
Armée, furent dissipés, ils perdirent plus de cent Dra-
peaux, trente-huit piéces de canons; ce qui étoit alors très-
considérable. On leur fit cinq mille prisonniers, on leur
tua trois mille hommes, le reste déserta, & l'Archiduc
demeura sans Armée.

1645.   Tandis que le Prince de Condé * comptoit ainsi les
années de sa jeunesse par des Victoires, & que le Duc d'Orléans, frere de Louis XIII, avoit aussi soutenu la réputation
Juillet d'un Fils d'Henry IV, & celle de la France, par la prise de
1644. Gravelines, par celle de Courtray & de Mardik; le Vi-
Nov.
1644. comte de Turenne avoit pris Landau, il avoit chassé les
Espagnols de Tréve, & rétabli l'Electeur.

Il gagna avec les Suédois la bataille de Lavingen,
Nov. celle de Sommerhausen, & contraignit le Duc de Baviere
1647. à sortir de ses Etats à l'âge de près de 80 ans.

1645.   Le Comte de Harcourt prit Balaguier, & batit les
Espagnols. Ils perdirent en Italie Porto longone.

Vingt

* Son Pere mort en 1646.

Vingt Vaiſſeaux & vingt Galeres de France, qui com- 1646.
poſoient preſque toute la Marine rétablie par Richelieu,
batirent la Flotte Eſpagnole ſur la côte d'Italie.

Ce n'étoit pas tout, les Armes Françaiſes avoient encore envahi la Lorraine ſur le Duc Charles IV Prince
guerrier; mais inconſtant, imprudent, & malheureux, qui
ſe vit à la fois dépouillé de ſon Etat par la France, &
retenu priſonnier par les Eſpagnols.

Les Alliez de la France preſſoient la Puiſſance Autrichienne au Midy & au Nord.

Le Duc d'Albuquerque, Général des Portugais, gagna   May
contre l'Eſpagne la bataille de Badajox.   1644.

Torſtenſon défit les Impériaux près de Tabor, &   Mars
remporta une Victoire complette.   1645,

Le Prince d'Orange à la tête des Hollandais pénétra   Son
juſques dans le Brabant.   nom.

Le Roi d'Eſpagne, battu de tous côtez, voyoit le
Rouſſillon & la Catalogne entre les mains des Français. 1647.
Naples révoltée contre lui, venoit de ſe donner au Duc de
Guiſe, dernier Prince de cette Branche de la Maiſon ſi
féconde en Hommes illuſtres & dangereux. Celui-ci,
qui ne paſſa que pour un Avanturier audacieux parcequ'il
ne réuſſit pas, avoit eu du moins la gloire d'aborder ſeul
dans une barque au milieu de la Flotte d'Eſpagne, & de
défendre Naples ſans autre ſecours que ſon courage.

A voir tant de malheurs qui fondoient ſur la Maiſon
d'Autriche, tant de Victoires accumulées par les Français,
& ſecondées des ſuccez de leurs Alliez, on croiroit, que
Vienne & Madrid n'attendoient que le moment d'ouvrir
leurs portes, & que l'Empereur & le Roi d'Eſpagne étoient
preſque ſans Etats; cependant cinq années de gloire à peine traverſées par quelque revers, ne produiſirent que très-
peu d'avantages réels, beaucoup de ſang répandu, & nulle révolution. S'il y en eu une à craindre, ce fut pour la France, elle
touchoit à la ruine au milieu de ces proſpéritez apparentes.

T 3   CHA-

* *

CHAPITRE III.

Guerre Civile.

La Reine Anne d'Autriche, Régente abſolue, avoit fait du Cardinal Mazarin le maître de la France, & le ſien. Il avoit ſur elle cet empire, qu'un homme adroit devoit avoir ſur une femme née avec aſſez de faibleſſe pour être dominée, & avec aſſez de fermeté pour perſiſter dans ſon choix.

Que cette Reine ait été déterminée à ce choix par ſon cœur ou par la politique, c'eſt ce qu'on n'a jamais ſçu, & ce que les plus clairvoyans tâcherent envain de démêler. Mazarin uſa d'abord avec modération de ſa puiſſance. Il faudroit avoir vécu long-tems avec un Miniſtre pour peindre ſon caractere, pour dire quel degré de courage ou de faibleſſe il avoit dans l'eſprit; à quel point il étoit ou prudent ou fourbe. Ainſi ſans vouloir deviner ce qu'étoit Mazarin, on dira ſeulement ce qu'il fit. Il affecta dans les commencemens de ſa grandeur, autant de ſimplicité que Richelieu avoit déployé de hauteur. Loin de prendre des Gardes, & de marcher avec un faſte Royal, il eut d'abord le train le plus modeſte; il mit de l'affabilité, & même de la moleſſe partout, où ſon Prédeceſſeur avoit fait paraître une fierté infléxible. La Reine vouloit faire aimer ſa Régence & ſa perſonne, de la Cour & des Peuples, & elle y réuſſiſſoit. Gaſton, Duc d'Orleans frere de Louïs XIII, & le Prince de Condé, appuyoient ſon pouvoir, & n'avoient d'émulation que pour ſervir l'Etat.

Il falloit des Impôts pour ſoutenir la Guerre contre l'Eſpagne & contre l'Empire; on en établit quelques-uns bien modérez ſans doute en comparaiſon de ce que nous

avons

avons payé depuis, & bien peu suffisants pour les besoins de la Monarchie.

Le Parlement, en possession de vérifier les Edits de ces Taxes, s'opposa vivement à l'Edit du Tarif: il acquit la confiance des Peuples par les contradictions, dont il fatigua le Ministére. 1647.

Enfin douze charges de Maîtres des Requêtes nouvellement créés, & environ quatre-vingt mille écus de gages des Compagnies Supérieures retenus, souleverent toute la Robe, & avec la Robe tout Paris; ce qui feroit à peine aujourd'hui dans le Royaume la matiere d'une Nouvelle, excita alors une Guerre Civile.

Broussel, Conseiller Clerc de la Grand' Chambre, homme de nulle capacité, & qui n'avoit d'autre mérite que d'ouvrir toûjours les avis contre la Cour, ayant été arrêté, le Peuple en montra plus de douleur que la mort d'un bon Roi n'en a jamais causée. On vit renouveller les Barricades de la Ligue; le feu de la sédition parut allumé dans un instant, & difficile à éteindre. Il fut attisé par la main du Coadjuteur, depuis Cardinal de Retz. C'est le premier Evêque qui ait fait une Guerre Civile sans avoir la Religion pour prétexte. Cet homme singulier s'est peint lui-même dans ses Mémoires écrits avec un air de grandeur, une impétuosité de génie, & une inégalité, qui font l'image de sa conduite. C'étoit un homme, qui du sein de la débauche, & languissant encore des suites qu'elle entraîne, prêchoit le Peuple, & s'en faisoit idolâtrer. Il respiroit la faction & les complots; il avoit été à l'âge de 23 ans l'ame d'une conspiration contre la vie de Richelieu: il fut l'auteur des Barricades; il précipita le Parlement dans les cabales, & le peuple dans les séditions. Ce qui paraît surprenant, c'est que le Parlement entraîné par lui, leva l'étendart contre la Cour avant même d'être appuyé par aucun Prince.

T 4   Cette

Cette Compagnie depuis long-tems étoit regardée bien différemment par la Cour & par le Peuple. Si l'on en croyoit la voix de tous les Miniſtres & de la Cour, le Parlement de Paris étoit une Cour de Juſtice, faite pour juger les Cauſes des Citoyens: il tenoit cette prérogative de la ſeule volonté des Rois, il n'avoit ſur les autres Parlemens du Royaume d'autre prééminence que celle de l'ancienneté, & d'un reſſort plus conſidérable; il n'étoit la Cour des Pairs que parceque la Cour réſidoit à Paris: il n'avoit pas plus de droit de faire des remontrances que les autres Corps, & ce droit étoit encore une pure grace: il avoit ſuccédé à ces Parlemens qui repréſentoient autrefois la Nation Françaiſe; mais il n'avoit de ces anciennes Aſſemblées rien que le ſeul nom: & pour preuve inconteſtable, c'eſt qu'en effet les Etats Généraux étoient ſubſtitués à la place de ces Aſſemblées de la Nation, & le Parlement de Paris ne reſſembloit pas plus aux Parlemens tenus par nos premiers Rois, qu'un Conſul de Smyrne ou d'Alep ne reſſemble à un Conſul Romain.

Cette ſeule erreur de nom étoit le prétexte des prétentions ambitieuſes d'une Compagnie d'hommes de Loi, qui tous, pour avoir acheté leurs Offices de Robe, penſoient tenir la place des Conquérans des Gaules, & des Seigneurs des Fiefs de la Couronne. Ce Corps en tous les tems avoit abuſé du pouvoir que s'arroge néceſſairement un Premier Tribunal toûjours ſubſiſtant dans une Capitale. Il avoit oſé donner un Arrêt contre Charles VII, & le bannir du Royaume: il avoit commencé un Procès Criminel contre Henri III; il avoit en tous les tems réſiſté, autant qu'il l'avoit pû, à ſes Souverains; & dans cette Minorité de Louis XIV, ſous le plus doux des Gouvernemens, & ſous la plus indulgente des Reines, il vouloit faire la Guerre Civile à ſon Prince, à l'exemple de ce Parlement d'Angleterre, qui tenoit alors ſon Roi priſonnier, & qui
lui

lui fit trancher la tête. Tels étoient les difcours & les penfées du Cabinet.

Mais les Citoyens de Paris, & tout ce qui tenoit à la Robe, voyoient dans le Parlement un Corps augufte, qui avoit rendu la Juftice avec une intégrité refpectable, qui n'aimoit que le bien de l'Etat, & qui l'aimoit au péril de fa fortune, qui bornoit fon ambition à la gloire de réprimer l'ambition des Favoris, qui marchoit d'un pas égal entre le Roi & le Peuple; & fans examiner l'origine de fes droits & de fon pouvoir, on lui fuppofoit les droits les plus facrés, & le pouvoir le plus inconteftable, quand on le voyoit foutenir la caufe du Peuple contre des Miniftres déteftés; on l'appelloit *le Pere de l'Etat,* & on faifoit peu de différence entre le droit, qui donne la Couronne aux Rois, & celui qui donnoit au Parlement le pouvoir de modérer les volontés des Rois.

Entre ces deux extrémités un milieu jufte étoit impoffible à trouver; car enfin il n'y avoit de Loi bien reconnuë, que celle de l'occafion & du tems. Sous un Gouvernement vigoureux le Parlement n'étoit rien: il étoit tout fous un Roi faible, & l'on pouvoit lui appliquer ce que dit Mr. de Guimené, quand cette Compagnie fe plaignit fous Louis XIII, d'avoir été précédée par les Députez de la Nobleffe. *Meffieurs, vous prendrez bien révanche dans la Minorité.*

On ne veut point répéter ici tout ce qui a été écrit fur ces troubles, & copier des livres pour remettre fous les yeux tant de détails alors fi chers & fi importans, & aujourd'hui prefque oubliés: mais on doit dire ce qui caractérife l'efprit de la Nation, & moins ce qui appartient à toutes les Guerres Civiles, que ce qui diftingue celle de la Fronde.

Deux pouvoirs établis chez les hommes, uniquement pour le maintien de la paix; un Archêvêque & un Parlement

T 5 lement

lement de Paris ayant commencé les Troubles, le Peuple crut tous ses emportemens justifiés. La Reine ne
pouvoit paraître en Public sans être outragée; on ne l'appelloit que *Dame Anne;* & si on y ajoutoit quelque titre,
c'étoit un opprobre. Le Peuple lui reprochoit avec fureur de sacrifier l'Etat à son amitié pour Mazarin; & ce
qu'il y avoit de plus insupportable, elle entendoit de tous
côtez ces Chansons & ces Vaudevilles, monumens de
plaisanterie & de malignité, qui sembloient devoir éter-
niser le doute où l'on étoit de sa vertu.

6. Janv.   Elle s'enfuit de Paris avec ses enfans, son Ministre,
1649.   le Duc d'Orleans, frere de Louïs XIII, le Grand Condé
lui-même, & alla à St. Germain; on fut obligé de mettre en gages chez des Usuriers les Pierreries de la Couronne. Le Roi manqua souvent du nécessaire. Les Pages de sa Chambre furent congediez, parcequ'on n'avoit
pas dequoi les nourrir. En ce tems-là même la tante de
Louïs XIV, fille de Henry le Grand, femme du Roi
d'Angleterre, réfugiée à Paris, y étoit réduite aux der-
niéres extrémités de la pauvreté, & sa fille, depuis mariée au frere de Louïs XIV, restoit au lit n'ayant pas dequoi se chauffer; sans que le Peuple de Paris, enyvré de
ses fureurs, fît seulement attention aux afflictions de tant
de personnes Royales.

Ela Reine, les larmes aux yeux, pressa le Prince de
Condé de servir de Protecteur au Roi. Le Vainqueur
de Rocroy, de Fribourg, de Lens & de Nordlingue, ne
put démentir tant de services passez: il fut flatté de l'honneur de défendre une Cour, qu'il croyoit ingrate, contre
la Fronde, qui recherchoit son appui. Le Parlement eut
donc le Grand Condé à combattre; & il osa soutenir la
Guerre.

Le Prince de Conty, Frere du Grand Condé, aussi
jaloux de son aîné, qu'incapable de l'égaler; le Duc de
Lon-

Longueville, le Duc de Beaufort, le Duc de Bouillon, animez par l'esprit remuant du Coadjuteur, & avides de nouveautés, se flattant d'élever leur grandeur sur les ruines de l'Etat, & de faire servir à leurs desseins particuliers les mouvemens aveugles du Parlement, vinrent lui offrir leurs services. On nomma dans la Grand'Chambre les Généraux d'une Armée qu'on n'avoit pas. Chacun se taxa pour lever des Trouppes: il y avoit vingt Conseillers pourvus de Charges nouvelles créées par le Cardinal de Richelieu. Leurs Confreres, par une petitesse d'esprit, dont toute société est susceptible, sembloient poursuivre sur eux la memoire de Richelieu; ils les accabloient de dégoûts, & ne les regardoient pas comme Membres du Parlement: il fallut qu'ils donnassent chacun 15000 liv. pour les frais de la Guerre, & pour acheter la tolérance de leurs Confreres.

La Grand'Chambre, les Enquêtes, les Requêtes, la Chambre des Comptes, la Cour des Aides, qui avoient tant crié contre un impôt faible & nécessaire, qui n'alloit pas à cent mille écus, fournirent une somme de près de dix millions de notre monnoye d'aujourd'hui, pour la subversion de la Patrie. On leva douze mille hommes par Arrêt du Parlement, chaque Porte cochere fournit un homme & un cheval. Cette Cavalerie fut appellée *la Cavalerie des Portes Cocheres*. Le Coadjuteur avoit un Régiment à lui, qu'on nommoit le Régiment de Corinthe, parceque le Coadjuteur étoit Archevêque Titulaire de Corinthe,

Sans les noms de Roi de France, de Grand Condé, de Capitale du Royaume, cette Guerre de la Fronde eût été aussi ridicule, que celle des Barberins; on ne savoit pourquoi on étoit en armes. Le Prince de Condé assiégea cinq cens mille Bourgeois avec huit mille Soldats. Les Parisiens sortoient en campagne ornés de plumes &
de

de rubans; leurs évolutions étoient le sujet de plaisanteries des gens du métier. Ils fuyoient dès qu'ils rencon-
troient deux cens hommes de l'Armée Royale. Tout se
tournoit en raillerie; le Régiment de *Corinthe* ayant été
battu par un petit parti, on appella cet échec, *la premiére aux Corinthiens.*

Ces vingt Conseillers, qui avoient fourni chacun
quinze mille Livres, n'eurent d'autre honneurs, que d'être
appellez les *Quinze-Vingt.*

Le Duc de Beaufort, l'Idole du Peuple, & l'instrument dont on se servit pour le soulever, Prince populaire,
mais d'un esprit borné, étoit publiquement l'objet des
railleries de la Cour & de la Fronde même. On ne parloit jamais de lui, que sous le nom de Roi des Halles.
Les Troupes Parisiennes, qui sortoient de Paris, & qui
revenoient toûjours battues, étoient reçuës avec des huées
& des éclats de rire. On ne réparoit tous ces petits échecs
que par des Couplets & des Epigrammes. Les cabarêts,
& les autres maisons de débauche étoient les tentes où
l'on tenoit les Conseils de Guerre, au milieu des plaisanteries, des Chansons, & de la gayeté la plus dissolue. La
licence étoit si effrenée qu'une nuit les principaux Officiers de la Fronde ayant rencontré le St. Sacrement qu'on
portoit dans les ruës à un homme qu'on soupçonnoit d'ê-
tre Mazarin, reconduisirent les Prêtres coups de plat
d'épée.

Enfin on vit le Coadjuteur, Archevêque de Paris, venir prendre séance au Parlement avec un poignard dans
sa poche, dont on appercevoit la poignée, & on crioit:
Voilà le Breviaire de notre Archevêque.

Au milieu de tous ces troubles, la Noblesse s'assembla
en Corps aux Augustins, nomma des Syndics, tint publiquement des séances réglées. On eût crû que c'étoit
pour réformer l'Etat, & pour assembler les Etats-Géné-
raux.

raux. C'étoit uniquement pour un tabouret, que la Reine avoit accordé à Madame de Pons; peut-être n'y a-t-il jamais eu une preuve plus fenfible de la légéreté des efprits qu'on reprochoit alors aux Français.

Les difcordes civiles qui defoloient l'Angleterre précifément en même-tems, fervent bien à faire voir les caractéres des deux Nations. Les Anglais avoient mis dans leurs troubles civils un acharnement mélancolique, & une fureur raifonnée: ils donnoient de fanglantes batailles, le fer décidoit tout; les échaffauts étoient dreffez pour les vaincus; leur Roi pris en combattant fut amené devant une Cour de Juftice, interrogé fur l'abus qu'on lui reprochoit d'avoir fait de fon pouvoir, condamné à perdre la tête, & exécuté devant tout fon Peuple avec autant d'ordre, & avec les mêmes formalités de Juftice, que fi on avoit condamné un Citoyen criminel, fans que dans le cours de ces troubles horribles, Londres fe fut reffenti un moment des calamités attachées aux Guerres Civiles.

Les Français au-contraire fe précipitoient dans les féditions, par caprice, & en riant; les femmes étoient à la tête des Factions, l'amour faifoit & rompoit les Cabales. La Ducheffe de Longueville engagea Turenne, à peine Maréchal de France, à faire révolter 1649. l'Armée qu'il commandoit pour le Roi. Turenne n'y réuffit pas: il quitta en fugitif l'Armée dont il étoit Général, pour plaire à une femme, qui fe moquoit de fa paffion: il devint de Général du Roi de France, Lieutenant de Don Eftévan de Gamarre, avec lequel il fut battu à Retel par les Troupes Royales. On connaît ce Billet du Maréchal d'Hoquincourt à la Ducheffe de Montbazon. *Perrone eft à la Belle des Belles.* On fçait ces Vers du Duc de la Rochefoucault

cault pour la Duchesse de Longueville, lorsqu'il reçut au combat de St. Antoine un coup de mousquet, qui lui fit perdre quelque tems la vuë.

Pour mériter son cœur, pour plaire à ses beaux yeux,
J'ai fais la guerre aux Rois, je l'aurois faite aux Dieux.

La Guerre finit, & recommença à plusieurs reprises, il n'y eut personne, qui ne changeât souvent de Parti. Le Prince de Condé, ayant ramené dans Paris la Cour triomphante, se livra au plaisir de la mépriser, après l'avoir défenduë; & ne trouvant pas qu'on lui donnât des récompenses proportionnées à sa gloire & à ses services, il fut le premier à tourner Mazarin en ridicule, à braver la Reine, & à insulter un Gouvernement qu'il dédaignoit. Il écrivit, à ce qu'on prétend, au Cardinal, *à l'illustrissimo Signor Faquino* *. Il lui dit, un jour, *adieu Mars*. Il encouragea un Marquis de Jarsay à faire une déclaration d'amour à la Reine, & trouva mauvais, qu'elle osât s'en offenser. Il se ligua avec le Prince de Conty son frere, & le Duc de Longueville, qui abandonnerent le parti de la Fronde.

Le Coadjuteur, qui s'étoit déclaré l'implacable ennemi du Ministére, se réunit secrettement avec la Cour pour avoir un Chapeau de Cardinal, & il sacrifia le Prince de Condé au ressentiment du Ministre. Enfin, ce Prince, qui avoit défendu l'Etat contre les Ennemis, & la Cour contre les Révoltez, Condé au comble de la gloire, s'étant toùjours conduit en Héros, & jamais en homme habile, se vit arrêté prisonnier avec le Prince de Conty & le Duc de Longueville. Il eût pû gouverner l'Etat, s'il avoit seulement voulu plaire; mais il se contentoit d'être admiré. Le peuple de Paris,

qui

Le 18 Janvier 1650.

* Mot cruel au Premier Ministre, que son frere appelloit Coglione.

qui avoit fait des Barricades pour un Conseiller Clerc presque imbecile, fit des feux de joye lorsqu'on mena au Donjon de Vincennes le Défenseur & le Héros de la France.

Un an après ces mêmes Frondeurs, qui avoient vendu le Grand Condé & les Princes à la vengeance timide de Mazarin, forcerent la Reine à ouvrir leurs prisons, & a chasser du Royaume son Premier Ministre. Condé revint aux acclamations de ce même Peuple, qui l'avoit tant haï. Sa présence renouvella les cabales & les dissentions.

Le Royaume resta dans cette combustion encor quelques années. Le Gouvernement ne prit jamais que des Conseils faibles & incertains: il sembloit devoir succomber: mais les Révoltés furent toûjours désunis, & c'est ce qui sauva la Cour. Le Coadjuteur tantôt ami, tantôt ennemi du Prince de Condé, suscita contre lui une partie du Parlement & du Peuple: il osa en même-tems servir la Reine, en tenant tête à ce Prince, & l'outrager, en la forçant d'éloigner le Cardinal Mazarin, qui se retira à Cologne. La Reine par une contradiction trop ordinaire aux Gouvernemens faibles, fut obligée de recevoir à la fois ses services & ses offenses, & de nommer au Cardinalat ce même Coadjuteur, l'Auteur des Barricades, qui avoit contraint la Famille Royale à sortir de la Capitale, & à l'assiéger.

CHA-

✿✿✿✿✿✿✿✿✿✿✿✿✿✿✿✿✿✿✿✿

CHAPITRE IV.

Suite de la Guerre Civile jusqu'à la fin de la Rebellion en 1554.

1651.   Enfin Condé se résolut à une Guerre, qu'il eût dû commencer du tems de la Fronde, s'il avoit voulu être le maître de l'Etat, ou qu'il n'auroit dû jamais faire, s'il avoit été Citoyen. Il part de Paris, il va soulever la Guienne, le Poitou & l'Anjou, & mandier contre la France le secours des Espagnols, dont il avoit été le fléau le plus terrible.

Rien ne marque mieux la manie de ce tems, & le dérèglement qui déterminoit toutes les démarches, que ce qui arriva alors à ce Prince. On lui envoya un Courier de Paris avec des propositions, qui devoient l'engager au retour & à la paix. Le Courier se trompa, & au-lieu d'aller à Angerville, où étoit le Prince, il alla à Augerville. La lettre vint trop tard. Condé dit, que s'il l'avoit reçuë plûtôt il auroit accepté les propositions de paix; mais puisqu'il étoit déja assez loin de Paris, ce n'étoit pas la peine d'y retourner. Ainsi l'equivoque d'un Courier, & le pur caprice de ce Prince replongea la France dans la Guerre Civile.

Dec.   Alors le Cardinal Mazarin, qui du fond de son exil
1631.   à Cologne avoit gouverné la Cour, rentra dans le Royaume, moins en Ministre, qui revenoit reprendre son poste, qu'en Souverain qui se remettoit en possession de ses Etats; il étoit conduit par une petite Armée de sept mille hommes levez à ses dépens; c'est-à-dire, avec de l'argent du Royaume, qu'il s'étoit approprié.

On fait dire au Roi dans une déclaration de ce tems-là, que le Cardinal avoit en effet levé ces Troupes de son argent;

argent; ce qui doit confondre l'opinion de ceux qui ont
écrit, qu'à sa première sortie du Royaume, Mazarin s'é-
toit trouvé dans l'indigence. Il donna le commandement de sa petite Armée au Maréchal d'Hoquincourt.
Tous les Officiers portoient des Echarpes vertes, c'étoit
la couleur des Livrées du Cardinal. Chaque parti avoit
alors son Echarpe. La blanche étoit celle du Roi, l'isa-
belle celle du Prince de Condé. Il étoit étonnant que le
Cardinal Mazarin, qui avoit jusques alors affecté tant de
modestie, eût la hardiesse de faire porter ses Livrées à
une Armée, comme s'il avoit eu un parti différent de celui de son maître; mais il ne put résister à cette vanité.
La Reine l'approuva. Le Roi déja majeur, & son Frere *allerent*
vinrent au-devant de lui.

Aux premières nouvelles de son retour Gaston d'Orleans, Frere de Louis XIII, qui avoit demandé l'éloignement du Cardinal, leva des Troupes dans Paris sans trop
savoir à quoi elles seroient employées. Le Parlement renouvella ses Arrêts, il proscrivit Mazarin, & mit sa tête
à prix. Il fallut chercher dans les Registres, quel étoit
le prix d'une tête ennemie du Royaume. On trouva, que
sous Charles IX, on avoit promis par Arrêt cinquante
mille écus à celui, qui représenteroit l'Amiral Coligny
mort ou vif. On crut très-sérieusement procéder en régle, en mettant ce même prix à l'assassinat d'un Cardinal
Premier Ministre. Cette proscription ne donna à personne la tentation de mériter les cinquante mille écus,
qui après tout n'eussent point été payez. Chez une autre
Nation & dans un autre tems un tel Arrêt eut trouvé des
exécuteurs; mais il ne servit qu'à faire de nouvelles plaisanteries. Les Blots & les Marigny, Beaux Esprits, qui
portoient la gayeté dans les tumultes de ces troubles, firent afficher dans Paris une répartition de cent cinquante
mille livres; tant pour qui couperoit le nez au Cardinal
tant pour une oreille, tant pour un œil, tant pour le

faire Eunuque. Ce ridicule fut tout l'effet de la proscription. Le Cardinal de son côté n'employoit contre ses ennemis, ni le poison, ni l'assassinat; & malgré l'aigreur & la manie de tant de Partis & de tant de haines, on ne commit pas beaucoup de grands crimes. Les Chefs de Partis furent peu cruels, & les Peuples peu furieux; car ce n'étoit pas une Guerre de Religion.

Déc. 1651. L'esprit de vertige qui régnoit en ce tems, posséda si bien tout le Corps du Parlement de Paris, qu'après avoir solemnellement ordonné un assassinat dont on se moquoit, il rendit un Arrêt, par lequel plusieurs Conseillers devoient se transporter sur la frontiere pour informer contre l'Armée du Cardinal Mazarin; c'est-à-dire, contre l'Armée Royale.

Deux Conseillers furent assez imprudens pour aller, avec quelques Paysans, faire rompre les ponts par où le Cardinal devoit passer: ils furent faits prisonniers par les Troupes du Roi, relâchez avec indulgence, & moquez de tous les Partis.

Précisément dans le tems que cette Compagnie s'abandonnoit à ces extrémitez contre le Ministre du Roi, elle déclaroit Criminel de Léze-Majesté le Prince de Condé, qui n'étoit armé que contre ce Ministre; & par un renversement d'esprit, que toutes les démarches précédentes rendent croyable, elle ordonna, que les nouvelles Troupes de Gaston, Duc d'Orleans, marcheroient contre Mazarin, & elle défendit en même tems qu'on prît aucuns deniers dans les Recettes publiques pour les soudoyer.

On ne pouvoit attendre autre chose d'une Compagnie de Magistrats, qui jettée hors de sa sphere, & ne connaissant ni ses droits, ni son pouvoir réel, ni les Affaires Politiques, ni la Guerre, s'assemblant & décidant

en

en tumulte, prenoit des partis aufquels elle n'avoit pas penfé le jour d'auparavant, & dont elle-même s'étonnoit enfuite.

Le Parlement de Bordeaux fervoit alors le Prince de Condé; mais il tint une conduite plus uniforme, parce-qu'étant plus éloigné de la Cour, il étoit moins agité par des Factions oppofées.

Mais des objets plus confidérables intéreffoient toute la France.

Condé, ligué avec les Efpagnols, étoit en campagne contre le Roi; & Turenne ayant quitté ces mêmes Efpagnols, avec lefquels il avoit été batu à Retel, venoit de faire fa paix avec la Cour, & commandoit l'Armée Royale. L'épuifement des Finances ne permettoit ni à l'un ni à l'autre des deux Partis d'avoir de grandes d'Armées; mais de petites ne décidoient pas moins du fort de l'Etat. Il y a des tems où cent mille hommes en campagne peuvent à peine prendre deux Villes: il y en a d'autres où une bataille entre fept ou huit mille hommes peut renverfer un Trône, ou l'affermir.

Louis XIV, élevé dans l'adverfité, alloit avec fa mere, fon frere, & le Cardinal Mazarin, de Province en Province, n'ayant pas autant de Troupes autour de fa perfonne, à beaucoup près qu'il en eut depuis en tems de paix pour fa feule Garde. Cinq à fix mille hommes, les uns envoyez d'Efpagne, les autres levez par les Partifans du Prince de Condé, le pourfuivoient au cœur de fon Royaume.

Le Prince de Condé couroit cependant de Bordaux à Montauban, prenoit des Villes, & groffiffoit partout fon Parti.

Toute l'efpérance de la Cour étoit dans le Maréchal de Turenne. L'Armée Royale fe trouva auprès de Gien

V 2

fur

fur la Loire. Celle du Prince de Condé étoit à quelques
lieües fous les ordres du Duc de Nemours & du Duc de
Beaufort. Les divifions de ces deux Généraux alloient être
funeftes au Parti du Prince. Le Duc de Beaufort étoit incapable du moindre Commandement. Le Duc de Nemours paffoit pour être plus brave, & plus aimable qu'habile. Tous deux enfemble ruïnoient leur Armée. Les
Soldats favoient, que le Grand Condé étoit à cent lieües de
là, & fe croyoient perdus, lorfqu'au milieu de la nuit un
Courier fe préfenta dans la forêt d'Orleans devant les Grandes Gardes. Les Sentinelles reconnurent dans ce Courier
le Prince de Condé lui-même, qui venoit d'Agen à travers mille avantures, & toûjours déguifé fe mettre à la
tête de fon Armée.

Sa préfence faifoit beaucoup, & cette arrivée imprévuë
encore davantage. Il favoit, que tout ce qui eft foudain &
inefperé transporte les hommes. Il profita à l'inftant de
la confiance & de l'audace qu'il venoit d'infpirer. Le
grand talent de ce Prince, dans la guerre, étoit de prendre
en un inftant les réfolutions les plus hardies, & de les exe-
cuter avec non moins de prudence que de promptitude.

Avril   L'Armée Royale étoit féparée en deux Corps. Condé
1652. fondit fur celui, qui étoit à Blenau, commandé par le Maréchal d'Hoquincourt, & ce Corps fut diffipé, en même
teins qu'attaqué. Turenne n'en put être averti. Le Cardinal Mazarin effrayé, courut à Gien au milieu de la nuit
réveiller le Roi qui dormoit, pour lui apprendre cette nouvelle. Sa petite Cour fut confternée; on propofa de fau-
ver le Roi par la fuite, & de le conduire fécretement à
Bourges. Le Prince de Condé victorieux, approchoit de
Gien; la défolation & la crainte augmentoient. Turenne
par fa fermeté raffura les efprits, & fauva la Cour par fon
habilité: il fit, avec le peu qui lui reftoit de Troupes, des
mouvemens fi heureux, profita fi bien du terrein & du
tems,

tems, qu'il empêcha Condé de pourſuivre ſon avantage.
Il fut difficile alors de décider, lequel avoit acquis plus
d'honneur, ou de Condé victorieux, ou de Turenne, qui
lui avoit arraché le prix de ſa victoire. Il eſt vrai, que
dans ce combat de Blenau, ſi long-tems célébre en France,
il n'y avoit pas eu quatre cens hommes de tuez; mais le
Prince de Condé n'en fut pas moins ſur le point de ſe
rendre Maître de toute la Famille Royale, & d'avoir entre
ſes mains ſon ennemi, le Cardinal Mazarin. On ne pouvoit
guéres voir un plus petit combat, de plus grands intérêts,
& un danger plus preſſant.

Condé, qui ne ſe flattoit pas de ſurprendre Turenne,
comme il avoit ſurpris d'Hoquincourt, fit marcher ſon
Armée vers Paris: il ſe hâta d'aller dans cette Ville jouïr
de ſa gloire, & des diſpoſitions favorables d'un Peuple
aveugle. L'admiration qu'on avoit pour ce dernier combat, dont on exagéroit encor toutes les circonſtances, la
haine qu'on portoit à Mazarin, le nom & la préſence du
Grand Condé, ſembloient d'abord le rendre Maître abſolu
de la Capitale. Mais dans le fond tous les eſprits étoient
diviſés; chaque Parti étoit ſubdiviſé en Factions, comme
il arrive dans tous les troubles. Le Coadjuteur, devenu
Cardinal de Retz, racommodé en apparence avec la Cour,
qui le craignoit, & dont il ſe défioit, n'étoit plus le Maître
du Peuple, & ne jouoit plus le principal rôle. Il gouvernoit le Duc d'Orleans, & étoit oppoſé à Condé. Le Parlement flotoit entre la Cour, le Duc d'Orleans, & le Prince,
quoique tout le monde s'accordât à crier contre Mazarin;
chacun ménageoit en ſecret des intérêts particuliers; le
Peuple étoit une mer orageuſe dont les vagues étoient
pouſſées au hazard par tant de vents contraires.

On ne voyoit que Négociations entre les Chefs de Partis, Députations du Parlement, Aſſemblées de Chambres,
ſéditions dans la Populace, Gens de Guerre dans la campagne.

pagne. Le Prince avoit appellé les Espagnols à son secours. Charles IV, ce Duc de Lorraine chassé de ses Etats,
& à qui il restoit pour tous biens une Armée de huit mille
hommes, qu'il vendoit tous les ans au Roi d'Espagne, vint
auprès de Paris avec cette Armée. Le Cardinal Mazarin lui
offrit plus d'argent pour s'en retourner, que le Parti de
Condé ne lui en avoit donné pour venir. Le Duc de Lorraine quitta bien-tôt la France après l'avoir désolée sur son
passage, emportant l'argent des deux Partis.

Condé resta donc dans Paris avec un pouvoir, qui di-
minua tous les jours, & une Armée plus faible encore.
Turenne mena le Roi & sa Cour vers Paris. Le Roi à l'âge
de quinze ans vit de la hauteur de Charonne la bataille de
St. Antoine, où ces deux Généraux firent avec si peu de
Troupes de si grandes choses, que la réputation de l'un
& de l'autre, qui sembloit ne pouvoir plus croître, en fût
augmentée.

Le Prince de Condé avec un petit nombre de Seigneurs
de son Parti, suivi de peu de Soldats, soutint & repoussa
l'effort de l'Armée Royale. Le Roi regardoit ce combat du
haut d'une éminence avec Mazarin. Le Duc d'Orleans,
incertain du parti, qu'il devoit prendre, restoit dans son
Palais du Luxembourg. Le Cardinal de Retz étoit can-
tonné dans son Archevêché. Le Parlement attendoit l'is-
sue de la bataille pour donner quelque Arrêt. Le Peuple,
qui craignoit alors également, & les Troupes du Roi, &
celles de Mr. le Prince, avoit fermé les portes de la Ville,
& ne laissoit plus entrer ni sortir personne, pendant que ce
2 Juil. qu'il y avoit de plus grand en France s'acharnoit au combat,
1652. & versoit son sang dans le Fauxbourg. Ce fût-la que le
Duc de la Rochefoucault, si illustre par son courage & par son
esprit, reçut un coup au-dessous des yeux, qui lui fit perdre
la vuë pour quelque tems. On ne voyoit que jeunes Seigneurs tuez, ou blessez, qu'on rapportoit à la porte Saint
Antoine, qui ne s'ouvroit point.

Enfin

Enfin Mademoiſelle, fille de Gaſton, prenant le parti de Condé, que ſon pere n'oſa ſecourir, fit ouvrir les portes aux bleſſez, & eut la hardieſſe de faire tirer ſur les Troupes du Roi le canon de la Baſtille. L'Armée Royale ſe retira, Condé n'acquit que de la gloire, mais Mademoiſelle ſe perdit pour jamais dans l'eſprit du Roi ſon couſin par cette action violente, & le Cardinal Mazarin, qui ſavoit l'extrême envie, qu'avoit Mademoiſelle d'epouſer une Tête Couronnée, dit alors: *Ce canon-là vient de tuer ſon mari.*

La plûpart de nos Hiſtoriens n'étalent à leurs Lecteurs que ces combats & ces prodiges de courage & de politique; mais qui ſauroit quels reſſorts honteux il falloit faire jouer, dans quelles miſeres on étoit obligé de plonger les Peuples, & à quelles baſſeſſes on étoit réduit, verroit la gloire des Héros de ce tems-là avec plus de pitié que d'admiration. On en peut juger par les ſeuls traits que rapporte Gourville, homme attaché à Mr. le Prince. Il avouë que lui-même, pour lui procurer de l'argent, vola celui d'une Recette, & qu'il alla prendre dans ſon logis un Directeur des Poſtes à qui il fit payer une rançon; & il rapporte ces violences comme des choſes ordinaires.

Après le ſanglant & inutile combat de St. Antoine, le Roi ne put rentrer dans Paris, & le Prince n'y put demeurer long-tems. Une émotion populaire, & le meurtre de pluſieurs Citoyens, dont on le crut l'auteur, le rendirent odieux au Peuple. Cependant il avoit encor ſa brigue au Parlement. Ce Corps, peu intimidé alors par une Cour errante, & chaſſée en quelque façon de la Capitale, preſſée par les cabales du Duc d'Orleans & du Prince, déclara par un Arrêt le Duc d'Orleans, Lieute-nant Général du Royaume, & Condé, Généraliſſime de ſes Armées. La Cour irritée, ordonna au Parlement

2o Juillet 1652.

V 4 de

de se transferer à Pontoise; quelques Conseillers obéirent. On vit ainsi deux Parlemens, qui se contestoient l'un à l'autre leur autorité, qui donnoient des Arrêts contraires, & qui par-là se seroient rendus le mépris du Peuple, s'ils ne s'étoient toujours accordez à demander l'expulsion de Mazarin, tant la haine contre ce Ministre sembloit alors le devoir essentiel d'un Français.

Il ne se trouva dans ce tems aucun Parti, qui ne fût foible; celui de la Cour l'étoit autant que les autres; l'argent & les forces manquoient à tous; les Factions se multiplioient; les combats n'avoient produit de chaque côté que des pertes & des regrets. La Cour se vit obligée de sacrifier encor Mazarin, que tout le monde appelloit la cause des troubles, & qui n'en étoit que le prétexte. Il sortit une seconde fois du Royaume; pour surcroît de honte, il fallut que le Roi donna une Déclaration publique par laquelle elle renvoyoit son Ministre, en vantant ses services, & en se plaignant de son exil.

12
Août
1652.

Charles I, Roi d'Angleterre, venoit de se mettre la tête sur un échafaut, pour avoir dans le commencement des troubles abandonné le sang de Straford son Premier Ministre, à son Parlement. Louïs XIV au-contraire devint le maître paisible de son Royaume en souffrant l'exil de Mazarin. Ainsi les mêmes foiblesses eurent des succez bien différens. Le Roi d'Angleterre, en abandonnant son Favori, enhardit un Peuple, qui respiroit la guerre, & qui haïssoit les Rois: & Louïs XIV (ou plûtôt la Reine Mère) en renvoyant le Cardinal, ôta tout prétexte de révolte à un Peuple las de la guerre, & qui aimoit la Royauté.

Le Cardinal à peine parti pour aller à Boüillon lieu de sa nouvelle retraite, les Citoyens de Paris de leur seul mouvement députerent au Roi pour le supplier de revenir

venir dans sa Capitale. Il y rentra, & tout y fut si paisible, qu'il eût été difficile d'imaginer que quelques jours auparavant tout avoit été dans la confusion. Gaston d'Orleans, malheureux dans ses entreprises qu'il ne sçut jamais soutenir, fut relegué à Blois, où il passa le reste de sa vie dans le repentir, & il fut le deuxiéme fils de Henri le Grand, qui mourut sans beaucoup de gloire. Le Cardinal de Retz, peut-être aussi imprudent que sublime & audacieux, fut arrêté dans le Louvre; & après avoir été conduit de prison en prison, il mena long-tems une vie errante, qu'il finit enfin dans la retraite, où il acquit des vertus que son grand courage n'avoit pû connaître dans les agitations de sa fortune.

Quelques Conseillers, qui avoient le plus abusé de leur ministére, payerent leurs démarches par l'exil, les autres se renfermerent dans les bornes de la Magistrature, & quelques-uns s'attacherent à leur devoir par une gratification annuelle de cinq cens écus, que Fouquet, Procureur Général & Surintendant des Finances, leur fit donner sous main *.

Le Prince de Condé cependant, abandonné en France de presque tous ses Partisans, & mal secouru des Espagnols, continuoit sur les frontieres de la Champagne une guerre malheureuse. Il restoit encor des Factions dans Bordaux; mais elles furent bien-tôt appaisées.

Ce calme du Royaume étoit l'effet du bannissement du Cardinal Mazarin; cependant à peine fut-il chassé par le cri général des Français, & par une Déclaration du Roi, que le Roi le fit revenir. Il fut étonné de rentrer dans Paris, tout-puissant & tranquille. Louïs XIV le reçut comme un pere, & le Peuple comme un maître. On lui fit un festin à l'Hôtel de Ville au milieu des accla-

Mars 1653.

V 5

ma-

* Mémoires de Gourville.

mations des Citoyens: il jetta de l'argent à la Populace; mais on dit, que dans la joye d'un si heureux changement il marqua du mépris pour notre inconstance. Le Parlement, après avoir mis sa tête à prix comme celle d'un voleur public, le complimenta par Députez; & ce même Parlement peu de tems après condamna par contumace le Prince de Condé à perdre la vie; changement ordinaire dans de pareils tems, & d'autant plus humiliant que l'on condamnoit par des Arrêts celui dont on avoit si long tems partagé les fautes.

27
Mars
1654.

On vit le Cardinal, qui pressoit cette condamnation de Condé, marier au Prince de Conty son frere l'une de ses nièces, preuve que le pouvoir de ce Ministre alloit être sans bornes.

CHAPI-

✿ ✿ ✿ ✿ ✿ ✿ ✿ ✿ ✿ ✿ ✿ ✿ ✿ ✿ ✿ ✿ ✿ ✿ ✿ ✿

CHAPITRE V.

Etat de la France jusqu'à la mort de Cromwel,
& au voyage de la Reine Christine.

Pendant que l'Etat avoit été ainsi déchiré au-dedans, il avoit été attaqué & affaibli au-dehors. Tout le fruit des Batailles de Rocroy, de Lens & de Norlingue fut perdu. La place importante de Dunkerque fut reprise par les Espagnols: ils chasserent les Français de Barcelone, ils reprirent Casal en Italie. Cependant malgré les tumultes d'une Guerre Civile, & le poids d'une Guerre Etrangere, Mazarin avoit été assez heureux pour conclure cette célébre Paix de Westphalie, par laquelle l'Empereur & l'Empire vendirent * la Préfecture, & non la Souveraineté de l'Alsace, pour trois millions de livres payables à l'Archiduc; c'est-à-dire, pour six millions d'aujourd'hui. Par ce Traité devenu pour l'avenir la Base de tous les Traitez, un nouvel Electorat fut créé pour la Maison Palatine. Les Droits de tous les Princes, & des Villes Impériales, les Priviléges des moindres Gentils-hommes Allemans furent confirmez. Le pouvoir de l'Empereur fut restraint dans des bornes étroites, & les Français joints aux Suedois devinrent Législateurs. Cette gloire de la France étoit aumoins en partie dûë aux Armes de la Suede; Gustave Adolphe avoit commencé d'ebranler l'Empire. Ses Généraux avoient encor poussé assez loin leurs Conquêtes sous le Gouvernement de sa fille Christine. Son Général Vrangel étoit prêt d'entrer en Autriche. Le Comte de Konismar étoit Maître de la moitié de la Ville de Prague, & assiégeoit l'autre alors que cette Paix fut concluë. Pour accabler ainsi l'Empe-

1651.

1648.

reur

* Au Roi de France.

reur, il n'en coûta guéres à la France qu'un million par an donné aux Suedois.

Auffi la Suede obtint par ces Traitez de plus grands avantages que la France; elle eut la Poméranie, beaucoup de Places & de l'argent. Elle força l'Empereur de faire paffer entre les mains des Luthériens des Bénéfices qui appartenoient aux Catholiques Romains. Rome cria à l'impieté, & dit, que la Caufe de Dieu étoit trahie. Les Proteftans fe vanterent, qu'ils avoient fanctifié l'Ouvrage de la Paix, en dépouillant des Papiftes. L'intérêt feul fit parler tout le monde.

L'Efpagne n'entra point dans cette Paix, & avec affez de raifon; car voyant la France plongée dans les Guerres Civiles, le Miniftre Efpagnol efpera profiter de nos divifions. Les Troupes Allemandes licentiées devinrent aux Efpagnols un nouveau fecours. L'Empereur depuis la Paix de Munfter fit paffer en Flandres en quatre ans de tems près de trente mille hommes. C'étoit une violation manifefte des Traitez; mais ils ne font jamais executés autrement.

Les Miniftres de Madrit eurent dans ce Traité de Weftphalie, l'adreffe de faire une Paix Particuliere avec la Hollande; la Monarchie Efpagnole fut enfin trop heureufe de n'avoir plus pour ennemis, & de reconnaître pour Souverains ceux qu'elle avoit traité fi long-tems de Rebelles indignes de pardon. Ces Républicains augmenterent leurs richeffes, & affermirent leur grandeur & leur tranquillité, en traitant avec l'Efpagne, fans rompre avec la France.

1653.   Ils étoient fi puiffants, que dans une Guerre qu'ils eurent quelque tems après avec l'Angleterre, ils mirent en mer cent Vaiffeaux de ligne, & la Victoire demeura fouvent indécife entre Black l'Amiral Anglais, & Tromp
l'Amiral

l'Amiral d'Hollande, qui étoient tous deux fur mer ce que les Condés & les Turennes étoient fur Terre. La France n'avoit pas en ce tems dix Vaiffeaux de cinquante piéces de canon qu'elle pût mettre en mer; fa Marine s'anéantiffoit de jour en jour.

Louis XIV fe trouva donc en 1653 maître abfolu d'un Royaume encor ébranlé des fecouffes qu'il avoit reçuës; rempli de défordres en tout genre d'adminiftration; mais plein de reffources, n'ayant aucun Allié, excepté la Savoye, pour faire une Guerre offenfive; & n'ayant plus d'Ennemis Etrangers que l'Efpagne, qui étoit alors en plus mauvais état que la France. Tous les Français qui avoient fait la Guerre Civile étoient foumis hors le Prince de Condé & quelques-uns de fes Partifans, dont un ou deux lui étoient demeurez fidéles par amitié & par grandeur d'ame, comme le Comte de Coligny, & Bouteville; & les autres parceque la Cour ne voulut pas les acheter affez chérement.

Condé, devenu Général des Armées Efpagnoles, ne pût relever un Parti qu'il avoit affaibli lui-même par la deftruction de leur Infanterie aux Journées de Rocroy & de Lens. Il combattoit avec des Troupes nouvelles, dont il n'étoit pas le maître, contre les vieux Régimens Français, qui avoient appris à vaincre fous lui, & qui étoient commandez par Turenne.

Le fort de Turenne & de Condé fut d'être toûjours Vainqueurs, quand ils combatirent enfemble à la tête des Français, & d'être battus, quand ils commanderent les Efpagnols. Turenne avoit à peine fauvé les débris de l'Armée d'Efpagne à la bataille de Retel, lorfque de Général du Roi de France il s'étoit fait le Lieutenant de Don Eftevan de Gamare.

Le Prince de Condé eut le même fort devant Arras. L'Archiduc & lui affiégeoient cette Ville. Turenne les affié-

25
Août
1654. affiégea dans leur camp, & força leurs lignes; les Troupes de l'Archiduc furent mifes en fuite.   Condé avec
deux Régimens de Français & de Lorraine foutint feul
les efforts de l'Armée de Turenne, & tandis que l'Archiduc fuyoit, il battit le Maréchal d'Hoquincourt, il repouffa
le Maréchal de la Ferté, & fe retira victorieux en cou-
vrant la retraite des Efpagnols vaincus. ————

———Auffi le Roi d'Efpagne lui écrivit ces propres paroles: *J'ai fu que tout étoit perdus, & que vous avez tout
confervé.*

Il eft difficile de dire ce qui fait perdre ou gagner les
batailles; mais il eft certain que Condé étoit un des Grands-
Hommes de Guerre qui euffent jamais paru, & que l'Archiduc & fon Confeil ne voulurent rien faire à cette Journée de ce que Condé avoit propofé.

Arras fauvé, les lignes forcées, & l'Archiduc mis
en fuite, comblerent Turenne de gloire, & on obferva
que dans la Lettre écrite au nom du Roi au Parlement *
fur cette Victoire, on y attribua le fuccès de toute la
Campagne au Cardinal Mazarin, & qu'on ne fit pas
même mention du nom de Turenne.   Le Cardinal s'é-
toit trouvé en effet à quelques lieues d'Arras avec le Roi.
Il étoit même entré dans le camp au fiége de Stenay, que
Turenne avoit pris avant de fecourir Arras.   On avoit
tenu devant le Cardinal des Confeils de Guerre.   Sur ce
fondement il s'attribua l'honneur des événemens, & cette
vanité lui donna un ridicule que toute l'autorité du Miniftére ne put effacer.

Le Roi ne fe trouva point à la bataille d'Arras, & auroit pu y être: il étoit allé à la tranchée au fiége de Stenay; mais le Cardinal Mazarin ne voulut pas qu'il expo-
fât davantage Sa Perfonne, à laquelle le repos de l'Etat
& la puiffance du Miniftre fembloient attachées.

                                        D'un

————————————

* Dattée de Vincennes du 11 Septembre 1654.

D'un côté Mazarin, maître abſolu de la France & du jeune Roi, de l'autre, Don Louis de Haro, qui gouvernoit l'Eſpagne & Philippe IV, continuoient ſous le nom de leurs Maîtres cette Guerre peu vivement ſoutenuë. Il n'étoit pas encor queſtion dans le monde du nom de Louis XIV, & jamais on n'avoit parlé du Roi d'Eſpagne. Il n'y avoit alors aucune Tête Couronnée en Europe qui eût une gloire perſonnelle. La ſeule Chriſtine, Reine de Suéde, gouvernoit par elle-même, & ſoutenoit l'honneur du Trône abandonné, ou flétri, ou inconnu, dans les autres Etats.

Charles II, Roi d'Angleterre, fugitif en France avec ſa mere & ſon frere, y traînoit ſes malheurs & ſes eſpérances. Un ſimple Citoyen avoit ſubjugué l'Angleterre, l'Ecoſſe & l'Irlande, l'épée & la Bible à la main ~~ſecula maſque du Farouche ſon le ouffage~~. Cromwel, cet Uſurpateur digne de régner, avoit pris le nom de Protecteur, & non celui de Roi; parceque les Anglais ſavoient juſqu'où les Droits de leurs Rois doivent s'étendre, & ne connaiſſoient pas, qu'elles étoient les bornes de l'autorité d'un Protecteur.

Il affermit ſon pouvoir en ſachant le réprimer à propos: il n'entreprit point ſur les Priviléges, dont le Peuple étoit jaloux; il ne logea jamais de Gens de Guerre dans la Cité de Londres; il ne mit aucun impôt dont on pût murmurer; il n'offenſa point les yeux par trop de faſte; il ne ſe permit aucun plaiſir; il n'accumula point de tréſors; il eut ſoin, que la Juſtice fût obſervée avec cette impartialité impitoyable, qui ne diſtingue point les Grands des Petits.

Le frere de Pantaleonſa, Ambaſſadeur de Portugal en Angleterre, ayant cru que ſa licence ſeroit impunie, parceque la perſonne de ſon frere étoit ſacrée, inſulta des Citoyens de Londres, & en fit aſſaſſiner un pour ſe vanger de la réfiftance des autres ; il fut condamné à être pendu. Cromwel, qui pouvoit lui faire grace, le laiffa exe-cuter, & figna le lendemain un Traité avec l'Ambaffadeur.

Jamais le Commerce ne fut fi libre ni fi floriffant ; jamais l'Angleterre n'avoit été fi riche. Ses Flotes victo-rieufes faifoient refpecter fon nom dans toutes les Mers, tandis que Mazarin, uniquement occupé de dominer & de s'enrichir, laiffoit languir dans la France la Juftice, le Commerce, la Marine, & même les Finances. Maître de la France, comme Cromwel de l'Angleterre, après une Guerre Civile, il eut pû faire pour le Païs, qu'il gou-vernoit, ce que Cromwel avoit fait pour le fien ; mais il étoit Etranger, & l'ame de Mazarin, qui n'avoit pas la barbarie de celle de Cromwel, n'en avoit pas auffi la grandeur.

Toutes les Nations de l'Europe, qui avoient négligé l'alliance de l'Angleterre fous Jacques I & fous Charles, la briguerent fous le Protecteur. La Reine Chriftine el-le-même, quoiqu'elle eût détefté le meurtre de Charles I, entra dans l'alliance d'un Tyran qu'elle eftimoit.

Mazarin & Don Louis de Haro prodiguerent à l'envi leur politique pour s'unir avec le Protecteur. Il gouta quel-que tems la fatisfaction de fe voir courtifé par les deux plus puiffants Royaumes de la Chrétienté.

Le Miniftre Efpagnol lui offroit de l'aider à prendre Calais ; Mazarin lui propofoit d'affiéger Dunkerque, & de lui remettre cette Ville. Cromwel avoit à choifir en-tre les Clefs de la France, & celles de la Flandre ; il fut beaucoup follicité auffi par Condé ; mais il ne voulut point négocier avec un Prince, qui n'avoit plus pour lui que fon nom, & qui étoit fans Parti en France, & fans pouvoir chez les Efpagnols.

Le Protecteur fe détermina pour la France ; mais fans faire de Traité particulier, & fans partager des Conquê-tes d'avance ; il voulut illuftrer fon ufurpation par de plus

gran-

grandes entreprifes. Son deffein étoit d'enlever l'Amérique aux Efpagnols; mais ils furent avertis à tems, les Amiraux de Cromwel leur prirent du moins la Jamaïque, Province que les Anglais poffedent encor, & qui affure leur Commerce dans le Nouveau Monde. Ce ne fut qu'après l'expedition de la Jamaïque que Cromwel figna fon Traité avec le Roi de France; mais fans faire encor mention de Dunkerque. Le Protecteur traita d'égal à égal; il força le Roi à lui donner le Titre de Frere. Son Sécretaire figna avant le Plénipotentiaire de France dans la minute du Traité, qui refta en Angleterre; mais il traita véritablement en Supérieur, en obligeant le Roi de France de faire fortir de fes Etats Charles II & le Duc d'York, petit fils de Henry IV, à qui la France devoit un azile. *May. 1655.* *2. Nov. 1655.*

Tandis que Mazarin faifoit ce Traité, Charles II, lui demandoit une de fes niécés en mariage.

Le mauvais état de fes affaires, qui obligeoit ce Prince à cette démarche fut ce qui lui attira un refus. On a même foupçonné le Cardinal d'avoir voulu marier au Fils de Cromwel celle qu'il refufoit au Roi d'Angleterre. Ce qui eft fûr, c'eft que lorfqu'il vit enfuite le chemin du Trone moins fermé à Charles II, il voulut renouer ce mariage; mais il fut refufé à fon tour.

La mere de ces deux Princes, Henriette de France, fille de Henri le Grand, demeurée en France fans fecours, fut réduite à conjurer le Cardinal d'obtenir au moins de Cromwel, qu'on lui payât fon Douaire. C'étoit le comble des humiliations les plus douloureufes, que de demander une fubfiftance à celui qui avoit verfé le fang de fon mari fur un échafaut. Mazarin fit de faibles inftances en Angleterre au nom de cette Reine, & lui annonça qu'il n'avoit rien obtenu. Elle refta à Paris dans la pauvreté, & dans la honte d'avoir imploré la pitié de Cromwel; tandis que fes enfans alloient dans l'Armée de Condé & de Don Jean d'Autriche apprendre le métier de la guerre contre la France qui les abandonnoit.

Les enfans de Charles I, chassez de France se refugierent en Espagne. Les Ministres Espagnols éclaterent dans toutes les Cours, & surtout à Rome de vive voix, & par écrit contre un Cardinal, qui sacrifioit, disoient-ils, les Loix Divines, humaines, l'honneur & la Religion, au meurtrier d'un Roi, & qui chassoit de France Charles II, & le Duc d'Yorck, cousins de Louis XIV, pour plaire au bourreau de leur pere. Pour toute réponse aux cris de ces Espagnols, on produisit les offres qu'ils avoient faites eux-mêmes au Protecteur.

La Guerre continuoit toûjours en Flandres avec des succez divers. Turenne ayant assiégé Valenciennes avec le Maréchal de la Ferté, éprouva le même revers que Condé avoit essuyé devant Arras. Le Prince, secondé alors de Don Juan d'Autriche, plus digne de combattre à ses côtez, que n'étoit l'Archiduc, força les lignes du Maréchal de la Ferté, le prit prisonnier, & délivra Valenciennes. Turenne fit ce que Condé avoit fait dans une déroute pareille. Il sauva l'Armée battuë, & fit tête partout à l'ennemi; il alla même un mois après assiéger & prendre la Capelle. C'étoit peut-être la premiere fois qu'une Armée battuë avoit osé faire un siége.

17 Juillet 1656.

Cette démarche de Turenne si estimée, après laquelle la Capelle fut prise, fut éclipsée par une marche plus belle encor du Prince de Condé. Turenne assiégeoit à peine Cambray, que Condé suivi de deux mille chevaux, perça à travers l'Armée des Assiégeants, & ayant renversé tout ce qui vouloit l'arrêter, il se jetta dans la Ville. Les Citoyens reçurent à genoux leur Libérateur. Ainsi ces deux hommes opposez l'un à l'autre, déployoient les ressources de leur génie. On les admiroit dans leurs retraites, comme dans leurs Victoires, dans leur conduite & dans leurs fautes mêmes, qu'ils sçavoient toujours réparer. Leurs talens arrêtoient tour-à-tour les progrez de l'une & de l'autre Monarchie; mais le désordre des Finances en Espagne & en France, étoit encor un plus grand obstacle à leurs succez.

30 Mai 1656.

LETTRE

❀❀❀❀❀❀❀❀❀❀❀❀❀❀❀❀❀❀❀❀❀❀❀❀

LETTRE

DE

Mᴿ. DE VOLTAIRE,

*SUR SON ESSAI DU SIECLE de LOUIS
XIV, à Mylord Harvey, Garde des
Sceaux Privé d'Angleterre.*

Ne jugez point, je vous prie, Mylord, de mon Essai
sur le siécle de Louis XIV, par les deux Chapitres
imprimés en Hollande avec tant de fautes qui rendent
mon Ouvrage méconnaissable & inintelligible. Si la Traduction Anglaise s'est faite sur cette Copie informe, le
Traducteur est digne de faire une Version de l'Apocalypse; mais surtout soyez un peu moins fâché contre moi,
de ce que j'appelle le dernier siecle, le siecle de Louis XIV.
Je sçai bien, que Louis XIV n'a eu l'honneur d'être ni le Maître ni le Bienfaicteur d'un Boyle, d'un Newton, d'un Halley,
d'un Addisson, d'un Dryden; mais dans le siécle que l'on
nomme, le siecle de Leon X, ce Leon X avoit-il tout fait?
N'y avoit-il pas d'autres Princes qui contribuerent à polir
& à éclairer le Genre-Humain? Cependant le nom de
Leon X a prévalu, parcequ'il encouragea les Arts plus
qu'aucun autre. Eh! quel Roi a donc en cela rendu plus
de services à l'humanité que Louis XIV? Quel Roi a répandu plus de bienfaits, marqué plus de goût, s'est signa-
lé par de plus beaux établissemens? Il n'a pas fait tout ce
qu'il pouvoit faire, sans doute, parcequ'il étoit homme:
mais il a fait plus qu'aucun autre, parcequ'il étoit Grand-
Homme. Ma plus forte raison pour l'estimer beaucoup,

X 2   c'est

c'eſt qu'avec des fautes connuës il a plus de réputation qu'aucun de ſes Contemporains : C'eſt que malgré un million d'hommes dont il a privé la France, & qui ont été intéreſſés à le décrier, toute l'Europe l'eſtime, & le met au rang des plus grands & des meilleurs Monarques.

Nommez moi donc un Souverain, qui ait attiré chez lui plus d'Etrangers habiles, & qui ait plus encouragé le mérite dans ſes Sujets. Soixante Sçavans de l'Europe reçurent de lui des récompenſes, étonnés d'en être connus.

Quoique le Roi ne ſoit pas votre Souverain, leur écrivoit M. Colbert, *il veut être votre Bienfaicteur ; il m'a commandé de vous envoyer la Lettre de Change cy-jointe comme un gage de ſon eſtime.* Un Bohémien, un Danois recevoient de ces Lettres dattées de Verſailles. Guillemini bâtit une maiſon à Florence des bienfaits de Louis XIV ; il mit le nom de ce Roi ſur le frontiſpice, & vous ne voulez pas qu'il ſoit à la tête du Siecle dont je parle?

Ce qu'il a fait dans ſon Royaume doit ſervir à jamais d'exemple. Il chargea de l'education de ſon Fils & de ſon Petit-fils les plus éloquens & les plus ſçavans Hommes de l'Europe. Il eut l'attention de placer trois enfans de Pierre Corneille, deux dans les Troupes & l'un dans l'Egliſe ; il excita le mérite naiſſant de Racine par un préſent conſidérable pour un jeune-homme inconnu & ſans bien ; & quand ce Génie ſe fût perfectionné, ces talens qui ſouvent ſont l'excluſion de la fortune, firent la ſienne : il eut plus que de la fortune, la faveur & quelquefois la familiarité d'un Maître ; dont un regard étoit un bienfait ; il étoit en 1688 & 89 de ces Voyages de Marly tant brigués par les Courtiſans ; il couchoit dans la chambre du Roi pendant ſes maladies, & lui liſoit ces Chefs-d'œuvre d'Eloquence & de Poëſie qui décoroient ce beau Régne.

Cette faveur accordée avec diſcernement, eſt ce qui produit l'émulation & qui échauffe les grands Génies ;
c'eſt

c'eſt beaucoup de faire des Fondations , c'eſt quelque choſe de les ſoutenir; mais s'en tenir à ces établiſſemens, c'eſt ſouvent préparer les mêmes aziles pour l'homme inutile & pour le Grand-Homme, c'eſt recevoir dans la même ruche l'abeille & le frélon.

Louis XIV ſongeoit à tout; il protégeoit les Académies, & diſtinguoit ceux qui ſe ſignaloient. Il ne prodiguoit point ſa faveur à un genre de mérite à l'excluſion des autres, comme tant de Princes qui favoriſent, non ce qui eſt bon, mais ſeulement ce qui leur plaît; la Phyſique & l'étude de l'Antiquité attirerent ſon attention. Elle ne ſe rallentit pas même dans les Guerres qu'il ſoutenoit contre l'Europe: car en bâtiſſant trois cens Citadelles, en faiſant marcher quatre cens mille Soldats, il faiſoit élever l'Obſervatoire, & tracer une Méridienne d'un bout du Royaume à l'autre, Ouvrage unique dans le monde. Il faiſoit imprimer dans ſon Palais les Traductions des bons Auteurs Grecs & Latins; il envoyoit des Géométres & des Phyſiciens au fond de l'Afrique & de l'Amerique, chercher des véritez. Songez, Mylord, que ſans le Voyage & les Expériences de ceux qui allerent à la Cayenne en 1672, Newton n'eût pas fait ſes découvertes ſur la Gravitation. Regardez, je vous prie, un Caſſini & un Hugens qui renoncent tous deux à leur Patrie qu'ils honorent, pour venir jouir de l'eſtime & des bienfaits de Louis XIV.

Et penſez-vous que les Anglais mêmes ne lui ayent point d'obligation? Dîtes-moi, je vous prie, dans quelle Cour Charles II puiſa tant de politeſſe & tant de goût? Les bons Auteurs de Louis XIV, n'ont-ils pas été vos modéles? N'eſt ce pas d'eux que votre ſage Addiſſon, qui étoit à la tête des Belles-Lettres d'Angleterre, a tiré très-ſouvent ſes excellentes Critiques? L'Evêque Burnet avoue, que ce goût acquis en France par les Courtiſans de Charles II, réforma chez vous juſqu'à la Chaire, malgré la

X 3   diffé-

différence de nos Religions, tant la faine raifon a partout d'empire.

Dites-moi, fi les bons Livres de ce tems là n'ont pas
fervi à l'éducation de tous les Princes d'Allemagne? Dans
quelle Cour du Nord n'a-t-on pas vû des Théâtres Français? Quel Prince ne tâchoit pas d'imiter Louis XIV?
Quelle Nation ne fuivoit pas alors les modes de la France?

Vous m'apportez, Mylord, l'exemple du Czar Pierre le Grand, qui a fait naître les Arts dans fon Païs, &
qui eft le Créateur d'une Nation nouvelle. Vous me dites, que cependant fon Siecle ne fera point appellé dans l'Europe le Siecle du Czar Pierre, vous en concluez que je ne
dois point appeller le Siecle paffé le Siecle de Louis XIV.

Il me femble, que la différence eft bien palpable; le
Czar Pierre s'eft inftruit chez les autres Peuples, il a porté leurs Arts chez lui: mais Louis XIV a inftruit les Nations, & tout, jufqu'à fes fautes mêmes, a été utile à
l'Europe. Les Proteftans qui ont quitté fes Etats, ont
porté chez vous-même une induftrie qui faifoit la richeffe
de la France.

Comptez-vous pour rien tant de Manufactures de
Soye & de Criftaux? Ces derniers furtout furent perfe-
ctionnés chez vous par nos Réfugiés, & nous avons perdu ce que vous avez acquis. Enfin fi la Langue Françaife
eft devenue prefque la Langue univerfelle, à qui en eft-on
redevable? Etoit-elle ainfi étendue du tems de Henri IV?
Non fans doute; on ne connaiffoit que l'Italien & l'Efpagnol. Ce font nos excellens Ecrivains, qui ont fait ces
changemens. Mais qui a protégé, employé, encouragé
ces excellens Ecrivains? C'étoit Mr. Colbert, me direz-vous:
Je l'avoue, & je prétends bien que le Miniftre doit partager la gloire du Maître. Mais qu'eût fait un Colbert
fous un autre Prince? Sous votre Roi Guillaume qui
n'aimoit rien, fous le Roi d'Efpagne Charles II, fous tant
d'autres Souverains?

Croi-

Croiriez-vous bien, Mylord, que Louis XIV a réformé le goût de sa Cour en plus d'un genre? Il choisit Lully pour son Musicien, & ôta le Privilege à Cambert, parceque Cambert étoit un homme médiocre, & Lully un homme excellent. Il donnoit à Quinaut les sujets de ses Opera. C'est Louis XIV, qui choisit celui d'Armide. Il dirigeoit les Peintures de le Brun; il soutenoit Boileau, Racine, Moliere contre leurs ennemis; il encourageoit les Arts utiles, comme les Beaux Arts, & toûjours en connaissance de cause; il prêtoit de l'argent à Vanrobes pour établir des Manufactures; il avançoit des millions à la Compagnie des Indes qu'il avoit formée. Non seulement il s'est fait de grandes choses sous son Régne; mais c'est lui qui les faisoit en partie. Souffrez donc, Mylord, que je tâche d'élever à sa gloire un Monument que je consacre bien plus à l'utilité du Genre Humain; c'est comme Homme & non comme Sujet, que j'écris; je veux peindre le dernier Siecle, & non pas simplement un Prince. Je suis las des Histoires, où il n'est question que des Avantures d'un Roi, comme s'il existoit seul, ou que rien n'existât que par rapport à lui; en un mot, c'est d'un grand Siecle, plus encore que d'un grand Roi que j'écris l'Histoire.

Pelisson eût écrit plus éloquemment que moi; mais il étoit Courtisan, & il étoit payé. Je ne suis ni l'un ni l'autre, c'est à moi qu'il appartient de dire la vérité.

J'espere, que vous trouverez dans cet Ouvrage quelques-uns de vos sentimens; plus je penserai comme vous, plus j'aurai droit d'esperer l'approbation publique, Je suis &c.

ANEC-

ANECDOTES
SUR
LOUIS XIV.

Louis quatorze étoit, comme on fait, le plus bel homme & le mieux fait de fon Royaume.　C'étoit lui, que Racine defignoit dans Berenice par ces Vers:

En quelque obfcurité, que le ciel l'eut fait naitre,
Le monde en le voyant eut reconnu fon Maître.

Le Roi fentit bien, que cette Tragedie, & fur tout ces deux vers, étoient faits pour lui.　Rien n'embellit d'ailleurs comme une couronne.　Le fon de fa voix étoit noble & touchant. Tous les hommes l'admiroient & toutes les femmes foupiroient pour lui.　Il avoit une demarche, qui ne pouvoit convenir qu'à lui feul, & qui eut été ridicule en tout autre.　Il fe complaifoit à impofer par fon air.　L'embarras de ceux, qui lui parloient, étoit une hommage, qui flattoit fa fuperiorité.　Ce vieil officier, qui en lui demandant une grace balbutioit, recommençoit fon difcours, & qui enfin lui dit, *Sire, au moins je ne tremble pas ainfi devant vos ennemis,*　n'eut pas de peine à obtenir ce qu'il demandoit.

La nature lui avoit donné un temperament robufte. Il fit parfaitement tous les exercices; jouoit très-bien à tous les jeux, qui demandent de l'addreffe & de l'action; il danfoit les danfes graves avec beaucoup de grace.　Sa conftitution étoit fi bonne, qu'il fit toûjours deux grands

repas

repas par jour fans alterer fa fanté, ce fut la bonté de fon temperament, qui fit l'égalité de fon humeur. Louis treize infirme étoit chagrin, faible & difficile. Louis quatorze parloit peu, mais toûjours bien. Il n'étoit pas favant; mais il avoit le goût jufte. Il entendoit un peu l'Italien & l'Efpagnol, & ne put jamais apprendre le Latin, que l'on montre toûjours affez mal dans une éducation particuliere, & qui eft de toutes les fciences la moins utile à un Roi. On a imprimé fous fon nom une traduction des commentaires de Cefar. Ce font fes themes, mais on les faifoit avec lui; il y avoit peu de part, & on lui difoit qu'il les avoit faits. J'ai ouï dire au Cardinal de Fleury, que Louis quatorze lui avoit un jour demandé, ce que c'étoit que le Prince *quemadmodum*, mot fur lequel un Muficien dans un motet avoit prodigué, felon leur coutume, beaucoup de travail; le Roi lui avoua à cette occafion, qu'il n'avoit prefque jamais rien fçu de cette langue. On eut mieux fait de lui enfeigner l'Hiftoire, la Geographie & fur tout la vraye Philofophie, que les Princes connaiffent fi rarement. Son bon fens & fon goût naturel fuppléerent tout. En fait des beaux arts, il n'aimoit que l'excellent. Rien ne le prouve mieux, que l'ufage qu'il fit de Racine, de Boileau, de Moliere, de Boffuet, de Fénelon, de le Brun, de Girardon, de le Notre &c. Il donna même quelquefois à Quinaut des fujets d'Opera & ce fut lui, qui choifit Armide. Monfieur Colbert ne protegea tous les arts & ne les fit fleurir, que pour fe conformer au goût de fon Maître. Car Monfieur Colbert étant fans lettres, elevé dans le negoce & chargé par le Cardinal Mazarin de détails d'affaires, ne pouvoit avoir pour les beaux arts ce goût, que donne naturellement une Cour galante; à laquelle il faut des plaifirs au-deffus de ceux du vulgaire. M. Colbert étoit un peu fec & fombre; fes grandes vuës pour la finance & pour le commerce, où le Roi étoit & devoit être moins

X 5   intel-

intelligent que lui, ne s'étendirent pas d'abord jusqu'aux arts aimables; il se forma le goût par l'envie de plaire à son maître, & par l'émulation que lui donnoit la gloire acquise par Mr. Fouquet dans la protection des lettres, gloire qu'il conserva dans sa disgrace. Il ne fit d'abord que de mauvais choix, & lorsque Louis XIV en 1662 voulut favoriser les lettres, en donnant des pensions aux hommes de génie & même aux savans, Colbert ne s'en rapporta qu'à ce Chapelain, dont le nom est depuis devenu si ridicule, grace à ses ouvrages, & à Boileau, mais il avoit alors une grande reputation, qu'il s'étoit faite par un peu d'érudition, assez de Critique & beaucoup d'addresse, c'est ce choix qui indigna Boileau jeune encore, & qui lui inspira tant de traits satiriques. Colbert se corrigea depuis, & favorisa ceux, qui avoient des talents veritables & qui plaisoient au Maître.

Ce fut Louis XIV, qui de son propre mouvement donna des pensions à Boileau, à Racine, à Pelisson, à beaucoup d'autres, il s'entretenoit quelque fois avec eux, & même lorsque Boileau se fut retiré à Auteuil, étant affaible par l'âge, & qu'il vint faire sa cour au Roi pour la derniere fois, le Roi lui dit, si votre santé vous permet de venir encore quelque fois à Versailles, j'aurai toûjours une demi heure à vous donner. Au mois de Septembre 1690 il nomma Racine du Marly, & il se faisoit lire par lui les meilleurs ouvrages du tems.

L'année d'auparavant il avoit gratifié Racine & Boileau chacun de mille Pistoles, qui font vingt mille livres d'aujourd'hui, pour écrire son histoire; & il avoit ajouté à ce present quatre mille Livres de pension.

On voit evidemment par toutes ces liberalitez repanduës de son propre mouvement, & sur tout par sa faveur accordée à Pelisson, persecuté par Colbert, que ses Ministres ne dirigeoient point son goût. Il se porta de lui-même

même à donner des pensions à plusieurs savans étrangers,
& M. Colbert consulta M. Perrault sur le choix de ceux,
qui reçurent cette gratification si honorable pour eux &
pour le Souverain. Un de ses talens étoit de tenir
une Cour. Il rendit la sienne la plus magnifique & la
plus galante de l'Europe. Je ne sai pas, comment
on peut lire encore des descriptions des fêtes dans
des Romans, après avoir lu celles que donna Louis
XIV. Les fêtes de St. Germain, de Versailles, ses Car-
rousels sont fort au dessus de ce, que l'imagination la plus
romanesque a inventées. Il dansoit d'ordinaire à ces fêtes avec les plus belles personnes de sa Cour, il sembloit
que la nature eut fait des efforts pour seconder le goût de
Louis XIV. Sa Cour étoit remplie des hommes les
mieux faits de l'Europe, & il y avoit à la fois plus de
trente femmes d'une beauté accomplie. On avoit soin
de composer des danses figurées, convenables à leurs caracteres & à leurs galanteries. Souvent même les pieces
qu'on representoit étoient remplies d'allusions fines, qui
avoient rapport aux interets secrets de leurs cœurs. Non
seulement il y eut de ces fêtes publiques dont Moliere &
Lully furent les principaux ornements; mais il y en eut
de particulieres, tantôt pour Madame, belle sœur du Roi,
tantôt pour Madame de la Valiere, il n'y avoit que peu
de Courtisans, qui y fussent admis. C'étoit souvent Benserade, qui en faisoit les vers, quelque fois un nommé
Bellot, valet de Chambre du Roi. J'ai vu des canevas de
ce dernier, corrigés de la main de Louis XIV; on connait ces vers galants, que faisoit Benserade pour ces Ballets figurez, où le Roi dansoit avec sa Cour; il y confon-
doit presque toûjours pour une allusion délicate la personne & le role. Par exemple lorsque le Roi dans un de
ces ballets representoit Apollon, voici ce que fit pour lui
Benserade.

Je

Je doute qu'on le prenne avec nous sur le ton
De Daphné ni de Phaëton;
Lui trop ambitieux, elle trop inhumaine,
Il n'est point là de piege ou vous puissiez donner
Le moyen de s'imaginer
Qu'une femme vous fuye, ou qu'un homme vous mene.

Lorsqu'il eut marié son petit fils le Duc de Bourgogne à la Princesse Adelaïde de Savoye, il fit jouer des comedies pour elle, dans un des appartemens de Versailles. Duché, l'un de ses domestiques, auteur du bel Opéra d'Hiphigenie, composa la tragedie d'Absalon pour ces fêtes secretes, Madame la Duchesse de Bourgogne representoit la fille d'Absalon; le Duc d'Orleans, le Duc de la Valiere y joüoient, le fameux acteur Baron dirigeoit la Troupe, & y joüoit aussi.

Il y avoit alors appartement trois fois la semaine à Versailles; la galerie & toutes les piéces étoient remplies, on joüoit dans un salon, dans l'autre il y avoit musique, dans un troisiéme une collation. Le Roi animoit tous ces plaisirs par sa présence. Quelquefois il faisoit dresser dans la galerie des boutiques garnies des bijoux les plus pretieux, il en faisoit de lotteries, ou bien on les joüit à la rafle, & Madame la Duchesse de Bourgogne distribuoit souvent ces lots gagnez.

C'étoit au milieu de tous ces amusemens magnifiques & de plaisirs les plus délicats, qu'il forma tous ces vastes projets, qui firent trembler l'Europe; il mena la Reine & toutes les Dames de sa Cour sur la frontiere. La guerre de 1667 il distribua pour plus de cent mille écus de presens soit aux Seigneurs Flammands, qui venoient lui rendre leurs respects, soit aux Députez des villes, soit aux Envoyez des Princes, qui venoient le complimenter, & il

sui-

suivoit en cela son goût pour la magnificence autant, que la Politique. C'est sur quoi on ne peut assez s'étonner, qu'on l'ait osé accuser d'avarice dans presque toutes les pitoiables histoires, qu'on a compilées de son régne : jamais Prince n'a plus donné, plus à propos & de meilleure grace.

Les plaisirs nobles dont il occupa sans cesse la plus brillante cour du monde, ne l'empêcherent point d'assister regulierement à tous ses conseils. Il les tenoit mêmes pendant qu'il étoit malade, & il ne s'en dispensa qu'une fois pour aller à la chasse, il y avoit peu d'affaires ce jour là, il entra pour dire qu'il n'y auroit point de conseil, & le dit en parodiant, ainsi sur le champ un air d'un opera de Quinaut & de Lully

Le Conseil à ses yeux a beau se presenter

Si tôt qu'il voit sa chienne il quitte tout pour elle;

  Rien ne peut l'arreter

  Quand la Chasse l'appelle.

Il avoit fait quelques petites chansons dans ce goût aisé & naturel, & dans ses voyages en Franche Comté, il faisoit faire des impromptus à ses Courtisans, sur tout à Pelisson & au Marquis d'Angeau. Il ne jouoit pas mal de la guitarre, qui étoit alors à la mode, & se connaissoit très bien en Musique aussi bien qu'en Peinture. Dans ce dernier art il n'aimoit, que les sujets nobles. Les Teinieres & les autres petits peintres flammands ne trouvoient point grace devant ses yeux, ôtez moi ces magots là, dit-il un jour, qu'on avoit mis un Tenieres dans un de ses appartements.

Malgré son goût pour la grande & noble Architecture, il laissa subsister l'ancien corps du chateau de Versailles avec ses sept croisées de face & sa petite cour de marbre du côté de Paris. Il n'avoit d'abord destiné ce cha-

château qu'à un rendez-vous de chasse tel qu'il l'avoit été
du tems de Louis XIII, qui l'avoit acheté du Secrétaire
d'Etat Lomenie. Petit à petit il en fit ce palais immense,
dont la façade du coté des jardins est ce qu'il y a de plus
beau dans le monde, & dont l'autre façade est dans le plus
petit & le plus mauvais goût; il depensa à ce palais &
aux jardins plus de cinq cens millions, qui en font plus
de neuf cens de notre espéce. Monsieur le Duc de Cre-
qui lui disoit: *Sire, vous avez beau faire, vous n'en ferez
jamais qu'un favori sans merite.*

Les chef-d'œuvres de sculpture furent prodiguez dans
ses jardins. Il en jouïssoit & les alloit voir souvent. J'ai
ouï dire à feu Monsieur le Duc d'Antin, que lorsqu'il fut
Surintendant des batiments, il faisoit quelque fois mettre
ce qu'on appelle des calles entre les statues & les socles,
afin que quand le Roi viendroit se promener, il s'apperçût,
que les statues n'étoient pas droites, & qu'il eut le merite
du coup d'œil. En effet le Roi ne manquoit pas de trouver le défaut. Monsieur d'Antin contestoit un peu, &
ensuite se rendoit & faisoit redresser la statue, en avouant
avec une surprise affectée, combien le Roi se connaissoit
à tout. Qu'on juge par cela seul, combien un Roi doit
aisement s'en faire accroire.

On sait le trait de Courtisan, que fit ce même Duc
d'Antin. Lorsque le Roi vint coucher à Petitbourg, &
qu'aiant trouvé, qu'une grande allée de vieux arbres faisoit un mauvais effet, Monsieur d'Antin les fit abattre &
enlever la même nuit, & le Roi à son reveil n'aiant plus
trouvé son allée, il lui dit: Sire, comment vouliez
vous qu'elle osat paraitre encor devant vous, elle vous
avoit déplu.

Ce fut le même Duc d'Antin, qui à Fontainebleau
donna au Roi & à Madame la Duchesse de Bourgogne un
spectacle plus singulier, & un exemple plus frapant du
rafine-

rafinement de la flatterie la plus delicate. Louis XIV avoit témoigné, qu'il souhaiteroit, qu'on abatit quelque jour un bois entier, qui lui otoit un peu de vuë; Monſieur d'Antin fit ſcier tous les arbres du bois près de la racine, de façon qu'ils ne tenoient presque plus; des cordes étoient attachées à chaque piece d'arbre, & plus de douze cens hommes étoient dans ce bois prêts au moindre ſignal. Monſieur d'Antin ſavoit le jour que le Roi devoit ſe promener de ce coté avec toute ſa cour. Sa Majeſté ne manqua pas de dire, combien ce moreau de forêt lui deplaiſoit. Sire, lui repondit-il, ce bois ſera abattu, dès que vôtre Majeſté l'aura ordonné; vrayement, dit le Roi, s'il ne tient qu'à cela je l'ordonne & je voudrois deja en être defait; eh bien Sire vous allez l'être; il donna un coup de ſiflet & on vit tomber la forêt, ah mes Dames, s'écria Madame la Ducheſſe de Bourgogne, ſi le Roi avoit demandé nos têtes, Monſieur d'Antin les feroit tomber de même, bon mot, un peu vif, mais qui ne tiroit point à conſequence.

C'étoit ainſi que tous ſes courtiſans cherchoient à lui plaire, chacun ſelon ſon pouvoir & ſon eſprit. Il le meritoit bien, car il étoit occupé lui même de ſe rendre agréable à tout ce qui l'entouroit; c'étoit un commerce continuel, de tout ce que la Majeſté peut avoir de graces, ſans jamais ſe degrader, & de tout ce que l'empreſſement de ſervir & de plaire peut avoir de fineſſe ſans l'air de la baſſeſſe, il étoit ſur tout avec les femmes d'une attention & d'une politeſſe, qui augmentoit encor celle de ſes courtiſans, & il ne perdit jamais l'occaſion de dire aux hommes de ces choſes, qui flattent l'amour propre en excitant l'émulation & qui laiſſent un long ſouvenir.

Un jour Madame la Dauphine voyant à ſon ſouper un Officier, qui étoit très laid, plaiſanta beaucoup & très haut ſur ſa laideur; je le trouve Madame, dit le
Roi

Roi encor plus haut, un des plus beaux hommes de mon Royaume, car c'est un des plus braves.

Le Comte de Marivaux Lieutenant Général, homme un peu brutal, & qui n'avoit pas adouci son caractère dans la Cour même de Louis XIV, avoit perdu un bras dans une action, & se plaignoit un jour au Roi, qui l'avoit pourtant recompensé, autant qu'on peut le faire pour un bras cassé, je voudrois avoir perdu aussi l'autre, dit il, & ne plus servir votre Majesté; j'en serois bien fâché pour vous & pour moi, lui repondit Louis XIV, & ce discours fut suivi d'une grace, qu'il lui accorda. Il étoit si éloigné de dire des choses desagréables, qui font des traits mortels dans la bouche d'un Prince, qu'il ne se permettoit pas même les plus innocentes & les plus douces railleries, tandis que les particuliers en font tout les jours de si cruelles & de si funestes.

Il faisoit un jour un conte à quelques uns de ses courtisans, & même il avoit promis, que le conte seroit plaisant, cependant il le fut si peu, que l'on ne rit point, quoique le conte fut d'un Roi. Monsieur le Prince d'Armagnac, qu'on appelloit Monsieur le Grand, sortit alors de la chambre, & le Roi dit à ceux qui restoient, Messieurs, vous avez trouvé mon conte fort insipide, & vous avez eu raison; mais je me suis apperçû, qu'il y avoit un trait, qui regarde de loin Monsieur le Grand, & qui auroit pû l'embarrasser, j'ai mieux aimé le supprimer, que de hazarder de lui deplaire: à présent qu'il est sorti, voici mon conte; il l'acheva & on rit. On voit par ces petits traits, combien il est faux, qu'il ait jamais laissé échapper ce discours dur & revoltant, dont on l'accuse, *qu'importe lequel de mes valets me serve;* c'étoit, dit-on, pour mortifier Monsieur de la Rochefoucault. Louis XIV étoit incapable d'une telle indécence. Je m'en suis informé à tous ceux, qui approchoient de sa personne, ils m'ont

tous

rous dit, que c'étoit un conte impertinent; cependant il est repeté & cru d'un bout de la France à l'autre. Les petites calomnies font fortune comme les grandes. Comment des paroles si odieuses pourroient-elles se concilier avec ce, qu'il dit au même Duc de la Rochefoucault, qui étoit embarrassé de dettes : *que ne parlez-vous à vos amis;* mot, qui par lui même valoit beaucoup, & qui fut accompagné d'un don de cinquante mille écus. Quand il reçut un Legat, qui vint lui faire des excuses au nom du Pape, & un Doge de Genes, qui vint lui demander pardon, il ne songea qu'à leur plaire. Ses Ministres agissoient un peu plus durement. Aussi le Doge Lercaro, qui étoit un homme d'esprit, disoit; *Le Roi nous ôte la liberté en captivant nos cœurs; mais ses Ministres nous la rendent.*

Lorsqu'en 1686 il donna à son fils le Grand Dauphin le commandement de son Armée, il lui dit ces propres mots: *en vous envoiant commander mon Armée, je vous donne les occasions de faire connaître votre merite; c'est ainsi qu'on apprend à regner; il ne faut pas que quand je viendrai à mourir, on s'apperçoive, que le Roi est mort.* Il s'exprimoit presque toûjours avec cette noblesse. Rien ne fait plus d'impression sur les hommes, & on ne doit pas s'étonner, que ceux qui l'approchoient eussent pour lui une espece d'idolatrie.

Il est certain, qu'il étoit passionné pour la gloire, & même encor plus, que pour la realité de ses conquetes. Dans l'acquisition de l'Alsace, de la moitié de la Flandre, de toute la Franche-Comté, ce qu'il aimoit le mieux étoit le nom, qu'il se faisoit.

En effet pendant plus de cinquante ans il n'y eut en Europe aucune tête couronnée, que ses ennemis mêmes osassent seulement mettre avec lui en comparaison. L'Empereur Leopold, qu'il secourut quelque fois & humilia toûjours, n'étoit pas un Prince, qui put disputer rien au

Roi de France. Il n'y eut de fon tems aucun Empereur Turc, qui ne fut un homme mediocre & cruel. Philippe IV, & Charles II étoient auffi faibles, que la Monarchie Efpagnole l'étoit devenüe. Charles Second d'Angleterre ne fongea à imiter Louis XIV que dans fes plaifirs. Jaques Second ne l'imita que dans fa devotion, & il profita mal des efforts, que fit pour lui fon Protecteur. Guillaume III fouleva l'Europe contre Louis XIV, mais il ne put l'égaler ni en grandeur d'ame, ni en magnificence, ni en monumens, ni en rien de ce qui a illuftré ce beau règne. Chriftine en Suede ne fut fameufe que par fon abdication & par fon efprit. Les Rois de Suede fes Succeffeurs jufqu'à Charles Douze ne firent presque rien de digne du Grand Guftave; & Charles Douze, qui fut un Héros, n'eut pas la prudence, qui en eut fait un grand homme. Jean Sobiesky en Pologne eut la reputation d'un brave Général, mais ne put acquerir celle d'un grand Roi. Enfin Louis XIV jufqu'à la Bataille d'Hochftled fut le feul puiffant, le feul magnifique, le feul grand presqu'en tout genre. L'Hotel de ville de Paris lui decerna ce nom de Grand en 1680, & l'Europe quoique jaloufe le confirma.

On l'a accufé d'un fafte & d'un orgueil infupportable, parceque fes Statuës à la place de Vendome & à celle des Victoires ont des bafes ornées d'efclaves enchainés. On ne veut pas voir, que celle du Grand, du Clement, de l'adorable Henri IV fur le Pont neuf, eft auffi accompagnée de quatre efclaves, que celle de Louis XIII faite anciennement pour Henri Second en a autant, & que celle même du grand Duc Ferdinand de Medicis à Livourne a les mêmes attributs. C'eft un ufage des Sculpteurs plûtôt qu'un monument de vanité. On erige ces monumens pour les Rois, comme on les habille, fans qu'ils y prennent garde.

On prononça fon panegirique publiquement à Flôrence & à Boulogne. Mr. Guillemini fameux Aftronome Tofcan, fit batir une maifon à Florence à l'aide de

fes

fes liberalités, & grava fur la porte: AEDES A DEO DATAE, *maifon donnée par un Dieu;* allufion au Surnom de *Dieu don-né,* que Louïs XIV avoit eu dans fon enfance & au vers de Virgile: *Deus nobis haec otia fecit.* Cette infcription étoit fans doute plus idolatre, que celle de la ftatuë de la place de Victoires: VIRO IMMORTALI, *à l'homme immor-tel;* on a critiqué cette derniere, comme fi ce mot immor-tel fignifioit autre chofe, que la durée de fa renommée.

Il étoit fi peu amoureux de cette fauffe gloire, qu'on lui reproche, qu'il fit ôter de la Galerie de Verfailles les infcriptions pleines d'enflûre & de fafte, que Charpentier de l'Académie Françaife avoit mifes à tous les cartouches, *le fameux paffage du Rhin; la fage conduite du Roi; la merveilleufe entreprife &c.*

Louïs XIV fupprima toutes les epitetes, & ne laiffa que les faits. L'infcription qui eft à Paris à la porte Saint Denis, & qu'on lui a reproché, eft à la verité infultante pour les Hollandais; mais elle ne contient pour Louïs XIV aucune louange revoltante. Il n'entendoit pas le Latin, comme on l'a dit, il n'alla prefque jamais à Paris, & peut-être n'a-t-il pas plus entendu parler de cette infcription, que de celle de Senteuil, qui font aux fontaines de la ville. Il feroit à fouhaiter après tout, que nous ne laiffaffions fubfifter aucun monument humiliant pour nos voifins, & que nous imitaffions en cela les Grecs, qui après la guerre du Peloponefe detruifirent tout ce, qui pouvoit reveiller l'animofité & la haine. Les miferables hiftoires de Louïs XIV difent prefque toutes, que l'Empereur Leopold fit élever une Piramide dans le champ de Bataille d'Hochfted: cette Piramide n'a exifté que dans des Gazettes, & je me fouviens, que Mr. le Maréchal de Vil-lars me dit, qu'après la prife de Fribourg il envoya cin-quante maîtres fur le Champ, où s'étoit donnée cette fu-nefte bataille, avec ordre de detruire la Piramide, en cas qu'elle exiftat, & qu'on n'en trouva pas le moindre ve-ftige. Il faut mettre ce conte de la Piramide avec celui de

la medaille du STA SOL; *arrête toi, Soleil*; qu'on prétend,
que les Etats Généraux avoient fait frapper après la paix
d'Aix la Chapelle, sottise à laquelle ils ne penserent
jamais.

Les choses principales, dont Louis XIV tiroit sa gloire,
étoient, d'avoir au commencement de son Regne forcé la
Branche d'Autriche Espagnole, qui disputoit depuis
cent ans la preseance à nos Rois, à la céder pour jamais
en 1661; d'avoir entrepris dès 1664 la jonction des deux
mers; d'avoir reformé les loix en 1667; d'avoir conquis la même année la Flandre Française en six semaines;
d'avoir pris l'année suivante la Franche-Comté en moins
d'un mois, au cœur de l'hiver; d'avoir sû ajouter à la
France Dunkerke & Strasbourg. Que l'on ajoute à ces
objets, qui devoient le flatter, une marine de près de deux
cens vaisseaux en comptant les alleges; soixante mille matelots enclassés en 1681, outre ceux qu'il avoit deja for-
més; le port de Toulon, celui de Brest & de Rochefort
batis, cent cinquante Citadelles construites; l'établissement
des invalides, de St. Cir; de l'Ordre de St. Louis; l'Obser-
vatoire; l'Académie des Sciences; l'abolition du duel;
l'établissement de la Police; la reforme des loix; on verra,
que sa gloire étoit fondée. Il ne fit pas tout ce qu'il pouvoit faire; mais il fit beaucoup plus qu'un autre. Quand
je dirai que tous les grands monumens n'ont rien couté
à l'Etat qu'ils ont embelli, je ne dirai rien que de très-vrai.
Le peuple croit, qu'un Prince, qui depense beaucoup en
batimens & en établissemens, ruine son Royaume; mais
en effet il l'enrichit, il repand de l'argent parmi une infinité d'Artistes; toutes les Professions y gagnent. L'industrie & la circulation augmentent. Le Roi qui fait le plus
travailler ses sujets, est celui, qui rend son Royaume le plus
florissant. Il aimoit les louanges sans doute, mais il ne
les aimoit pas grossieres, & les caractéres, qui sont insensi-
bles aux justes louanges n'en meritent d'ordinaire aucune. S'il permit les Prologues d'Opéra, dans lesquels Qui-

naut

haut le celebroit, ces eloges plaifoient à la Nation et re-
doubloient la veneration, qu'elle avoit pour lui. Les eloges que Virgile, Horace & Ovide même prodiguerent à
Augufte, étoient beaucoup plus forts; & fi on fonge aux
profcriptions, ils étoient affurement bien moins merités.

Louïs XIV n'adoptoit pas toûjours les louanges dont
on l'accabloit. L'Academie Françaife lui rendoit regulierement compte des fujets, qu'elle propofoit pour les
prix. Il y eut une année, où elle avoit donné pour fujet
du prix: *laquelle de toutes les vertus du Roi meritoit la
preference;* il ne voulut pas recevoir ce coup d'encenfoir
affommant, & defendit, que ce fujet fut traité.

Il refulte de tout ce qu'on vient de rapporter, que jamais homme n'ambitionna plus la vraye gloire. La mode-
ftie veritable eft, je l'avoüe, au deffus d'un amour propre fi noble. S'il arrivoit, qu'un Prince, ayant fait d'auffi
grandes chofes, que Louïs XIV, fut encore modefte, ce
Prince feroit le premier homme de la terre, & Louïs XIV
le fecond.

Une preuve inconteftable de fon excellent caractere,
c'eft la longue lettre qu'il écrivit à Monfieur le Tellier, Ar-
cheveque de Rheims, que j'ai eu le bonheur de voir en original. Il étoit très-mécontent de Monfieur de Barbezieux,
neveu de ce Prelat, auquel il avoit donné la place de Se-
cretaire d'Etat du celebre Louvois fon pere. Il ne
vouloit pas dire des chofes dures à Monfieur de Barbezieux; il écrit à fon Oncle pour le prier de lui parler &
de le corriger: *je fai ce que je dois,* dit-il, *à la memoire
de Monfieur de Louvois. Mais fi votre neveu ne change de
conduite, je ferai forcé avec douleur à prendre un parti;*
enfuite il entre dans un long detail de toutes les fautes,
qu'il reproche à fon Miniftre, comme un pere de famille tendre & inftruit de ce qui fe paffe dans fa maifon.
Il fe plaint, que Monfieur de Barbezieux ne fait pas un
affez bon ufage de fes grands talens; qu'il neglige quelque fois les affaires pour les plaifirs; qu'il fait attendre

Y 3

trop

trop long tems les Officiers dans fon Antichambre; qu'il parle avec trop de hauteur & de dureté. La lettre eſt aſſurement d'un Roi & d'un Pere.

Dans mille libelles, qu'on a écrits contre lui, on lui a reproché ſes Amours avec la plus grande amertume; mais quel eſt celui de tous ceux qui l'accuſent, qui n'ait eu la même paſſion? Il eſt plaiſant, qu'on ne veuille pas donner à un Roi une liberté, que les moindres de ſes ſujets prennent ſi hautement.

Ceux, qui n'ont jamais connu cette paſſion, font d'ordinaire des caracteres durs et impitoïables. Une femme digne d'être aimée adoucit les mœurs; elle eſt la ſeule, qui puiſſe dire à un Prince des verités utiles, qu'il n'entendroit peut-être pas ſans honte & ſans depit de la bouche d'un homme, & qu'un homme même n'oſeroit pas dire. Louis XIV fut heureux dans tous ſes choix, & il le fut encore dans ſes enfans naturels; il en eut dix legitimés, et deux qui ne le furent pas. Des dix legitimés deux moururent dans leur enfance; les huit qui vecurent eurent tous du merite. Les Princeſſes furent aimables, le Duc du Maine et le Comte de Touloufe furent des Princes très-ſages. Le Comte de Vermandois, qui mourut jeune, & qui étoit Amiral avant le Comte de Touloufe, promettoit beaucoup.

Dans les dernieres Hiſtoires de Louis XIV on prétend, que ce fut Madame de Monteſpan, qui produiſit elle-même Madame de Maintenon à la Cour; on ſe trompe; ce fut le Duc de Richelieu, Pere du Premier Gentil-Homme de la Chambre, qui a été ſi connu dans l'Europe par les agremens de ſa figure & de ſon eſprit, & par le ſervice qu'il a rendu dans la Bataille de Fontenoy. L'Hôtel de Richelieu étoit le rendez-vous de la meilleure compagnie de Paris, & ſoutenoit la reputation du Marais, qui étoit alors le beau quartier. Madame de Maintenon, qu'on appelloit Madame Scarron, veuve du fils d'un conſeiller de Grand chambre, d'une très-bonne famille de Robe,

& pe-

& petite fille du fameux d'Aubigné, ſi connu ſous Henri
le Grand, alloit fort ſouvent à l'Hôtel de Richelieu, dont elle faiſoit les delices. Madame de Monteſpan voulant envoyer aux eaux de Barege ſon fils le Duc du Maine encor enfant, qui étoit né avec une difformité dans un pied,
cherchoit une perſonne intelligente & ſecrete, qui ſe
chargeat de la conduite. La naiſſance du Duc du Maine
étoit encore un miſtere. Monſieur le Duc de Richelieu
propoſa ce voyage à Madame Scarron, qui n'étoit pas
riche, & Monſieur de Louvois, qui étoit dans la confi-
dence, la fit partir pour les eaux ſecrettement avec le
jeune Duc du Maine. Il faut avouer, qu'il y eut dans la
fortune de cette Dame une deſtinée bien étrange. Elle
étoit née à Niord dans la priſon, où ſon Pere étoit renfermé, après s'être ſauvé du chateau Trompette avec la
fille du Sous-Gouverneur nommé de Cardillac, qui l'avoit
épouſée, ainſi elle étoit très-bonne Demoiſelle par ſon
Pere & par ſa Mere, mais ſans aucun bien. Son Pere
avoit diſſipé le peu de fortune, qu'il avoit eu, & en chercha
une en Amerique. Il y mena ſa fille agée de trois ans;
elle fut ſur le point, en abordant ſur le rivage, d'y être
devorée par un ſerpent.

De retour en France à l'âge de douze ans elle logea
chez la Ducheſſe de Navailles, ſa Parente, qui ne lui
donna que de l'education. Elle y changea de Religion;
car elle étoit née Calviniſte. Ce fut une fortune pour elle
d'épouſer Scarron, qui ne vivoit preſque que de penſions
& de ſes ouvrages, qu'il appelloit ſa terre *de Quinet*, parceque *Quinet* étoit ſon Libraire.

Après la mort de ſon mari elle fit demander au Roi
par tous ſes amis une partie de la penſion, dont Scarron
jouiſſoit, & le Roi la fit attendre deux ans.

Enfin il lui en donna une de deux mille livres, avant
qu'elle menât Monſieur le Duc du Maine aux eaux; il
lui dit, *Madame, je vous ai bien fait attendre, mais j'ai
été jaloux de vos amis, & j'ai voulu que vous n'euſſiez obli-*

Y 4
gation

gation qu'à moi. Monſieur le Cardinal de Fleury, de la bouche de qui je tiens ce fait, m'a dit, que le Roi lui tint le même diſcours, quand il lui donna l'Eveché de Frejus. Elle avoit environ cinquante ans, quand Louis XIV s'attacha à elle. Il faut convenir, qu'à cet age on ne ſubjugue point le cœur d'un Roi, & ſur tout d'un Roi devenu difficile, ſans avoir un très-grand merite. Il faut de la complaiſance ſans empreſſement, de l'eſprit ſans envie d'en montrer, une flexibilité naturelle, une converſation ſolide & agreable, l'art de reveiller ſans ceſſe l'ame d'un homme accoutumé à tout & degouté de tout, aſſez de force pour donner de bons conſeils, & aſſez de retenuë, pour ne les donner qu'à propos; il faut enfin ce charme inexprimable, qui enchaine un eſprit, & qui ranime les langueurs de l'habitude. Madame de Maintenon avoit toutes ces qualités. Elle fit les douceurs de la vie de Louïs XIV depuis 1684 juſqu'à la mort de ce Monarque. L'Hiſtoire de Reboulet dit, qu'il l'épouſa en preſence de Bonstemps & de Forbin; mais ce fut Monſieur de Montcheuvreuil, & non Monſieur de Forbin, qui aſſiſta comme temoin.

La premiere femme du Roi d'Angleterre Jaques Second, étoit fille de Chancelier Hyde. Il s'en falloit beaucoup, qu'elle fut d'auſſi bonne Maiſon que Madame de Maintenon, & elle n'avoit pas ſon mérite. Nous avons vû Pierre le Grand épouſer une perſonne bien inferieure à ces deux Dames, & cette Epouſe de Pierre le Grand devenir Imperatrice, & meriter de l'être. Le mérite fait diſparaître bien des disproportions & rapproche de grands intervalles. Une des choſes qui prouva, combien Madame de Maintenon étoit digne de ſa fortune, c'eſt que jamais elle n'en abuſa. Elle n'eut jamais la vanité de voûloir paraître ce qu'elle étoit; ſa modeſtie ne ſe dementit point; perſonne à la Cour n'eut à ſe plaindre d'elle. Elle ſe retira à St. Cir après la mort de Louïs XIV, & y vecut d'une penſion de quatre

tre vingt mille Livres; c'étoit la seule fortune, qu'elle se reserva.

Toutes les Histoires imprimées en Hollande reprochent à Louïs XIV la revocation de l'Edit de Nantes. Je le croi bien. Tous ces livres sont écrits par des Protestans. Ils furent des ennemis d'autant plus implacables de ce Monarque, qu'avant d'avoir quitté le Royaume, ils étoient des sujets fideles. Louïs XIV ne les chassa pas comme Philippe III avoit chassé les Maures d'Espagne, ce qui avoit été à la Monarchie Espagnole une playe inguerissable. Il vouloit retenir les Huguenots & les convertir. J'ai demandé à Monsieur le Cardinal de Fleury ce qui avoit principalement engagé le Roi à ce coup d'autorité; il me repondit, que tout venoit de Monsieur de Baville, Intendant de Languedoc, qui s'étoit flatté d'avoir aboli le Calvinisme dans cette Province, où cependant il restoit plus de quatre vingt mille Huguenots. Louïs XIV crut aisement, que puisqu'un Intendant avoit detruit la Secte dans son departement, il l'aneantiroit dans son Royaume. Monsieur de Louvois consulta sur cette grande affaire Mr. de Gourville, que le Roi Charles Second d'Angleterre appelloit le plus sage des Français: l'avis de Mr. de Gourville fut, d'enlever à la fois tous les Ministres des Eglises Protestantes. Au bout de six mois, dit-il, la moitié de ces Ministres abjurera, & on les lachera dans le troupeau, l'autre moitié sera opiniatre, & restera enfermée sans pouvoir nuire; il arrivera, qu'en peu d'années les Huguenots, n'ayant plus que des Ministres convertis & engagés à soutenir leur changement, se reuniront tous à la Religion Romaine. D'autres étoient d'avis, qu'au lieu d'exposer l'Etat à perdre un grand nombre de Citoyens, qui avoient en main les manufactures & le commerce, on fit venir au contraire des familles Lutheriennes, comme il y en a dans l'Alsace: les Lutheriens, les Calvinistes, les Jansenistes auroient été opposés les uns aux autres plus, qu'à l'Eglise Catholique, & tous de-

Y 5   venus

venus méprisables, n'auroient pû être dangereux, & se
feroient convertis à la longue ; de plus la fureur de l'esprit
de parti étoit fort baissée ; c'est une maladie epidemique,
qui étoit sur sa fin. L'autorité royale étoit affermie sur
des fondemens inébranlables, & toutes les Sectes du monde n'auroient pas fait dans une ville une sédition de quinze
jours. Monsieur Colbert s'opposa toûjours à un coup
d'éclat contre les Huguenots, il menageoit des sujets utiles. Les manufactures de Vanrobes & de beaucoup
d'autres, qu'il avoit établies, n'étoient maintenuës que
par des gens de cette Secte.

Après sa mort arrivée en 1683 Monsieur le Tellier &
Monsieur de Louvois pousserent les Calvinistes ; ils s'a-
meutèrent, on revoqua l'Edit de Nantes ; on abbatit leurs
temples ; mais on fit la grande faute de bannir les Ministres. Quand les Bergers marchent, les troupeaux suivent. Il sortit du Royaume, malgré toutes les précautions
qu'on prit, plus de huit cens mille hommes, qui porterent
avec eux dans les païs étrangers environ un milliard d'argent, tous les arts & leur haine contre leur patrie. La Hollande, l'Angleterre, l'Allemagne furent peuplées de ces fugitifs.
Guillaume III eut des Regimens entiers de Protestans
Français à son service, il y a dix mille Refugiés Français
à Berlin, qui ont fait de cet endroit sauvage une ville opulente & superbe. Ils ont fondé une ville jusqu'au fonds
du Cap de bonne Esperance. Quand l'Etat fut delivré de
leur Secte & privé de leurs secours, les Jansenistes voulurent prendre leur place & faire un parti considerable ;
il le fut quelque tems, Louïs XIV en fut importuné les
dernieres années de sa vie, mais l'autorité les a écrasés,
& les convulsions les ont rendus ridicules.

Louïs XIV fut très-malheureux depuis 1704 jusqu'en
1712, & il soutint ses disgraces, comme un homme, qui
n'auroit jamais connu la prosperité. Il perdit son Fils
unique en 1711, & il vit perir en 1712 dans l'espace de moins
d'un mois le Duc de Bourgogne son Petit-Fils, la Duchesse
de

de Bourgogne & l'ainé de ſes arrieres petit-fils. Le Roi
ſon Succeſſeur, qu'on appelloit alors le Duc d'Anjou, fut
auſſi à l'extremité. Leur maladie étoit une rougeole ma-
ligne, dont furent attaqués en même tems Mr. de Seigne-
lai, Mademoiſelle d'Armagnac, Me. de Liſtenay, Madame de Gondrin, qui a été depuis Comteſſe de Toulouſe, Me. de la Vrilliere, Mr. le Duc de la Tremouille
& beaucoup d'autres perſonnes à Verſailles. Mr. le Marquis de Gondrin en mourut en deux jours. Plus de trois
cens perſonnes en perirent à Paris. La maladie s'étendit
dans preſque toute la France, elle enleva en Lorraine deux
enfans du Duc. Si on avoit voulu ſeulement ouvrir les
yeux, & faire la moindre réflexion, on ne feroit pas abandonné aux calomnies abominables, qui furent ſi aveuglement repanduës; elles furent la ſuite du diſcours imprudent d'un Medecin, nommé Boudin, homme de plaiſir,
hardi & ignorant, qui dit, que la maladie, dont ces Princes étoient morts, n'étoit pas naturelle. C'eſt une choſe,
qui m'étonne toûjours, que les Français, qui ſont aujour-
d'hui ſi peu capables de commettre de grands crimes, ſoient
ſi prompts à les croire. Le fameux Homberg, Chimiſte de
Mr. le Duc d'Orleans, vertueux Philoſophe & d'une ſimplicité extreme, fut tout étonné d'entendre dire, qu'on le ſoup-
çonnoit; il courut vîte à la Baſtille, pour s'y conſtituer priſonnier, on ſe moqua de lui, & on n'eut garde de le recevoir; mais le Public toûjours temeraire fut long-tems imbu
de ces bruits horribles, dont la fauſſeté reconnuë devroit
apprendre aux hommes à juger moins legerement, ſi quelque choſe peut corriger les hommes.

Un des malheurs de la fin du regne de Louïs XIV fut
le derangement des finances; il commença dès l'an 1689.
On fit porter tous les meubles d'argent orfevris à la monnoye. Le Roi lui-même donna l'exemple, en depoüillant
ſa Galerie & ſon grand appartement de tous ces meubles
admirables d'argent maſſif, ſculptés par Balin ſur les deſ-
ſeins du fameux le Brun, & de tout cela on ne retira que
trois

trois millions de profit. On établit la capitation en mille six
cent quatre vingt quinze ; on fit des Tontines. Mr. de Pontchar-
train en 1696 vendit des lettres de Nobleſſe à qui en vouloit,
pour deux mille écus, & enſuite on taxa à vingt francs la per-
miſſion d'avoir un cachet.

Dans la guerre de 1701 l'épuiſement parut extreme. Mr. des
Marets fut un jour reduit à prendre cent mille francs, qui étoient
en depôt chez les Chartreux, & à mettre à la place des Billets
de monnoye, dans un beſoin preſſant de l'Etat. Si on avoit commencé par établir l'impôt du Dixieme, impôt égal pour tout le
monde par ſa proportion (ce qu'on ne fit qu'en 1710) le Roi eut
eu plus de reſſources ; mais au lieu de prendre cette voye, on
ne ſe ſervit que des Traitans, qui s'enrichirent, en ruinant le
peuple. L'Etat ne manquoit point d'argent, mais le diſcredit le
tenoit caché. Il a bien paru en dernier lieu dans la guerre de
1741, combien la France a des reſſources. Non ſeulement il n'y
a pas eu un moment de diſcredit, mais on ne l'a jamais craint.
Rien ne prouve mieux, que la France bien adminiſtrée eſt le
plus puiſſant Empire de l'Europe.

Fin du Tome ſecond.

Fautes à corriger.

P. 4. l. 22. en un liſez en un l. 33. en avoit ſoixante liſez n'en avoit pas quarante
p. 10. l. 21. malheureux liſez furieux   p. 23. l. 2. 675. liſez 1675.   p. 47. l. 3. &
ſçait liſez & l'on ſçait   p. 65. l. 25. la monde liſez le monde   p. 80. l. 14.
apres voir liſez apres avoir   p. 87. l. 15. Du duplication liſez La duplication
p. 97. l. 21. ce que liſez ce qui   p. 113. l. dern. que liſez pour   p. 129. l. 32.
auſſi liſez ainſi   p. 133. l. 25. ſoit plus liſez ſoit la plus   p. 140. l. 2. charité liſez clarté   p. 147. l. dern. les philoſophes liſez des philoſophes   p. 150.
l. 20. qui à liſez qui a   p. 155. l. 30. mal traité liſez mal taillé   p. 182. l. 17. art liſez
arts   p. 190. l. 20. faiſoient liſez faiſoit   p. 195. l. dern. ſicles liſez fleches
p. 203. l. 2. elle à liſez elle a   p. 213. l. 22. qu'il y ait liſez qu'il ait   p 218.
l. 9. haut le liſez haut de l. 10. quelque liſez quelle   p. 222. l. 22. Gouville
liſez Gourville   p. 229. l. 22. nautre liſez un autre   p. 231. l. dern.
barbares liſez barbare   p. 232. l. 24. Aſie liſez Italie   p. 237. l. 30. ſuffroit
liſez ſouffroit   p. 245. l. 22 Groſt liſez Groſs   p. 250. l. 11. dix liſez vingt
p. 251. l. 7. prodigieuſes liſez prodigieuſe   p. 254. l. 11. d'Eſpagnole liſez d'Eſpagnol
p. 255. l. 29. ont bati liſez ent bati   p. 292. l. 1. on vit liſez on voit   p. 297.
l. 27. le liſez les   p. 298. l. 4. impoſſibilité liſez l'impoſſibilité   p. 318. l. 1.
decidée liſez decidé   p. 321. l. 15. Altemen liſez Allernheim   p. 348. l. 3. ſun-
tint liſez ſoutint l. 9. perdus liſez perdu   p. 358. l. 17. une liſez un   p. 362.
l. 28. La Guerre liſez A la guerre   p. 365. l. 24. Sa liſez la   p. 368. l. 25.
des eſclaves liſez d'eſclaves   p. 370. l. 29. répend liſez répand.

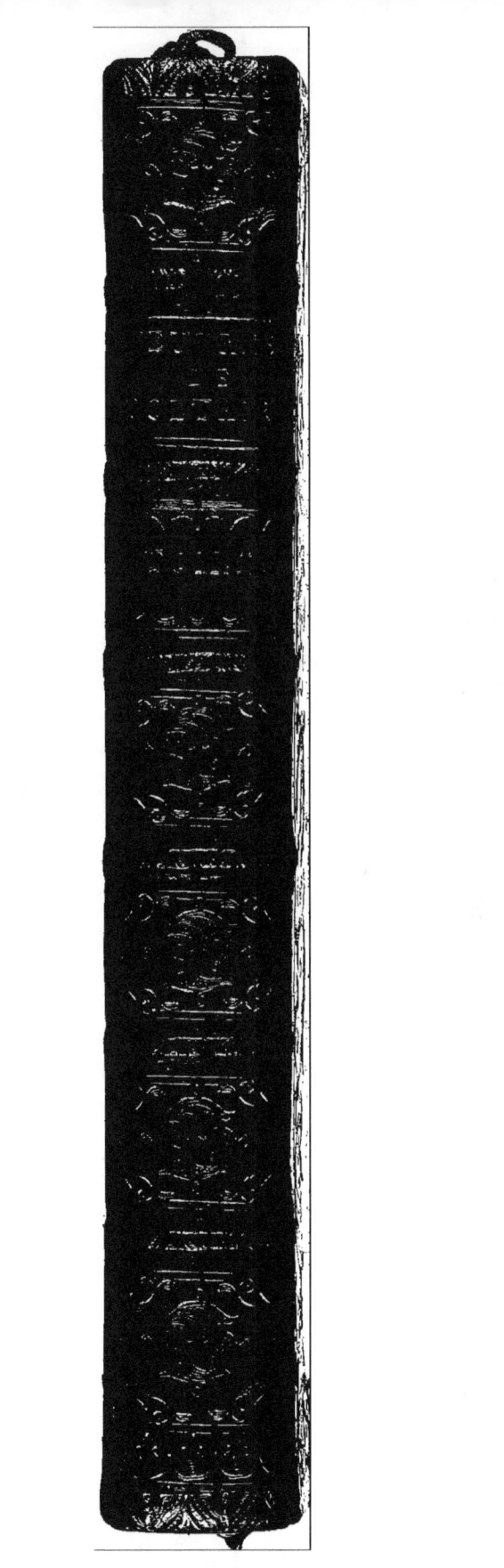